siciliano

G minor

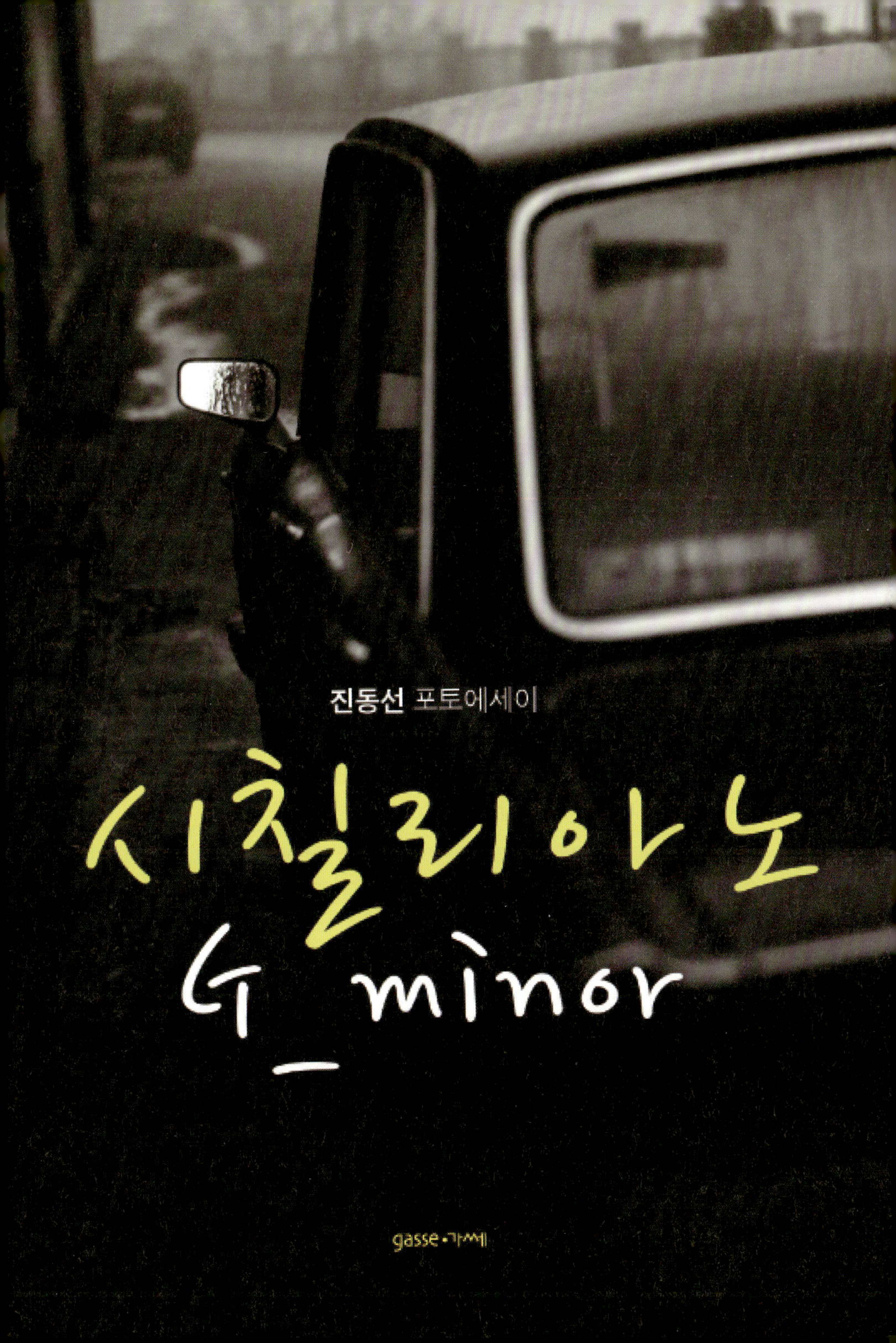

진동선 포토에세이

시칠리아노 G_minor

gasse·가쎄

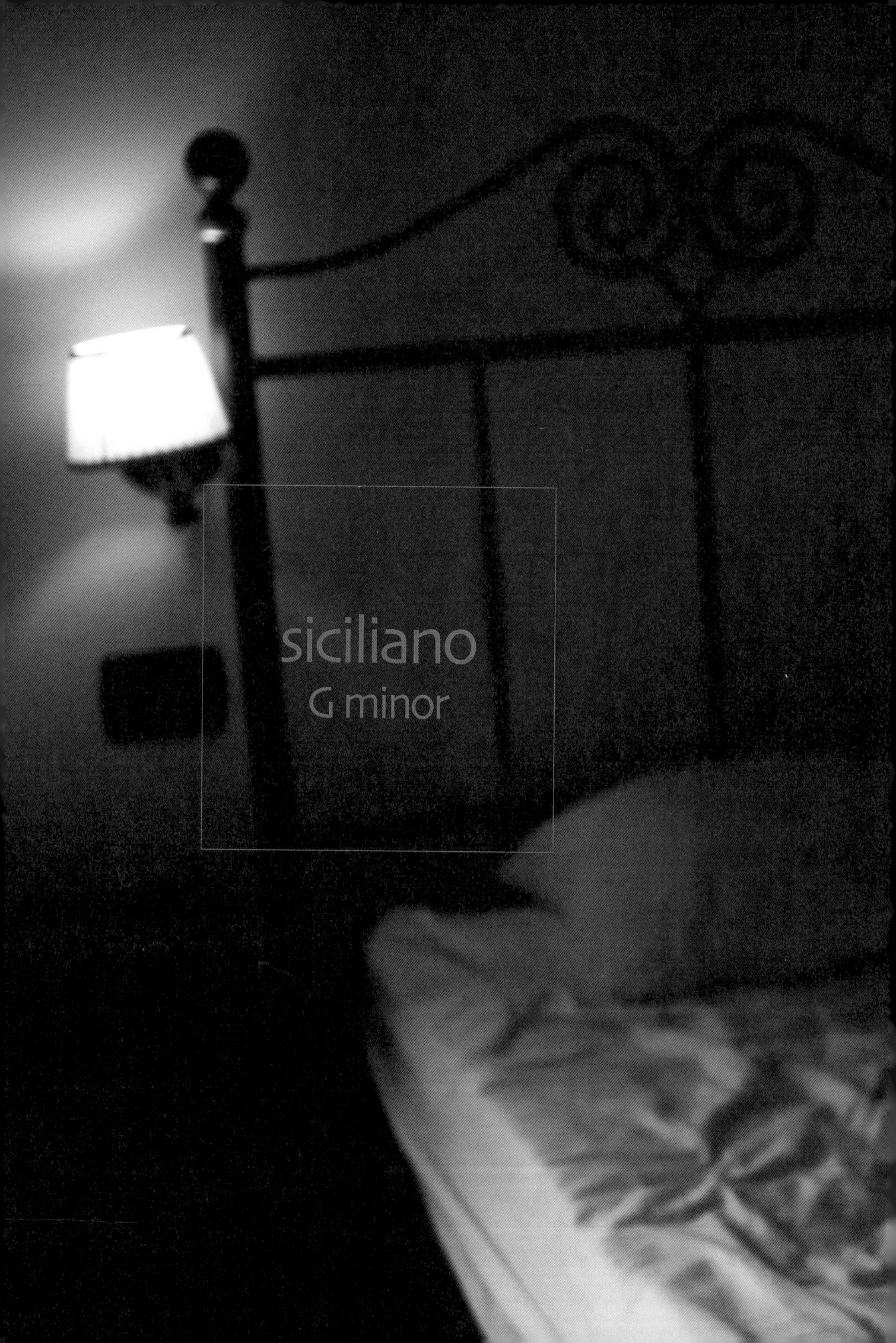
siciliano
G minor

기억의 기억으로부터

반기억(counter memory)처럼 기억에 저항하는 기억이 있다. 기억을 지우려 하면 할수록 더욱 되살아나는 기억이 있다. 시칠리아는 기억을 지우기 위한 여행이었다. 자신에게 기억을 잊기 위해 떠난다 했고, 모든 기억을 지우기 위해, 버리기 위해, 잃어버리기 위해 떠난다 했다. 그런데 실패하고 말았다. 오히려 여행 내내 기억을 더 얹는 기억의 기억이 되었다.

그러나 이것만은 확실하다. 김영하가 "네가 잃어버린 것을 기억하라."라고 했던 것처럼 시칠리아는 잊어버리기 위해, 잃어버리기 위해, 또 무엇 때문에 이전 것을 잃어버렸는지를 기억하기에 참 좋은 여행지다. 시칠리아는 끝없이 길에서 길로 이어지는 길의 상념이다. 또 끝없이 뒤따르는 하늘과 구름과 바람 때문에 끝 모를 그리움에 젖는 길의 상흔이다. 또 좀처럼 속내를 알 수 없는 빛의 광휘로부터, 너무 깊게 속내를 숨기는 잔혹한 어둠으로부터 자아를 꿈틀거리게 하는 길의 정령이다.

그때의 사진들을 바라본다. 그러자 또다시 소스라치듯 기억에 저항하는 기억들이 걸어나온다. 과연 그런 일이 있었는지, 과연 그 길들에 섰었는지 너무도 아득하고 아득하다. 이 무수한 길의 자국들, 상처들, 상흔들, 그리움들, 말해질 수 없는 이야기들 그것들이 깊은 슬픔이 되어 한 편의 영화처럼 흘러간다. 모든 그리운 것들은 과거에 있다고 했듯이 어느새 과거가 되어 그리움으로 자리하고 있다.

여행길에 동행한 조수석 남자, 사진작가 이종구에게 감사한다. 그가 없었다면 시칠리아 어느 길에서 나는 분명히 자신을 잃었을 것이다. 그가 있었기에 시칠리아도, 여행도, 사진도, 무엇보다도 기억의 기억이 있다.

2012년 5월 해운대에서 진동선

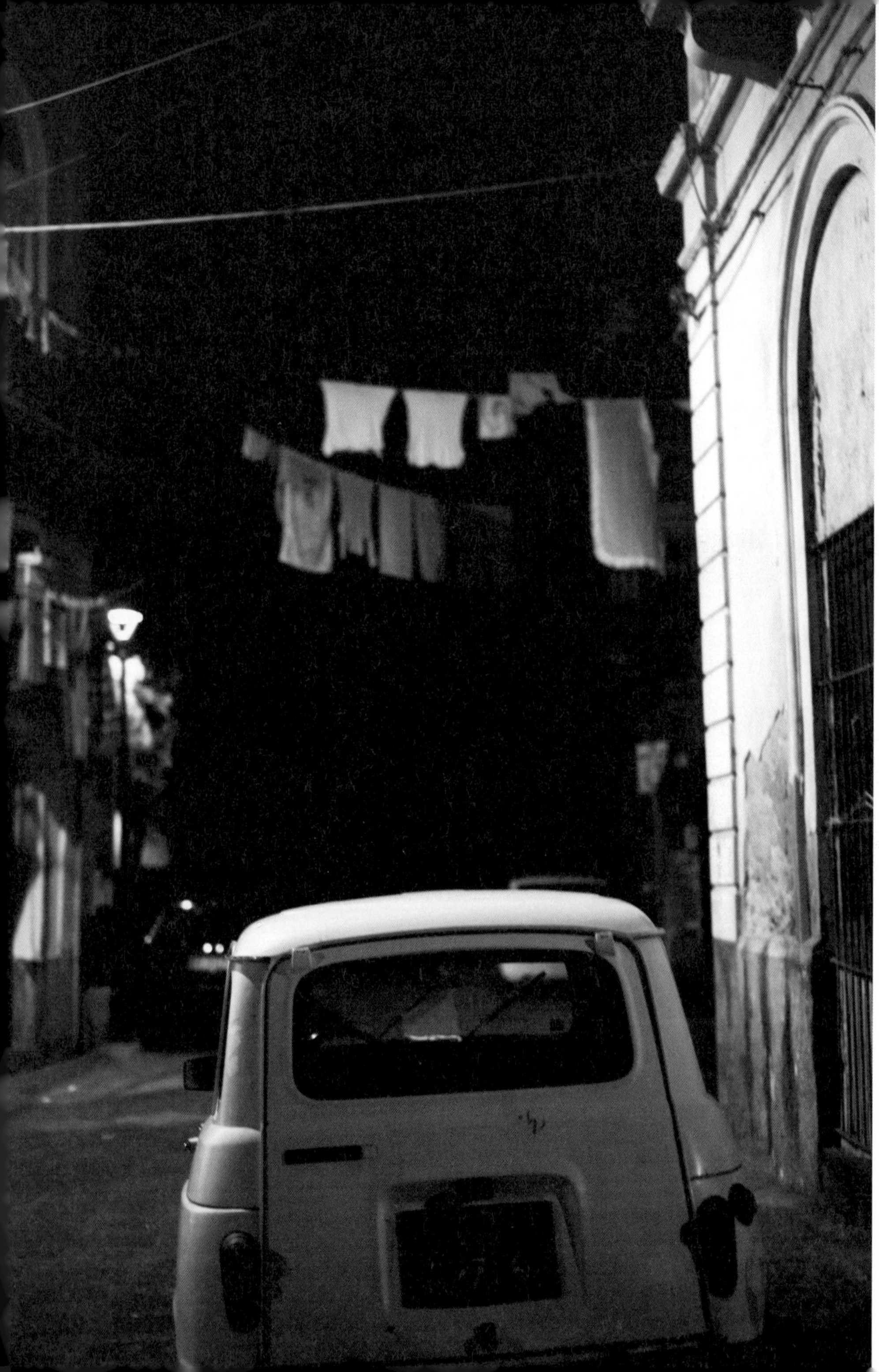

siciliano
G minor

시칠리아노 G minor

초판 1쇄 인쇄 2012년 6월 15일
초판 1쇄 발행 2012년 6월 15일

글 사진 진동선

펴낸곳 도서출판 가쎄 [제 302-2005-00062호]

주소 서울 용산구 이촌동 302-61 201
전화 070. 7553. 1783
팩스 02. 749. 6911
인쇄 정민문화사

ISBN 978-89-93489-23-1

값 19800원

www.gasse.co.kr

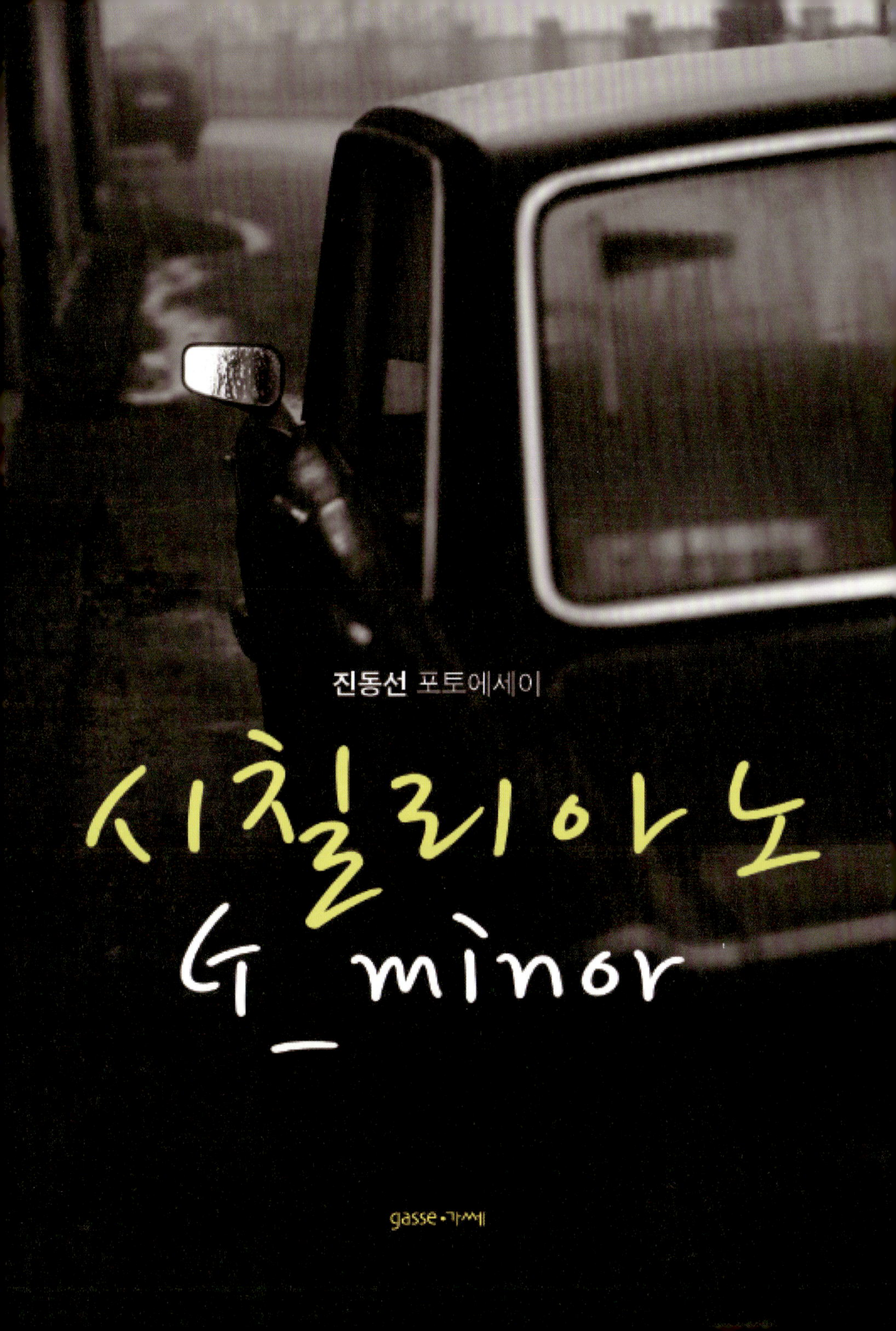

진동선 포토에세이

시칠리아노 G_minor

gasse·가쎄

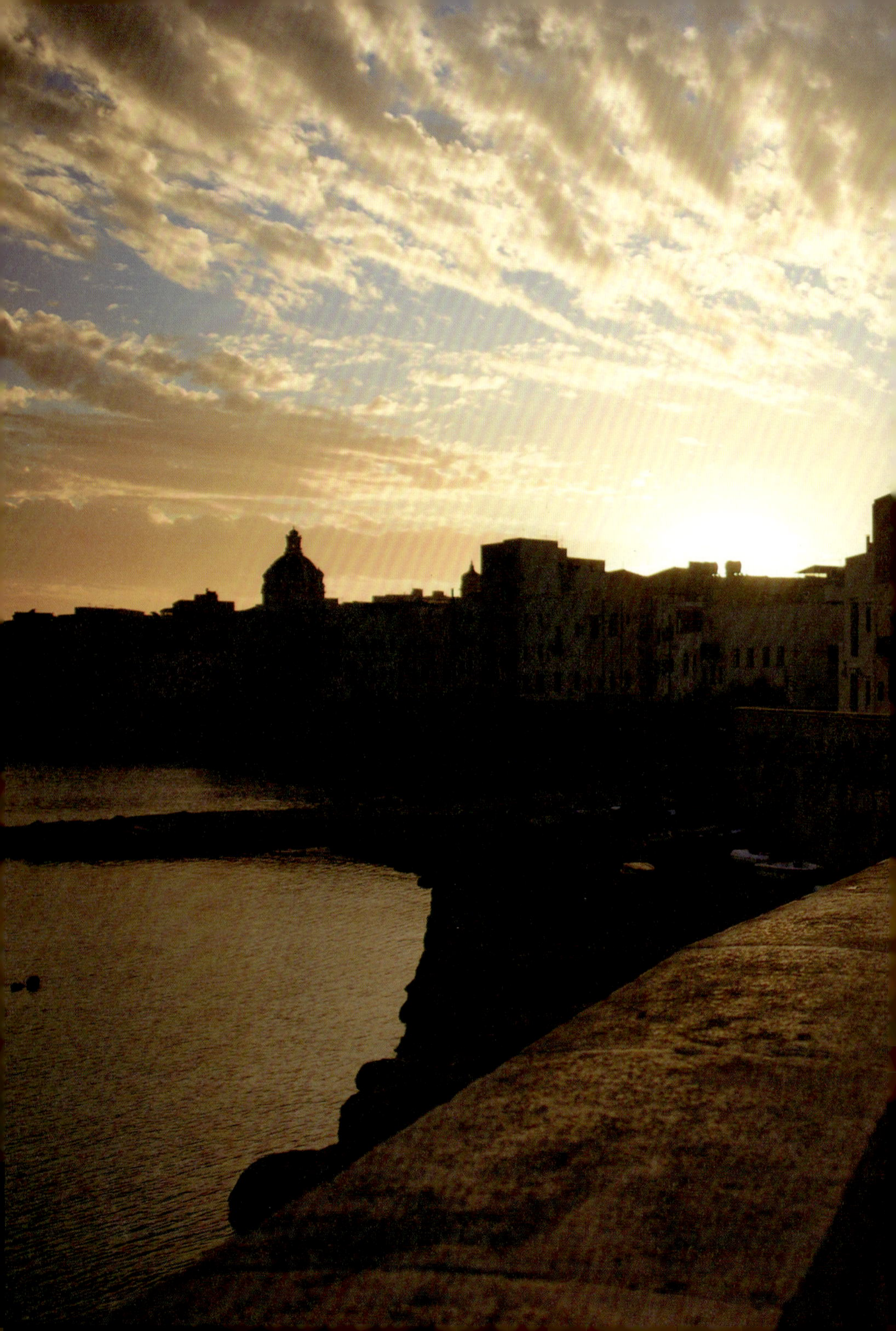

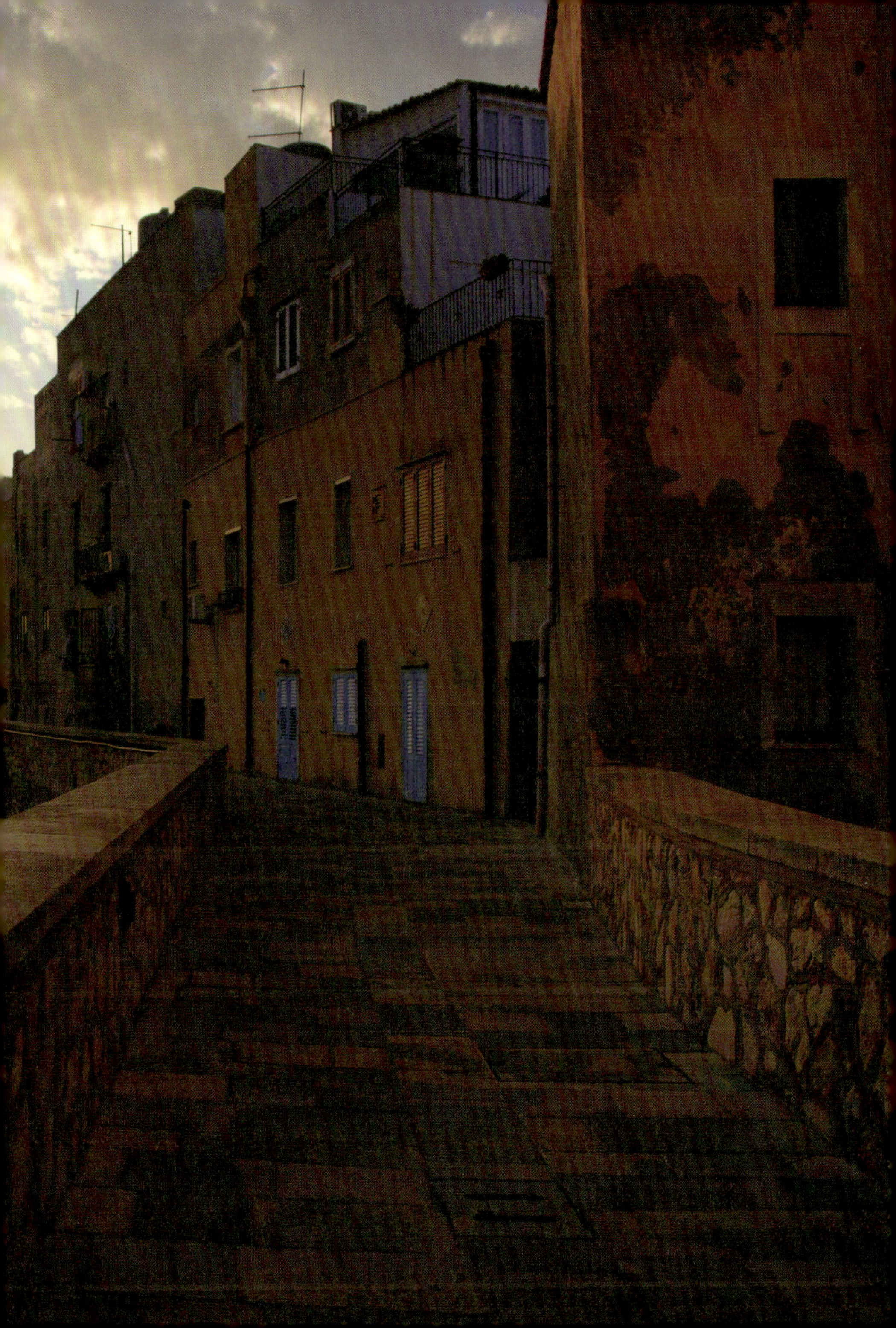

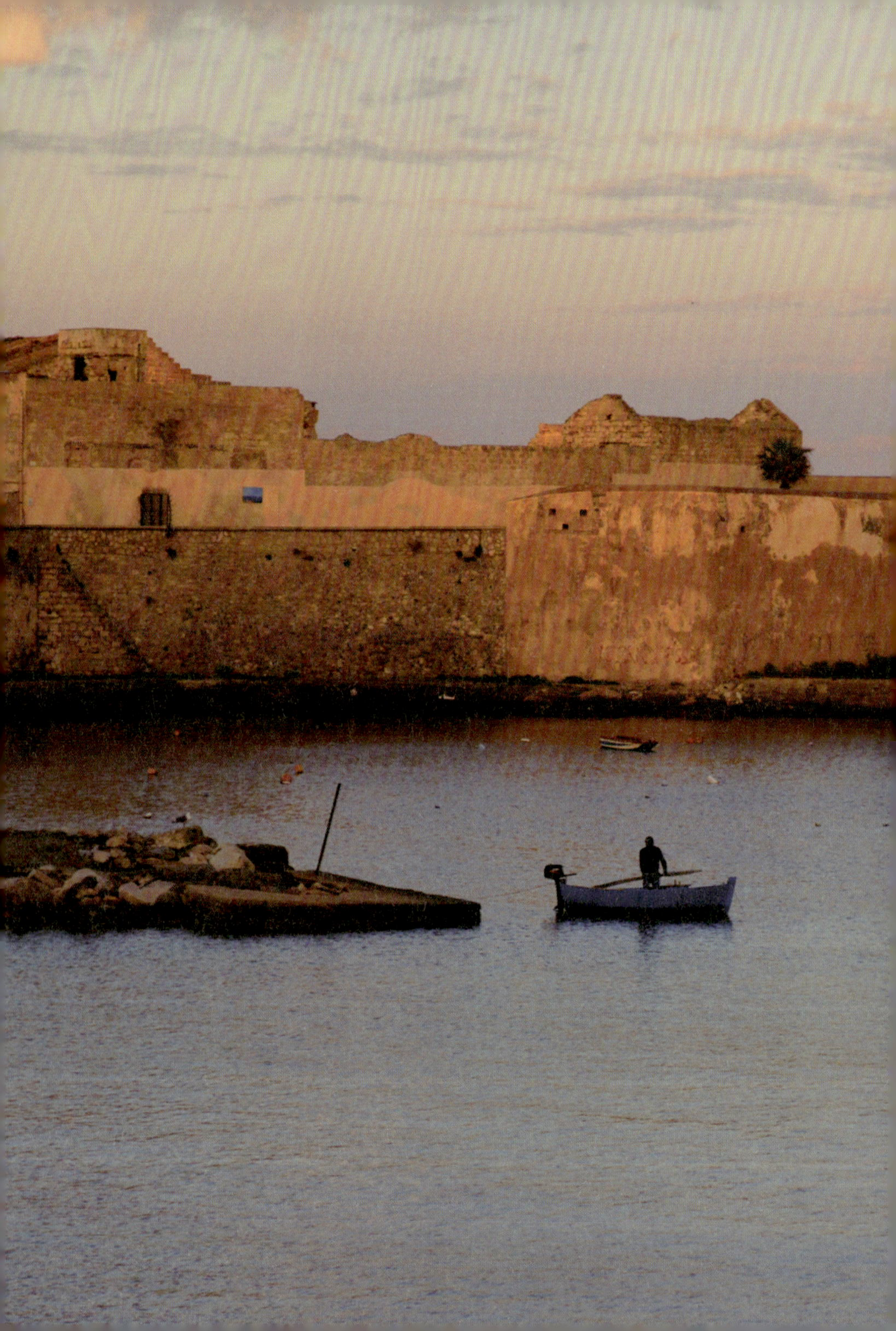

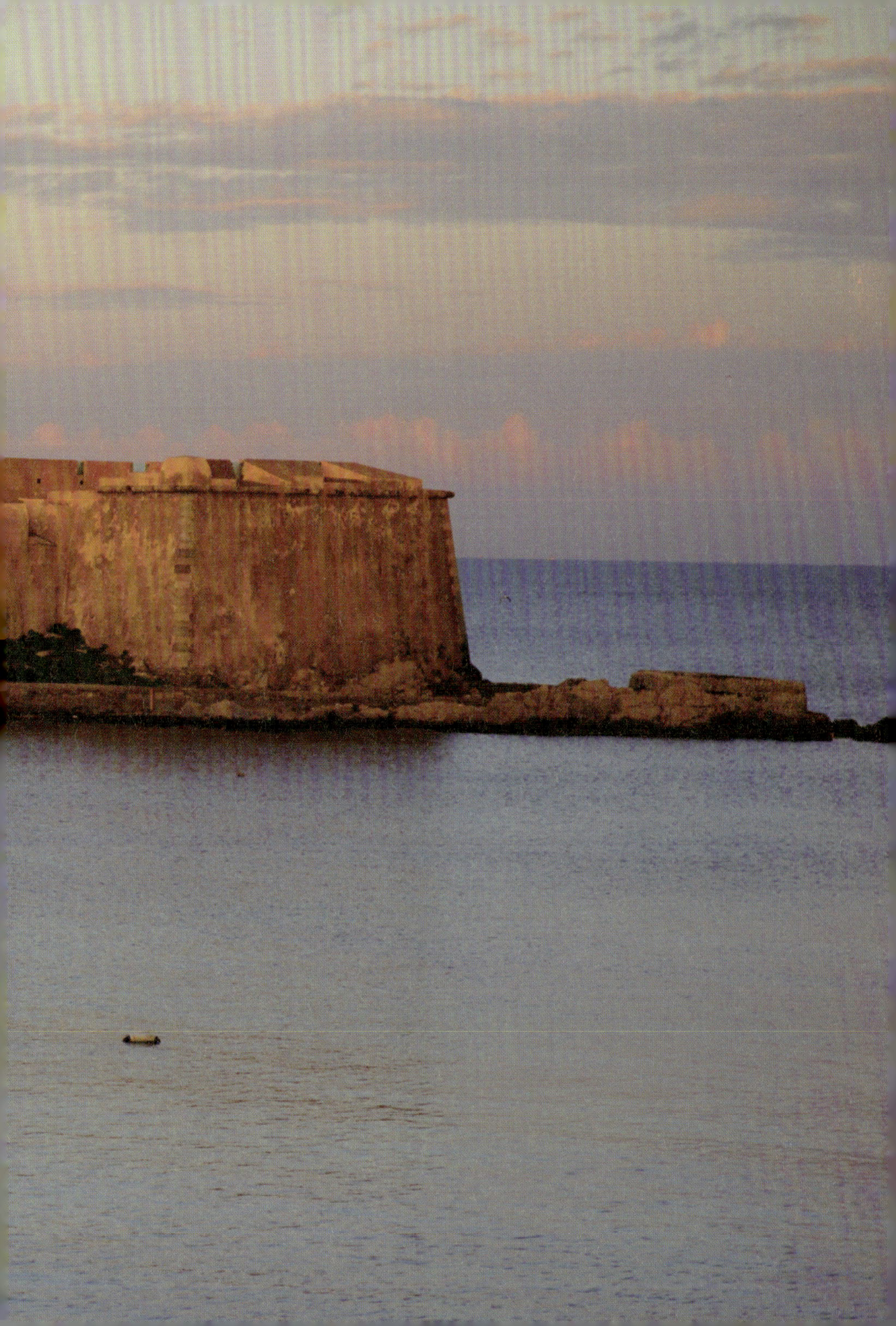

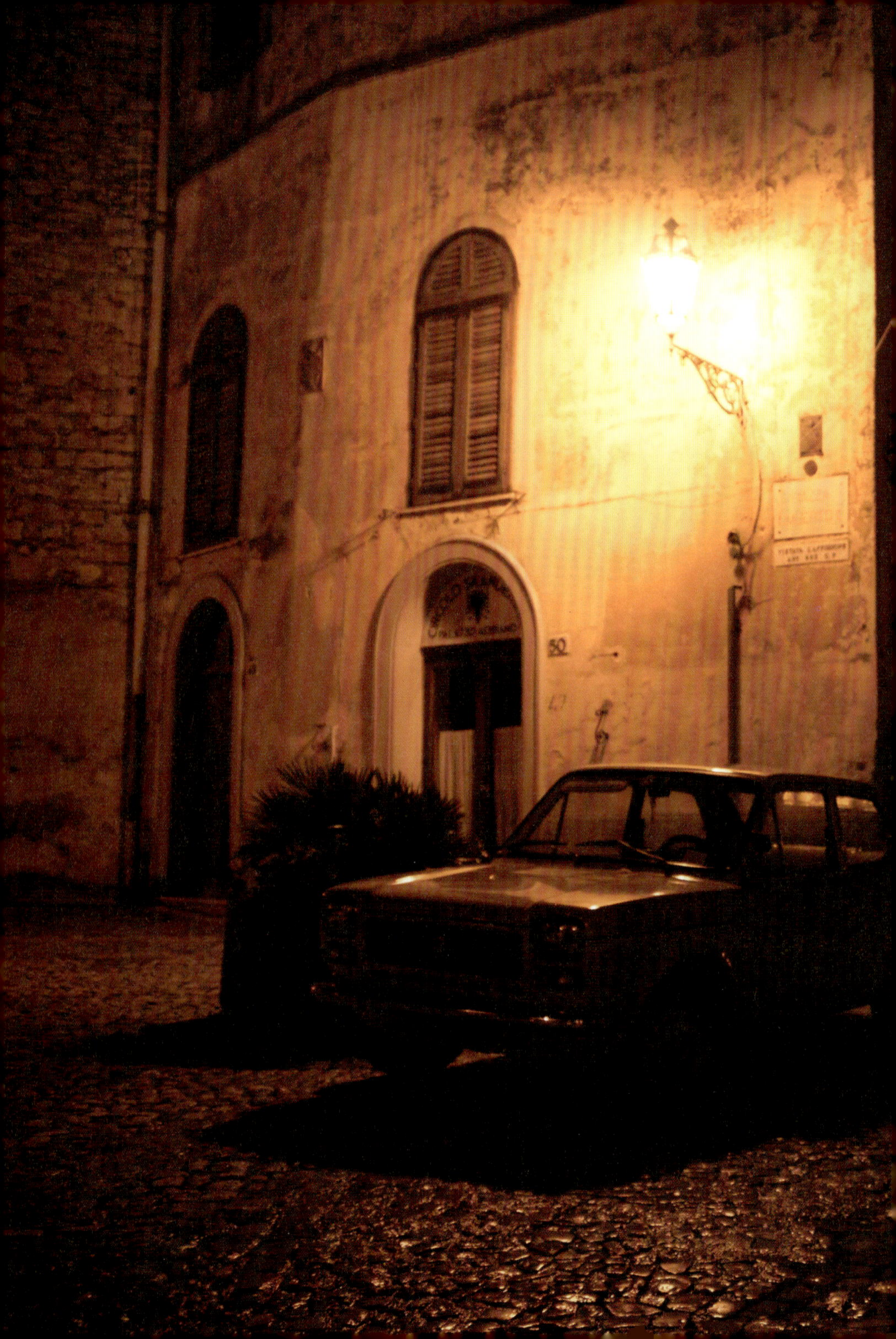
150

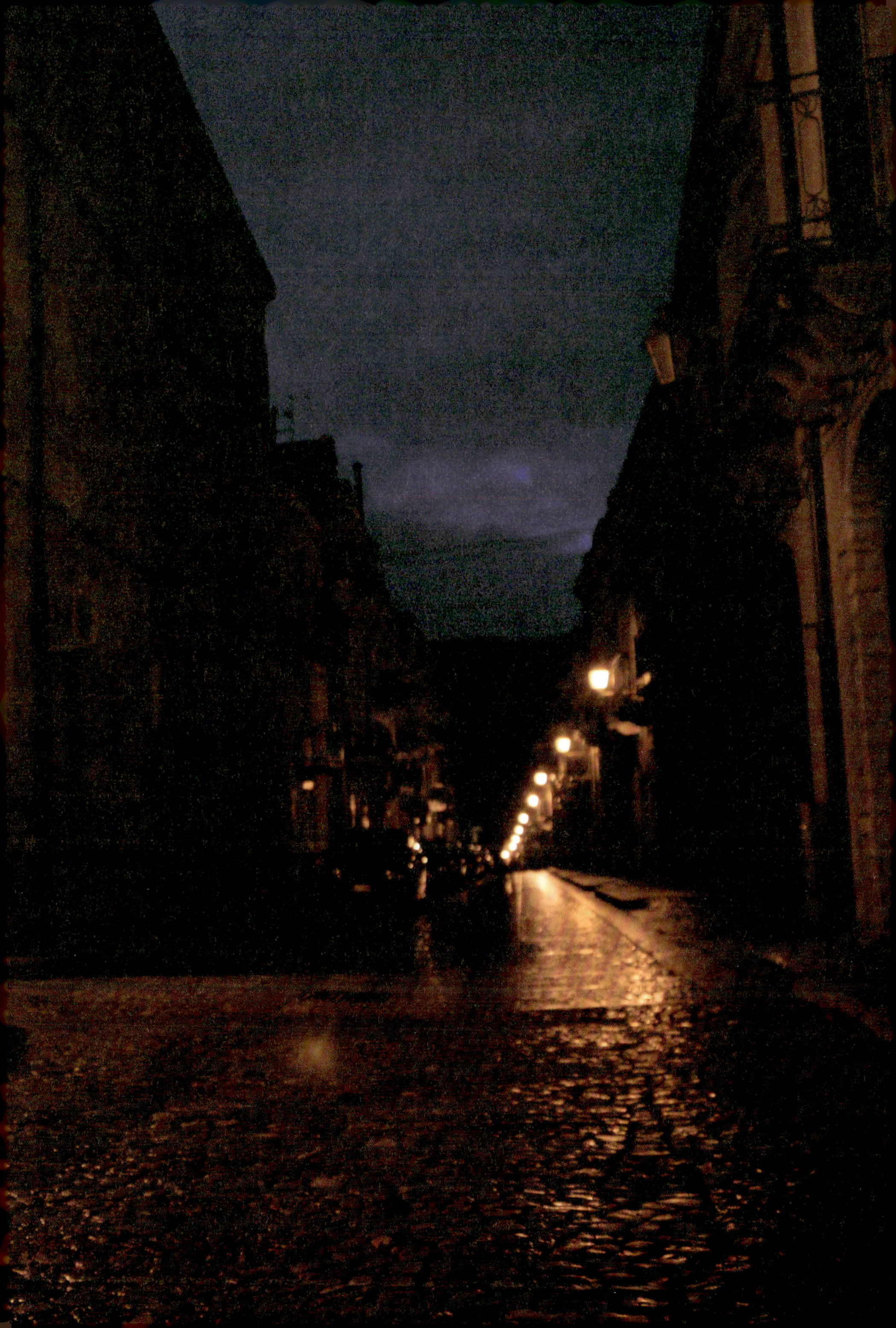

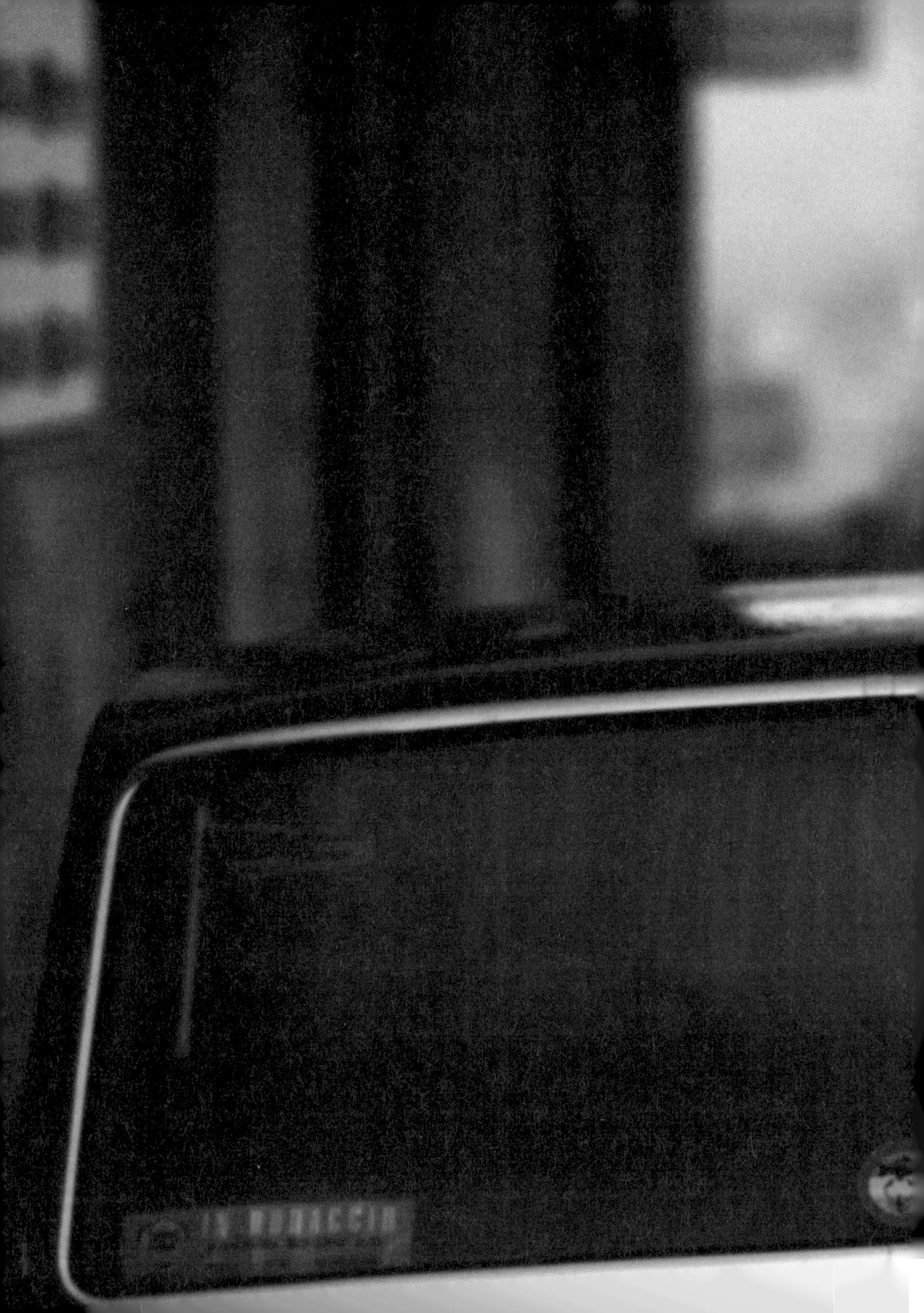

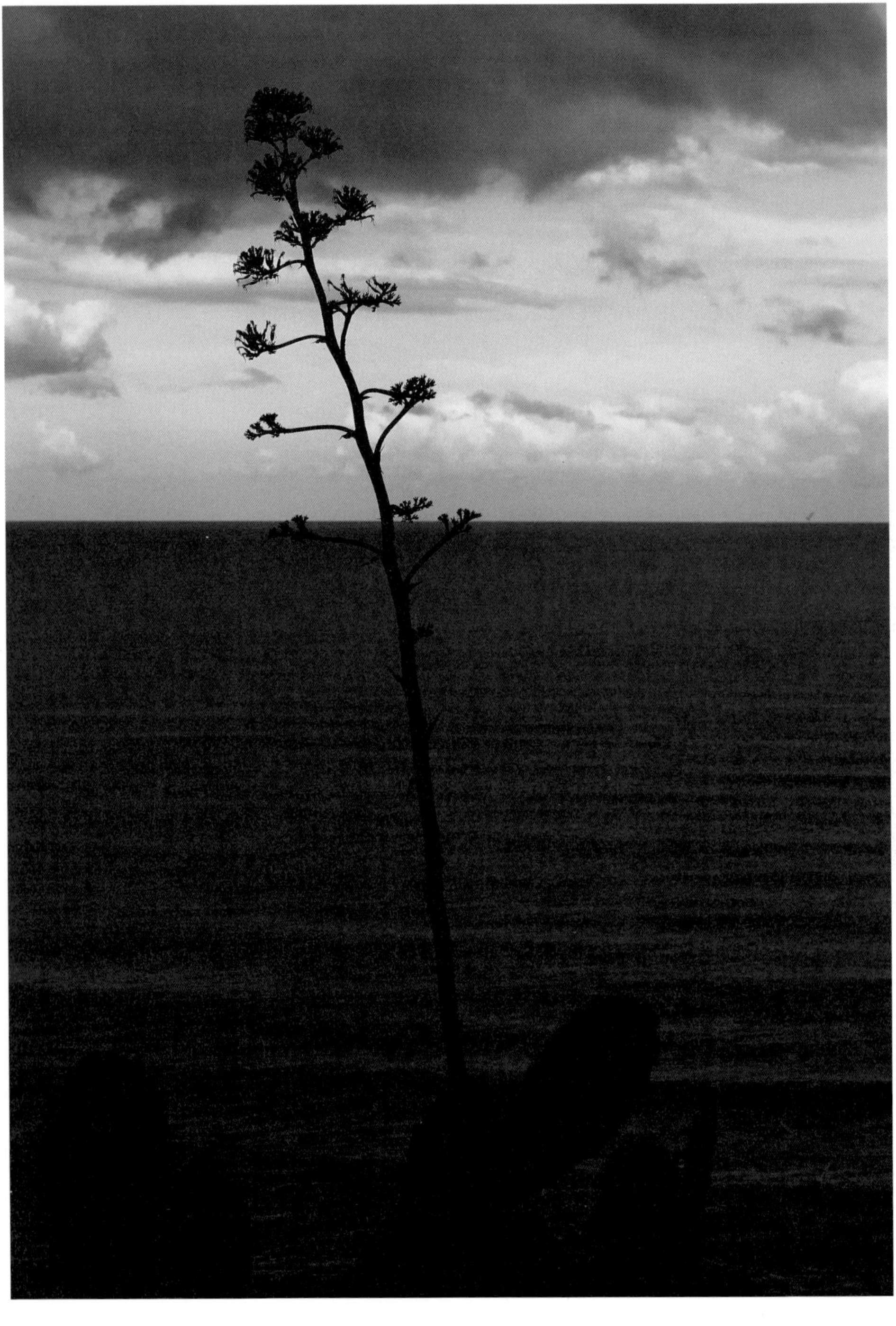

카스텔모라

아르보노 나무

여행에서 돌아올 때면 대개 여행을 종합하고 함축하는 한 장의 사진을 고르게 된다. 한 장의 사진을 고르는 일은 그다지 힘들지 않아 대개 마음에 둔 사진으로 쉽게 고른다. 그런데 이번 시칠리아 여행은 사진 한 장 고르는 데 힘이 많이 든다. 몹시 진을 뺀다. 그 이유는 아마도 너무 좋은 사진들이 많은 까닭이기도 하고, 또 그만큼 시칠리아가 특정 사진으로 함축될 수 없을 만큼 대단히 변화무쌍하다는 뜻이기도 하고, 또 무엇보다도 나, 그러니까 나 자신이 여행 중에 생각이 많아 정리 정돈이 안 된 까닭이기도 할 것이다. 이런저런 사진들을 올려놓고 갈등하다 시칠리아 해변에 핀 아르보노 나무를 선택한다. 처음부터 끝까지 여행 중 내 마음이 되어주었고, 풍경이 되어주었고, 아득함이 되어준 나무다. 어디에나 있었고, 모든 곳에서나 보였고, 그럴 때마다 잊어버린 것, 잃어버릴 것을 생각하게 했다. 오래 기억될 추억의 풍경 중 하나다. 돌아온 지 얼마나 됐다고 어느새 희미하게 아득하다.

이제 돌아왔다. 돌아왔으니까, 돌아오고 말았으니까 그리움이 저만치 다가오는 것이다. 모든 여행은 결국 돌아오기 위해 떠나는 것이다. 그렇지 않다면 유랑이라 해야 할 것이다. 돌아오기에 적당히 잊고, 놓치고, 버리면서, 또 그만큼 어떤 것을 추스르고 보듬고 새기게 된다.
시칠리아 여행을 종합해보면 생각보다 힘든 여정이었다. 그랬던 만큼 사진은 많이 찍을 수 있었고, 무엇보다 길이 좁고 높은 언덕이 많아 운전에 힘들었다. 특히 밤길 운전은 캄캄하여 애를 먹었다. 그럼에도 동서남북 섬 풍경이 하도 변화무쌍하여 참으로 다양한 풍광, 이미지들을 만날 수 있었고, 날씨 또한 아주 포근하여 여러 길에서 참 많은 상념 속에 잠기게 하는 길의 마력을 배가시켰다.

이제 아르보노 나무를 시작으로 시칠리아의 풍경, 사람, 또 그들의 삶을 하나하나 선보이도록 하겠다.

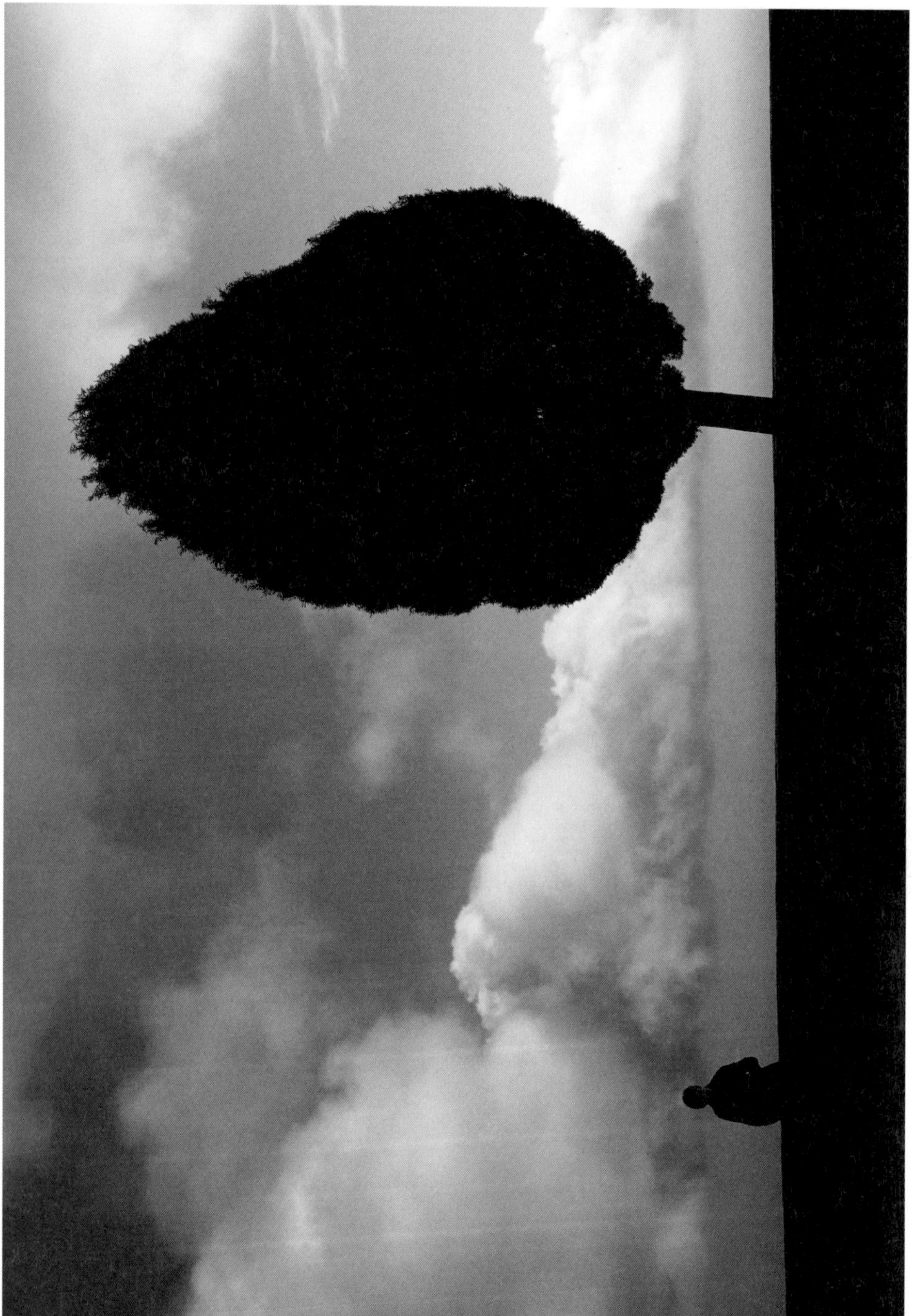

카스텔모리

어찌하다 보니

어찌하다보니 잊은 것도 없고, 잃은 것도 없고, 버린 것도 없다.
잊기 위해 떠나는 곳이라 했고, 잃어버리기 위해 떠나는 곳이라 했고,
또 그만큼의 잃어버린 것을 기억하기 위해 떠나는 곳이라 했는데
무수한 상념만 날리고 뿌리고 지우면서 떠돌았을 뿐 확실히 한 것은 없다.
미안하기도 하고 쑥스럽기도 하고 멋쩍기도 하다. 어찌하다 보니…

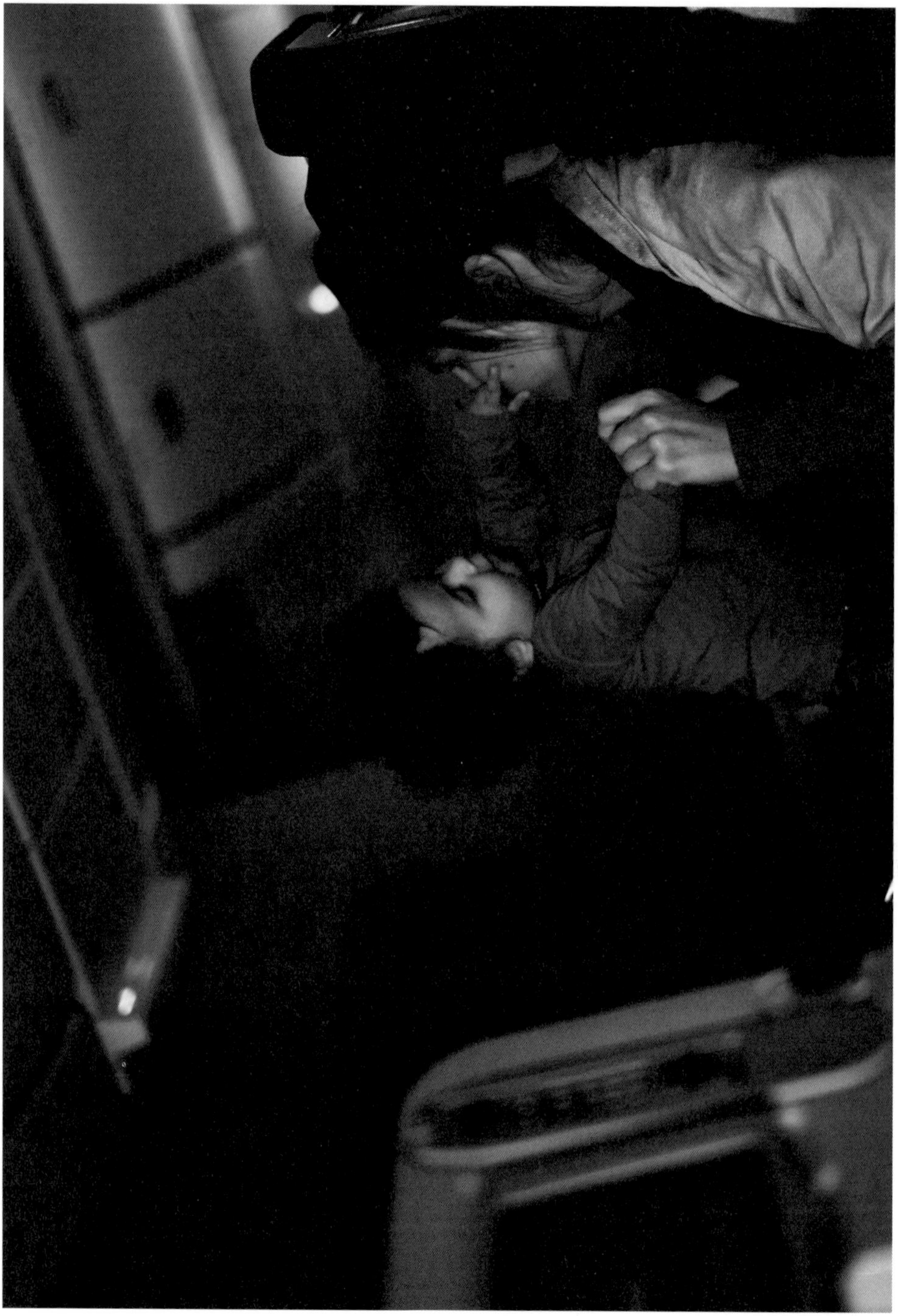

서울 - 파리 - 로마

뼛속까지 여행사진가였던 일본의 후지하라 신야에 따르면 여행의 조건은 세 가지이다. 뭐든지 잘 먹고, 뭐든지 탈 수 있으며, 어디서든 편히 잘 수 있으면 된다. 하나 더 추가한다면 "지겨움 없이 어떻게든 시간을 잘 보낼 수 있으면 된다." 나는 비교적 이 네 가지 조건에 잘 적응하고 잘 맞는 편에 속한다. 특히 시간 보내는 데는. 미국유학시절 나이아가라 폭포가 있는 버펄로에서 뉴욕 맨해튼까지 기차로 8시간, 왕복 16시간을 일주일이 멀다 하고 2년을 책 읽기로 잘 버텨냈으니 시간 죽이는 데는 자신이 있다. 기차, 비행기, 버스, 배를 가리지 않고 5시간에서 10시간까지는 꼼작 않고 책을 읽거나 놀 수 있다. 서울에서 시칠리아를 가는 데는 여러 방법이 있을 것이나 일단 비용이 문제다. 처음에는 로마 혹은 나폴리로 가서 차를 렌트한 다음 육해로를 이용 시칠리아 메시나로 들어갈까 생각하다가 처음부터 운전하기가 싫어서 곧장 팔레르모까지 비행기를 타고 가서 그곳에서 차량을 렌트하게 되었다.

그래서 선택한 것이 에어프랑스를 이용 〈서울 - 파리 - 로마 - 팔레르모〉, 두 번 갈아타는 노선이 되었다. 갈아탈 때 가장 유의할 점이 두 가지인데 하나는 갈아타는 시간을 최저 〈2시간〉은 확보해야 한다는 것. 특히 겨울철에는 기상상태를 예측할 수 없을 뿐 아니라 입국과 검색이 강화되면 기본적으로 1시간을 넘긴다. 여유를 가지고 갈아타려면 반드시 2시간 정도 여유를 가져야 한다. 이번 여행에서 시간부족으로 애를 먹었다. 또 하나는 비행기를 예약할 때 마지막 비행기는 피해야 한다. 다음 비행기가 있어야 놓쳤을 때 탈 수 있기 때문에. 또 하나 가급적 이른 아침 비행기는 피하는 것이 좋고 또 너무 늦은 심야 비행기도 피하는 것이 좋다. 뭐든지 정상 업무가 진행되고 있을 때 여행을 해야 급한 문제가 생겼을 때 조치를 취할 수 있다.

인천에서 파리까지는 13시간 정도, 파리에서 로마까지는 2시간, 로마에서 팔레르모까지는 1시간 정도다. 비행시간만 16시간, 공항대기시간까지 하면 20시간은 족히 걸리는 비행 스케줄이다. 그러나 나는 개의치 않는다. 언제 어디서든 책을 볼 수 있고 사진을 찍을 수 있으며 또 마음껏 생각하고 이것저것 검토하다 보면 시간은 금세 간다.

아침 10시 15분 파리행 에어프랑스에 올랐는데 날씨가 아주 좋았다. 모처럼 인천바다 사진을 찍을 수 있었다. 대한항공과 연계해서인지 기내식도 좋았고 전체적으로 에어 프랑스 기내 와인이 다른 항공편보다 좋다고 한다.

예정보다 조금 늦게 파리 드골 공항에 도착했는데 안개비가 내렸다. 파리에서 안개비는 처음이다. 그러나 갈아타는 시간 1시간, 마음이 급해 게이트가 열리자 정신없이 뛰어서 2청사로 달렸는데 비행기가 떠났다. 에어프랑스 수속 카운트로 가서 다음 비행기 편으로 티켓을 바꾸고 나니 2시간 정도 여유가 공항에서 생긴다. 덕분에 로마 다빈치 공항에서 팔레르모 공항까지의 갈아타는 항공편 시간이 4시간에서 2시간으로 줄어들었다. 이제 편한 마음으로 안개비에 젖은 샤를 드골 공항의 매혹을 만끽한다. 남는 시간은 잡지를 보고 커피를 마신다.

나는 공항냄새가 좋다. 자유여행자에게 공항냄새보다 흥분되는 것은 없다. 공항에서의 복잡한 감정상태가 좋다. 후지하라 신야가 말한다. “사진을 사랑하는 사람은 시간을 사랑하고 만남과 헤어짐의 순간을 사랑한다.”

F28 로마행 게이트가 열린다.

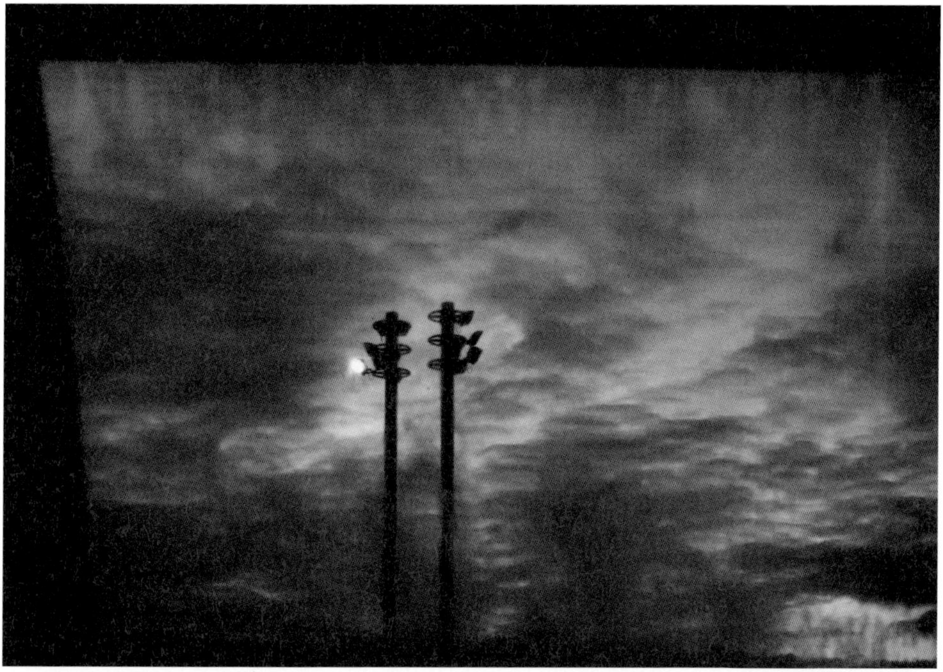

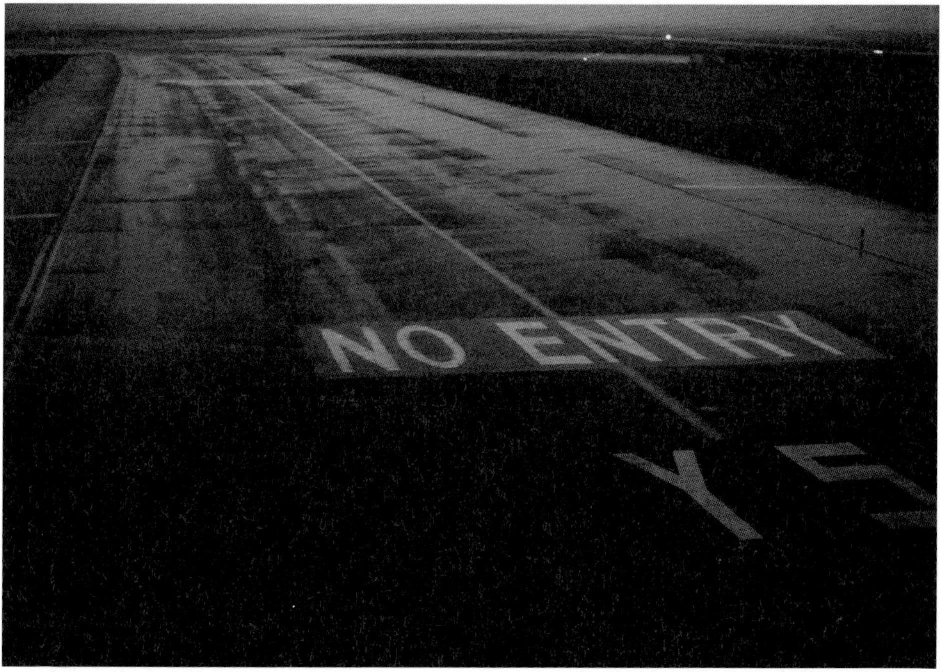
NO ENTRY

로마 - 팔레르모

원래의 비행기를 놓쳤지만 곧바로 다음 비행기를 탈 수 있는 것은 여행객이 많은 대도시행이기 때문이다. 편한 마음으로 비행기에 오른다. 오늘따라 유난히 이태리 알리딸리아 여객기가 매력적으로 다가온다. 파리에서 로마까지는 2시간, 이 정도 시간은 금세다. 이륙하여 신문보고 간편 기내식 사각거리면 착륙이다. 안개비의 파리 드골 공항처럼 로마 다빈치 공항도 옅은 안갯속에 잠겼다. 그러나 깜깜하여 사진 찍기는 무리다. 이제 마지막 남은 시칠리아 팔레르모행 국내선 갈아타기. 2시간 남은 시간을 이용하여 면세점도 가보고 떠나고 돌아오고 기다리고 상념에 잠긴 사람들을 카메라에 담는다. 한밤중 게이트만큼 처량한 곳도 없다.

마침내 팔레르모행 탑승안내를 알리는 방송. 비행기가 작아서 게이트 밖으로 버스를 타고 활주로로 나간다. 가랑비가 부슬부슬 내리는데 모두가 아무런 말도 없이 버스를 타고 걸어 탑승 계단을 오르고 자리를 찾아간다. 팔레르모까지 비행시간 1시간. 이륙한다 싶었는데 어느새 하강한다. 하염없이 작아 보이는 팔레르모 공항.

무사히 도착했다. 바닷바람이 좋다.

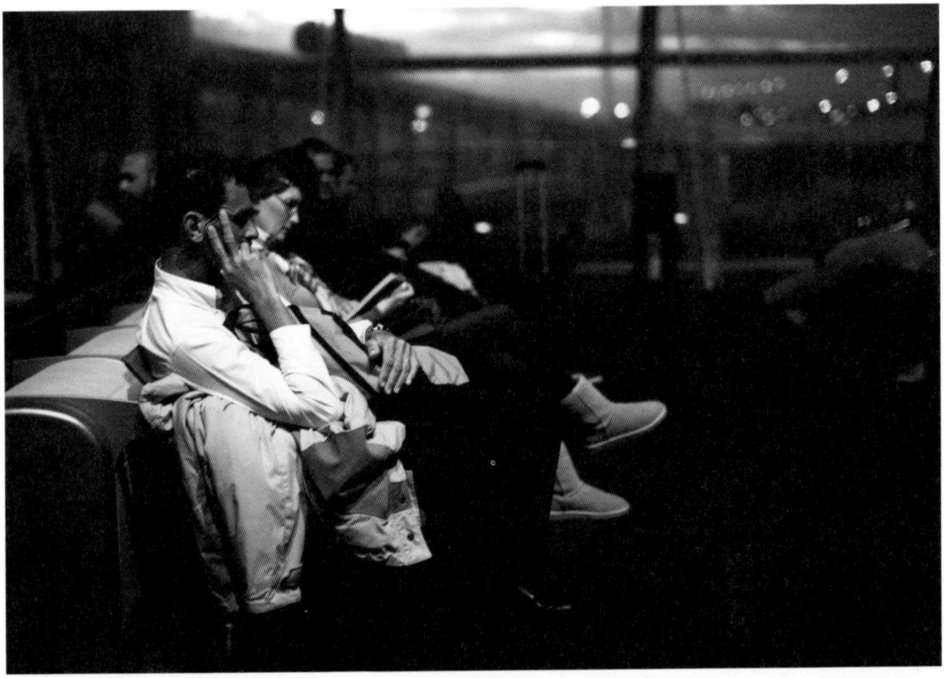

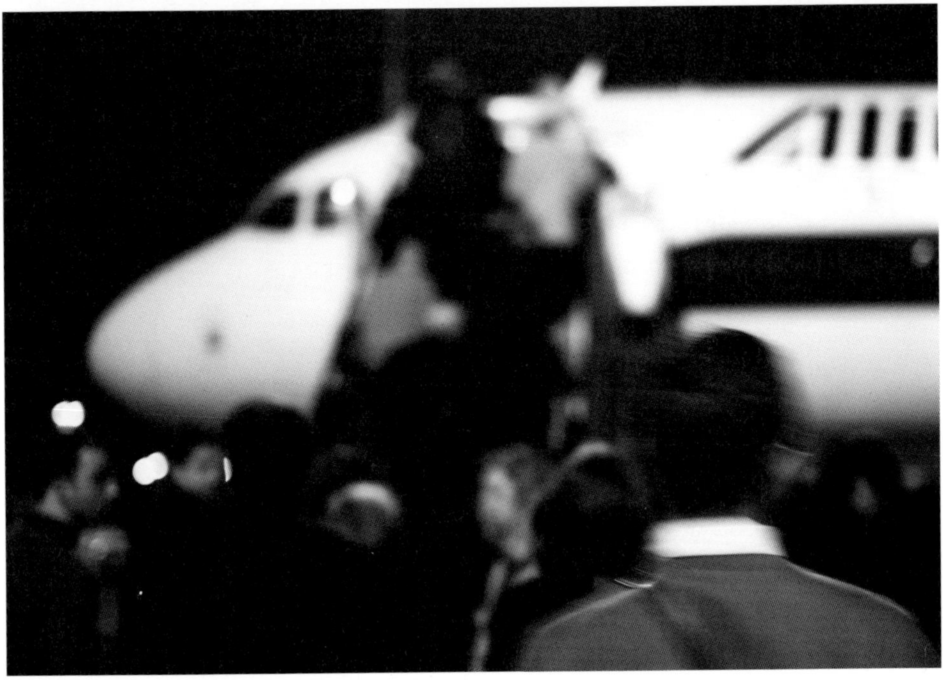

로마 - 팔레르모

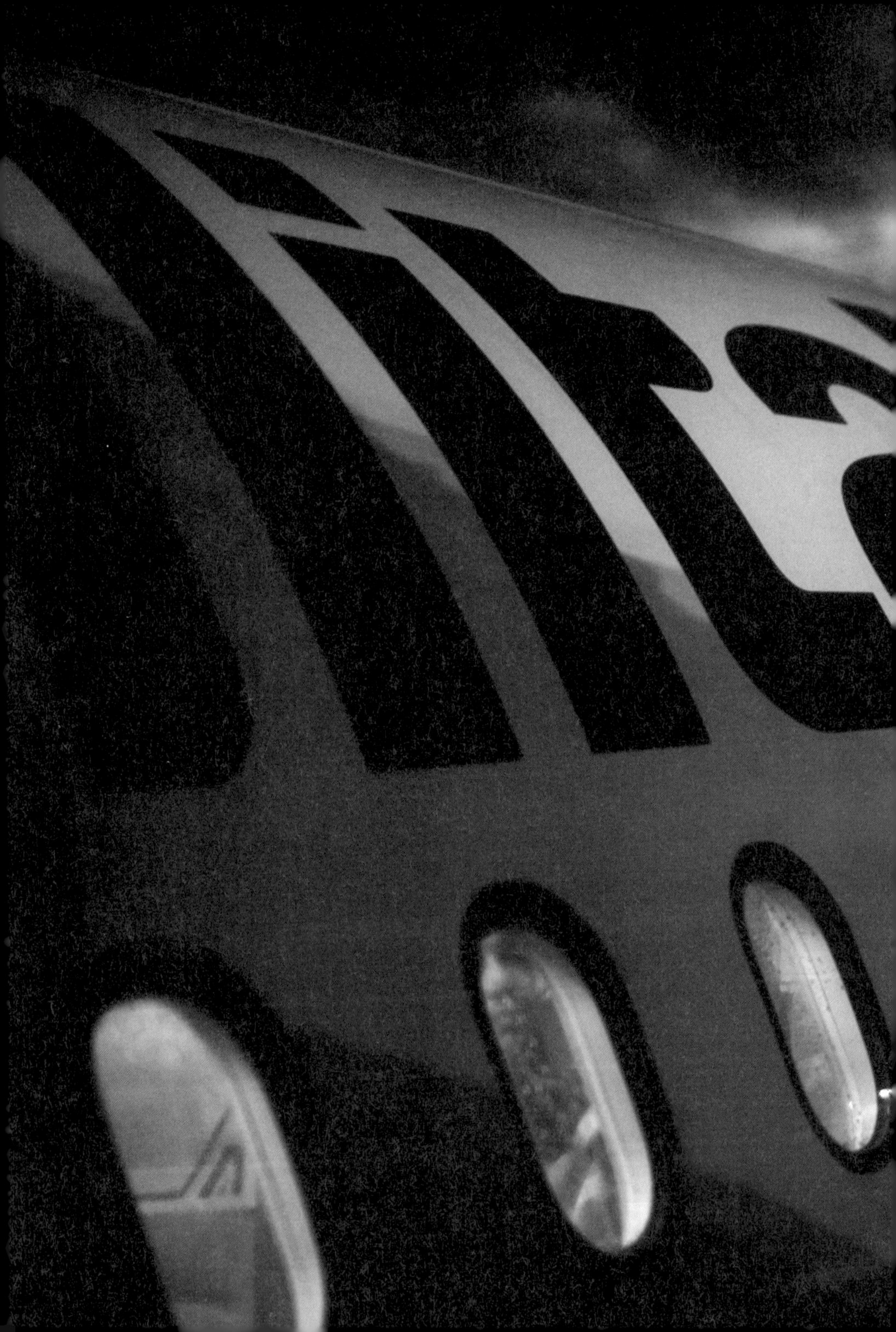

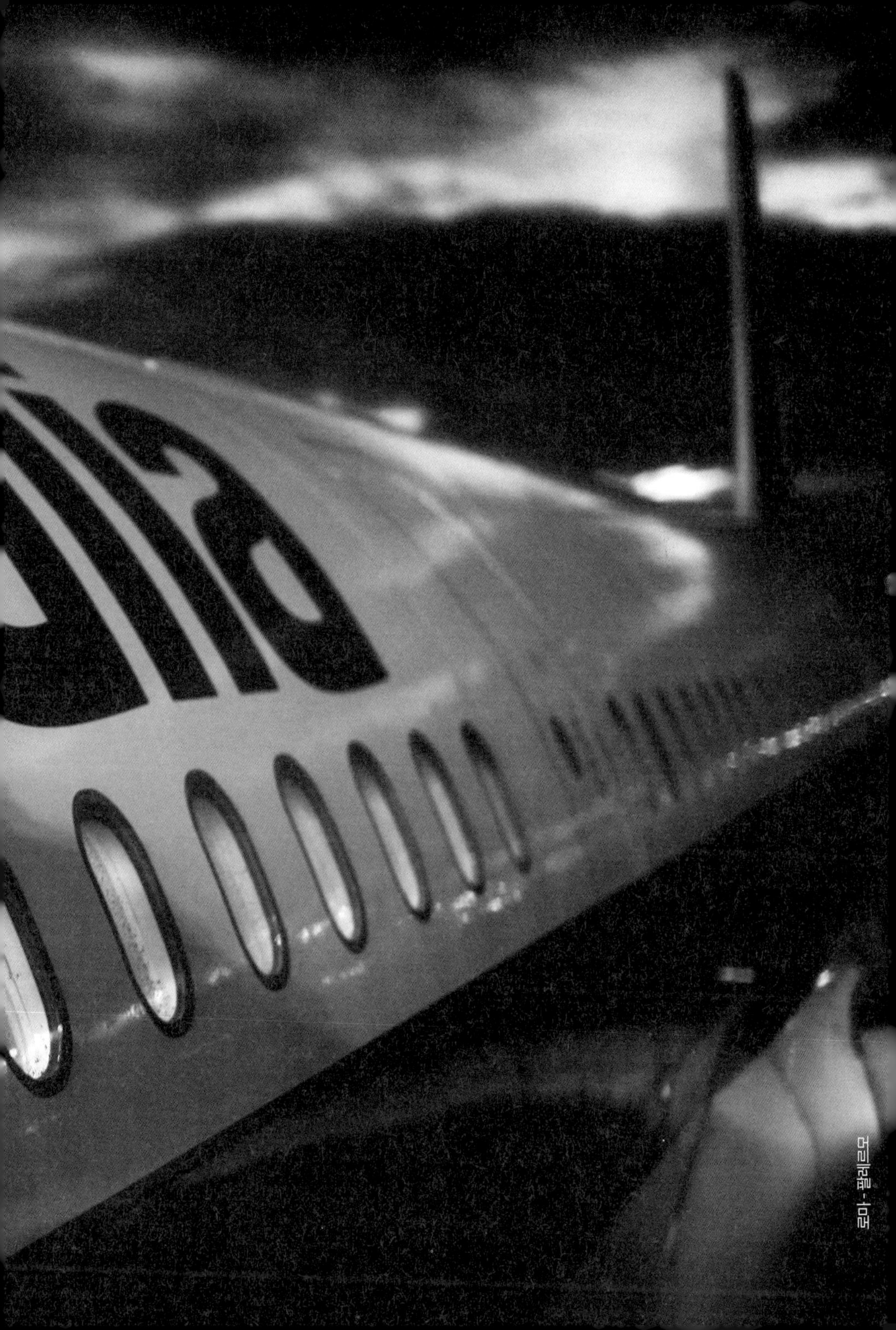
로마 - 팔레르모

팔레르모 아침 빛에 마음을

낯선 도시에서 아침을 맞으면 비로소 정든 집을 떠났구나, 사랑하는 사람들과 헤어졌구나, 여긴 타지구나! 생각이 든다. 그러고서 금세 이국 풍경에 몸과 마음이 젖어드는데 예외는 없다. 시칠리아의 이른 새벽공기에 긴 호흡을 하면서 항구로 향한다. 팔레르모는 시칠리아 주의 수도이다. 교통의 요지이면서 일찍부터 해양문화가 발달한 도시이다. 검색하면 나오기에 생략한다. 다만, 시칠리아가 그리스 문명, 로마문명, 아랍문명, 바이킹문명을 적절히 시기별로 수용했다는 증거는 이곳에서 확실히 알 수 있다.

여행이라는 것이 그렇다. 자기가 가고 싶고 보고 싶고 즐기는 곳으로 가야지 남들이 다들 간다고 혹은 유명하다고 가는 것은 재미없다. 물론 나도 유명한 곳, 즐겨 찾는 곳을 부러 회피하지는 않는다. 다만 내가 즐기는 곳, 행복한 것, 무엇보다도 사진이 있는 곳을 가길 즐긴다. 팔레르모는 시칠리아 여러 도시 가운데 수도답지 않게 볼 것이 없는 도시로 알려져 있으나 그건 선입견 때문일 뿐이고 사람 사는 곳, 시간이 머물다 상처를 내고 수많은 사람들의 추억이 어린 곳이라면 어디든 볼만한 것이고 느낄만한 곳이고 사진꺼리가 있는 곳이다.

팔레르모의 첫날, 이른 새벽에 어딜 갈 것인가는 발이 먼저 안다. 항구다. 새벽바다가 손짓하는 곳이다. 천천히 항구로 발걸음을 옮긴다. 그러니 지금, 지금 내 마음을 줄기차게 포박하는 것은 그 어떤 것도 아니다. 부산을 떠날 때부터, 온종일 비행기 속에서, 오늘 새벽녘까지 가둔 것은 시칠리아를 향한 의미 때문이고, 의미와 가치를 매개한 상황 때문이다. 미명의 팔레르모 항구를 느릿하게 걸으면서 이런저런 상념들에 빠진다. 비로소 이곳이 낯선 곳이라는 경각심을 깨우친 것은 언제나 바로 저것들, 그래 사진 찍으러 왔지. 열심히 찍어. 잊을 것들을 잊고, 버리고 올 수 있게.

새벽부터 아침 8시까지 팔레르모 항구를 거닐면서 워밍업을 시작해본다. 햇살, 물빛, 바람까지 좋다. 무엇보다 혼자 생각하는 사진이라서 좋다.

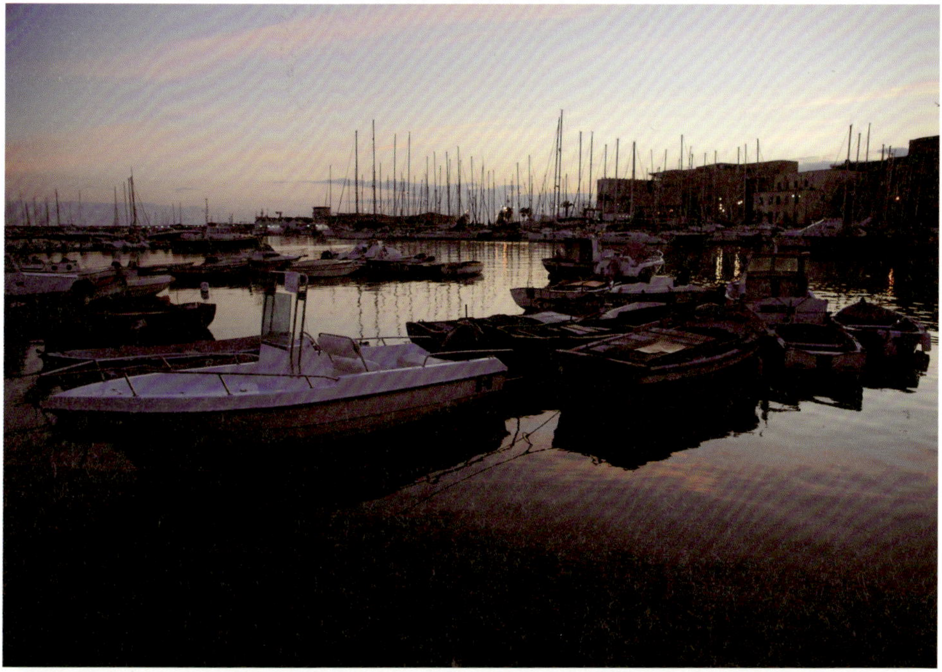

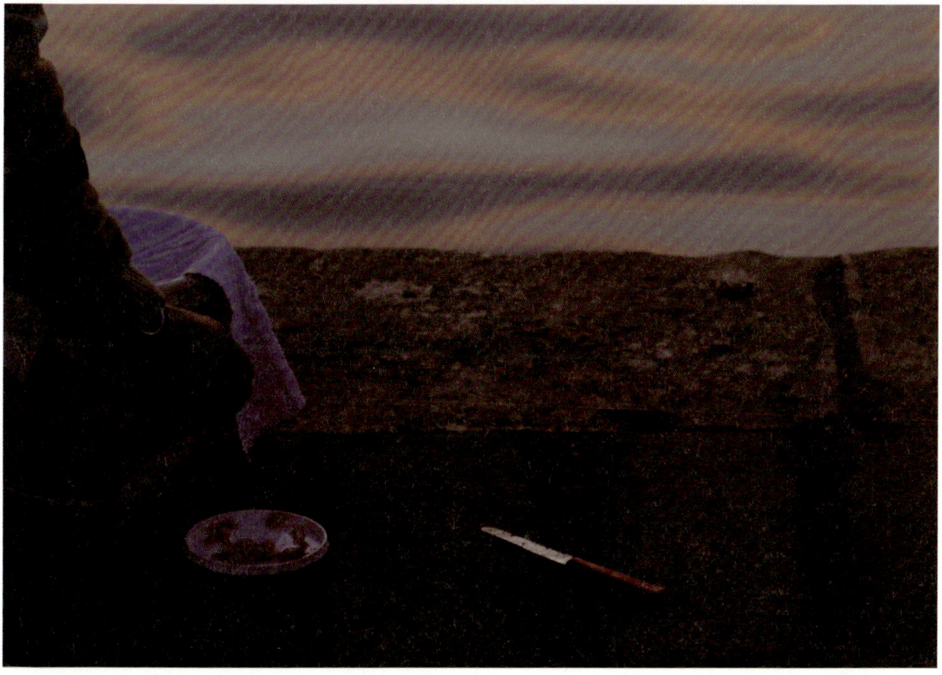

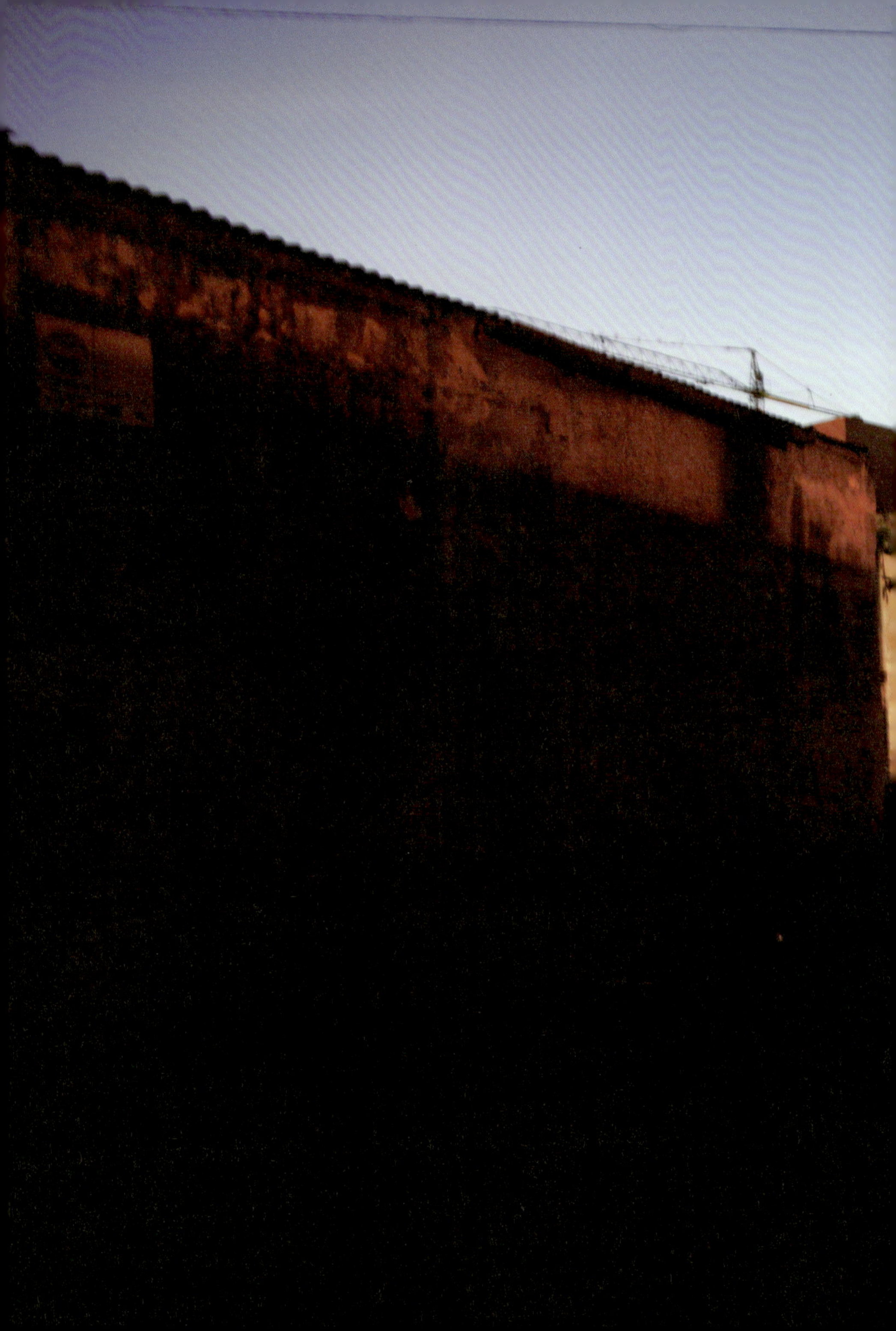

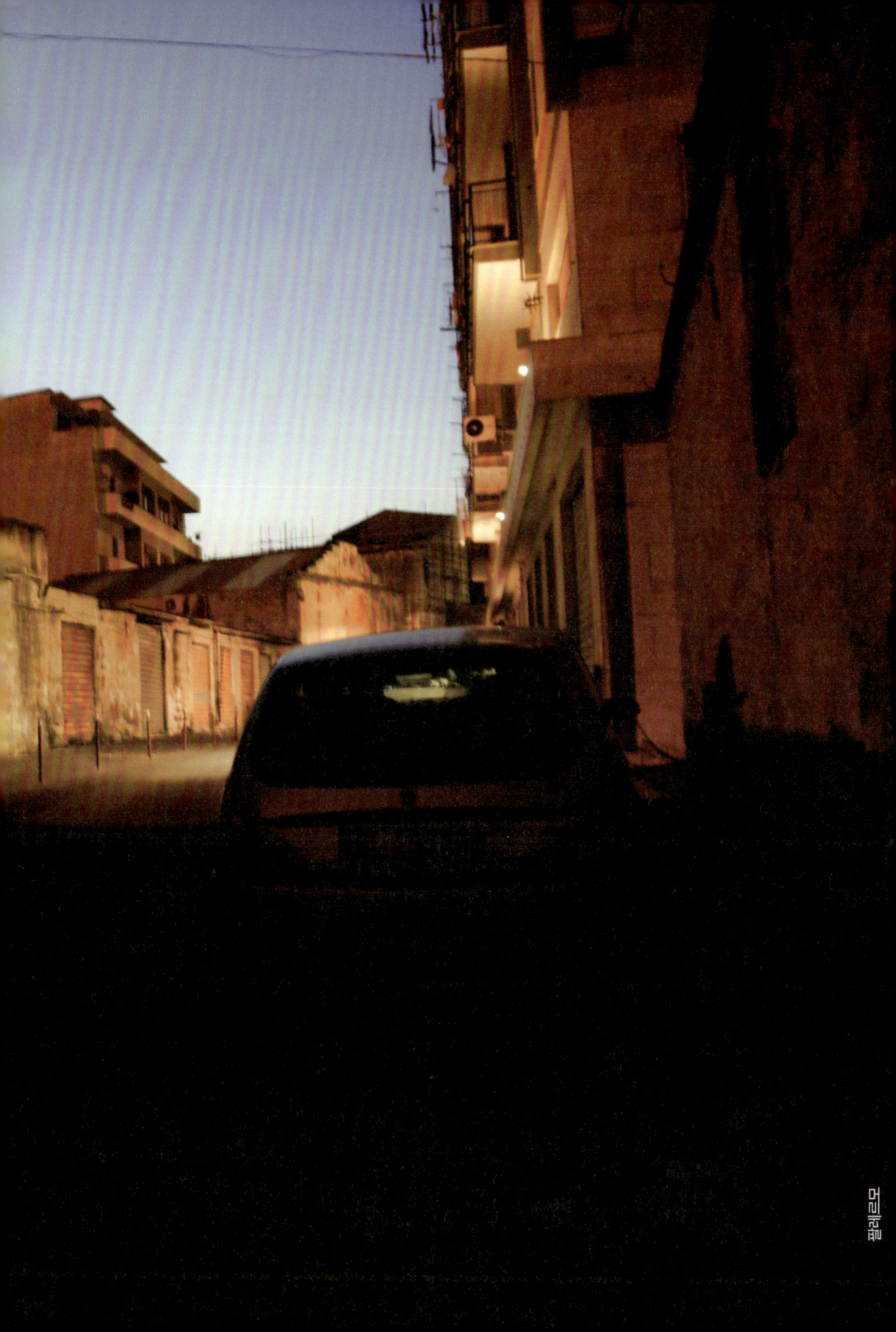

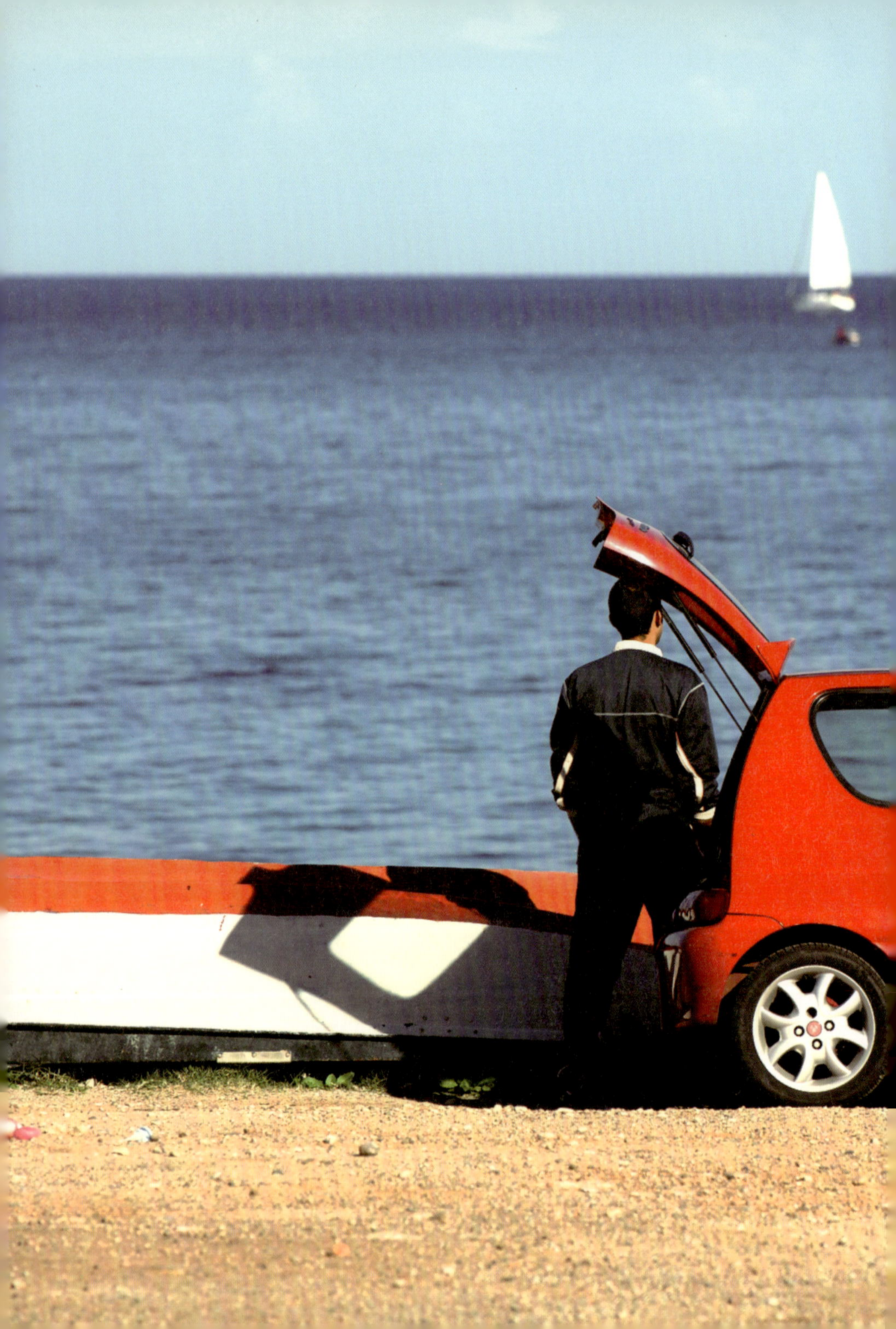

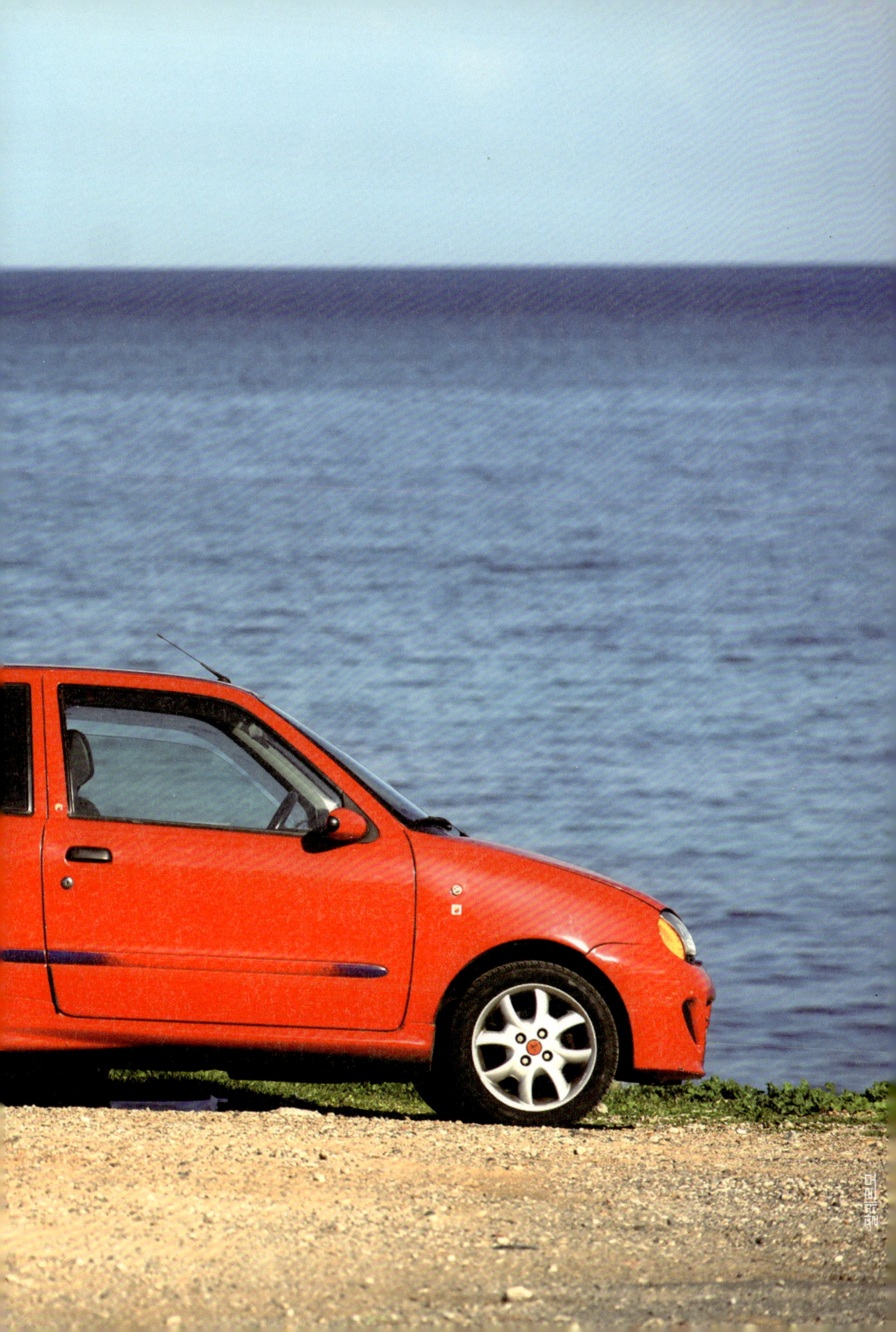

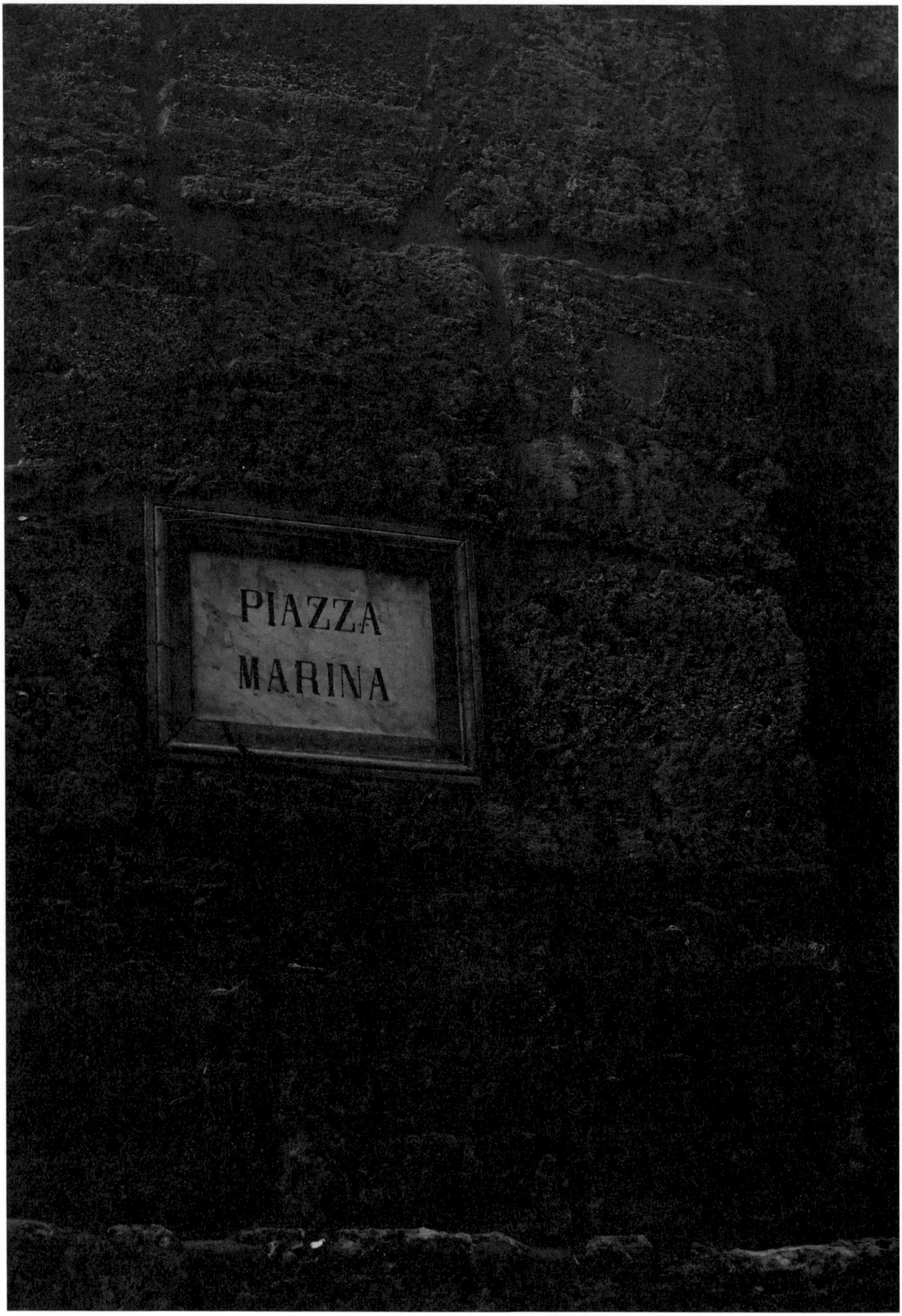

팔레르모 항구광장

팔레르모 항구광장(Piazza Marina) 혹은 벼룩시장

어느 도시를 가든 그곳에는 구시가지와 신시가지가 있다. 그러니까 한 도시의 옛 주소와 현주소 거리를 동시에 볼 수 있다. 여행자라면 우선 고려해야 하고 사진가라면 말할 것도 없다. 항구를 끼고 우측 편으로 돌아가서 구시가지 쪽으로 방향을 튼다. 나의 맹신적 믿음 하나는 발길 닿은 곳에 사진이 있다는 것. 굳이 사진을 찾아 나서지 않으며 어디에 있는지 묻지도 않는다. 발길이 향하는 곳을 가노라면 그곳에 어김없이 사진이 있다.

피아자 마리나. 팔레르모 항구 어귀에 있는 공원 겸 광장이다. 마침 일요일이라 벼룩시장이 구시가지 아침에 펼쳐져 있다. 옛 시간도 보고 촌스러움도 보고 사연도 읽고 인생도 살펴본다. 물건의 질이나 가격이나 짝퉁이나 허접함을 떠난 삶이 있다. 팔레르모 첫날, 구시가지 벼룩시장에서 시칠리아의 삶을 본다.

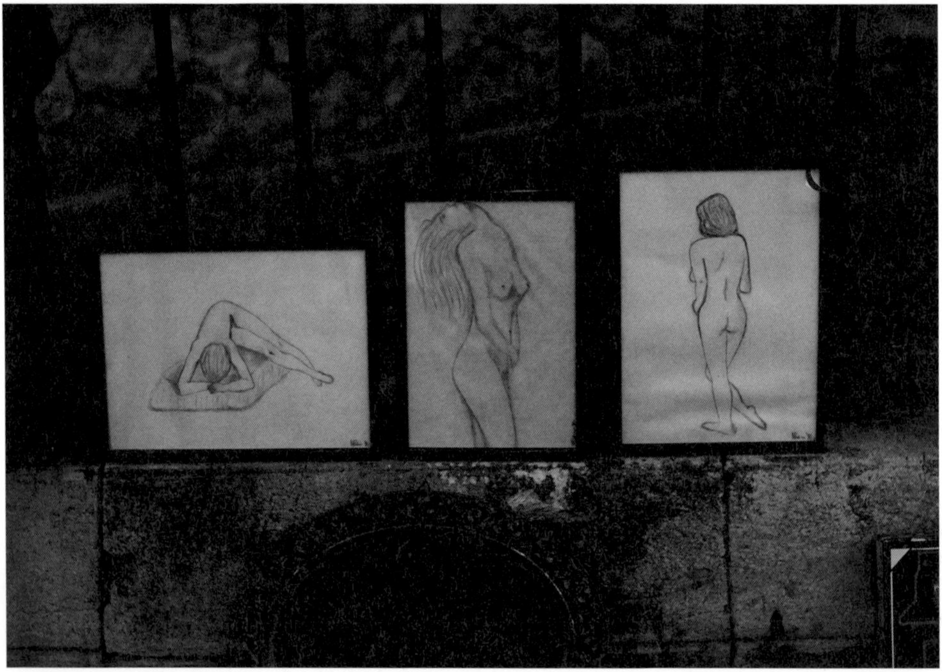

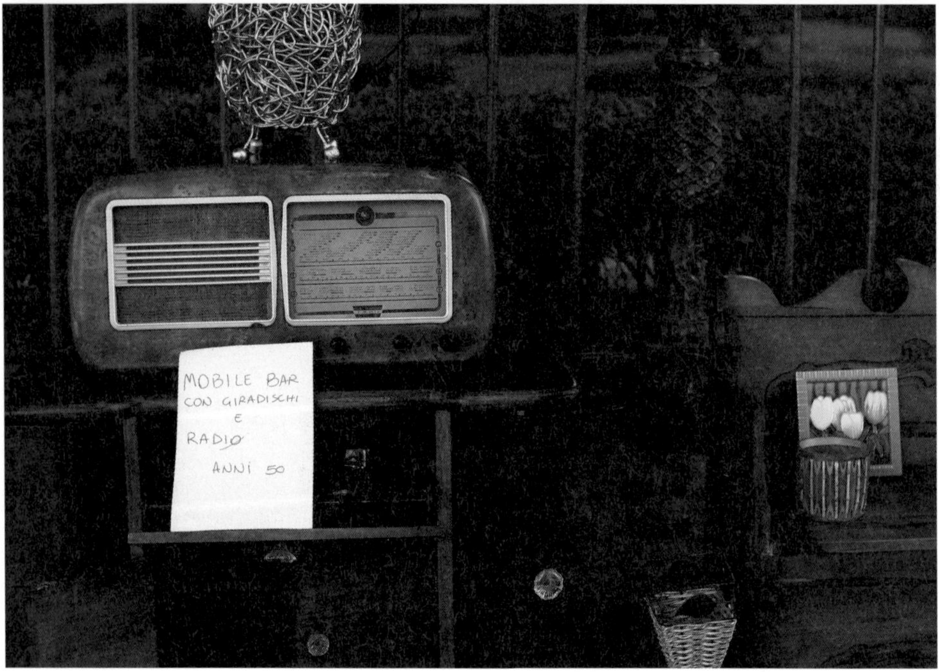

팔레르모 항구광장

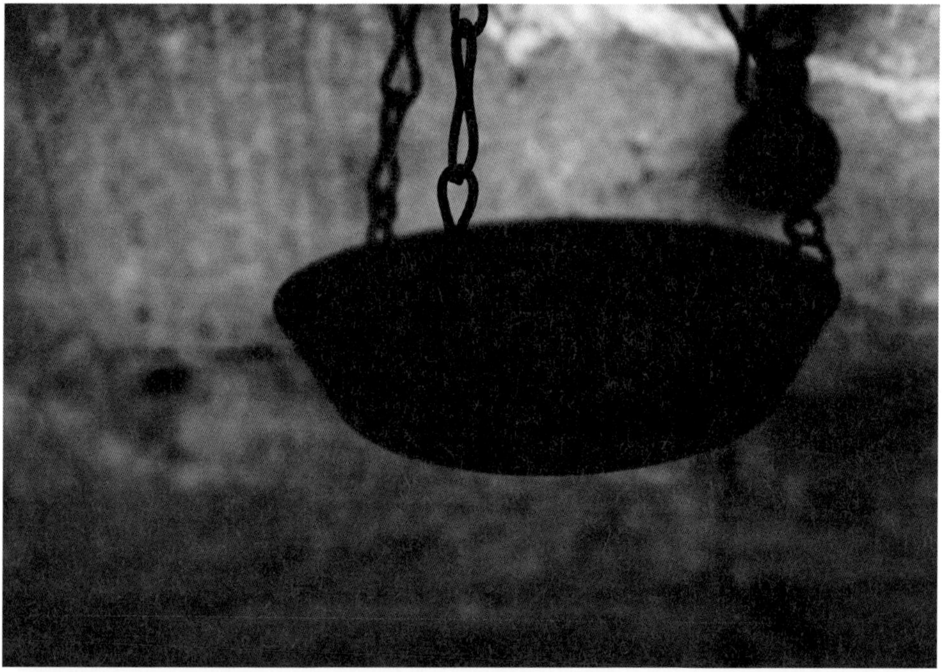

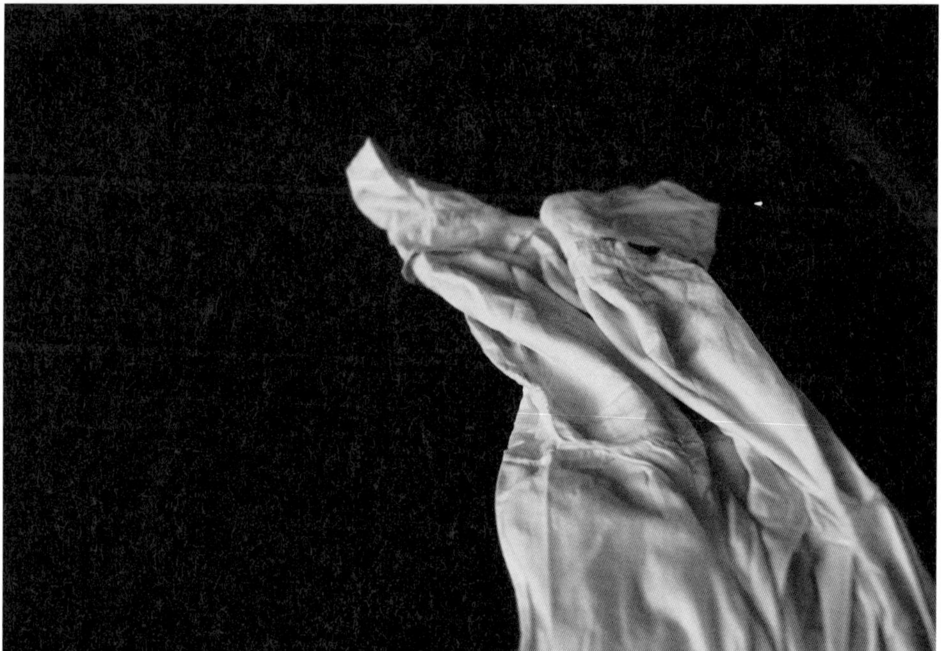

팔레르모 항구광장

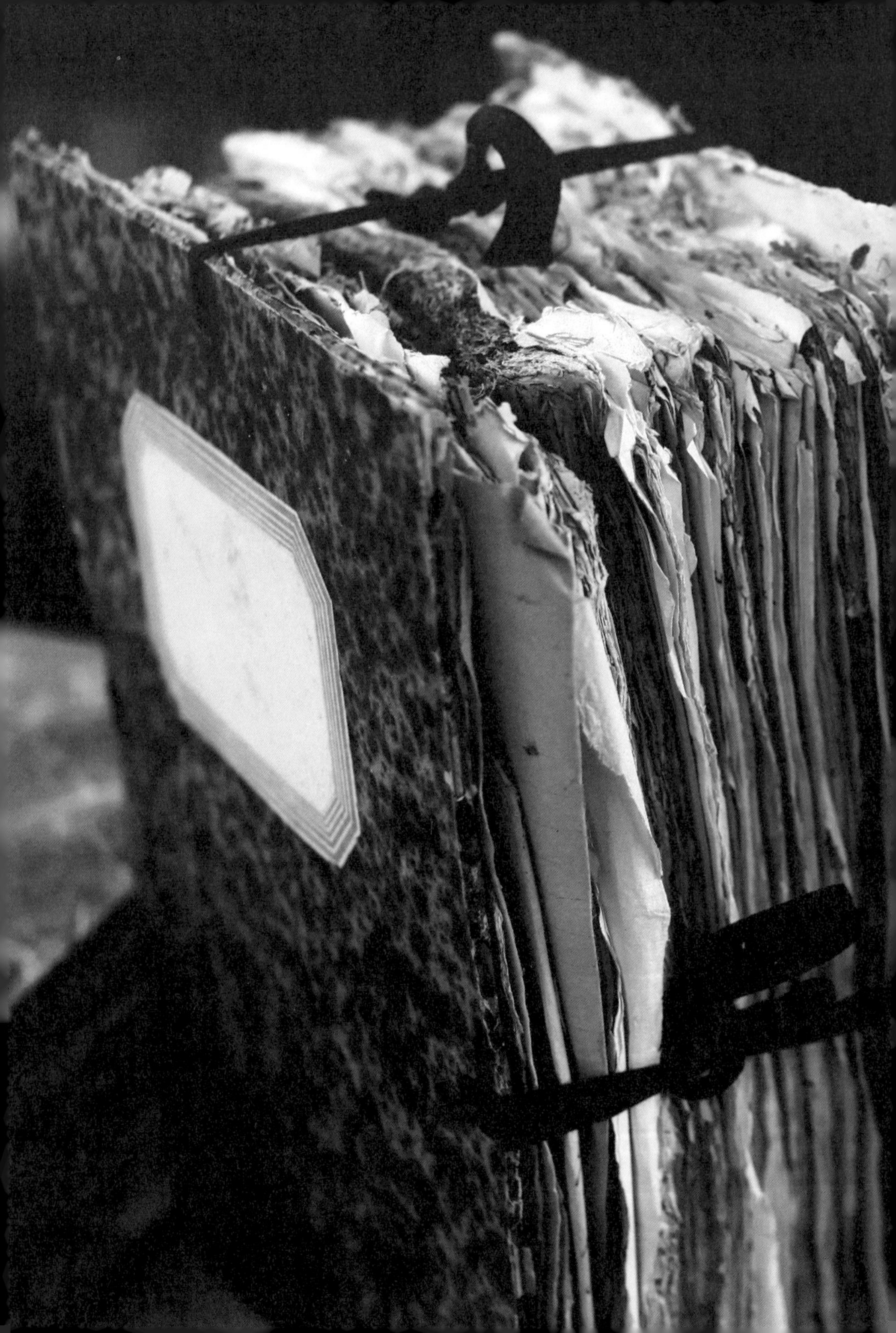

팔레르모 항구광장

팔레르모 도미니카 광장(Piazza domenica)

오래된 도시의 공통적 특징은 빛과 어둠 혹은 낡음과 새것들의 조화다.
시칠리아 주의 수도 팔레르모는 오랜 역사의 시간으로부터 발전한다.
단 한 블록 사이를 두고 깊은 어둠과 빛나는 햇살로 환각이 일어난다.

팔레르모 시장은 구시가지와 신시가지 중간에 걸쳐 있고 또,
그 중간에 성 도미니카 성당이 우뚝 솟아 있으며, 광장을 지나치면
눈부시게 빛나는 중앙우체국과 만난다. 바로 이곳부터 신시가지다.

항구광장을 지나면서 어둠 깊은 곳만 찾아다니며 옛 거리 시간 찾기,
낡은 시간으로부터 자리를 지키고 있는 오래된 사물들에 인사를 한다.

나는 이것들이 너무 좋다. 오래된 시간 자국들, 낡은 시간들의 향연들.
하늘 한번 쳐다보고 땅 한번 쳐다보고 온몸으로 시간 공기를 마신다.
그때마다 반짝거리며 그것들이 날아온다. 내 카메라 속으로 살며시.
그리고 그때 비로소 낯선 도시가 익숙한, 정겨운 살 냄새를 전한다.

여기는 시칠리아. 중심도시 팔레르모. 옛 시간과 새로운 시간의 경계.
그 순간 내가 사는 곳. 그러니까 부산. 그곳은 너무 멀다. 사람도. 마음도.

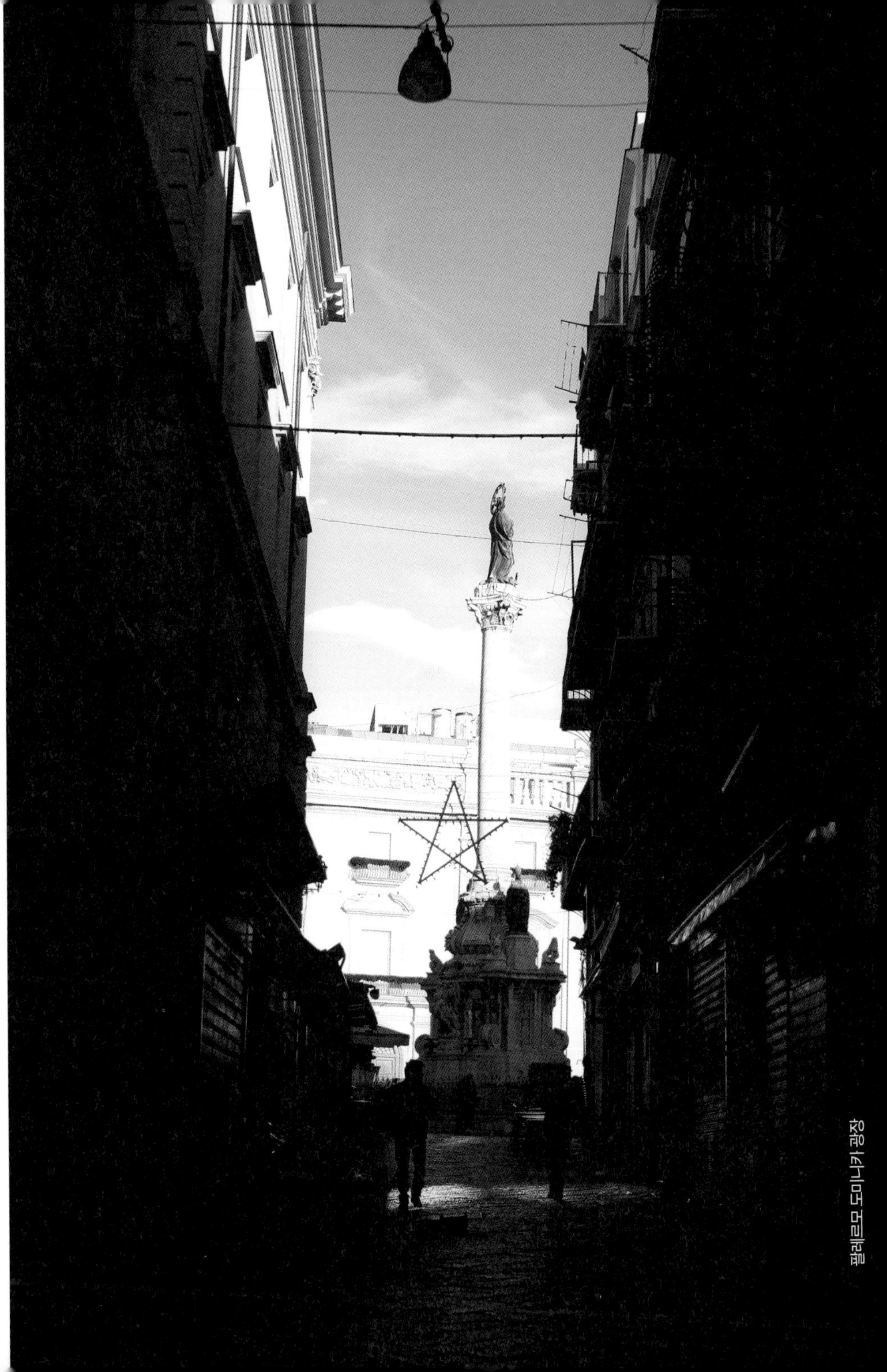

팔레르모 도미니카 광장

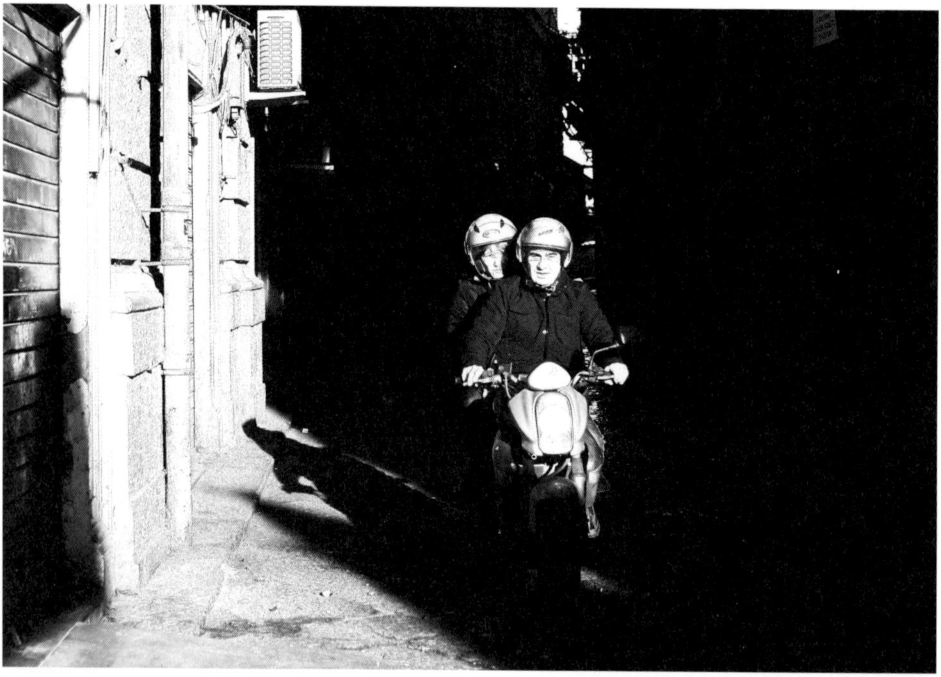

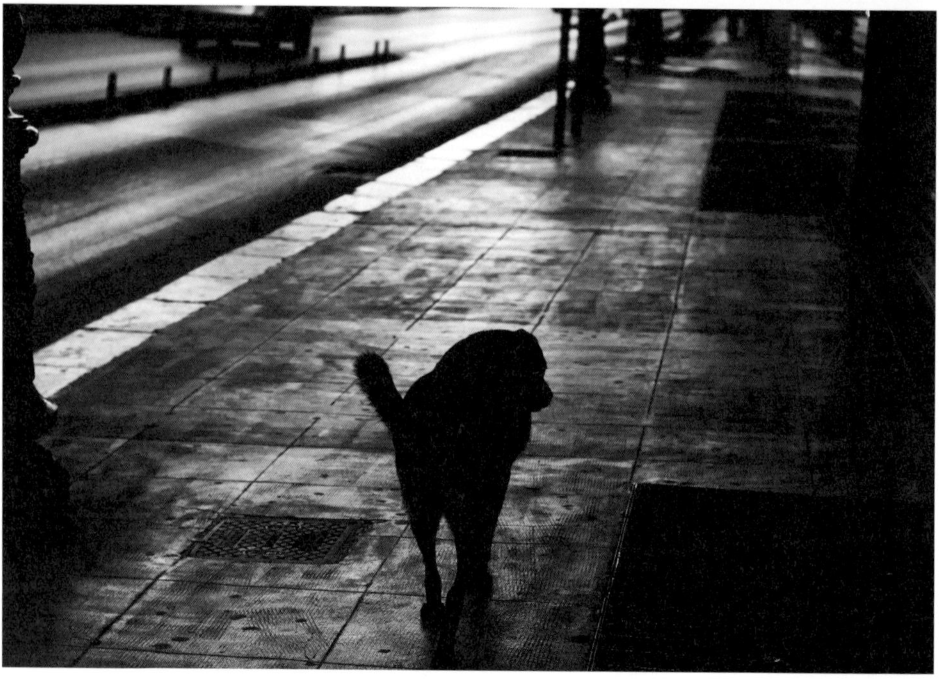

팔레르모 도미니카 광장

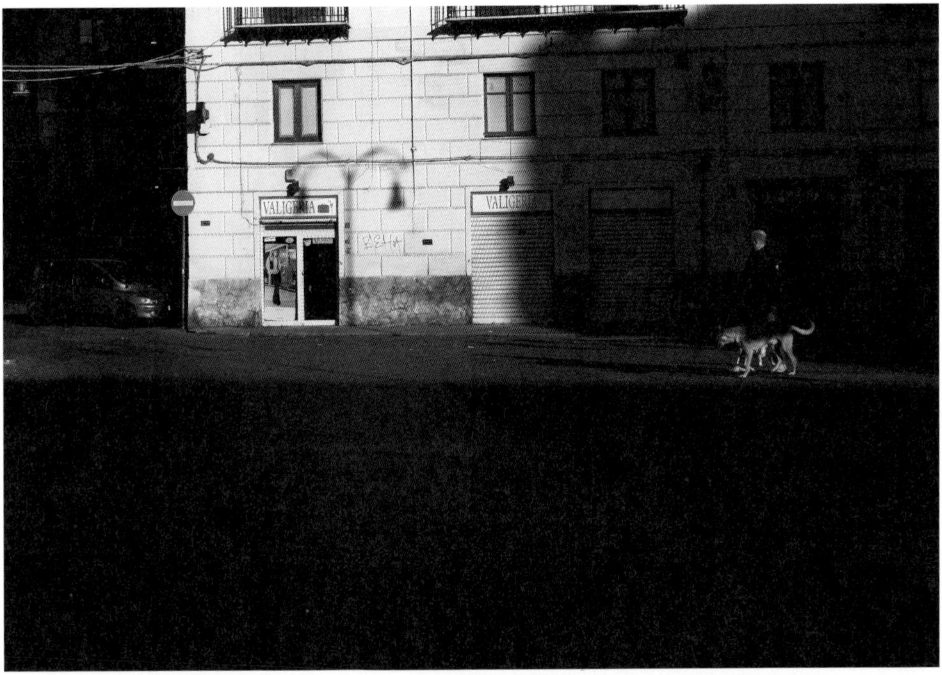

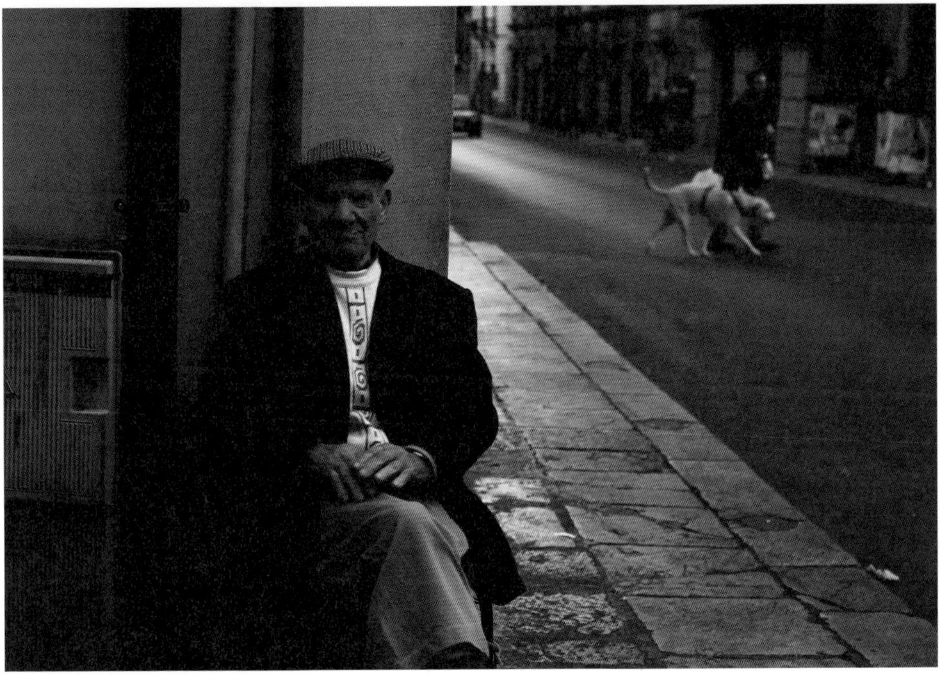

팔레르모 도미니카 광장

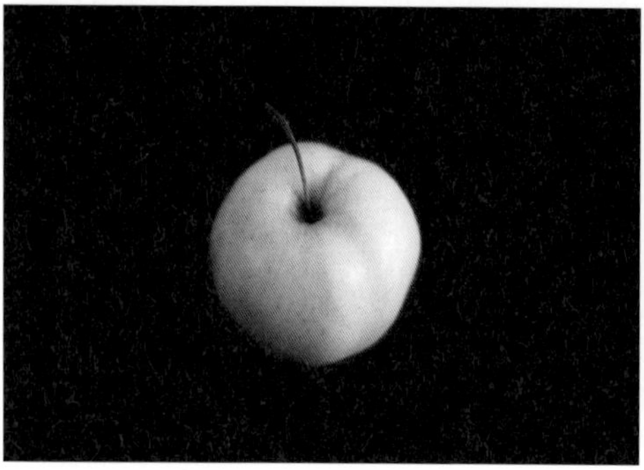

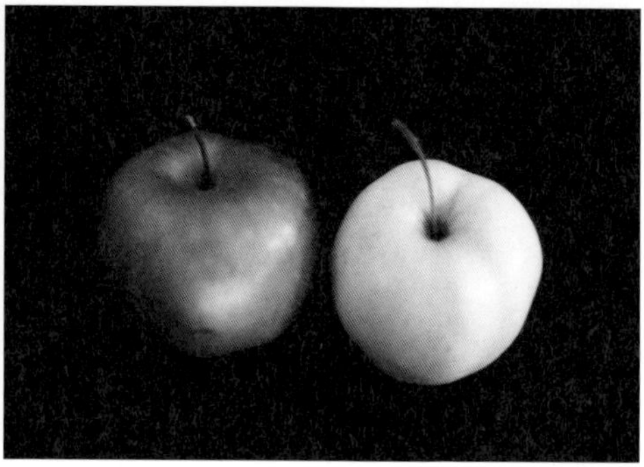

시칠리아 단상: 사과와 야자수

생각해 보면 그때나 지금이나 달라진 건 없다.
달라진 척할 뿐, 달라진 것처럼 보이려 할 뿐,
달라진 것은 없다. 둘이었던 것은 여전히 둘이다.

운명의 장난 같은,
말 안 되는 말 앞에 그저 멍하다.
처음엔 시칠리아에서,
지금은 이곳에서 그저 멍할 뿐.

체팔루(Cefalu), 연인들의 해변

시칠리아에 도착하면 가장 먼저 찾아갈 곳이 체팔루였던 것엔 여러 가지 이유가 있다. 지리적으로 체팔루가 팔레르모에서 가장 가깝고 빼어난 풍경을 자랑한다는 점과 팔레르모 청춘들이 사랑을 시작하면 가장 먼저 찾는 곳이라는 점, 그리고 마지막으로 종종 영화촬영지로 각광받을 만큼 풍부한 영상 소품들이 자리한다는 점에서.

팔레르모보다 사실 체팔루를 먼저 가고 싶다는 인터넷 의견들이 많다. 그만큼 해변풍경들이 멋지다는 것이다. 확실히 기대를 저버리지 않을 만큼 아름다운 곳이 맞다. 체팔루는 팔레르모에서 기차로 한 시간 정도, 자동차로는 고속도로를 타면 30분이면 간다. 그러지 않고 해변 지방도로를 타면 시간은 좀 더 걸리지만 다양한 풍경의 묘미를 만끽한다.

나는 차로 비교적 느리게 천천히 팔레르모에서 아침을 먹고 느긋하게 해안도로를 탔다. 출발할 때 날씨는 대단히 쨍한 맑은 날이었는데 체팔루에 도착했을 무렵에는 흐렸다. 그러나 산모퉁이를 돌자 짠! 하고 나타나는 풍경에 대번에 저곳이 체팔루다 직감했다. 차를 몰아가면서 저 유명한 포인트, 소위 체팔루를 상징하는 연인들의 벤치로 향한다. 벤치는 해안가 우측 편에 좌우로 6개 정도 놓여 있는데 벤치 주변을 하나같이 차량들이 주차해놓은 바람에 벤치와 해변, 아름다운 파스텔 색조의 건물들과의 앙상블을 찍을 수 없다.

인터넷에 체팔루 사진의 걸작은 가랑비 오는 오후, 막 가로등이 켜질 무렵에 연인들이 앉은 벤치를 배경으로 찍은 체팔루 풍경이다. 정말 아름다워서 찍고 싶었는데 조건이 되지 않는다. 날씨가 어찌나 오락가락하던지 햇볕이 날 때까지 한참을 기다려야 하는가 하면 벤치를 포위한 차량들을 피해서 이리 돌고 저리 돌면서 각을 잡아보지만 온전한 각이 없다. 그래도 바람은 상쾌하고 햇살이 나오면 해변 풍경이 참으로 아름다웠고, 그렇게 한참을 벤치에 앉아 부산과 부산 바다를 생각하노라니 저만치 아랍계 커플 한 쌍이 나타난다. 조심스럽게 몇 커트 찍고는 그들을 보면서 또다시 상념에 빠지며 해안마을로 발걸음을 옮긴다.

커피 한잔 마실 수 있는 시간이 될지 걱정을 하면서 결국 커피는 못 마시고 반짝거리는 보도블록만 몇 커트 찍고 맞은편 해변 모래사장으로 나가본다. 그곳에는 제법 연인들이 많이 보인다. 오히려 햇살도 모래사장에 자주 나타나 푸른 바다, 파스텔 색조의 집들과 앙상블을 보인다. 반 시간을 더 사진 찍다가 혼자 와서는 안 될 곳이라는 딱지를 붙이고 일어선다. 몇 개의 아름다운 뒷골목을 배회하고 사진 몇 장을 더 찍고 다음 목적지로 시동을 건다. 한나절 시간이었지만 정말 비가 퍼붓는 저녁 무렵 가로등이 켜질 무렵 벤치를 배경으로 꼭 사진 한 장을 찍고 싶은 체팔루 해변이다. 언제 한 번 더 이곳을 찾을지 몰라도.

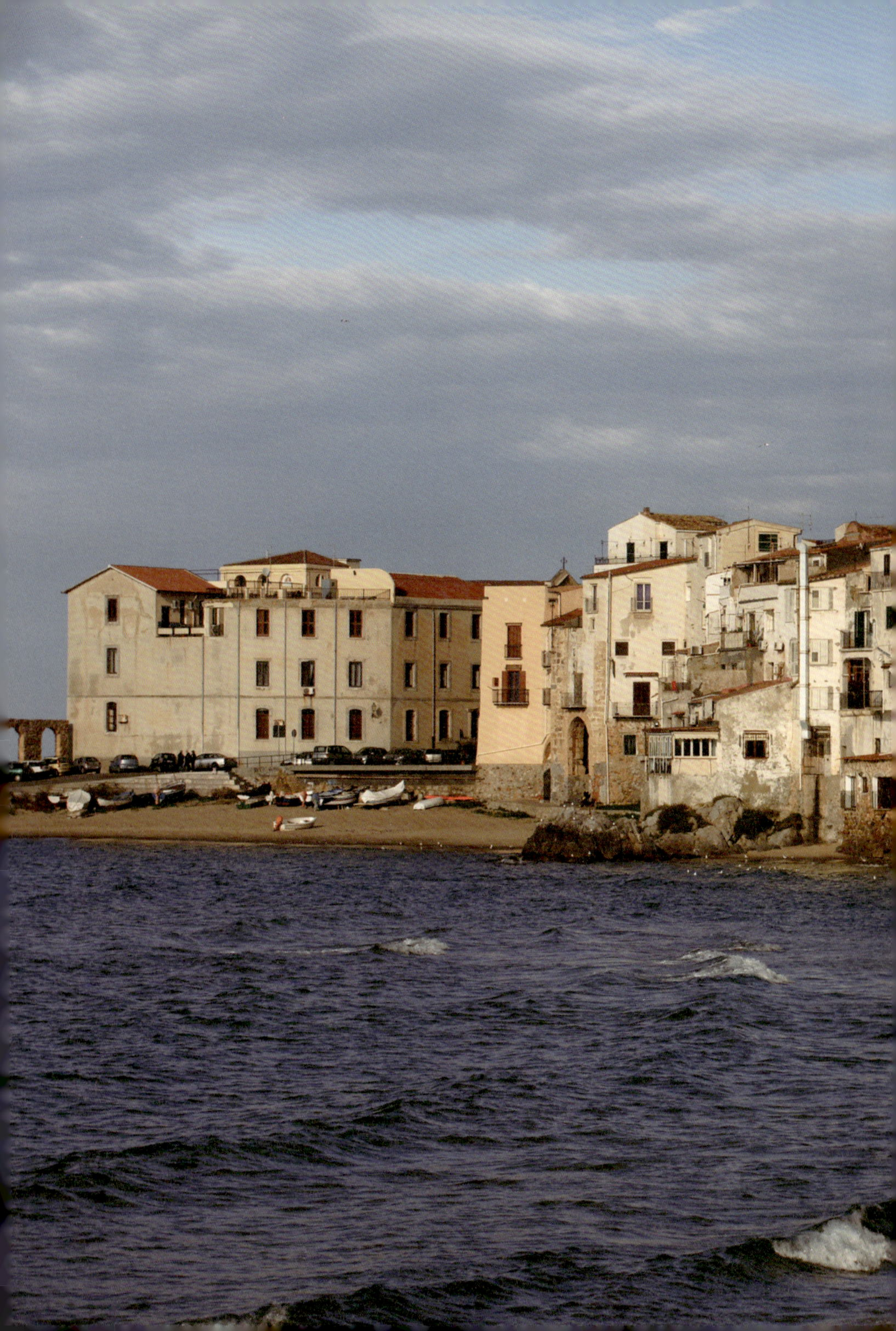

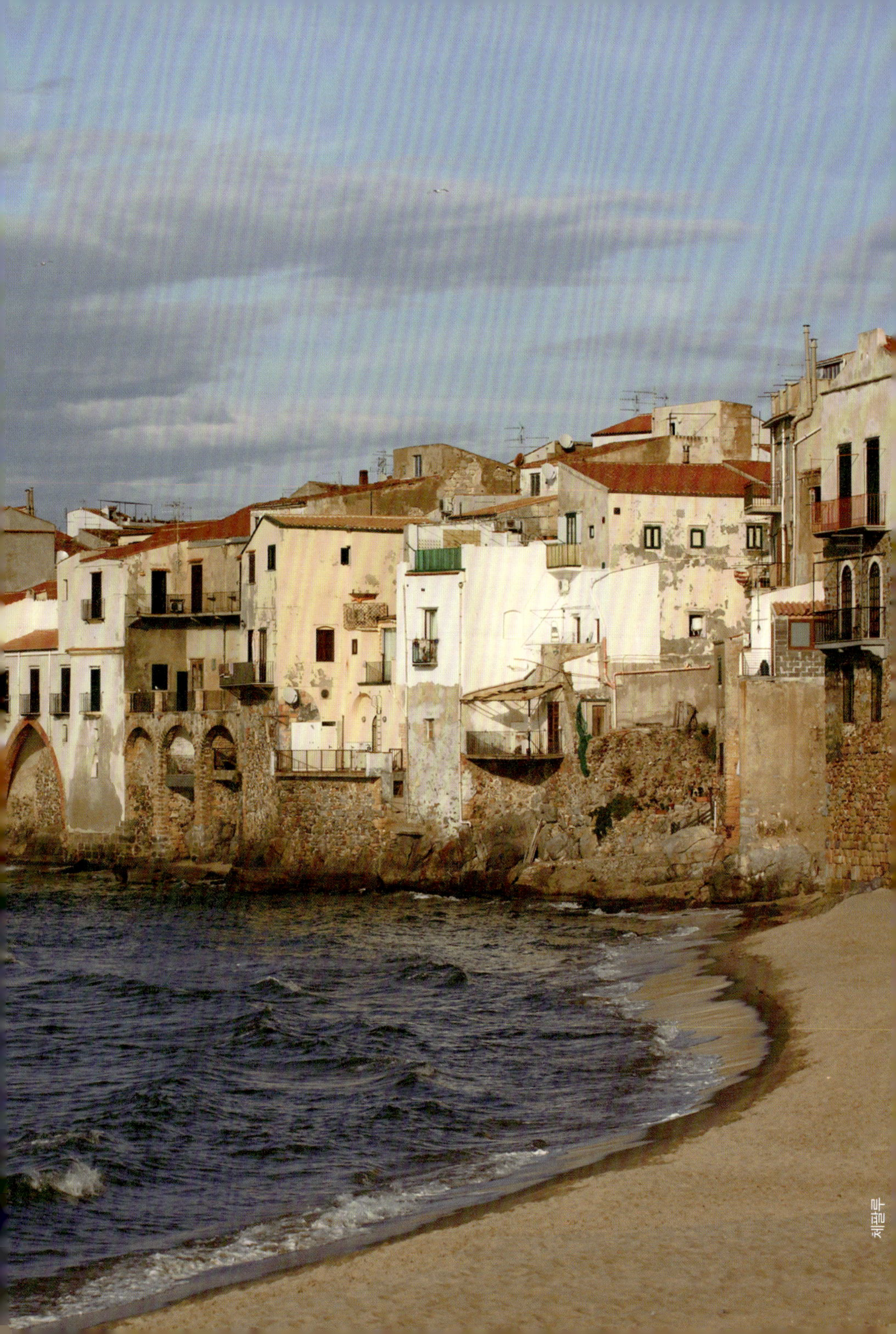

체팔루

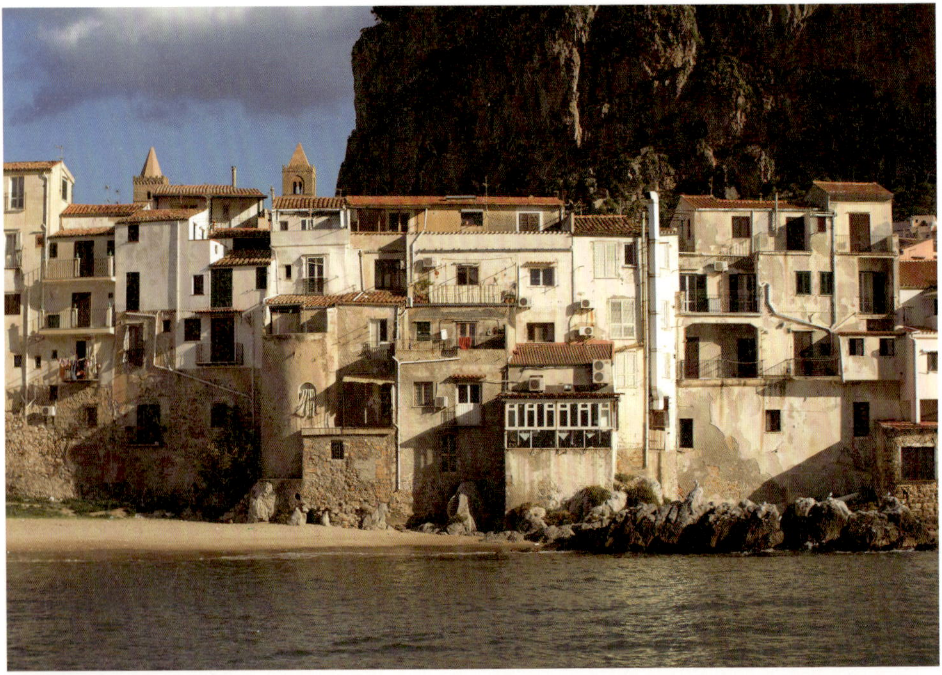

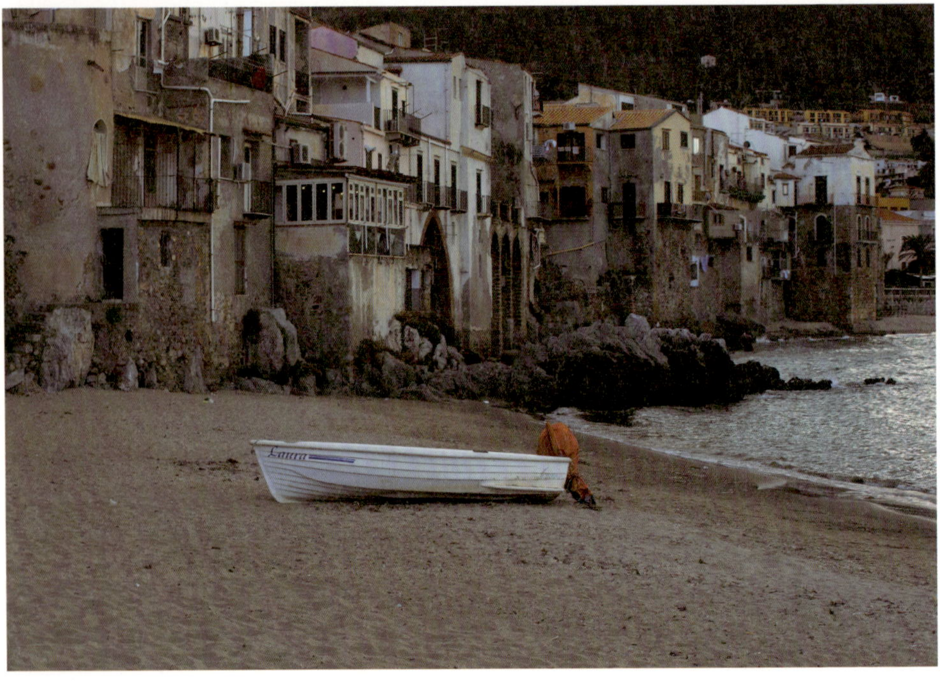

체팔루

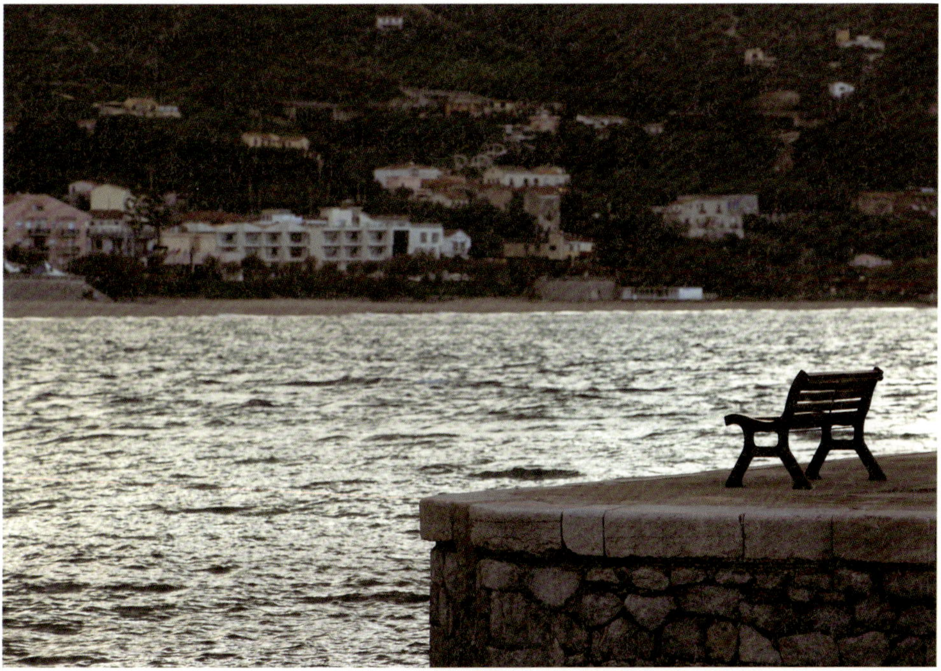

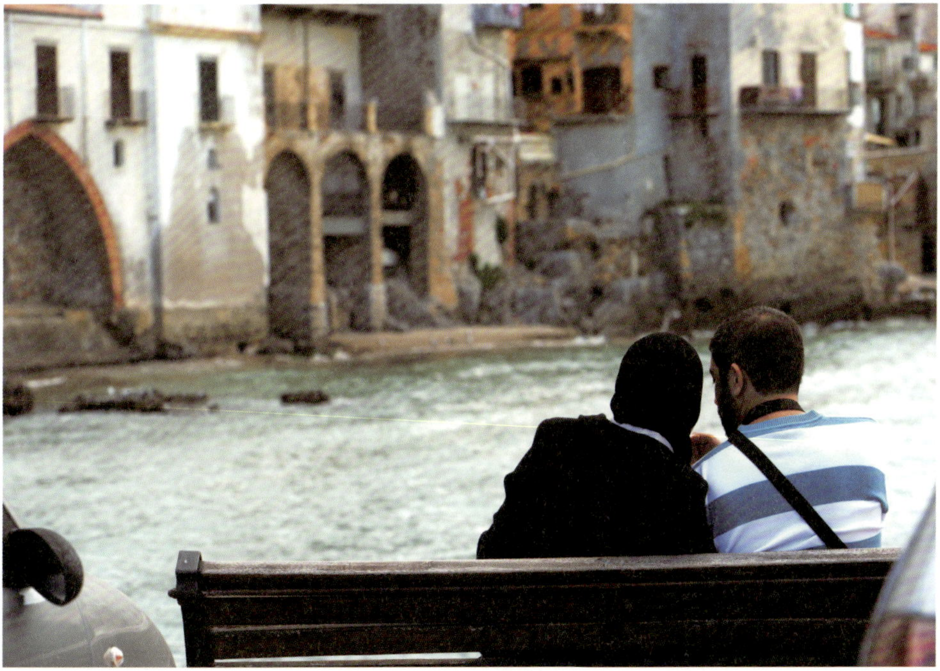

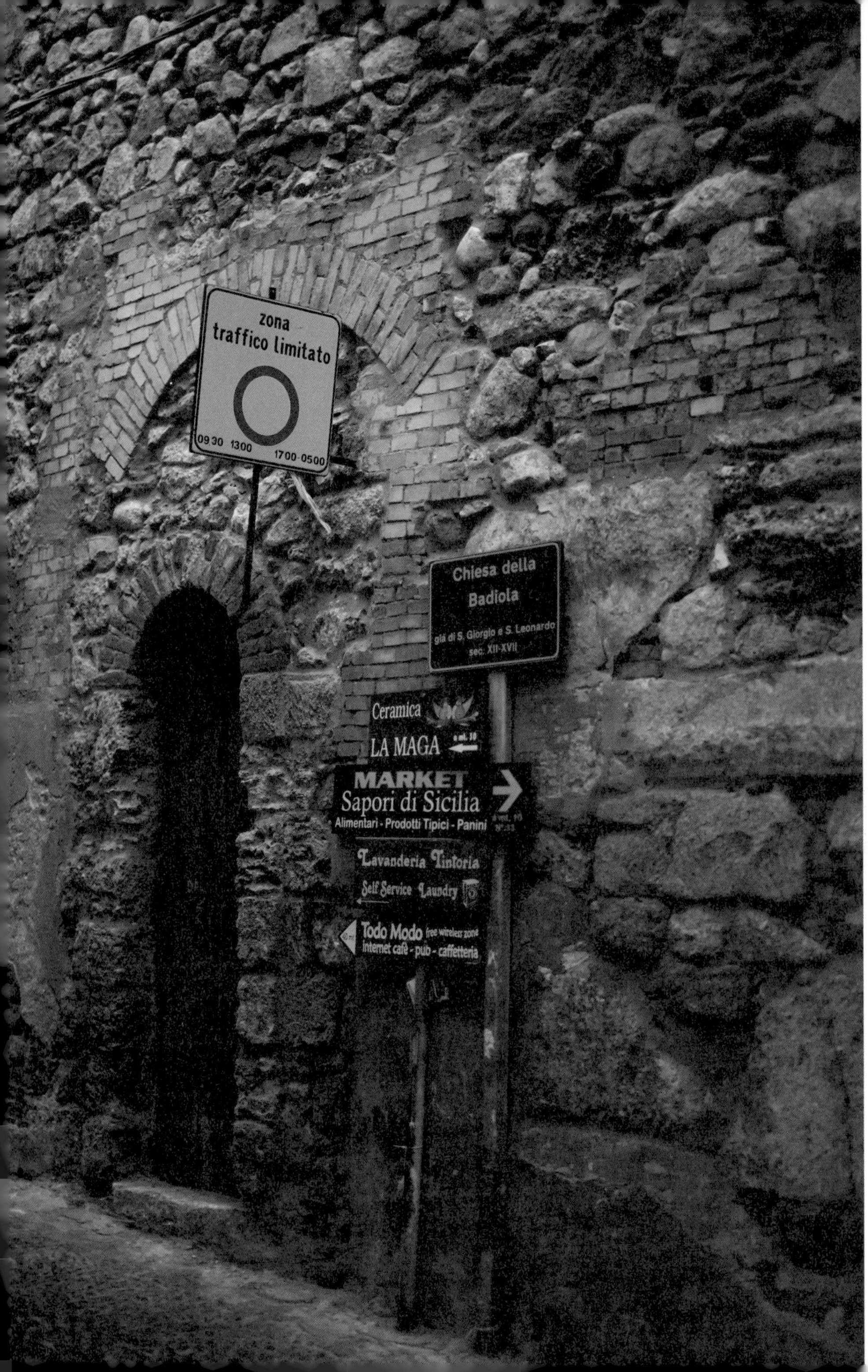
zona
traffico limitato
0930 1300 1700-0500
Chiesa della
Badiola
già di S. Giorgio e S. Leonardo
sec. XII-XVII
Ceramica
LA MAGA
MARKET
Sapori di Sicilia
Alimentari - Prodotti Tipici - Panini
Lavanderia Tintoria
Self Service Laundry
Todo Modo free wireless zone
internet cafè - pub - caffetteria

체팔루, 아름다운 해안도시

〈부베의 여인〉, 혹은 밀바의 〈서글픈 사랑〉은 내 기억 속의 칸초네다. 나보다 대략 다섯 살 그러니까 오십 대 후반에서 육십 대 초반의 사람들이 즐겨 들었던 애청곡이다. 라디오가 없던 시절에서 라디오가 있던 심야 음악방송 시절을 겪어오면서 이상하게 나도 모른 노래, 잘 알지 못하면서 아는 노래인 것처럼 세월을 먹는 노래가 밀바의 〈서글픈 사랑〉, 〈부베의 여인〉이다. 말인즉, 체팔루 해안에서 〈부베의 여인〉을 흥얼거렸다는 건데 노래가 샹송인지 칸초네인지는 모르겠다. 체팔루 해안가에서 왜 부베의 여인이 떠올라졌는지 모르겠지만 무의식을 찾아들어 가면 이것이다.

5년 전쯤 이태리 동남쪽, 몬테카를로 못 미쳐 이태리 해안도시 '산레모'를 잠깐 들렀는데 칸초네를 무대로 하는 〈산레모가요제〉가 열린 곳이라 그곳과 비슷한 분위기라서 어떤 무의식이, 또 하나는 시칠리아를 여행할 때 어떤 음악을 들으면 좋을까 출발 전에 몇 곡을 추려서 들은 적이 있는데 아마도 이때 〈부베의 여인〉이 지금 이곳 체팔루 해안 분위기와 가장 잘 맞아서 우연한 흥얼거림으로. 결국은 남자가 해변을 혼자 걸어 다니노라니 이태리적인 발상으로 '어떤 여자'를 생각하고 부베의 여인으로 음악적 치환이 무의식적으로 이끌어진 것이라는 이야기다. 이렇게 다시 부베의 여인을 듣고 있노라니 체팔루 해안가가 생각난다. 지금 새벽 2시. 그곳 철썩이는 파도에 가만히 몸을 솟구치는 돛단배의 흔들림을 느껴본다.

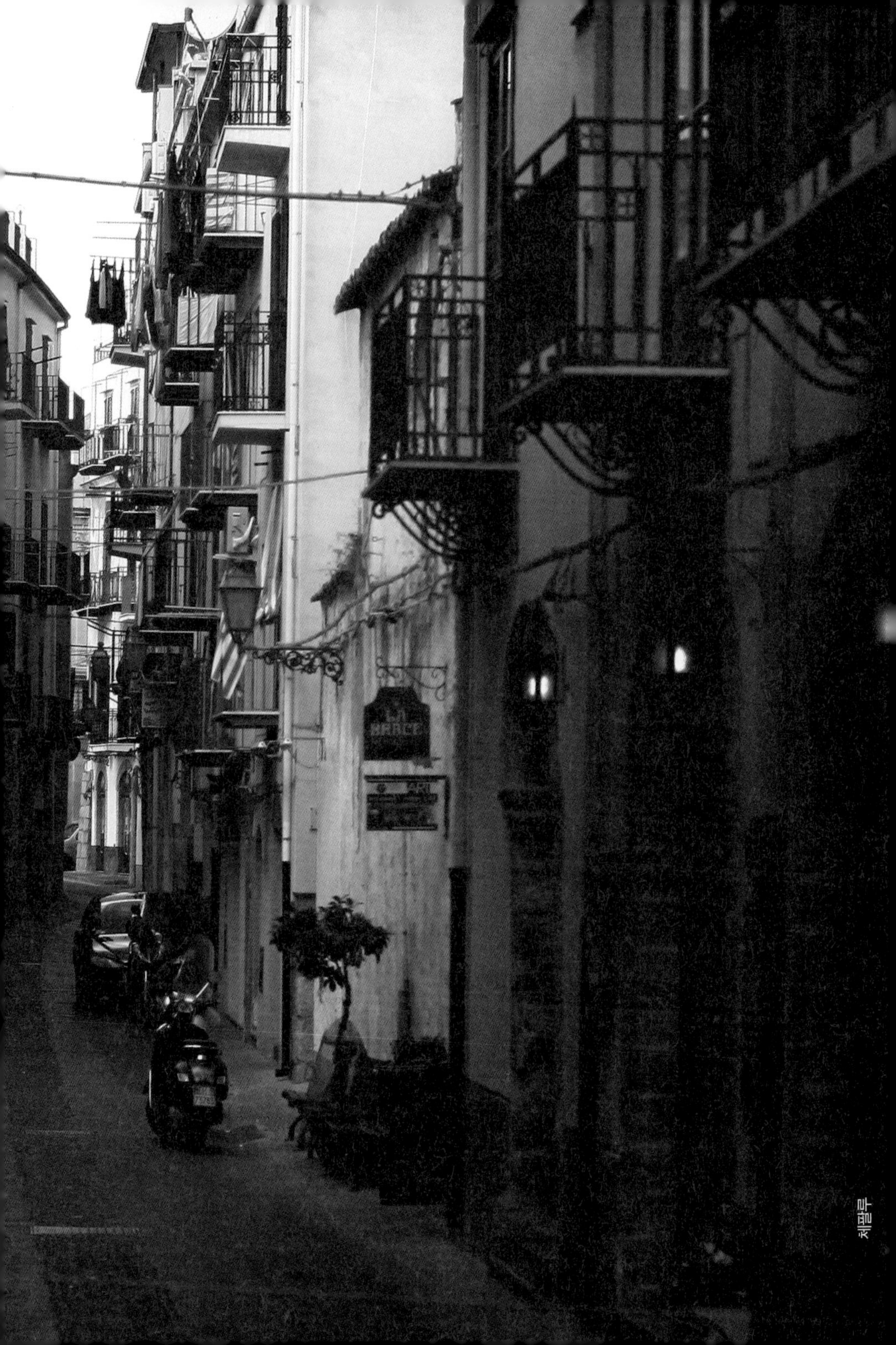

체팔루

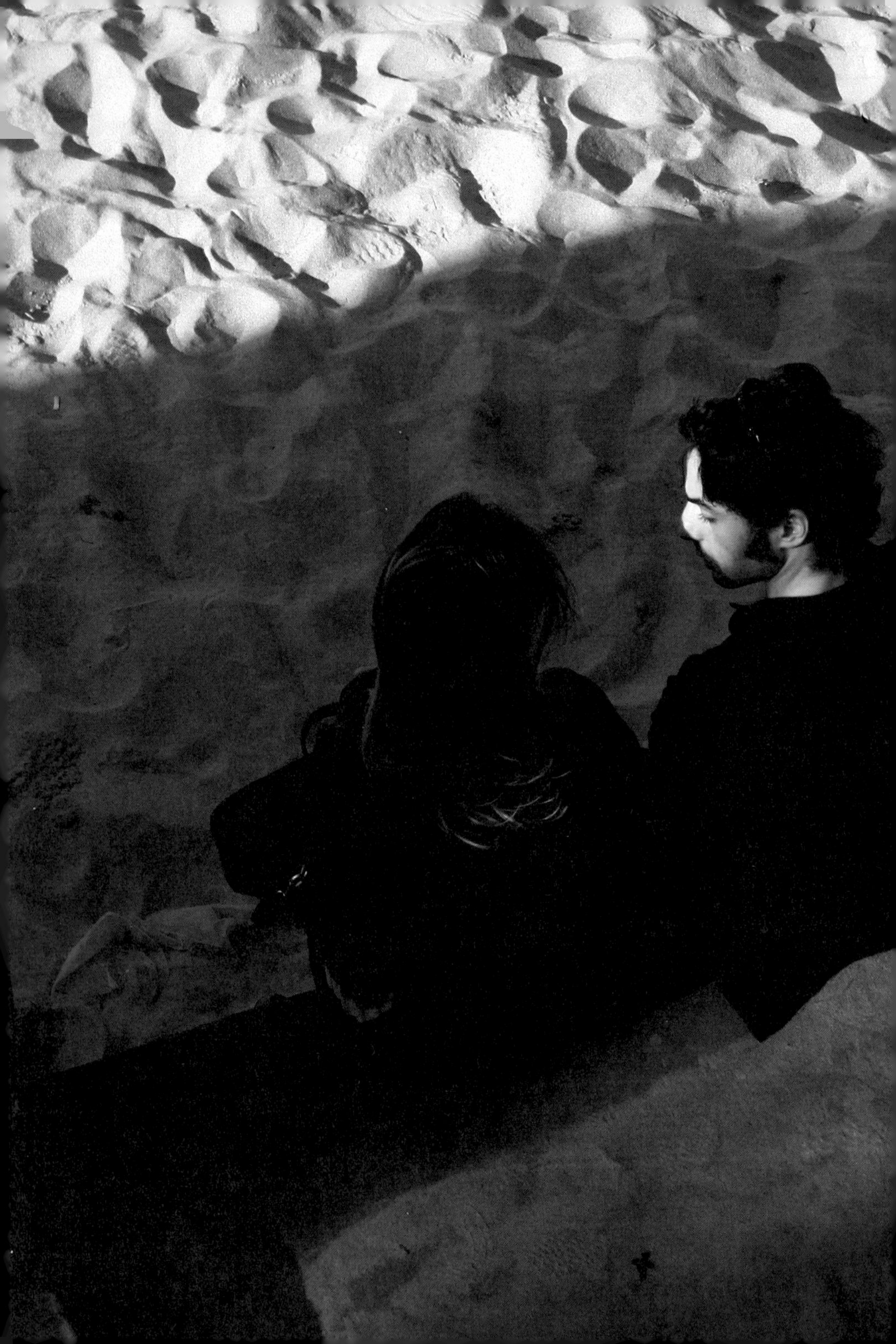

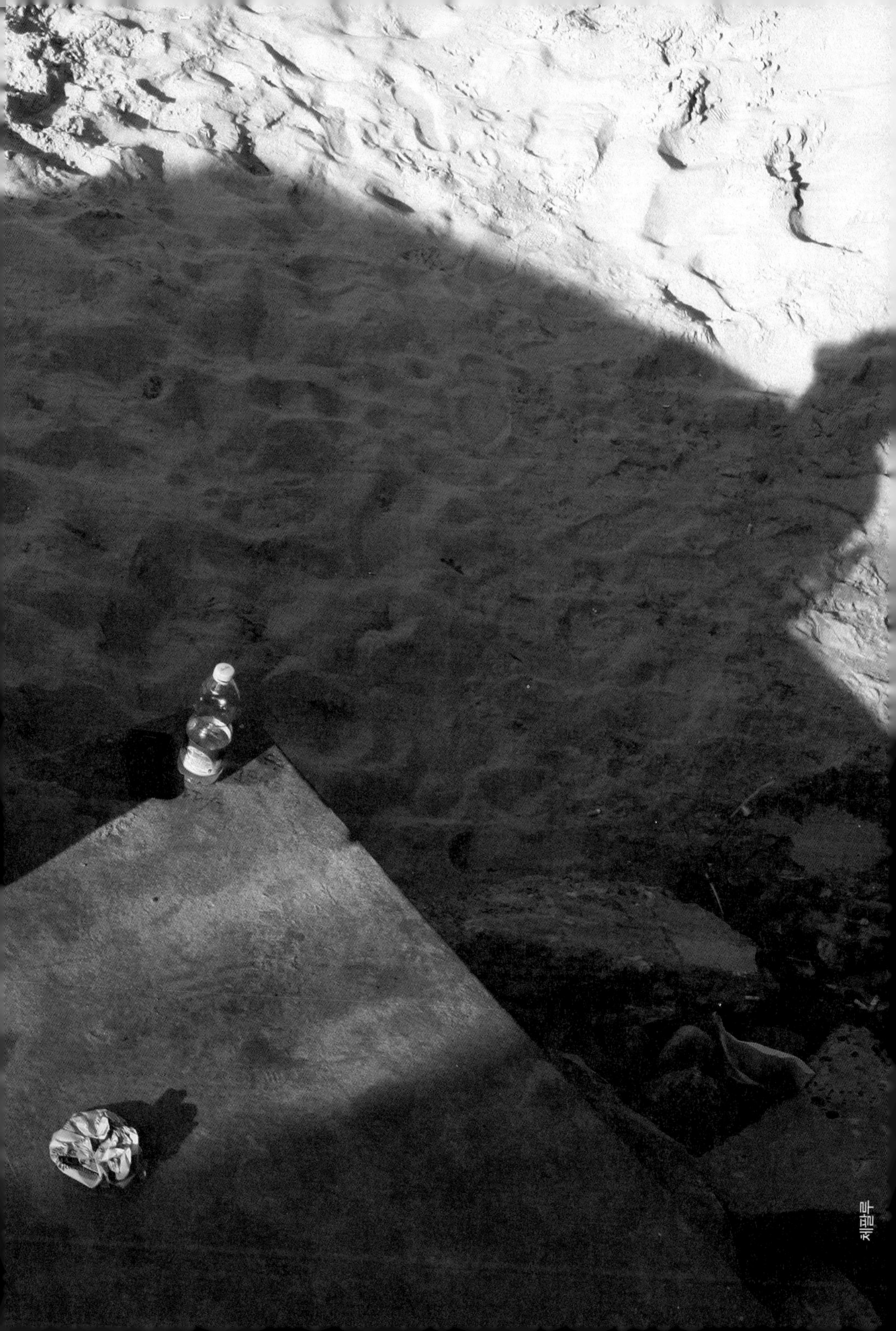
체팔루

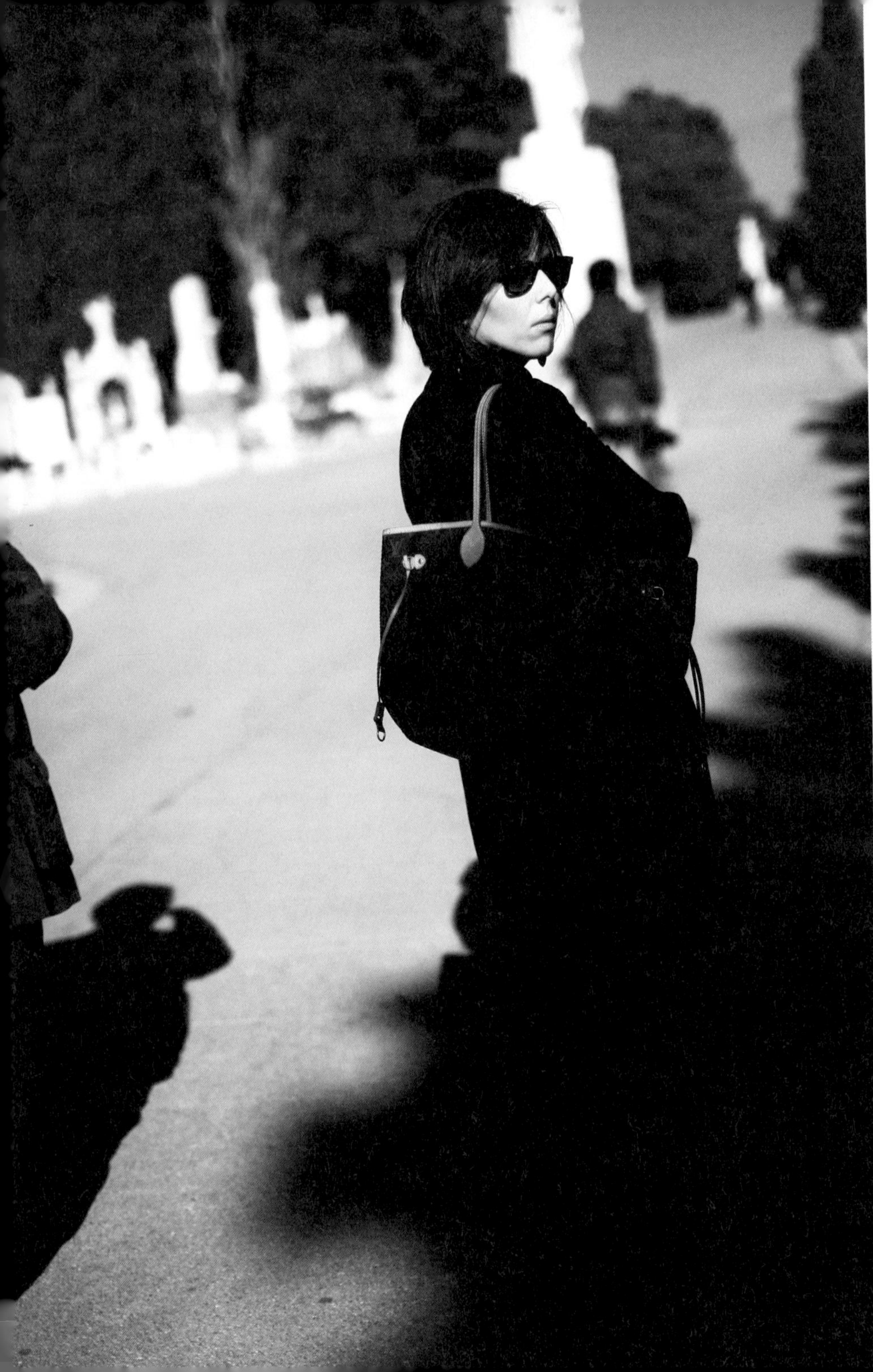

트라비아 묘지

트라비아(Trabia) 묘지

시칠리아 사진여행에서 중요한 촬영소재 중의 하나는 묘지였다. 가톨릭, 크리스천 국가들의 공통적인 요소이긴 하지만 그들에게 묘지는 집이고 가정이고 여전히 살아있는 삶 가까운 존재의 거소일 것이다.

그래서 유럽 대부분 나라들의 묘지는 삶 가까이, 마을 가까이에 있다. 매일 꽃을 바치거나 방문하는 일이 일상화되어 거의 사생활에 가깝다. 하여 어떤 도시, 마을은 묘지를 촬영 못 하게 하는 곳, 허락을 요구하는 곳도 있다. 이번 시칠리아 여행에서도 어떤 곳은 촬영이 자유롭고 어떤 곳은 못 찍게 했다.

시칠리아의 묘지는 특별할 것으로 생각했다. 섬이라 특별한 곳, 특별한 방식. 바닷가 해변묘지가 많을 것이라 생각했는데 그렇지는 않았다. 이태리 본토와 특별히 다른 매장 방식 및 구조로 되어 있지는 않은 것 같다. 몇 곳을 빼고는. 팔레르모에서 체팔루로 가는 중간쯤에 아주 우연히 트라비아(Trabia)라는 작은 마을을 지나쳤는데 흥분될 정도로 크고 화려하고 멋진 묘지 풍경과 만났다. 나중에 보니 시골답지 않게 시칠리아 전체에서 가장 잘 꾸며진 묘지로 보였다.

황홀한 빛, 대리석 흰빛과 그림자, 밝음과 어둠이 공존하는 좋은 피사체이다. 이런 묘지가 한국에 있다면 카메라 입장금지였을 정도로 기막힌 흑백풍경이다. 한 시간 정도를 빛에 매혹되고 빛에 눈이 멀고 그림자와 어둠을 탐닉하며 보낸다.

나는 묘지가 좋다. 특히 가톨릭 묘지에 오면 마음이 편안하다. 죽음도 있지만 삶도 있다. 떠나간 사람들의 시간 자국과 묘비명, 그리고 그들 초상과 현재의 시간을 반추하고, 남아 있는 사람들이 얼마나 기억해주는가를 본다. 기억 덩어리, 추억공장이다. 그날의 빛과 그림자, 밝음과 어둠이 눈에 선하다. 쓸쓸하면서도 아름다웠던 기억...

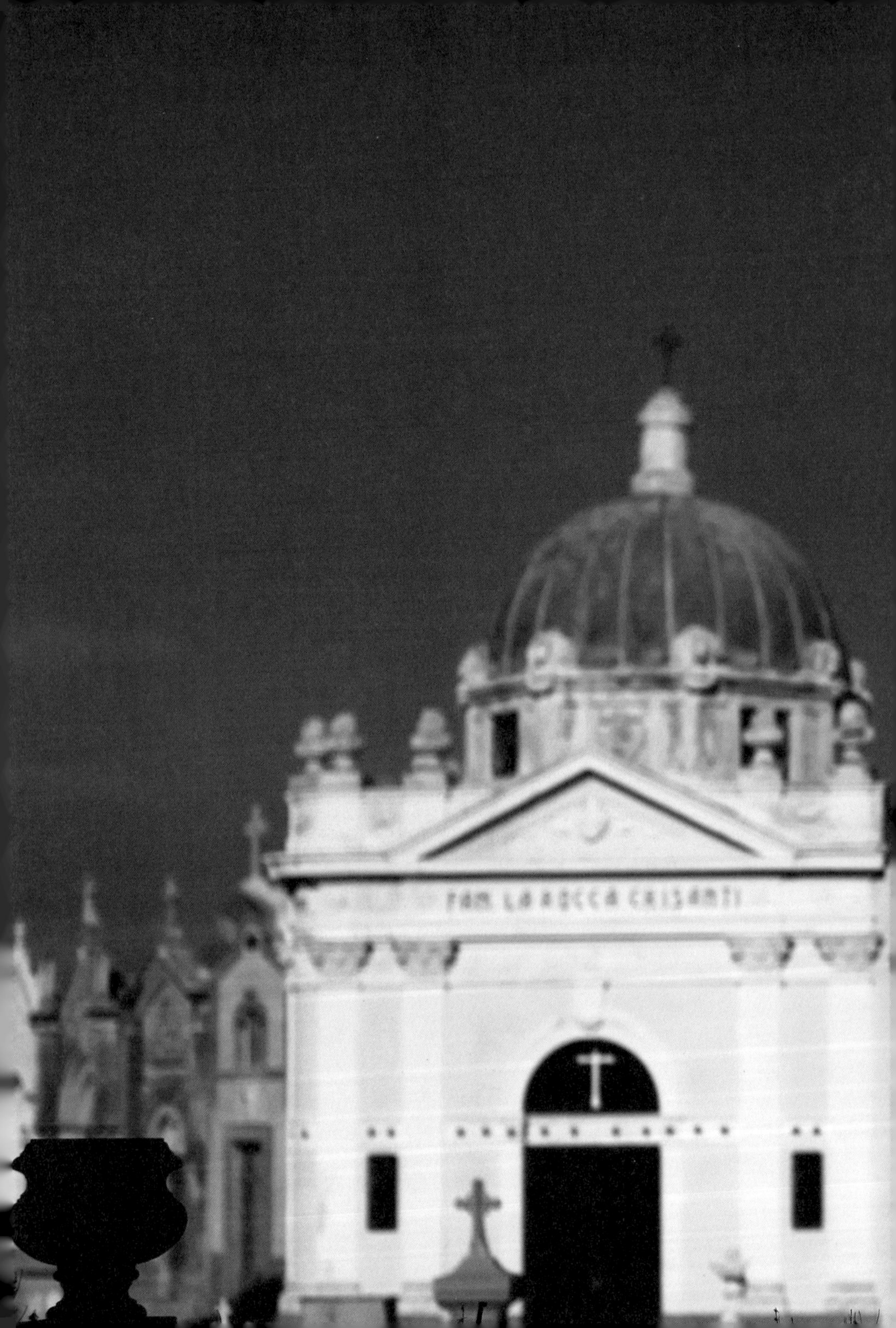
FAM. LA ROCCA CRISANTI

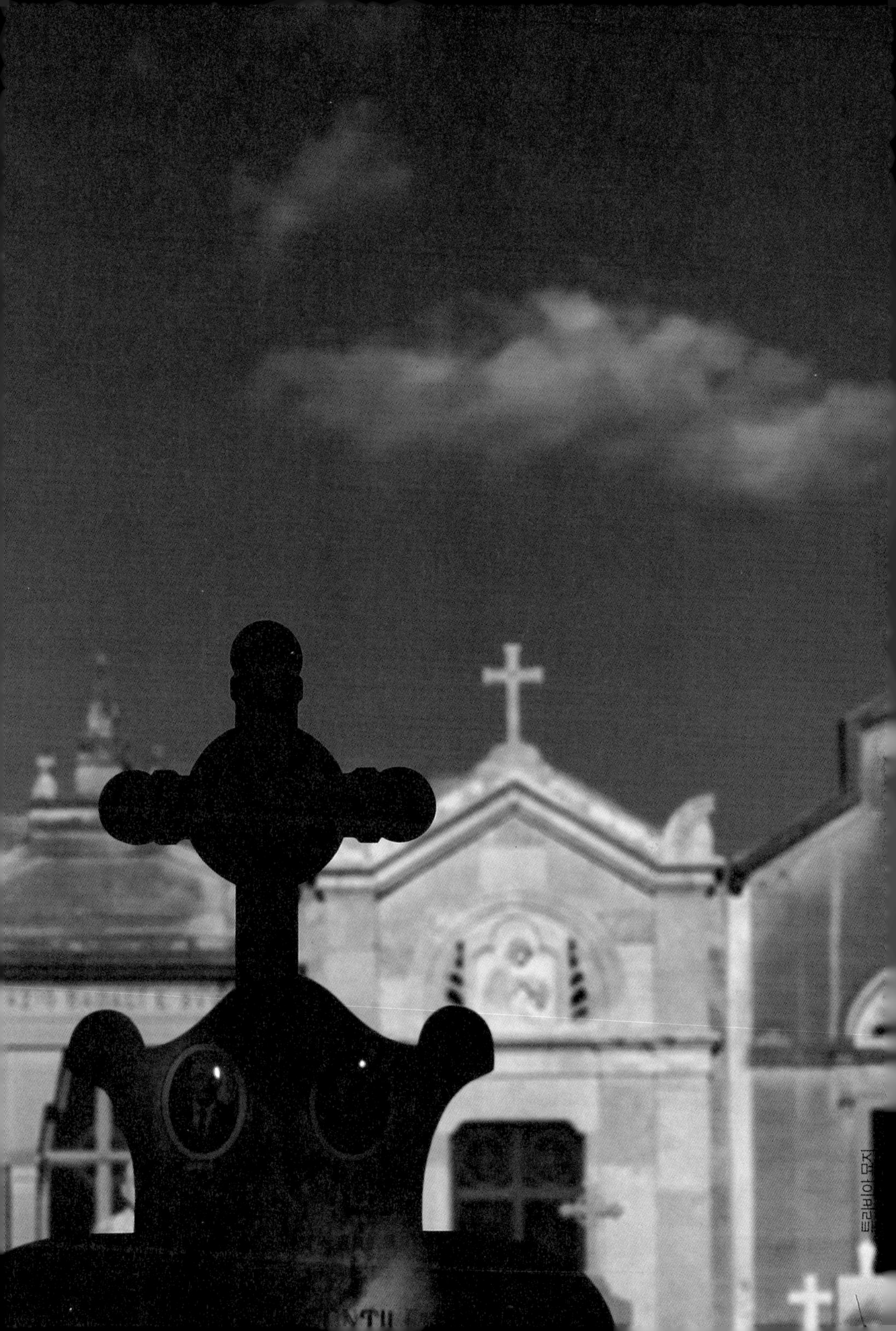

크로아티아 묘지

팔라초 아드리아노(Palazzo Adriano), 시네마 천국의 무대

체팔루를 떠난 다음 목적지는 영화 〈시네마 천국〉의 무대 팔라초 아드리아노. 대부분 세상 사람들이 시칠리아 하면 영화 〈대부〉와 마피아, 영화 〈시네마 천국〉과 토토, 그리고 영화 〈일 포스티노〉와 마리오일 것이다. 그만큼 시칠리아는 영화와 관계가 깊다. 더군다나 세 영화의 코드가 시칠리아의 지역, 풍토, 사람과 삶의 차이를 드러낸다는 점에서 영화의 무대를 찾아가는 것만큼 시칠리아라는 곳을 빨리 아는 방법 또한 없을 듯하다.

체팔루를 떠난 시각은 오후 1시경, 팔라초 아드리아노를 향해 달린다.

산악지형에 운전하느라, 방향 잡느라, 사진 찍으랴 3가지에 신경을 쓰다 보니 마음만 조급하다. 그런데다 어찌나 해가 빨리 지는지 오후 4시면 이미 어둠이다. 어두워지기 전에 빨리 도착하여 방을 잡아야 한다는 강박관념이 나그네에게 짐이다. 그래도 〈시네마 천국〉이 기분을 좋게 한다. 어느덧 해가 저물고 비까지 부슬부슬 내리는 산골을 지그재그로 돌다 캄캄할 즈음에 낯익음을 본다. 영화에서 본 그대로, 시네마 천국의 무대 팔라초 아드리아노에 도착했다. 그러나 그것도 잠시 이곳에 유일한 숙박시설은 바로 영화 주인공 토토가 직접 운영한다는 카페 겸 카사라는데 어찌 찾을 수 있을지... 일단 사람들이 웅성거리는 바를 찾아 들어가 어찌 찾아갈 수 있는지 묻는다. 다행히 어떤 친절한 분이 안내를 해주어서 찾아갔는데 아뿔싸 멀리 출타 중이라 문이 닫혔다. 마음이 더욱 조급해지는데 또 다른 분이 3km 정도 떨어진 곳에 리조트가 하나 있는데 그곳에 방이 있을 것이라 귀띔해준다. 걱정 반 아득함 반, 캄캄한 산속 밤길을 달리는데 멀리서 불빛이 빛난다. 방이 있어야 할 텐데, 아니 문이라도 열려 있어야 할 텐데 걱정을 하면서 당도하니 다행히 방이 있다. 그 큰 리조트에 손님이라곤 우리뿐인 것 같다. 천만다행. 방에 짐을 내리자 비로소 허기가 몰려온다. 간절하게 주인한테 "피자 돼요?"... "네 됩니다."... 세상에 이런 기쁜 대답이.

어떻게 곯아떨어졌는지 모르게 잠이 들었는데 아마도 빗소리에 깬듯하다. 시계를 보니 새벽 5시. 아직은 캄캄한데 이미 잠이 깬 터라 카메라를 챙겨서 다시 차를 몰아 팔라초 아드리아노를 향한다. 그 유명한 장소, 시네마 천국에서 극장이 있는 광장에 차를 세우고 아직 캄캄한 광장주변을 거닐면서 사진을 찍는다. 아니 찍는다기보다는 영화 속을 거닐면서 그 분위기, 감정, 마음의 사람까지 겹치면서 어찌 시간이 갔는지 모르게 가고 동이 터온다. 주변 것들이 익숙해지면서 동네 안쪽으로 나가본다. 그렇게 아침나절까지 찍고 다시 숙소로 돌아와 아침을 먹고 다음 목적지를 향해 또 그렇게 떠나간다.

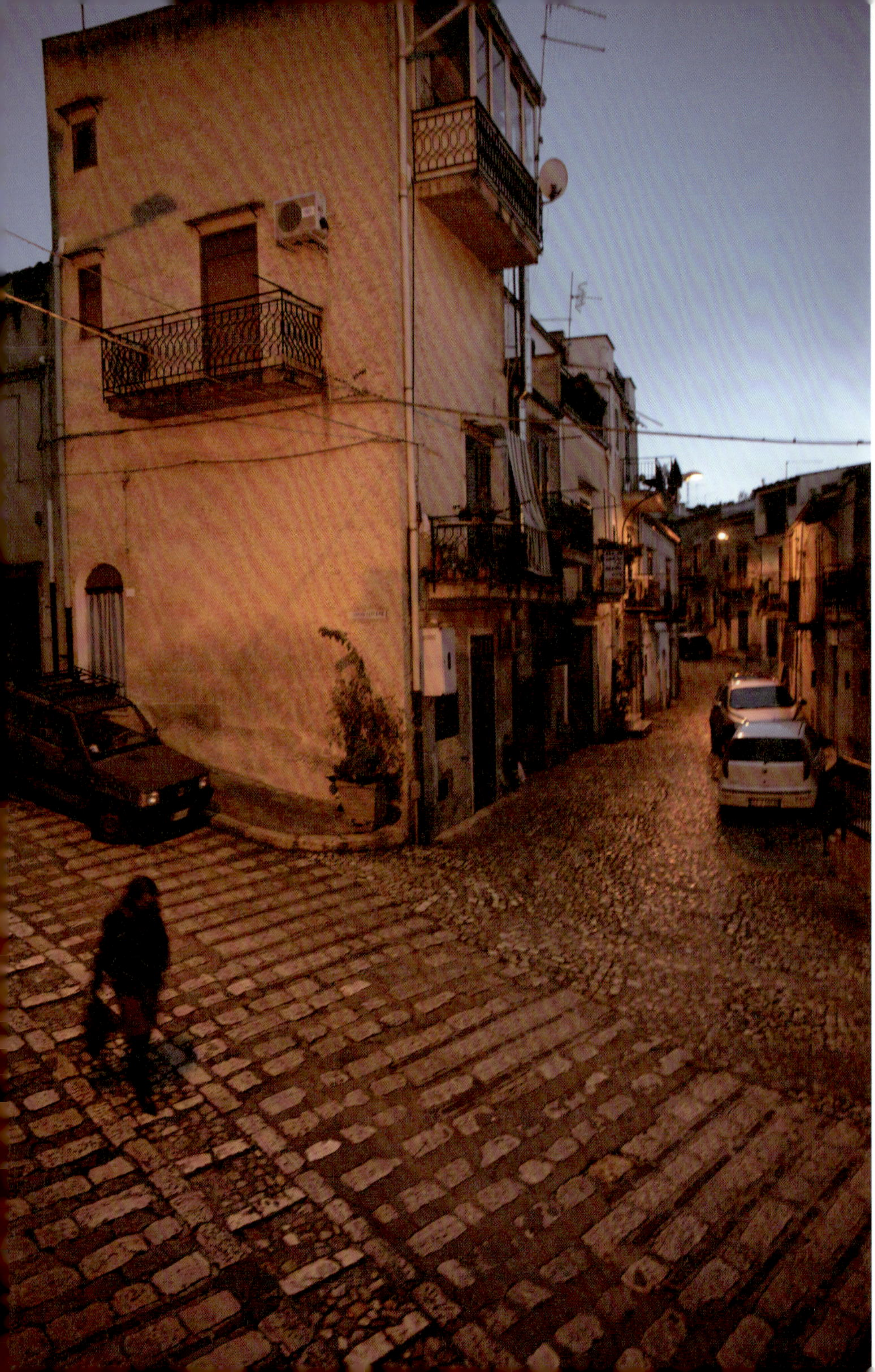

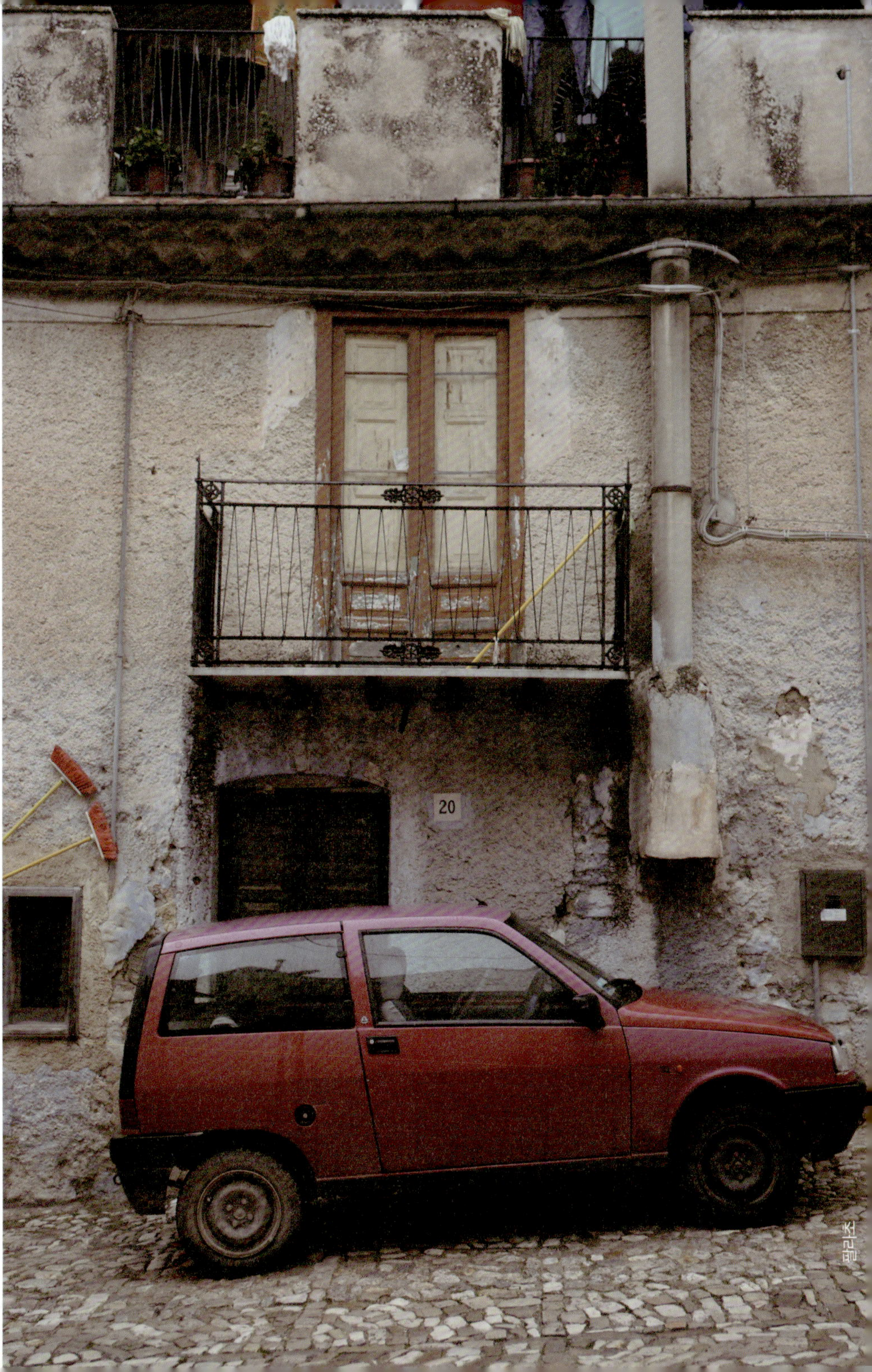
20
팔라초

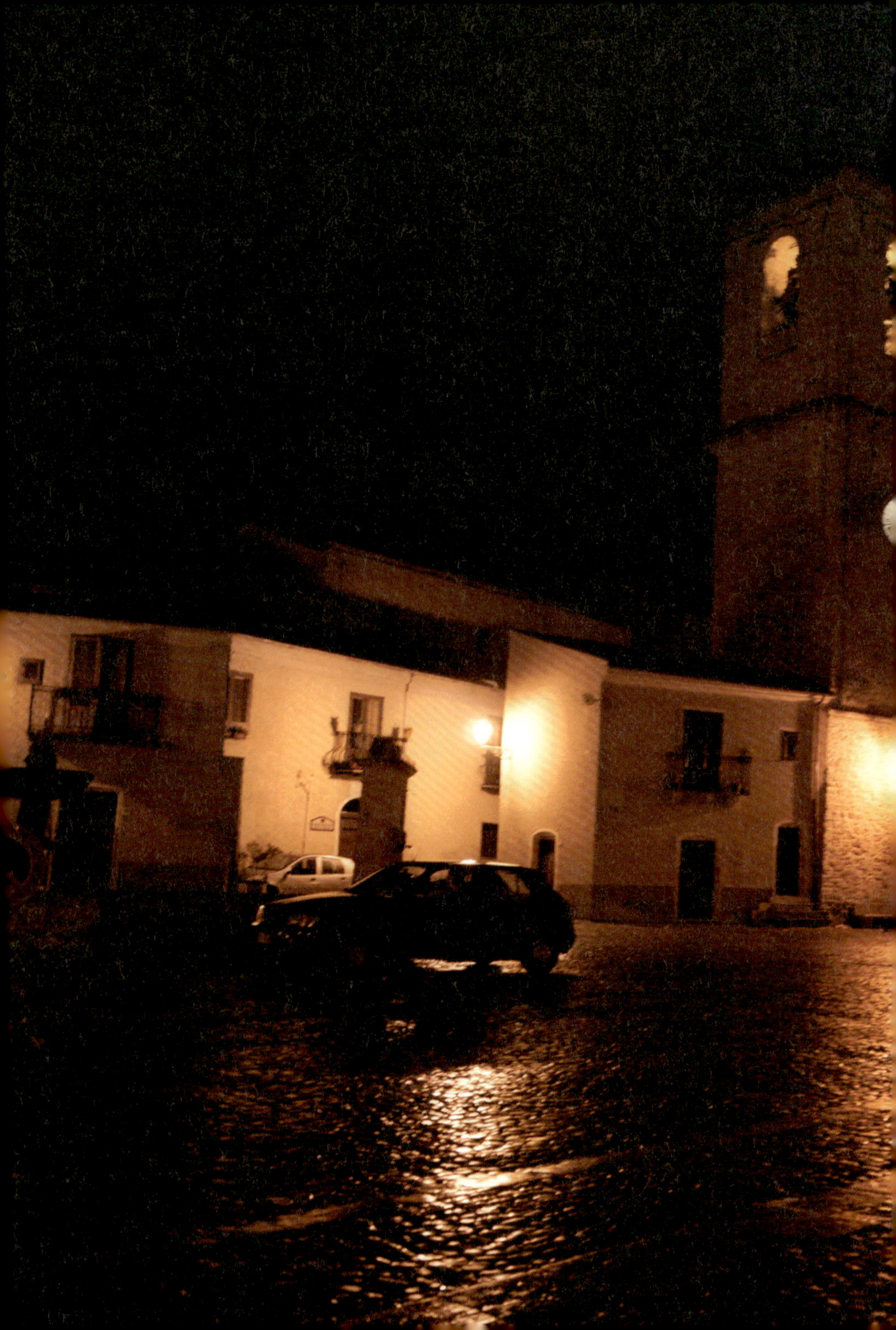

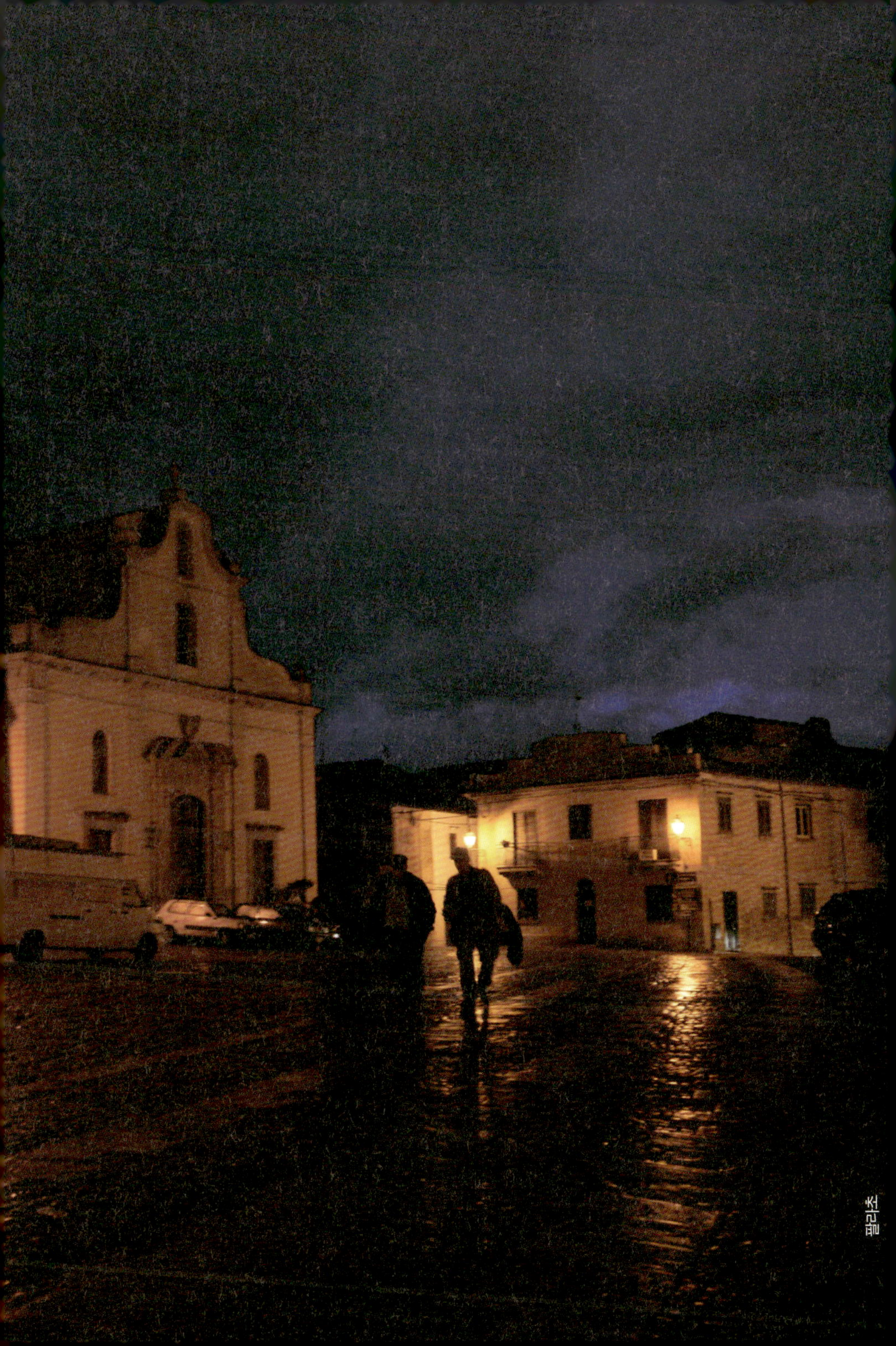

팔리치

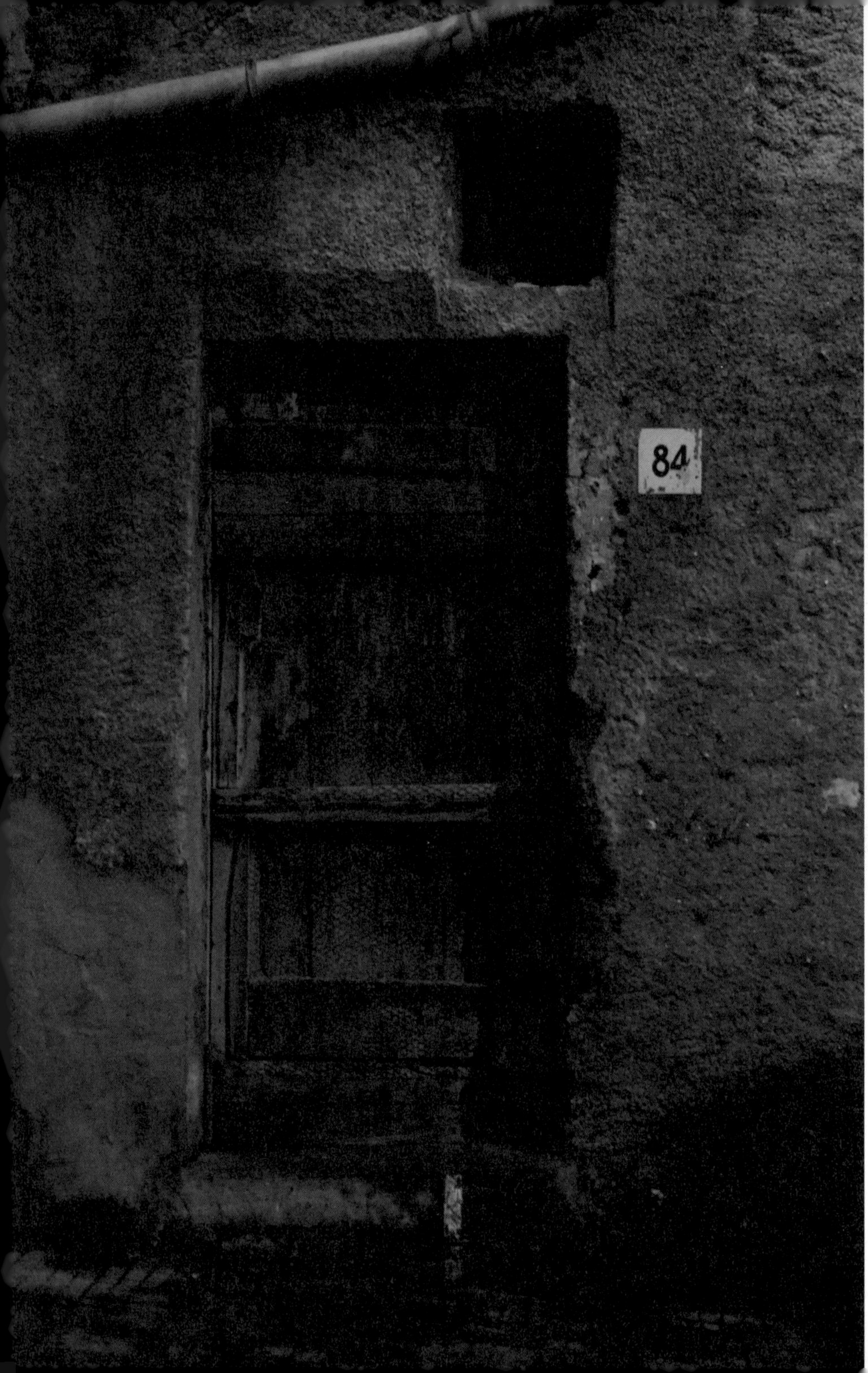

팔라초 아드리아노

팔라초 아드리아노, 중세풍의 거리에서

이태리의 어느 도시, 어느 길치고 중세적이지 않은 곳은 없으나 팔라초 아드리아노는 좀 특별해 보인다. 한밤중, 새벽, 아침나절을 걸으면서 가만히 생각해 본다. 왜? 도대체 왜 〈시네마 천국〉의 무대가 되었을까? 시칠리아만 해도, 그리고 이태리 부속 섬들만 해도 널려 있는 것이 중세풍의 도시 모습인데 왜 이곳이었을까? 감독의 의중까지는 알 수 없으나 이곳의 뒷골목과 '아드리아노' 라고 하는 남성성의 도시명에서 어렴풋이 알 수 있다. 그러니까 이곳은 근원적으로 아드리아노, '되찾은 남자' 혹은 '마지막 부르심을 받은 남자' 의 말뜻에서 영화와 만난다.

주인공 토토가 청년으로 성장한 다음 사랑에 빠지고 사랑한 여자를 찾아 떠나고 결국 30년 후에 돌아와 만난다는 영화의 스토리는 더없이 팔라초 아드리아노야말로 도시성과 영화적 무대로서 신화성에 있어서 그만한 것이 없다. 사랑하고, 기다리고, 찾고, 잊고, 다시 찾는 중세적 혹은 종교적 구원과 화해의 내러티브는 이곳의 깊고 깊은 중세의 뒷길에서 어렴풋하게 만나볼 수 있다. 작지만 견고히 닫힌 중세풍의 창과 문, 낮지만 함부로 밟지 못하는 둔탁하고 단호한 계단에서 사랑에 애달아하는 영화 속 토토를 상상해 볼 수 있다. 중세적 비극이라는 것이 그렇다.

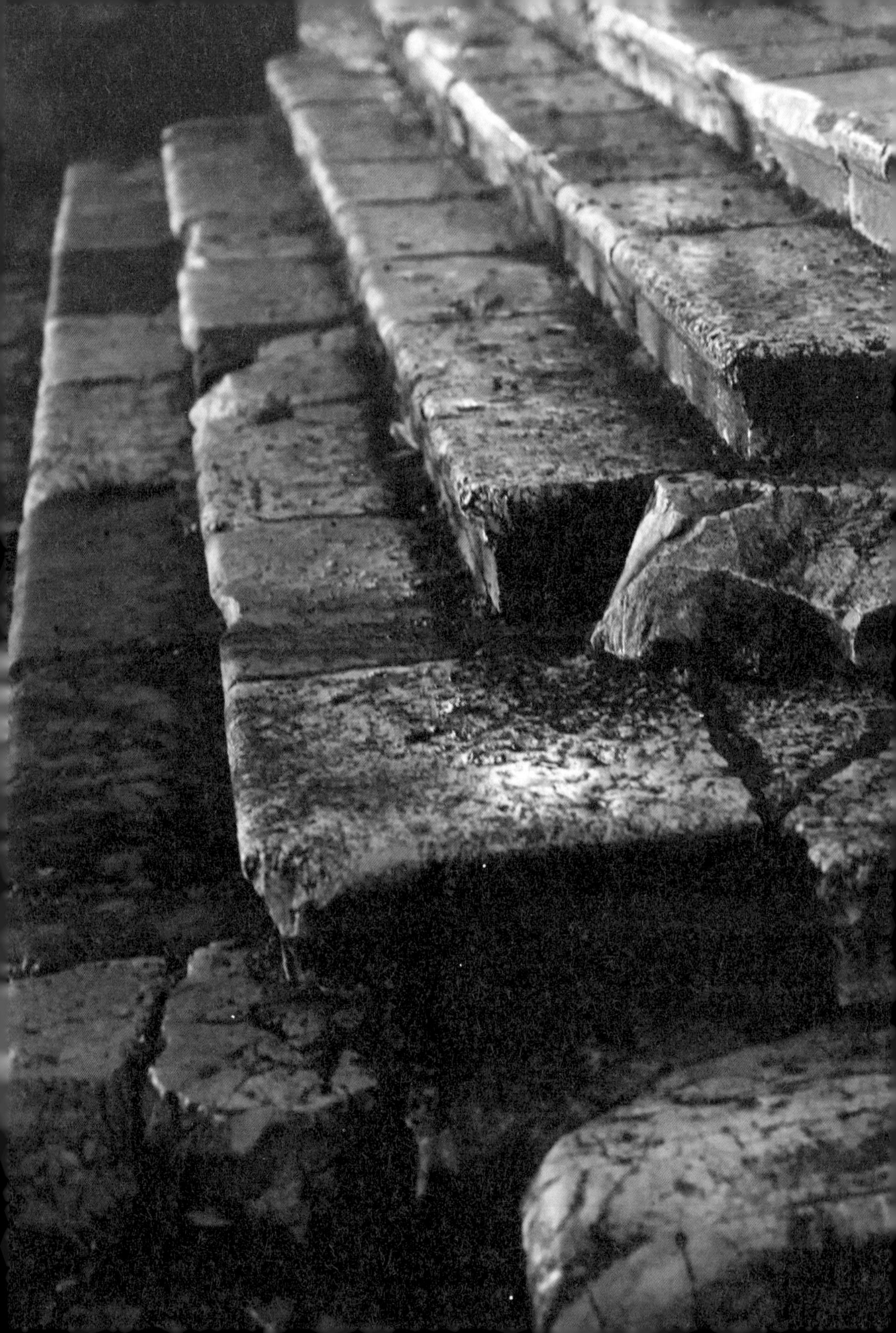

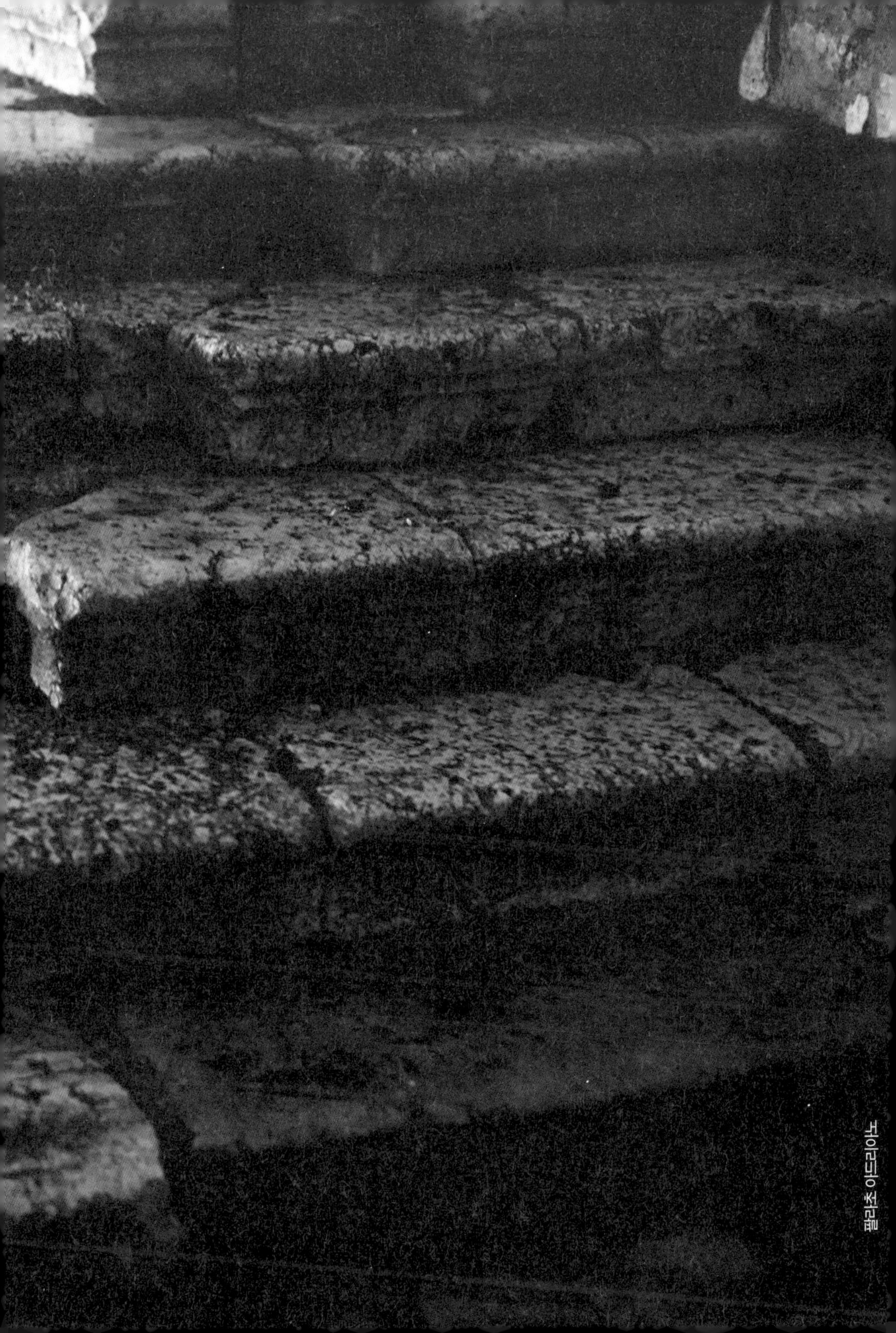

팔라쵸 아드리아노

시칠리아 단상: 구원 없는 구원

빛이 있어 어둠은 늘 극복되고 가릴 수 있는 것이 있어 부끄러움이 극복된다. 성질 나쁜 개라도 주인 있으면 안심이고 아득해도 길이 보인다면 안심이다. 물질적이지 않고 직접적이지 않더라도 있는 존재 자체가 구원인 것도 있다.

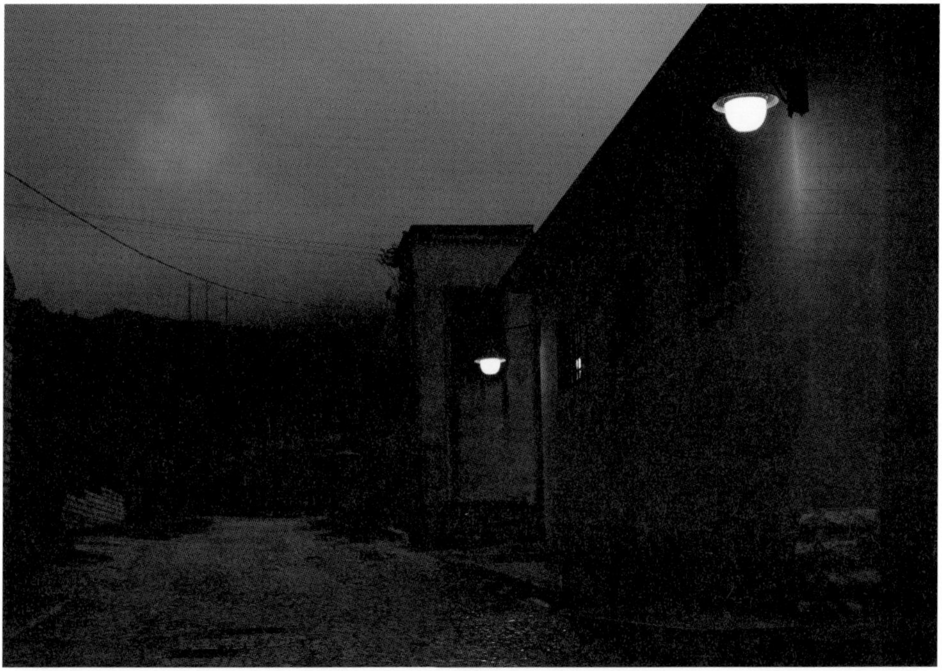

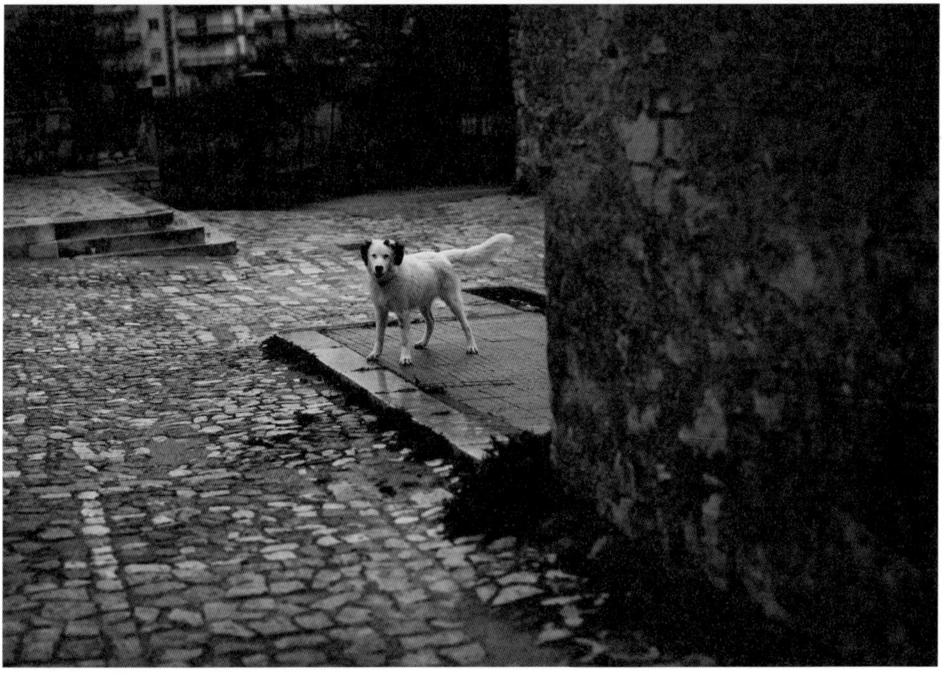

팔라초 아드리아노

팔라초 아드리아노

리파리

리베라의 황금묘지, 하늘에는 영광

팔라초 아드리아노에서 신전의 도시 아그리젠토를 향한다. 굽이굽이 능선과 계곡과 들판을 지나면 또 그만큼의 높고 거칠고 가파른 능선과 계곡과 들판이 느닷없이 다시 인사를 하며 다가온다. 알면 갈 수 없는 길, 모르니까 가볼 수 있는 길, 차 한 대 없는 산길을 마음 가고 정가는 길을 그저 내가 갈 길로 삼는다. 지도는 그냥 형식. 방향이 틀리지 않다면 내가 선택한 길이 바로 내가 갈 길이며 내가 만나야 할 길, 내가 안고 새기면서 가야 할 길, 사랑할 길이다.

얼마나 산길을 누비고 헤맸을까! 알 수 없는 마을 어귀에 빛이 솟는다. 그렇게 운명적으로 만나버린 리베라(Ribera)의 눈부신 황금묘지. 먼 곳에서 날아온 이방인, 아니 한 번도 한국인이 찾지 않았을 곳에 몸과 마음, 지친 육신을 의탁한다. 구름과 구름 사이로, 영혼과 영혼 사이로 한 줄기 빛과 영광이 산허리를 감쌀 때 비로소 아! 이곳은 시칠리아. 잃어버린 것을 기억하고, 두고 온 것을 기억하고, 사랑하는 것을 기억한다.

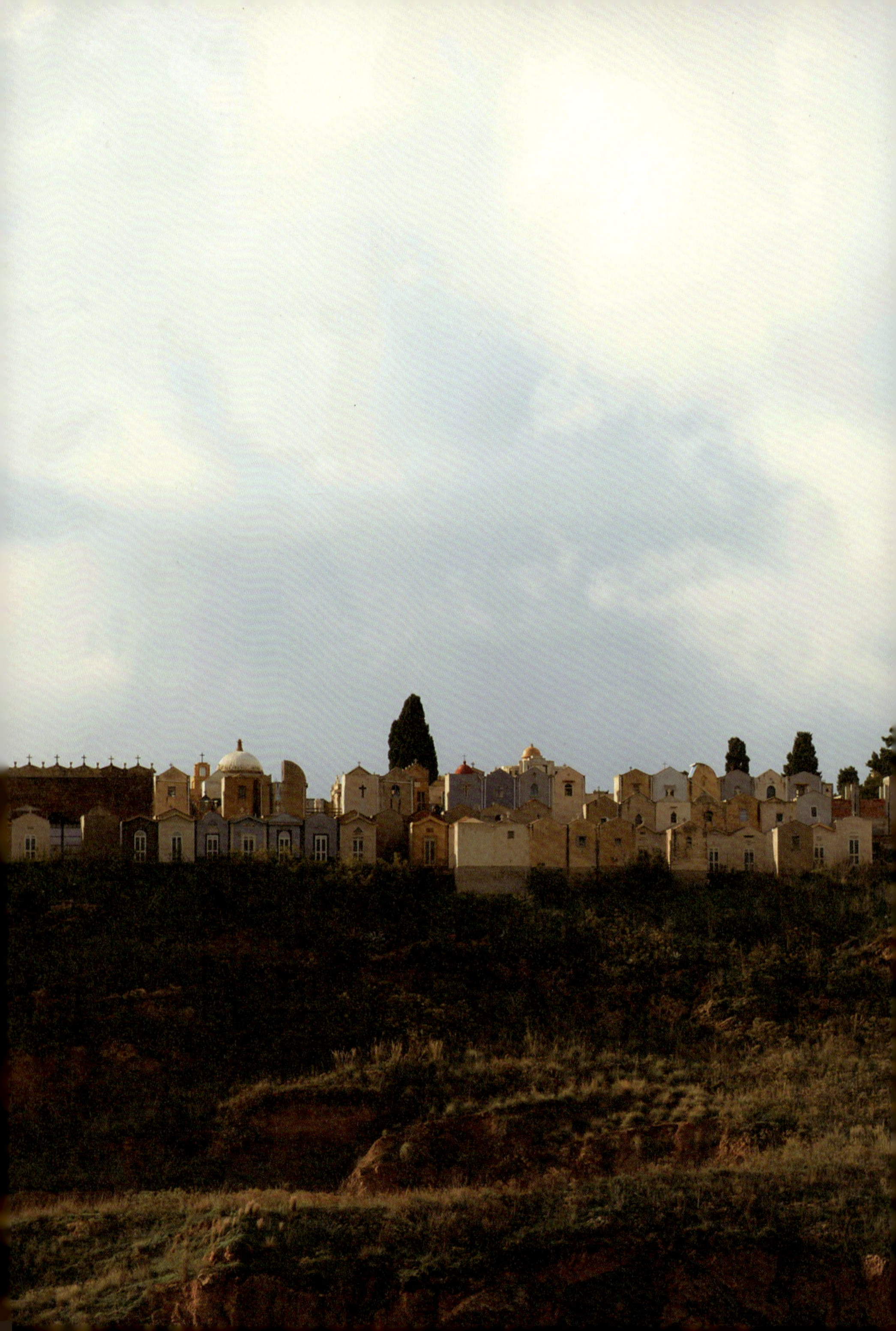

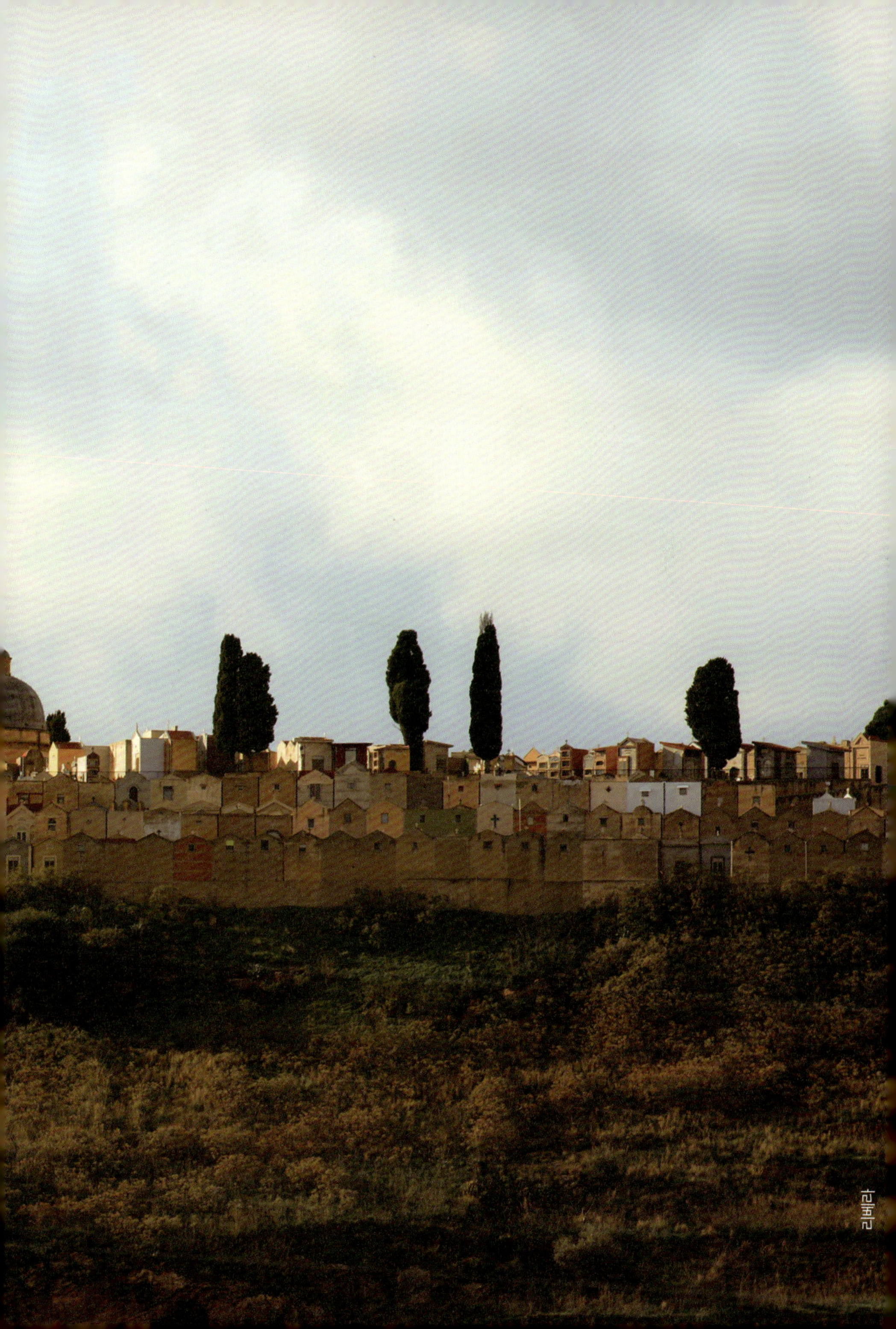

브루지오(Brugio), 땅위에는 평화

차에서 내려 당신에게 닿을 바람의 전화를 건다.
오늘로서 시칠리아 사흘째, 못내 참아가며 그리움을 지운다.
허허로운 골짜기에서, 녹색으로 물든 장엄한 대자연에서
은혜로운 평화를 본다. 가도 가도 끝이 없을 것 같은 이 길,
동서남북 어느 길이 내가 가야할 길인지조차 모르는 지금,
그래도 땅은 평화롭고 비옥한 황금 들판엔 영광이 넘친다.
가야할 길은 멀고, 과연 다다를 수 있을지조차 막연한 현재,
오늘밤, 아니면 내일 새벽쯤 전달할 바람의 말에 행복하다.

여기는 시칠리아. 녹색 대지위에는 평화, 마음에는 축복이다.

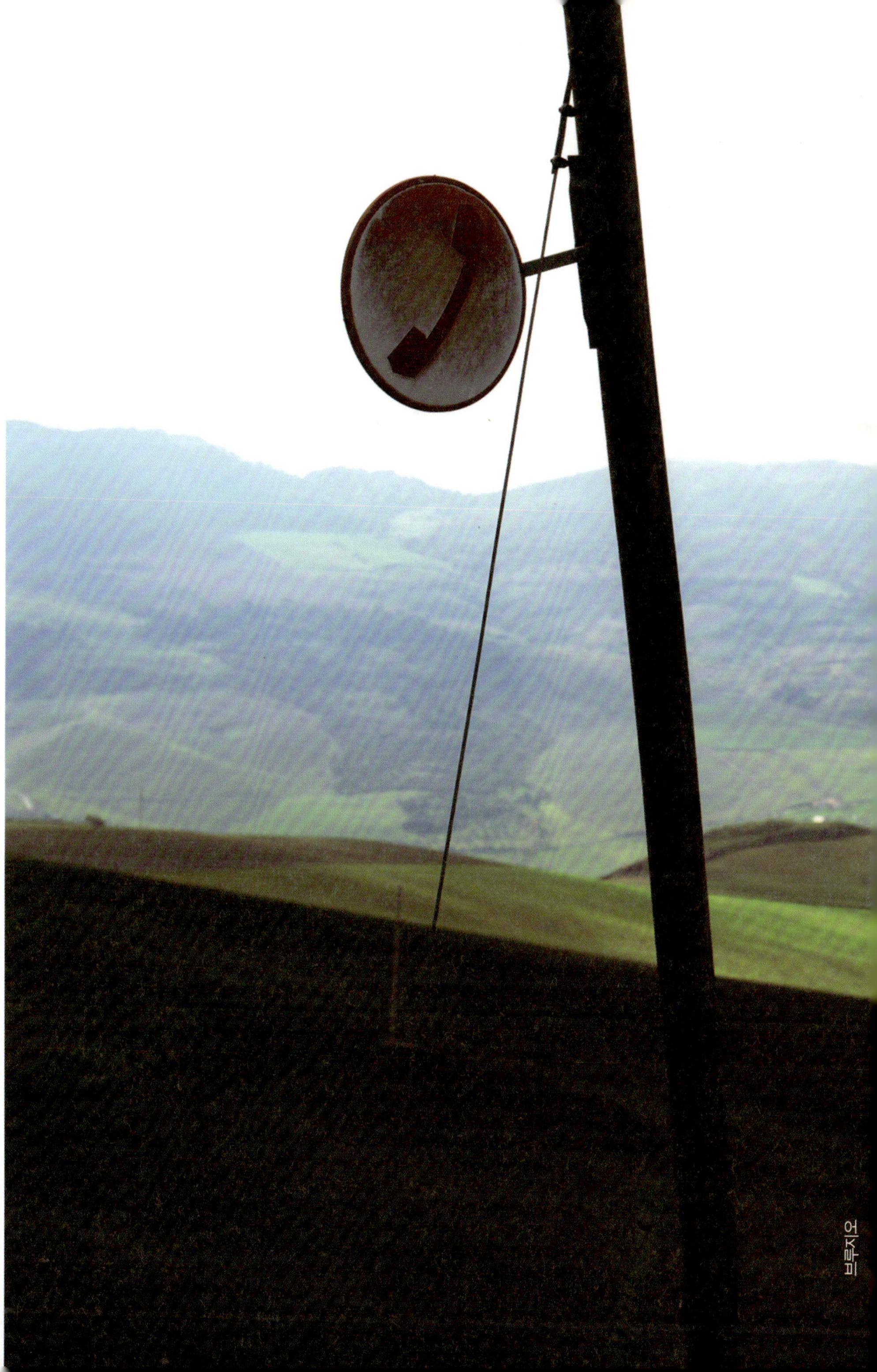
브루지오

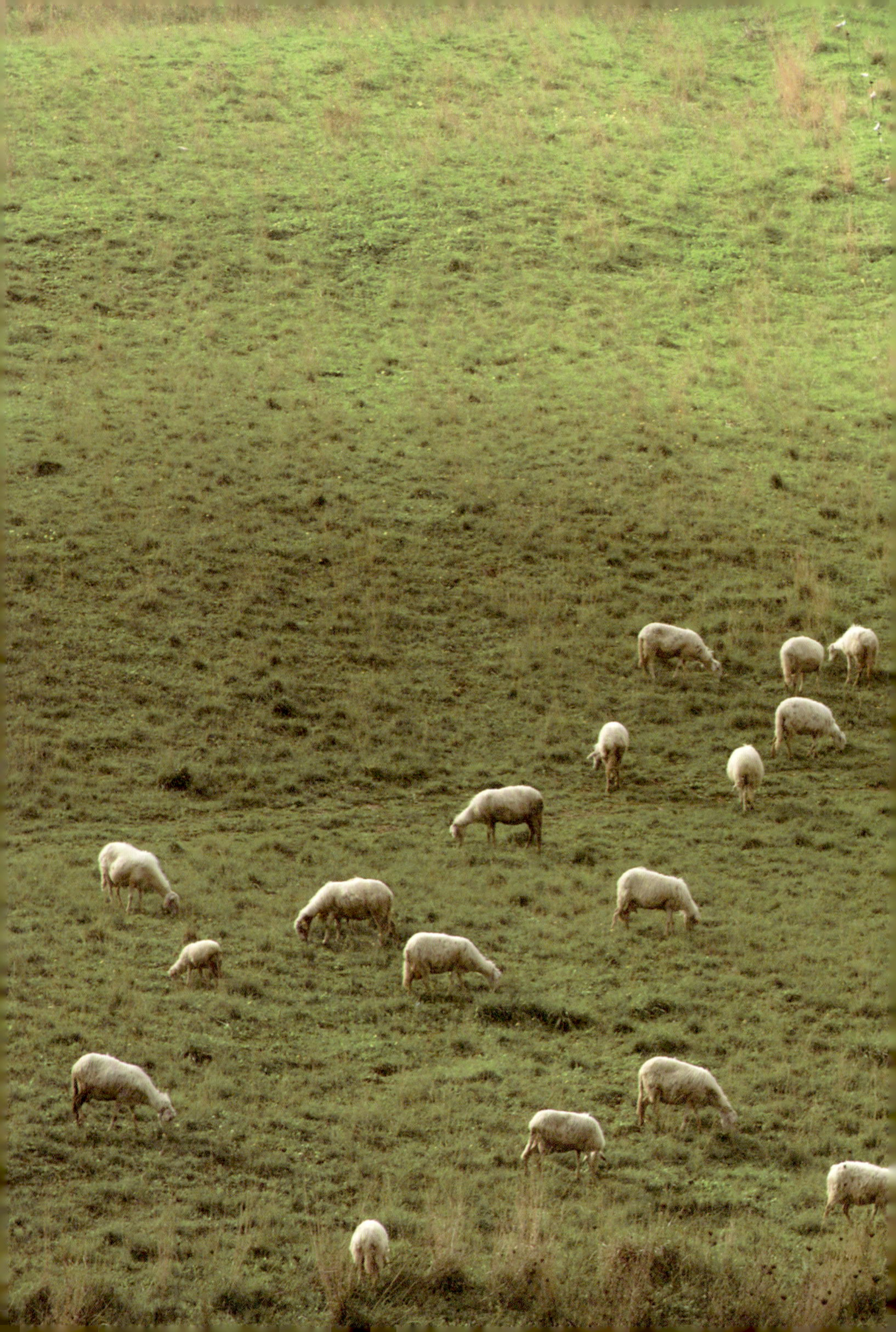

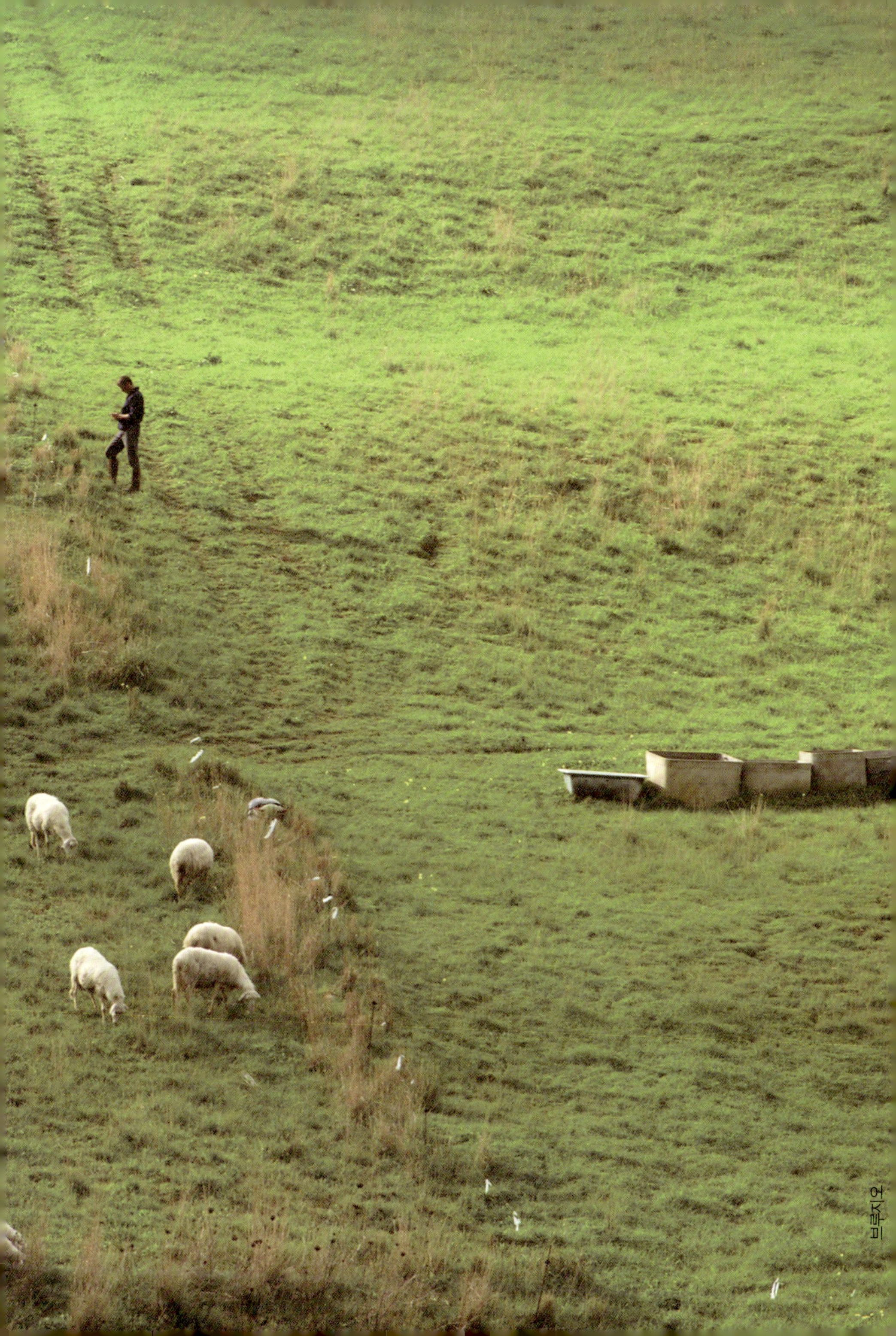

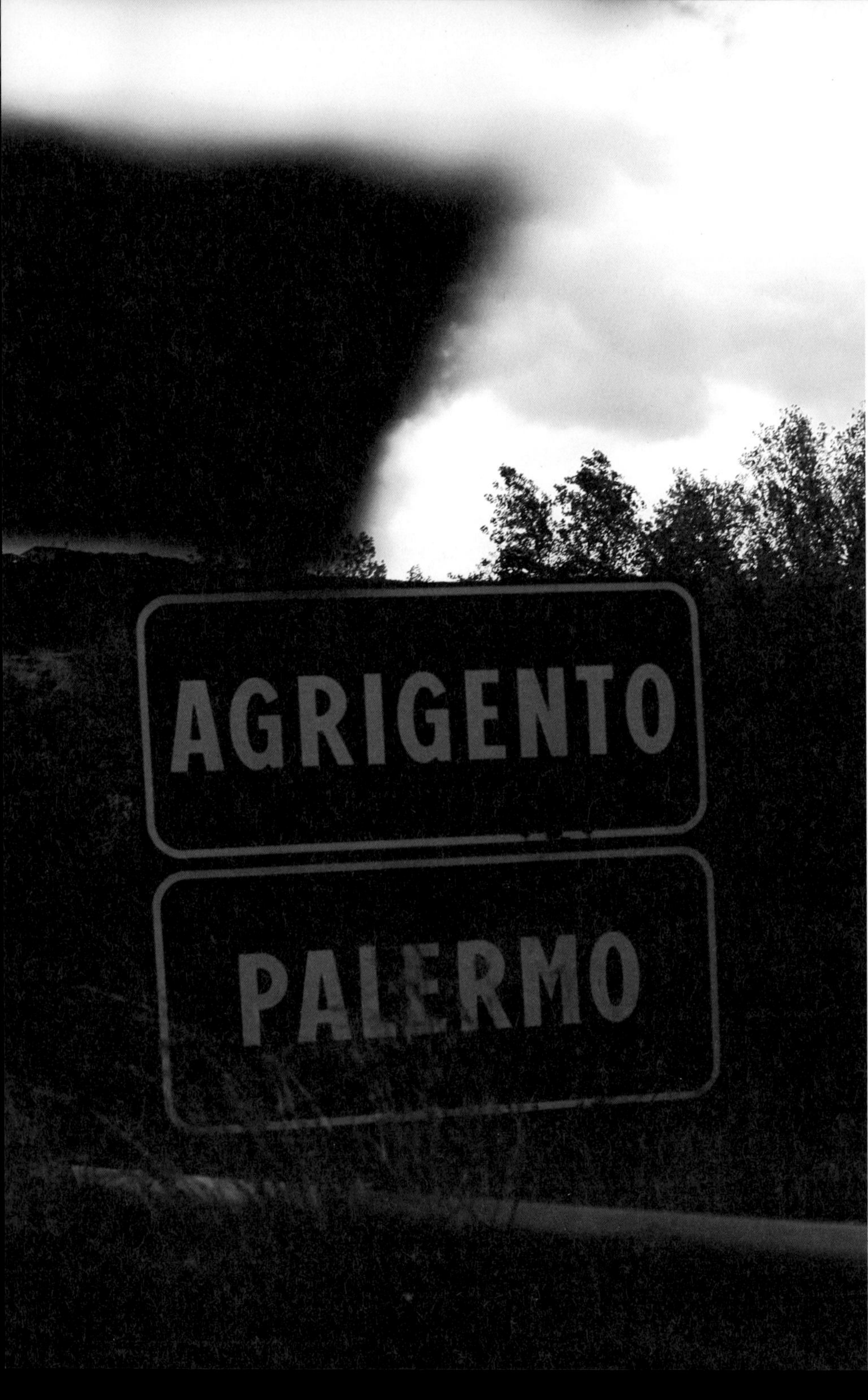

루트 386, 팔라초 아드리아노 - 아그리젠토

Route 386, 바람이 전하는 말

어쩌면 시칠리아 사진에서 먹는 사진은 마지막 날 한 장 정도 나올지 모르겠다. 안 먹은 게 아니라 잘 먹었는데 이 여행은 나 혼자 만의 여행이라 찍어준 사람이 없다. 물론 지금 이 길을 가는 도중에 열심히 지도에 코 박고 있는 남자가 있다. 그러나 이 남자와 내가 여행 중에 나누는 말은 단 두 마디이다. "어느 방향인가?", 그리고 "방을 잡자." 끝.

그도 사진을 찍고 나도 사진을 찍지만 우리는 각자 다른 세상, 상념, 목적 속에 제 갈 길 간다. 더군다나 조수석의 남자는 운전을 못한다. 아침부터 밤까지, 처음부터 마지막까지 운전은 나다. 나는 운전대를 잡고 카메라를 목에 건다. 달리는 도중에 한 손, 혹은 운전대에 얹어 찍는다. 매우 위험천만한 일이지만 오로지 안전한 한적한 시골 길, 산길에서만 그리한다.

팔라초 아드리아노에서 아그리젠토까지 가기 위해 선택한 길은 루트 386번 지방도로이다. 어젯밤 옆좌석 남자에게 볼펜으로 그려준 내 마음의 길이다. 알지도 못한 생전 처음 길, 여러 갈래 길 중에서 운명적으로 선택한 길이다. 이미 그런 길이 시칠리아에서 만나게 될 모든 길이다. 그러나 그 알지 못한 길, 난생처음 초행길을 나 혼자서 간다. 수많은 상념과 기억과 단상들이 왔다가 사라져가고, 수많은 마음의 이야기들이 차창 밖 사물과 몸을 섞고, 수많은 질문과 의문과 자문자답을 바람에 흘리면서 알 수 없는 길을, 또 하나의 눈과 가슴을 매달고 달리고 달린다.

루트 386. 아그리젠토까지 5개 정도의 소도시를 지나가는 길이다. 그 길에서 마주한 상념이다. 시칠리아에서 처음으로 그리움을 바람에 전한 잔영이 오래 남은 영화다. 어둡고 아득하다. 그땐...

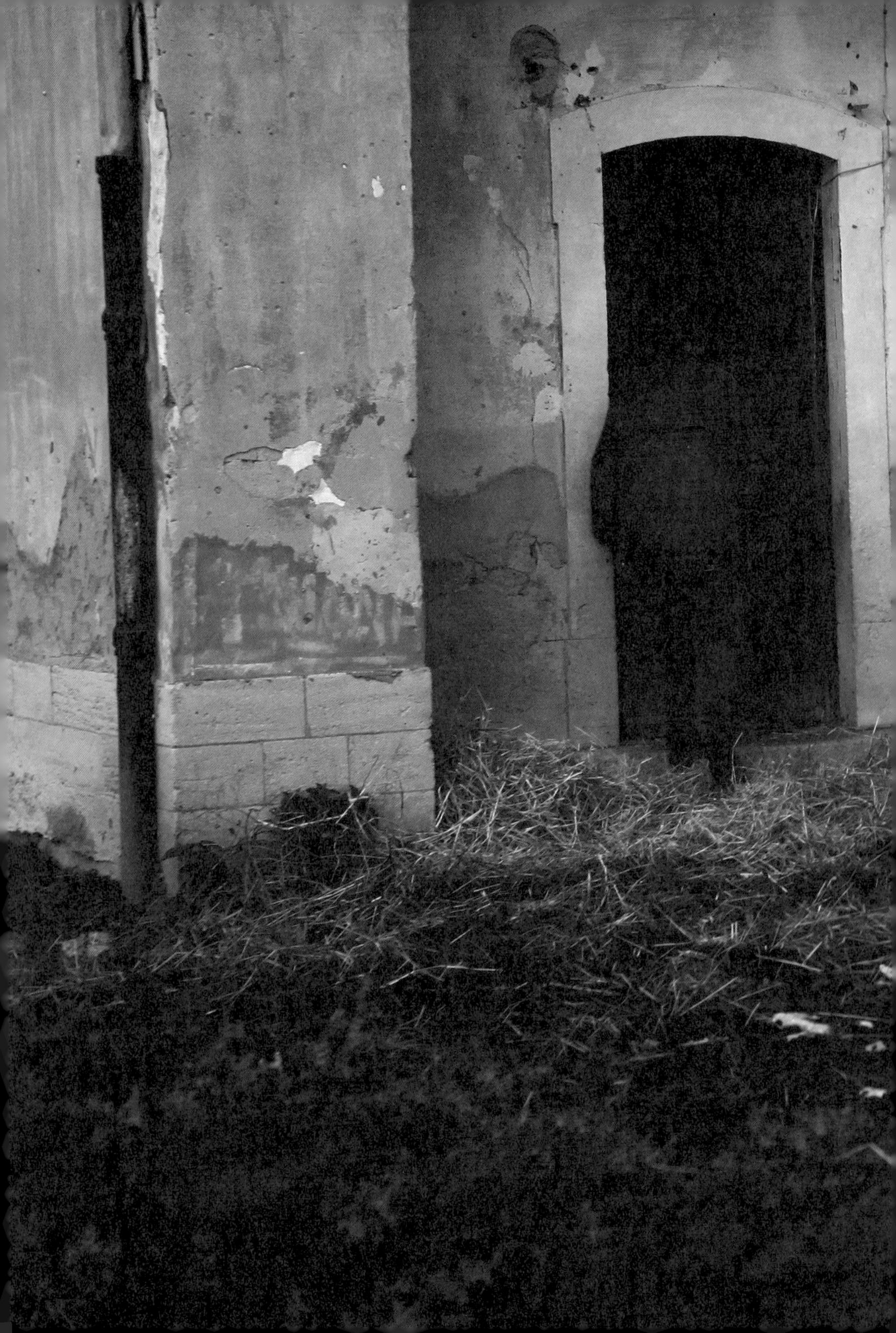

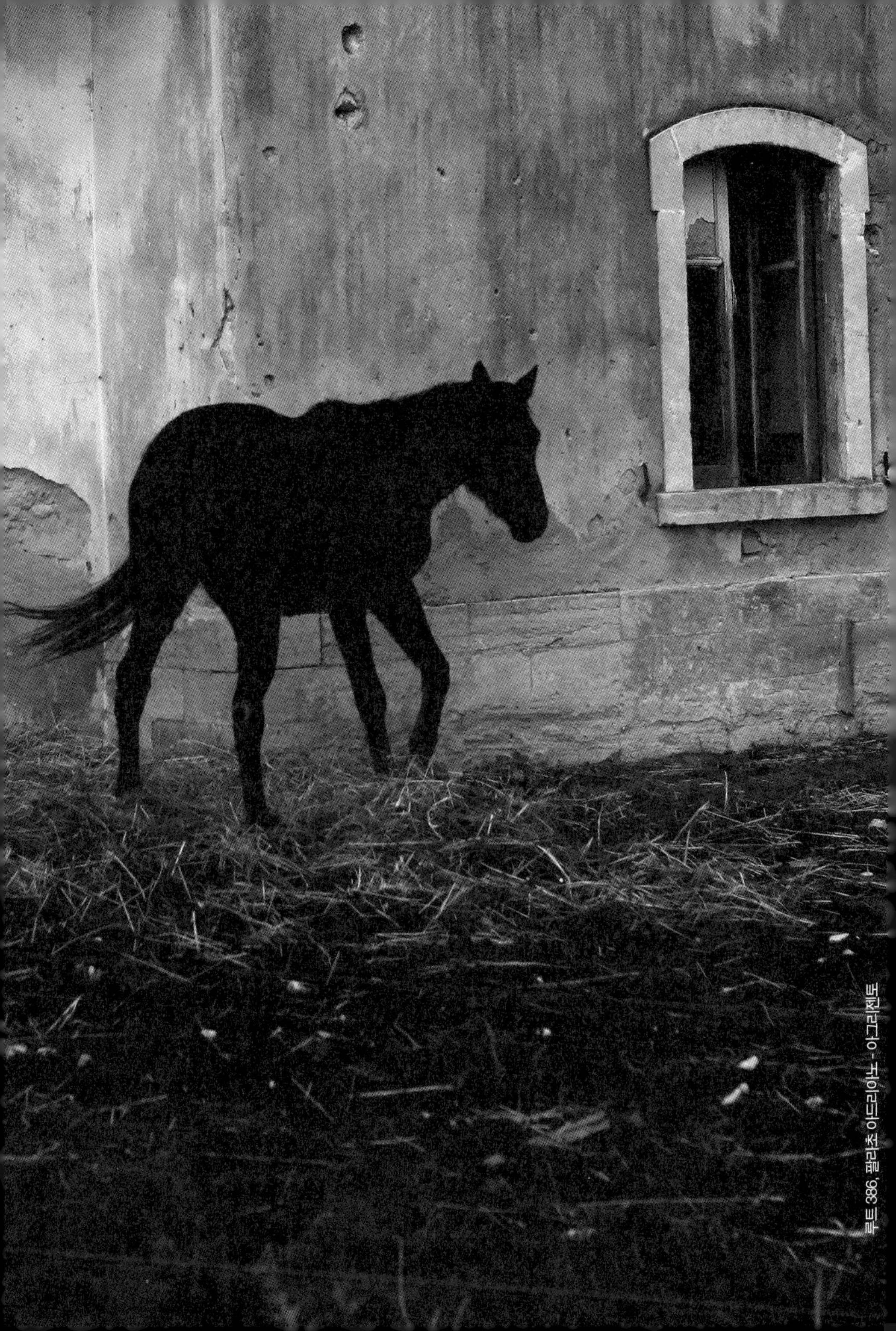

루트 386, 팔라초 아드리아노 - 아그리젠토

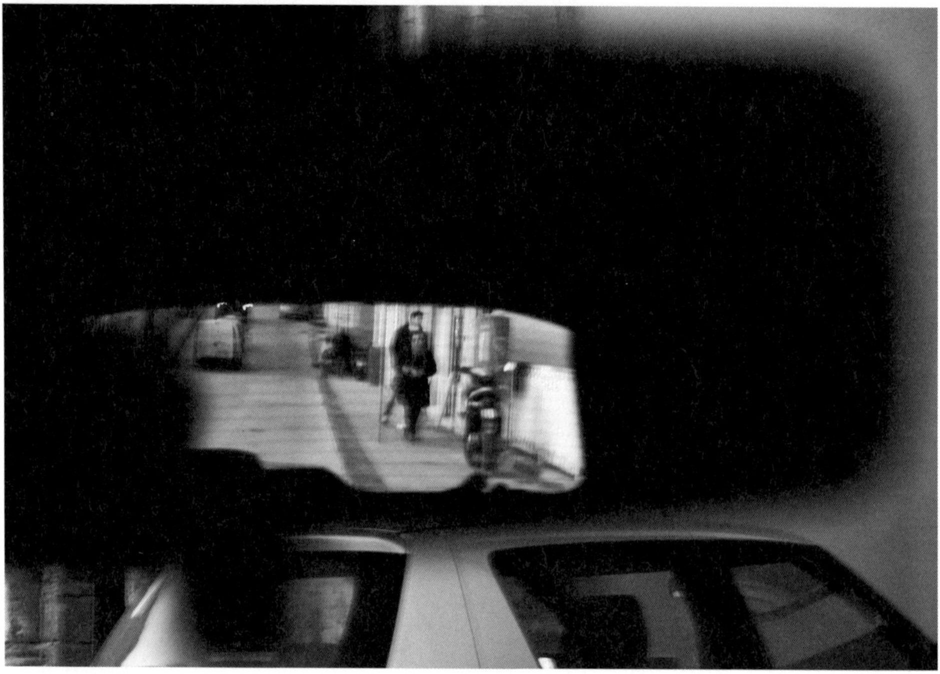

루트 386, 팔라초 아드리아노 - 아그리젠토

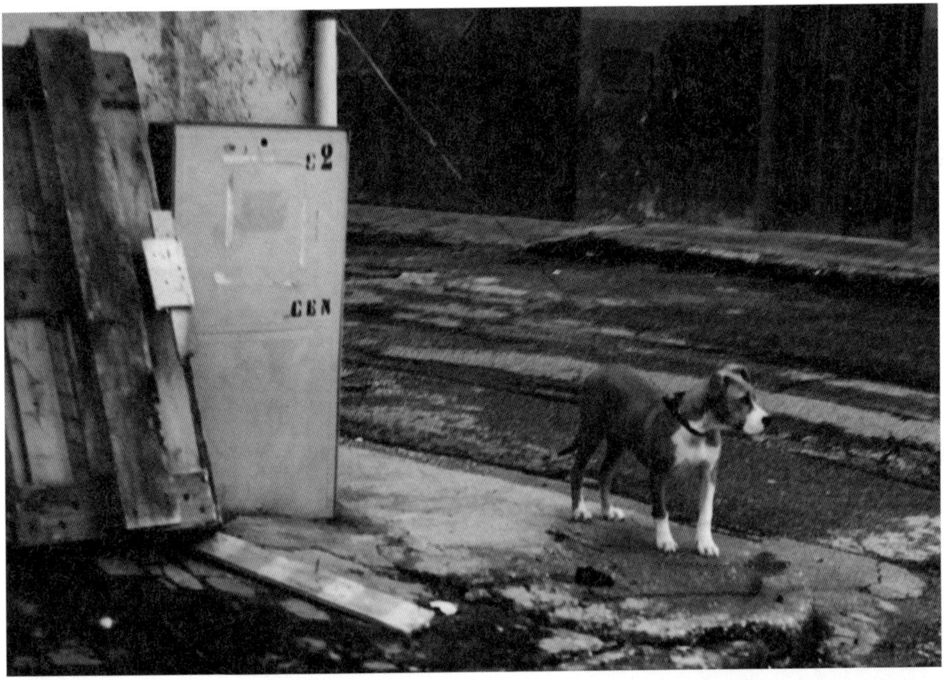

루트 386, 팔라초 아드리아노 - 아그리젠토

35개의 봉인, 인간의 정원으로부터

아직 벗겨지지 않은 비밀 앞에 이미 벗겨져 버린 비밀이 외친다.
속지 마라! 비밀은 드러나기 위해 존재한다는 말.

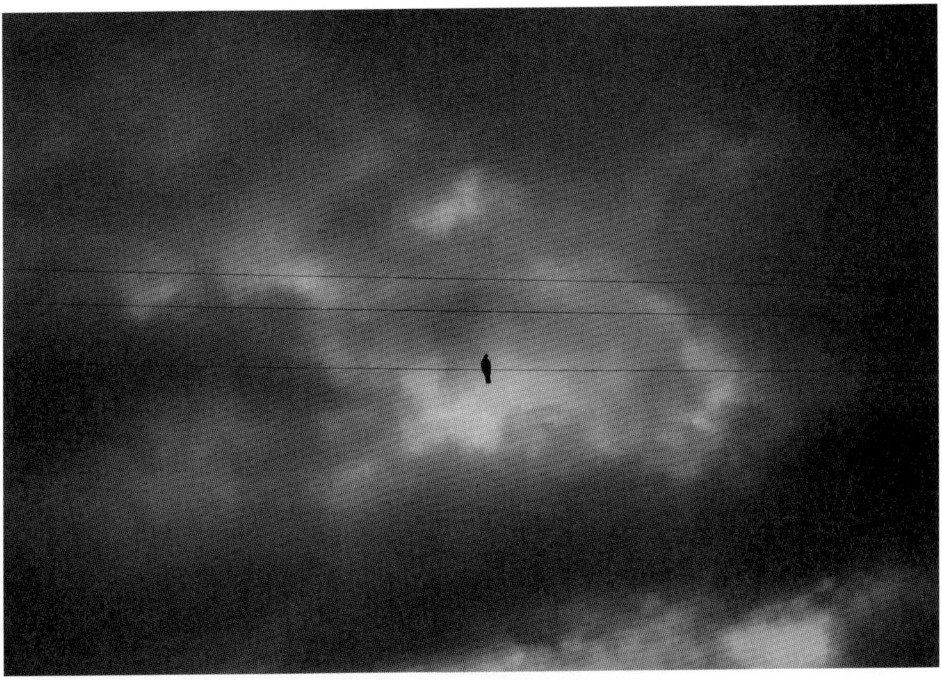

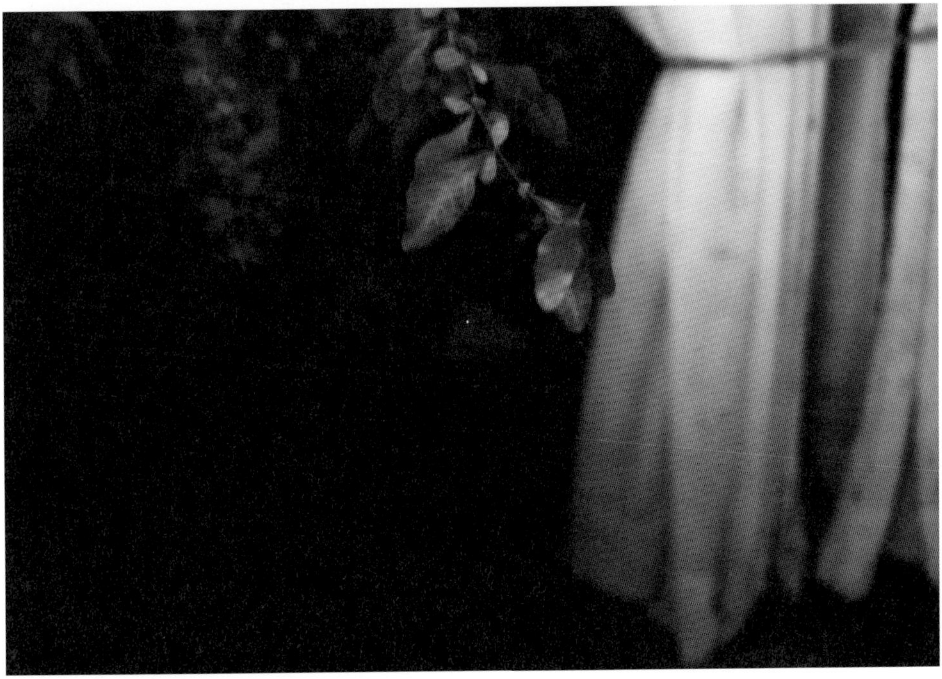

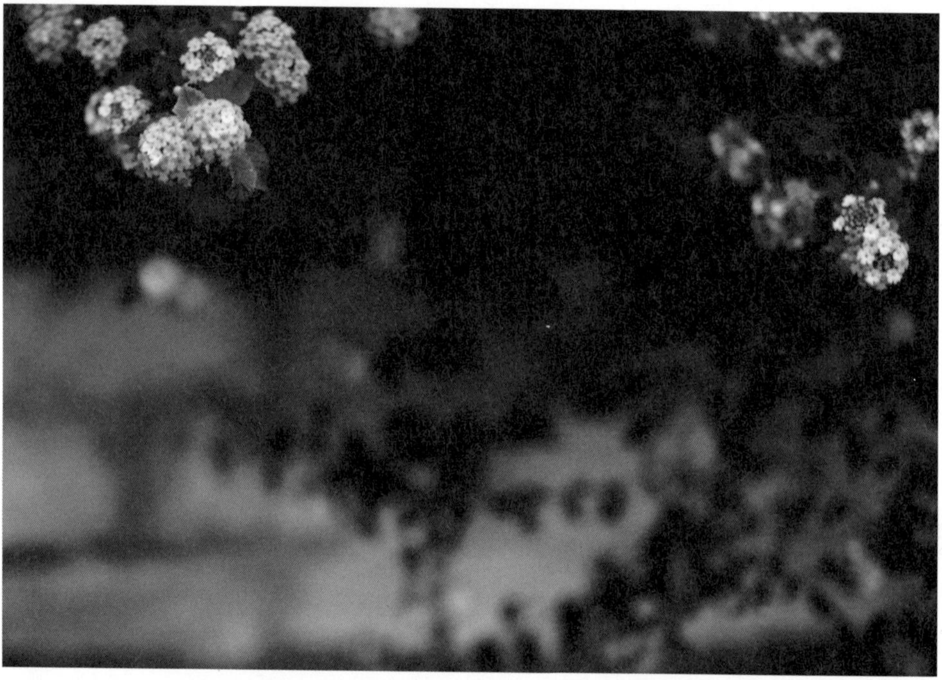

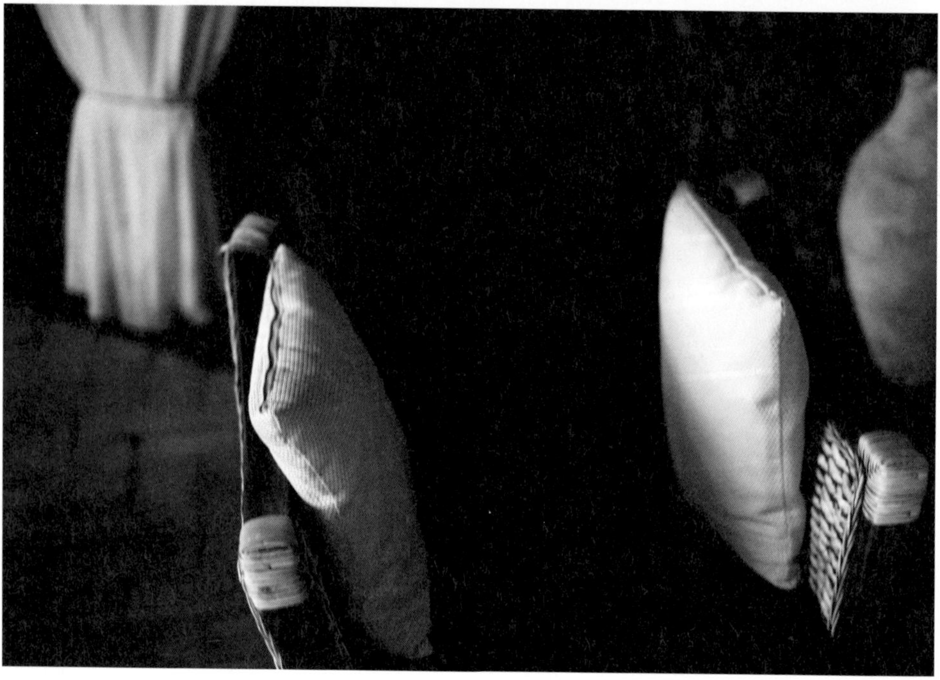

팔라초 아드리아노

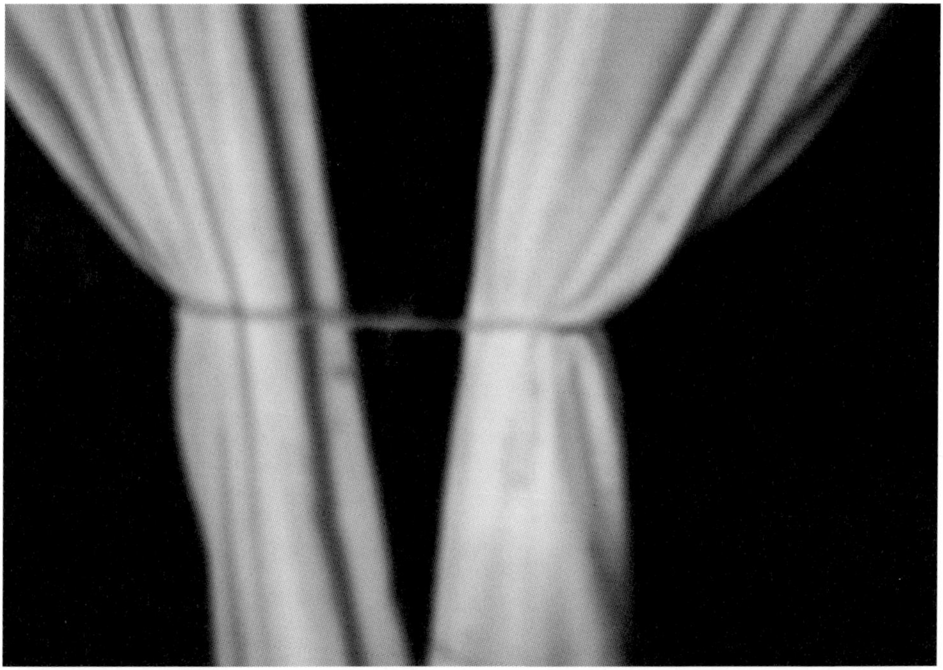

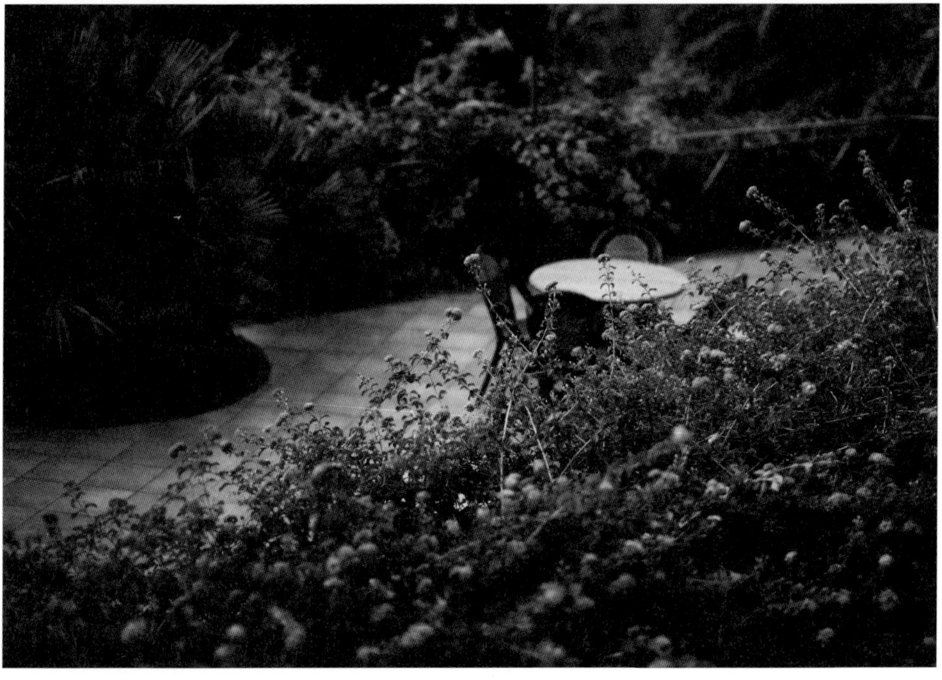

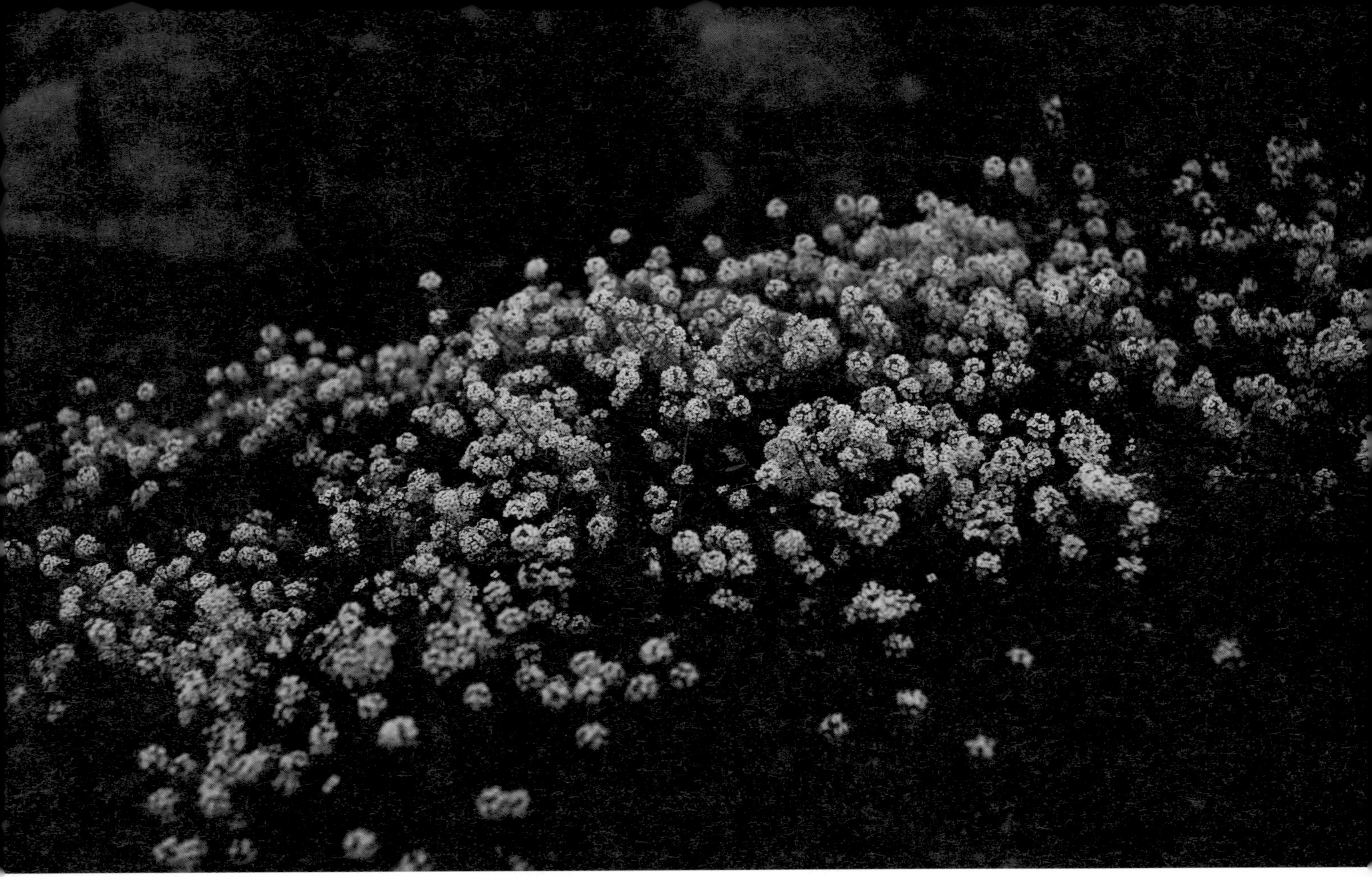

팔라초 아드리아노

39개의 상사화, 신들의 정원으로부터

아직까지 너무 행복하여 붙여진 꽃말은 없고
아직까지 너무 불행하여 붙여진 꽃말은 없다.

아그리젠토, 신들의 계곡으로부터

비가 세차게 쏟아진다. 아침인데도 검은 비 때문에 대지가 어둑하다. 그러나 바다 저편 구름을 보면 이 비도, 이 어둠도 그리 오래가진 않으리. 시칠리아 전 도시가 그리스문명, 로마문명, 이슬람문명, 헬레니즘 문명까지 아주 다양하게 산재하지만 고고학적인 측면에서 가장 분명한 유적지는 세계문화유산으로 지정된 아그리젠토와 타오르미나일 것이다. 그중에서 이곳 아그리젠토는 가장 대표적인 시칠리아의 유적도시라고 할 수 있다.

유럽여행에서 가장 귀찮은 것은 교회와 성당 관광이고, 로마와 이집트, 인도와 근동지역 여행에서 가장 귀찮은 것은 유적지, 박물관 탐사이다. 수많은 연도, 왕들의 이름, 잘 외워지지 않은 비슷비슷한 명칭 앞에서 짜증이 난다. 그 때문에 내 경우도 일반상식 외에는 외려 돌아와서 찾는다. 이번 시칠리아 여행에서는 아그리젠토 유적지에 대해 조금 공부를 했다. 5가지 이름, 그것도 여차하면 2개만 정확히 알면 머리 아플 이유 없어서.

그러니까 아그리젠토는 원래 그리스 속주 혹은 식민도시였다고 한다. 기원전 5~6세기에 건설된 그리스 유적지이다. 사전 정보 없이 갔다가 신전들을 보면 아테나 신전인 줄 알고 깜짝 놀랄 정도로 보존상태가 좋다. 현재 발굴된 그리스 유적은 총 5개, 그중에서 아테네 파르테논 신전을 쏙 빼닮은 도리아 양식의 콘코르디아 신전(일명 제우스 신전)과 35개의 기둥 중 25개가 완벽하게 보존된 지우노네 신전(일명 헤라신전)이 핵심. 이밖에 고작 기둥 4개만 남은 카스토레 & 폴루세 신전이나 38개의 기둥 중 8개만 남은 에르콜레 신전, 그리고 완벽히 파괴되어 도무지 신전처럼 안보여서 지나치기 쉬운 지오베 신전까지 합해 5개 정도 유적이 있다.

신전계곡에 사람들이 붐빌까 싶어 아침 일찍 숙소를 나섰으나 다행히 쏟아지는 비 때문에 신도, 사람도 단 한 사람도 없는 나만의 공간이 된다. 그리스 신화에 물과 비를 관장하는 신은 '신들의 신' 으로 알려진 제우스. 그러나 제우스를 비롯하여 모든 신들이 비 맞기를 꺼려해 비 오면 천지가 조용했다. 그런데 나는 비가 좋고 비 맞는 것도 사랑해 신의 도움으로, 인간들의 도움으로 고즈넉한 풍경을 혼자 만끽하게 된 것을 연신 감사하며 계곡을 누빈다. 그래서 생각하랴, 감상하랴, 사진 찍으랴 신전 하나를 보는데 한두 시간씩 걸리니 나중에는 에르콜레 신전은 눈으로만 보고 지나가는 상황이 되었다.

유명 건축물이나 역사적, 고고학적 유적지 앞에서 내 생각은 항상 같다. '내 마음대로 보고, 해석하고, 사진 찍는다.' 모든 건축구조물은 기본적으로 세 가지 시선, 시각, 눈길, 풍경 속에 있다. 건축설계자가 보고 싶은 포인트, 발주자 혹은 건축물 주인이 보고 싶은 포인트, 그리고 내가, 아니 저마다 개인들이 보고 싶은 포인트가 있다. 나는 후자다. 일단 나의 경우 건축물 및 유적지 앞에서 잽싸게 건축설계자, 건축물 주인이 보고 싶을 것으로 생각되는 포인트를 본 다음 내가 보고 싶은 대로 실컷 본다. 내가 찍은 사진들은 바로 그것들의 결과물이다. 내가 보고 싶은 대로 본 것.

신들의 계곡에서 다른 어떤 지식, 학습보다 중요한 건 내 눈과 마음의 경험이다. 신전들이 기원전 5~6세기 그리스 양식이라는 것, 도리아식 건축양식이라는 것, 각 신전들의 이름이 뭐 뭐라고 하는 것은 외워도 좋고, 돌아와서 살펴보아도 좋다. 문제는 신전 앞에서 보고 싶은 위치가, 방향이, 공간이, 앵글이, 프레임이 있는가 하는 점이 더 중요하고, 하나 더 바로 그 순간 어떤 감흥 속에 있었는지가 중요하다. 참고로 그리스 유적지에 웬 현대조각물이 자리하는가 이상하게 여기지 말자. 우리로선 이해하기 어렵지만 이태리에서는 자연스럽단다. 역사적으로 이태리(로마)만큼 종교적으로, 문화적으로 다국적이고 개방적이고 혼합, 수용적인 국가도 없다고 한다.

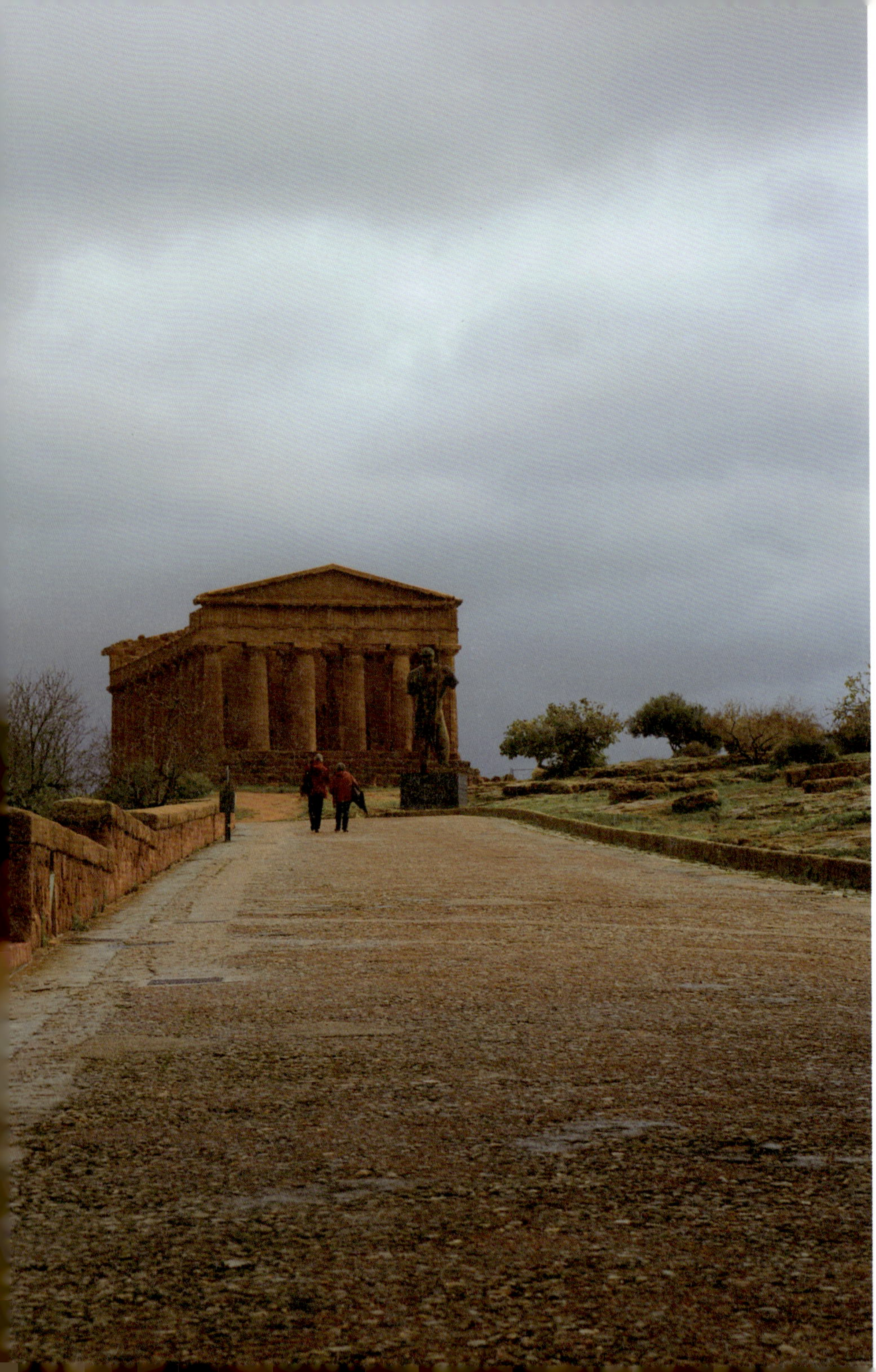

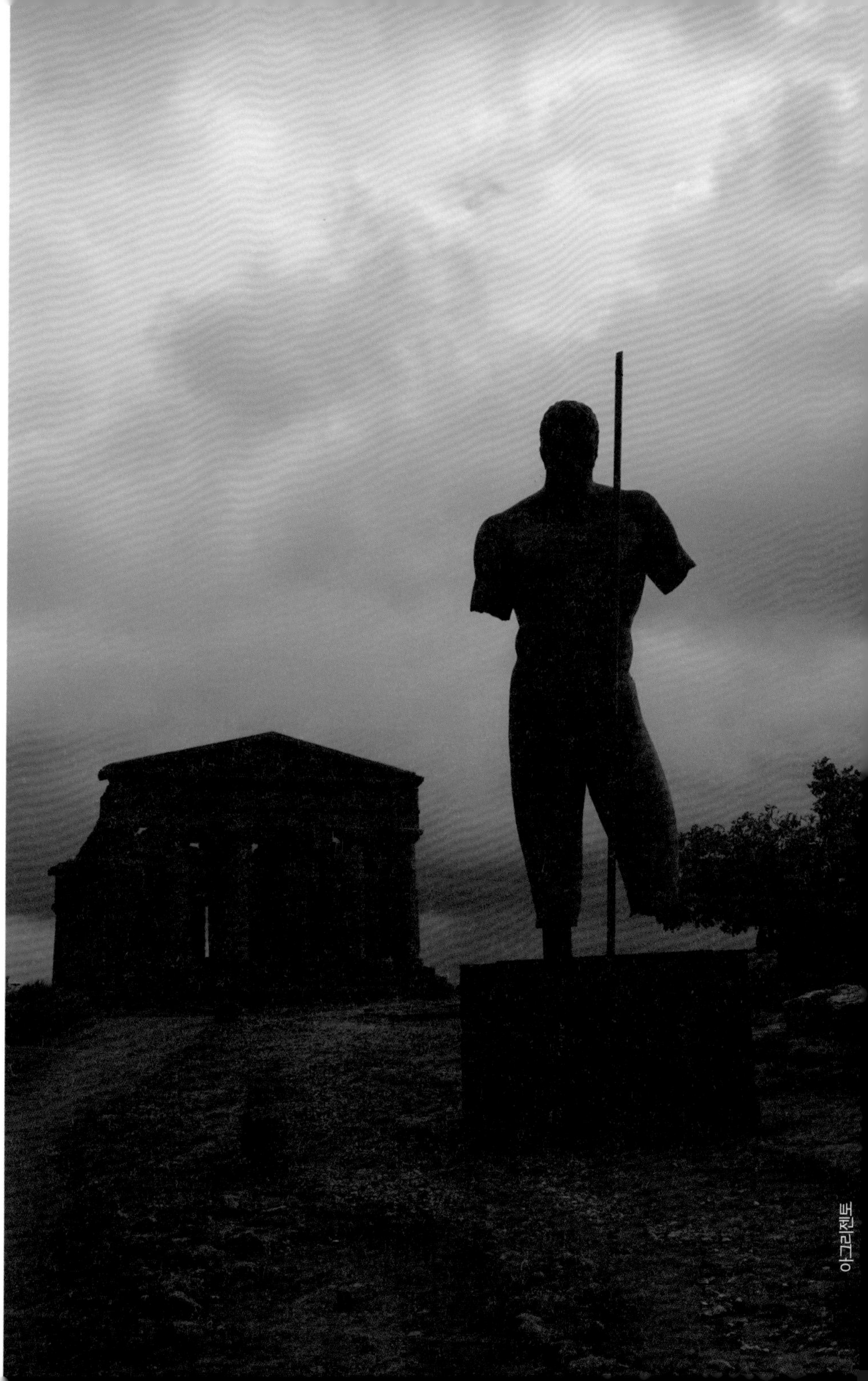

아그리젠토

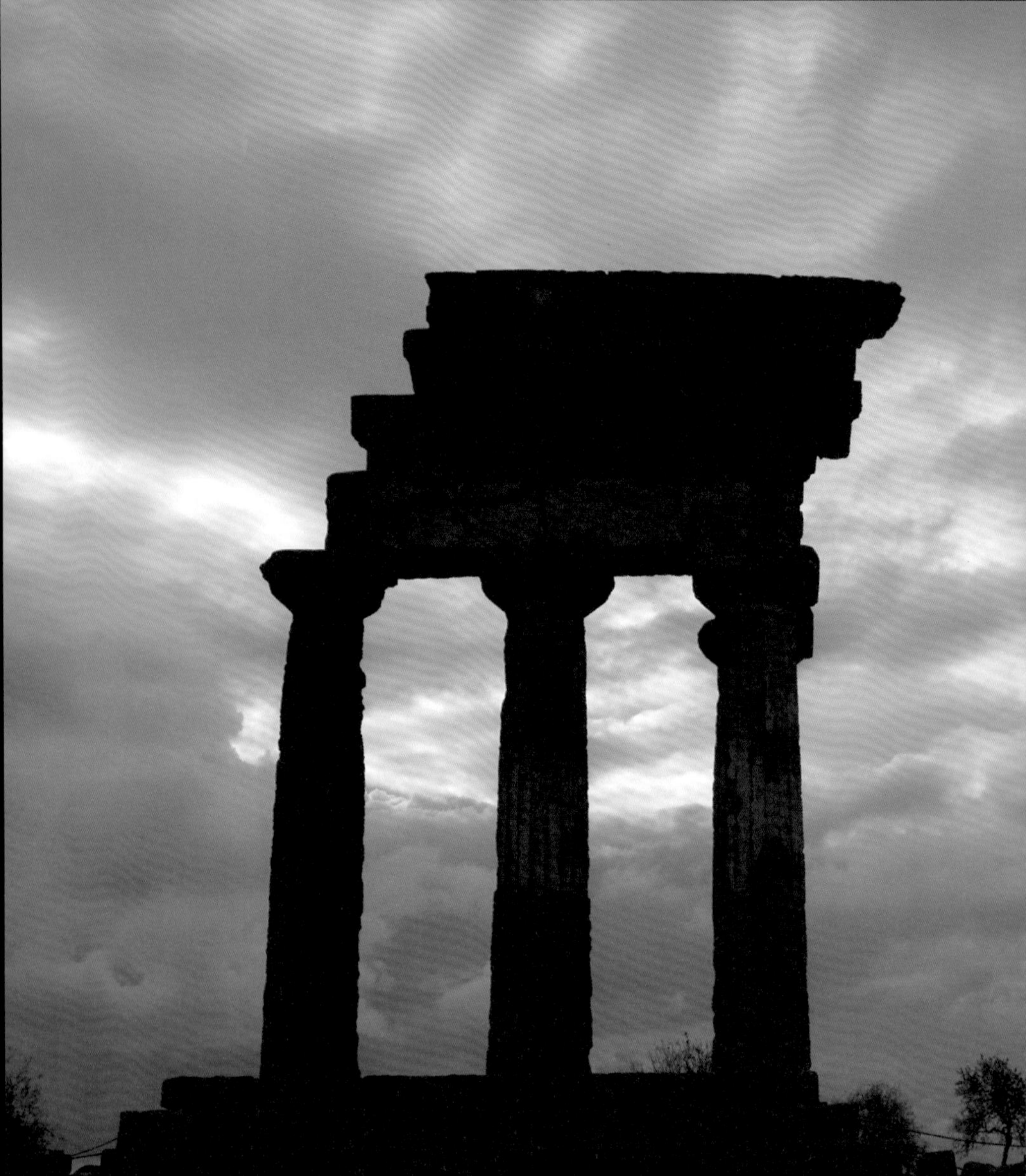

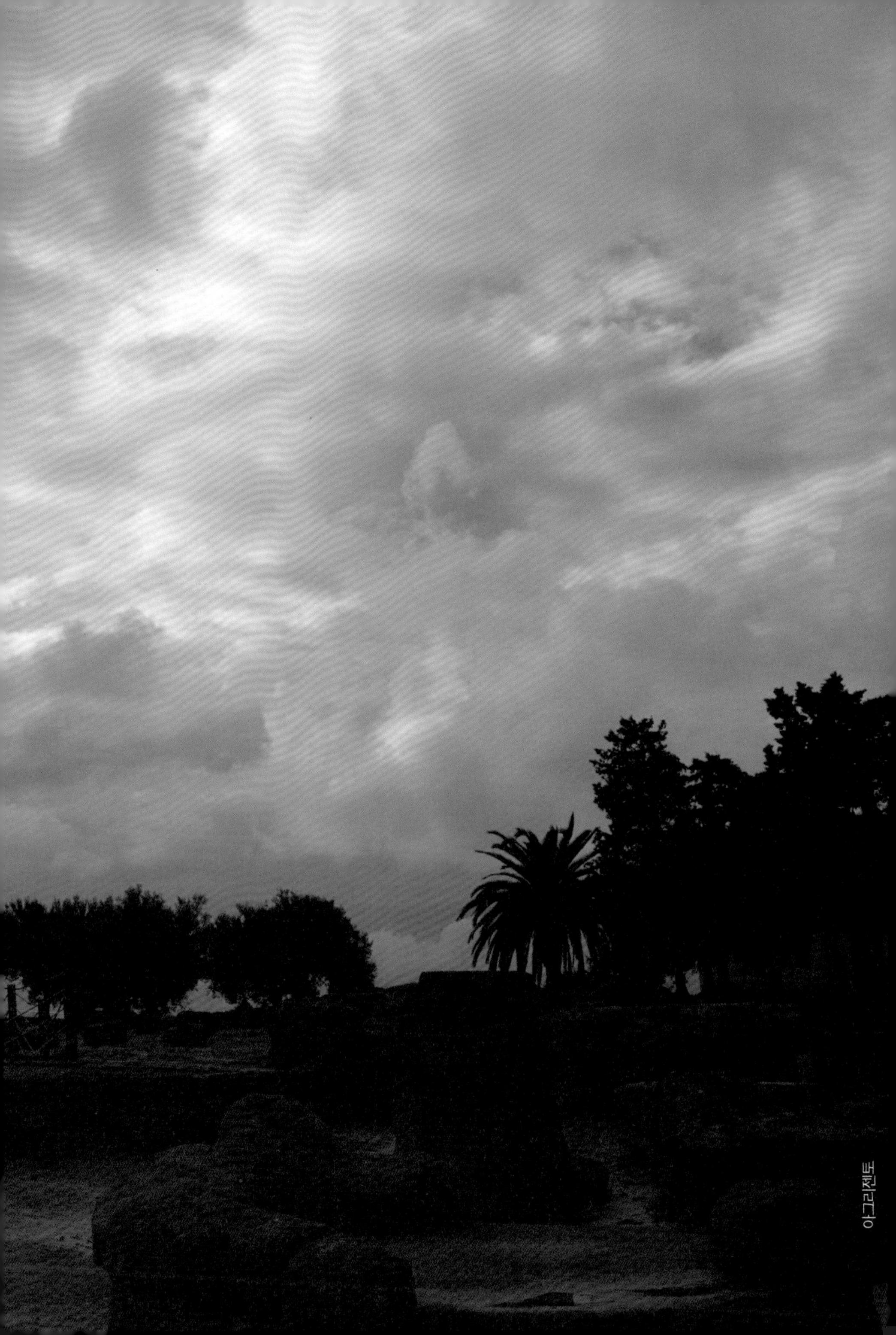
아그리젠토

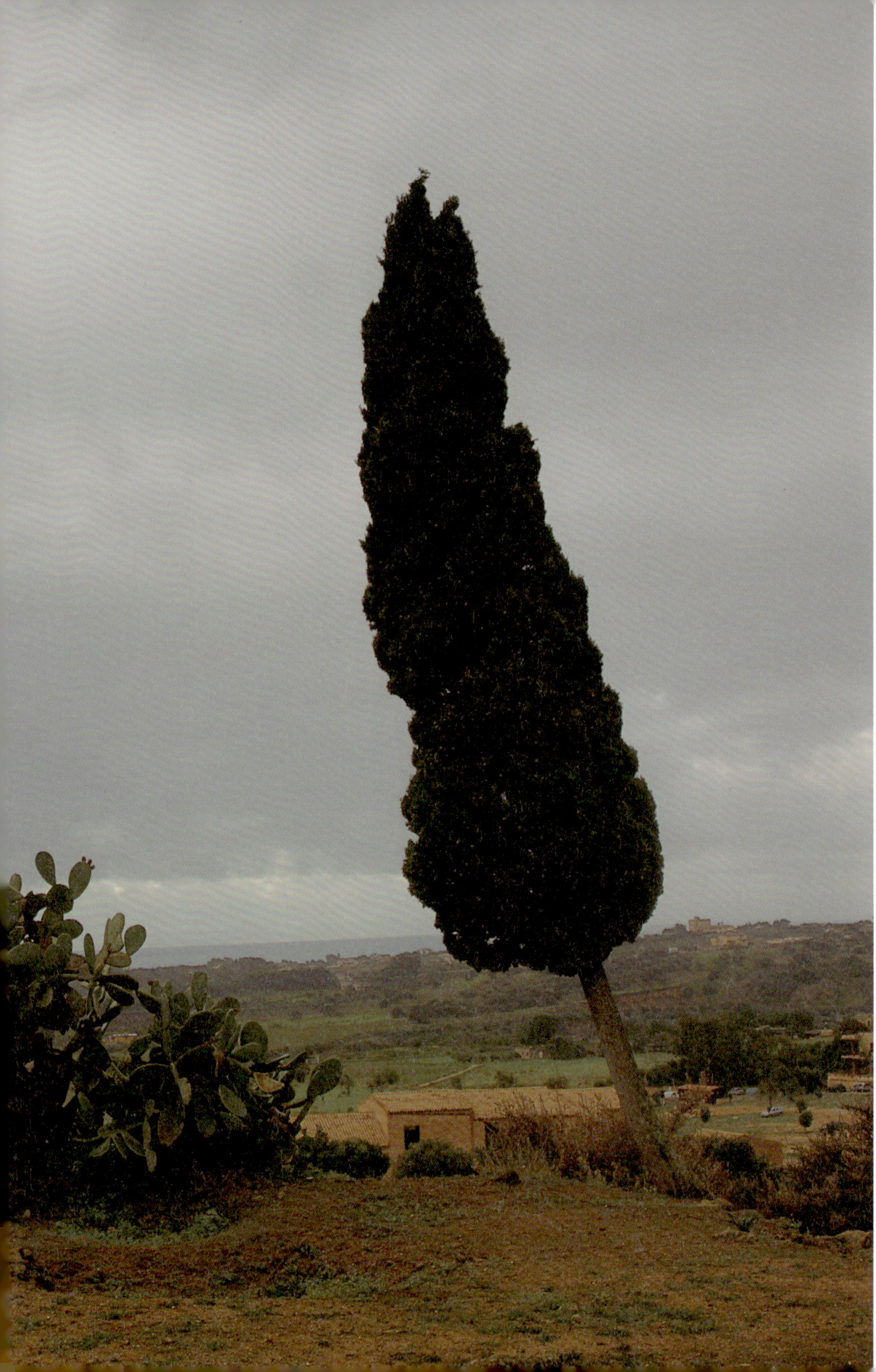

아그리젠토

아그리젠토, 신과 인간의 계곡으로부터

흐렸다 맑았다 비 왔다 짧은 시간에도 하늘은 변화의 춤을 격정적으로 춘다. 길이 6km 구릉에 세워진 아그리젠토 그리스 신전들은 아테네 신전들이 보여준 것처럼 바다를 향한다. 그리스 신전 및 유적들이 바다를 향하는 이유는 분명하다. 그리스 역사와 신화가 바다에서 출현했기 때문이다. 바다는 바람을 탄생시키고 구름을 탄생시키고 태양을 탄생시킨다. '솔라(solar)' 는 바다의 빛이다.

해양민족으로서 그리스인들이 바다 가까운 곳에 있어야 안심하고 삶을 도모할 수 있다는 것은 당연하고, 또한 그들이 숭상했던 신들의 땅에서부터 학문, 예술, 연극, 공회의 공간까지 바다와 멀어서는 말이 안 되었다. 그런데 아그리젠토 그리스 유적에서는 참으로 역설적인, 아니 놀라운 풍경이 조성되어 있으니 그것이 로마문명이다.

보라! 바다를 굽어보는 신들의 계곡보다 훨씬 높은 곳에서 신들의 계곡을 굽어보는 로마의 산꼭대기 성탑과 집들을. 오직 시칠리아 아그리젠토에서만 볼 수 있는 놀랍고 환상적인 그리스와 로마 문명 간의 오묘한 특징들이다. 무너지고 사라진 황폐한 지오베 신전을 거닐면 바람에, 햇살에 일렁이는 그리스로마의 혼성 풍경과 만난다.

바다에서 쏟아지는 햇살, 바다에서 불어오는 바람, 저 신과 인간이 빚어낸 아름다운 계곡의 경계와 조화.

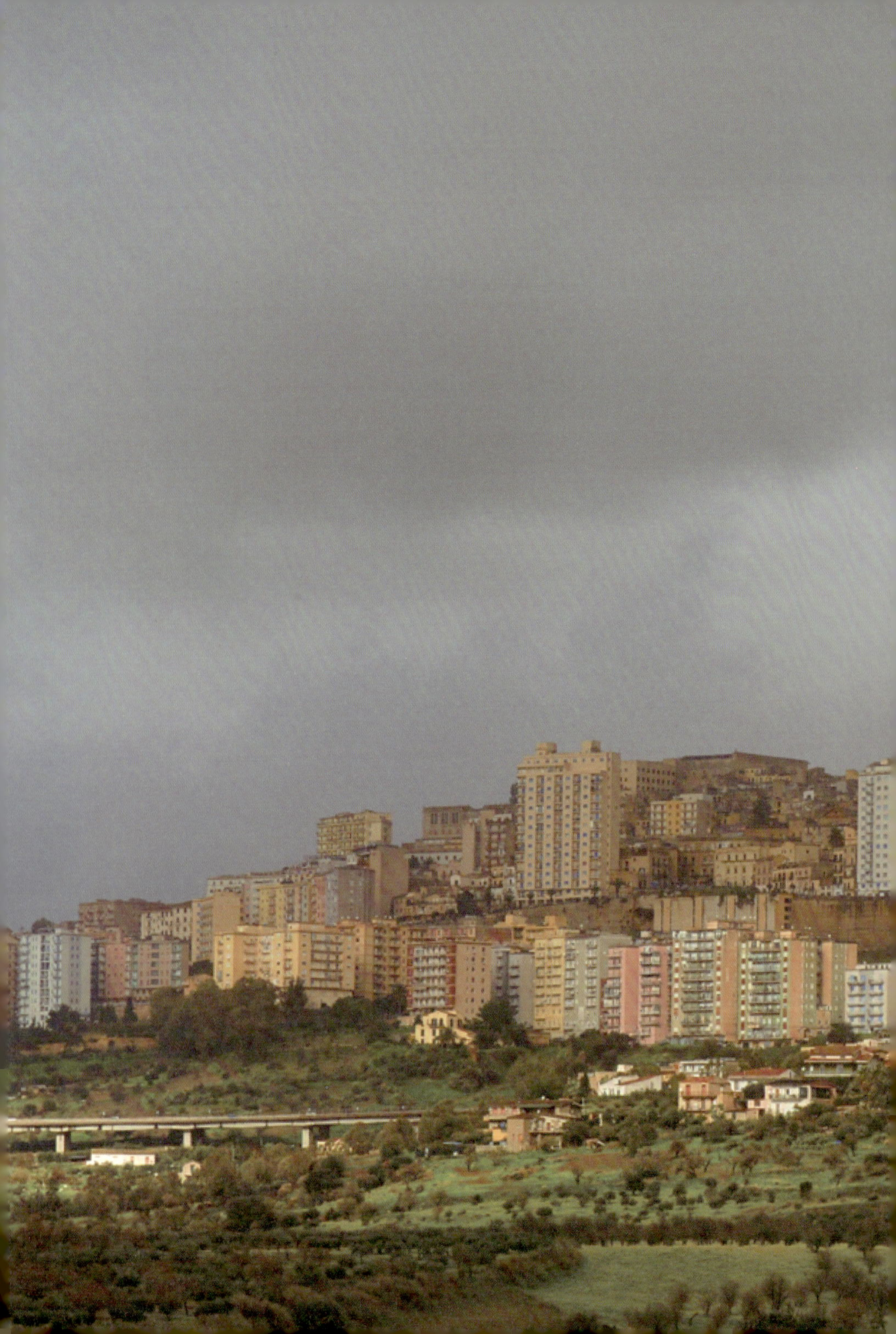

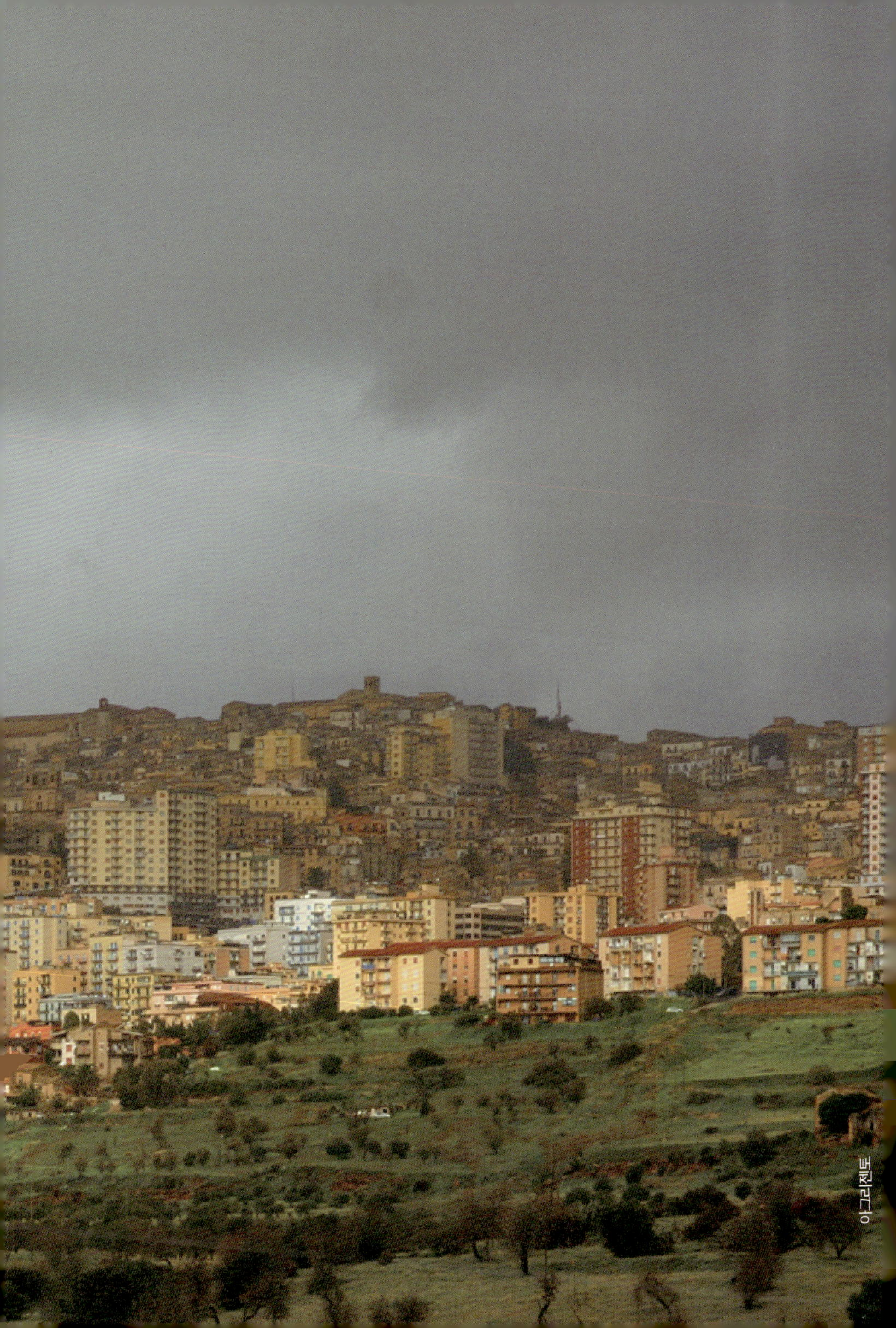

아그리젠토

시칠리아 단상, 부질없는

그러니까 당신이 그리 말했지요.
많이 잊고, 지우고, 버리고 돌아오라고.
시칠리아는 그런 사람들이 가는 곳이라고.
저도 처음에는 그럴 생각으로 떠났었지요.
그런데 아그리젠토 신전에서 보았습니다.
잊혀지고, 지워지고, 버려진 시간의 파편들을.
그것들은 눈, 마음, 의지가 지운 결과가 아니라
가만둬도 지워지는 자연의 시간이라는 사실요.
그러니까 그러니까 결론적으로 말을 하자면
잊고, 지우고, 버리려고 애쓸 필요 없다는 거지요.
신전의 비바람들이 거칠게 말하더라구요.

"인간들의 부질없는 짓은 필요치 않다." 라고.

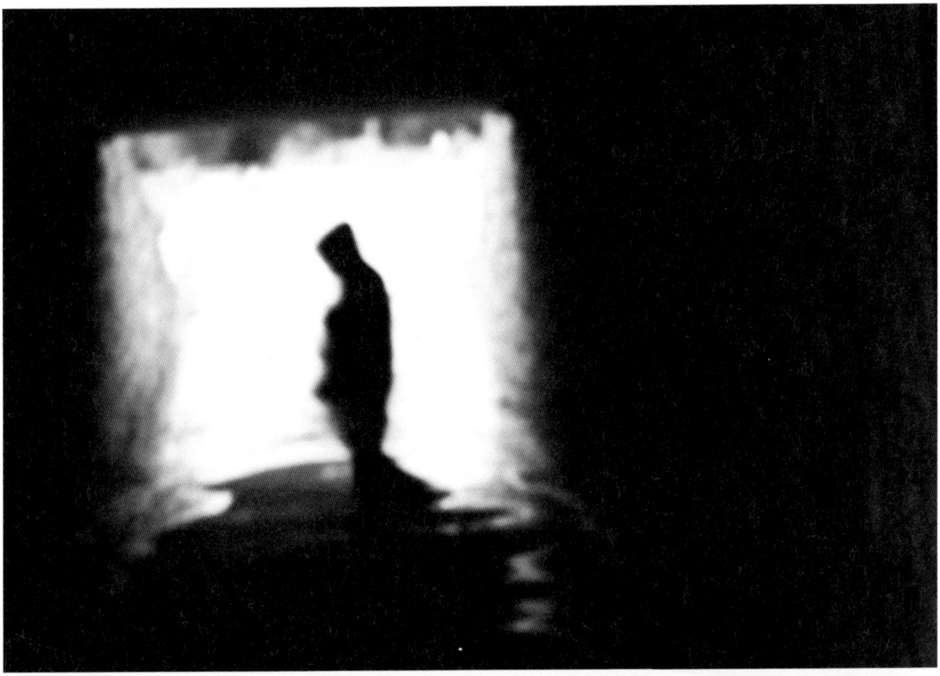

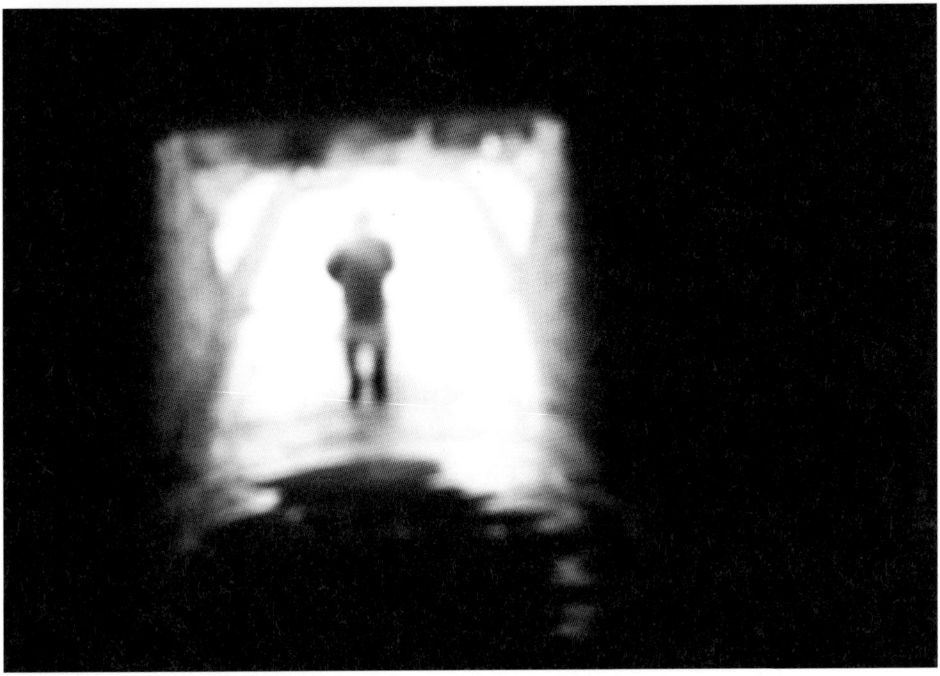

아그리젠토, 바람의 이별

길 떠난 나그네에게 갔던 길과 오던 길은 다르다.
시간을 잊고 가던 길과 시간을 잃고 오던 길은 다르다.
이제 비는 더욱 세차게 내리고 천지가 어두워지면서
불안감이 커진다. 오늘 밤 묵어야 할 곳은 아득히 멀다.
한 번도 가보지 못한 길, 어둑한 산길을 어떻게 갈까.
마음이 조급해지자 고즈넉한 풍경이 뒷전으로 밀려난다.

그때, 비를 맞고 홀로 걸어가는 개 한 마리를 발견한다.
개를 따라 비를 맞으면서 신들의 계곡을 빠져나온다.
빗속에서 바라보는 신들의 정원, 바람이 일렁인다.
미련 남는 것들, 발길 잡는 것들과 마지막 안녕 한다.
신들의 계곡을 벗어난다. 마침내 바람과 이별한다.

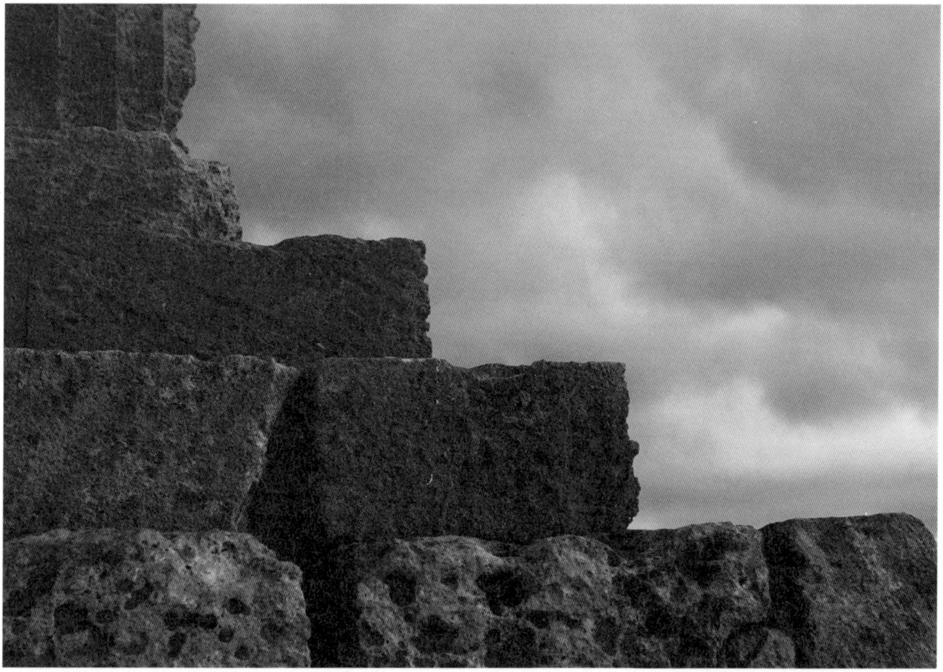

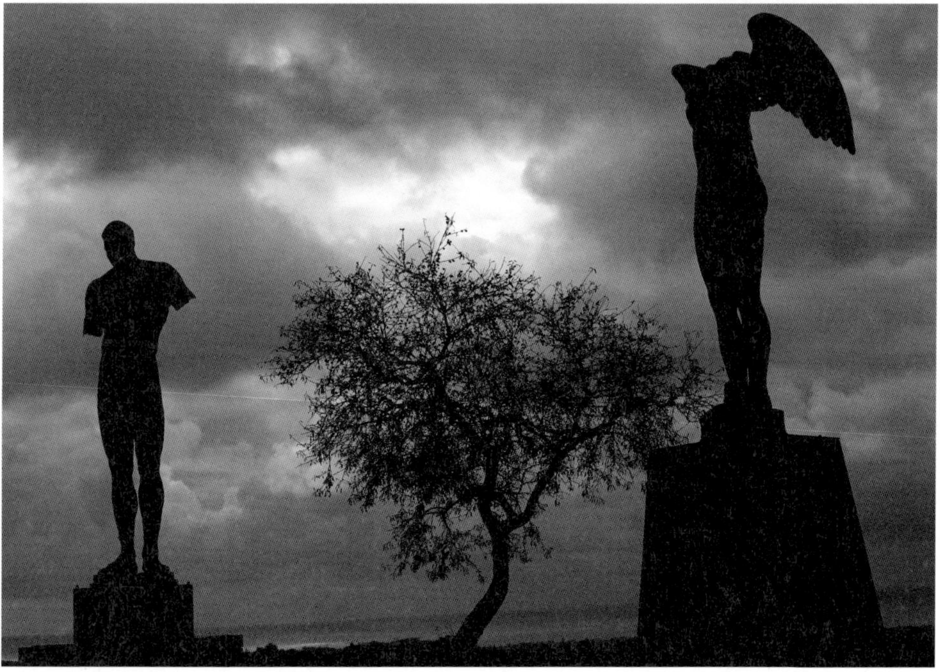

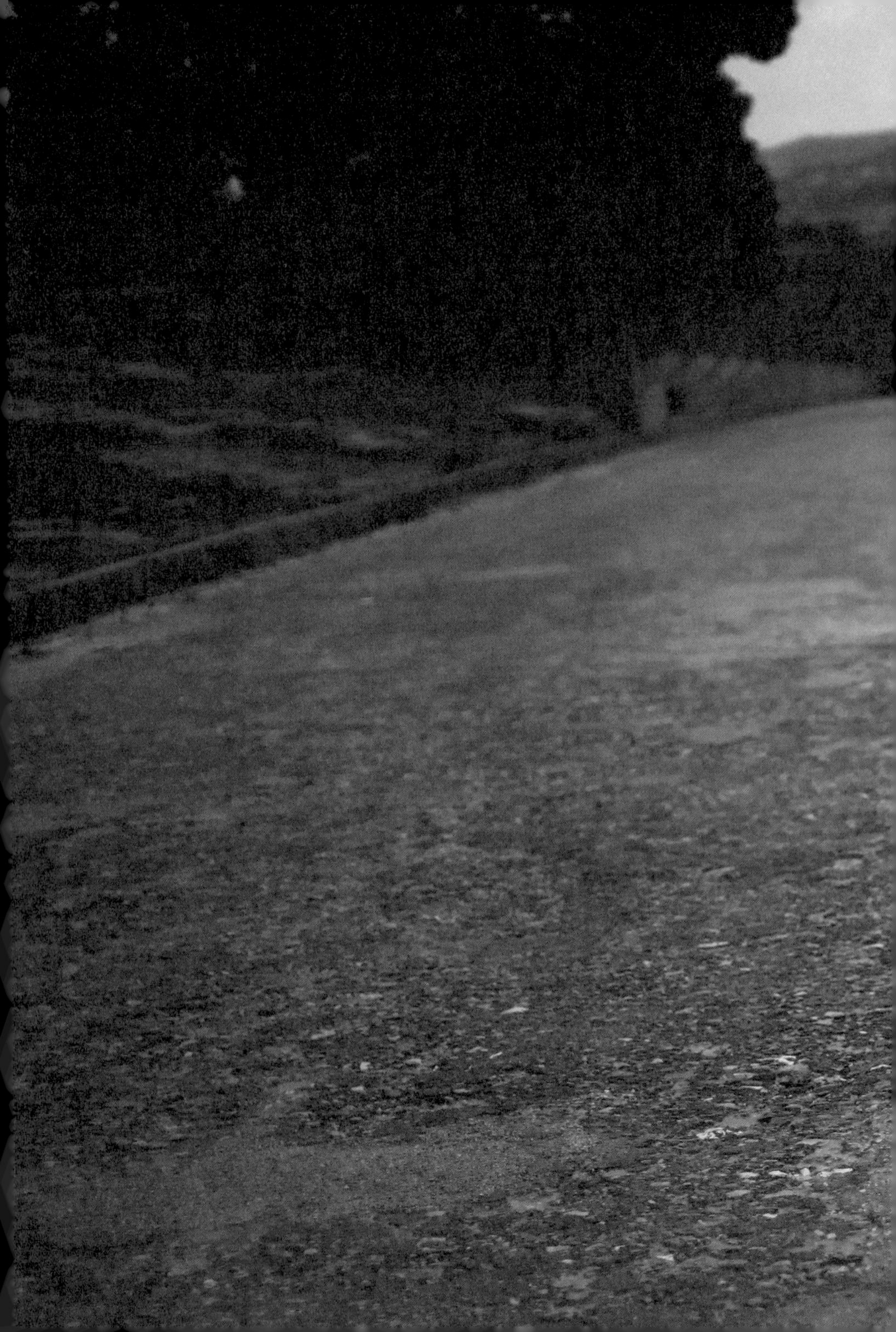

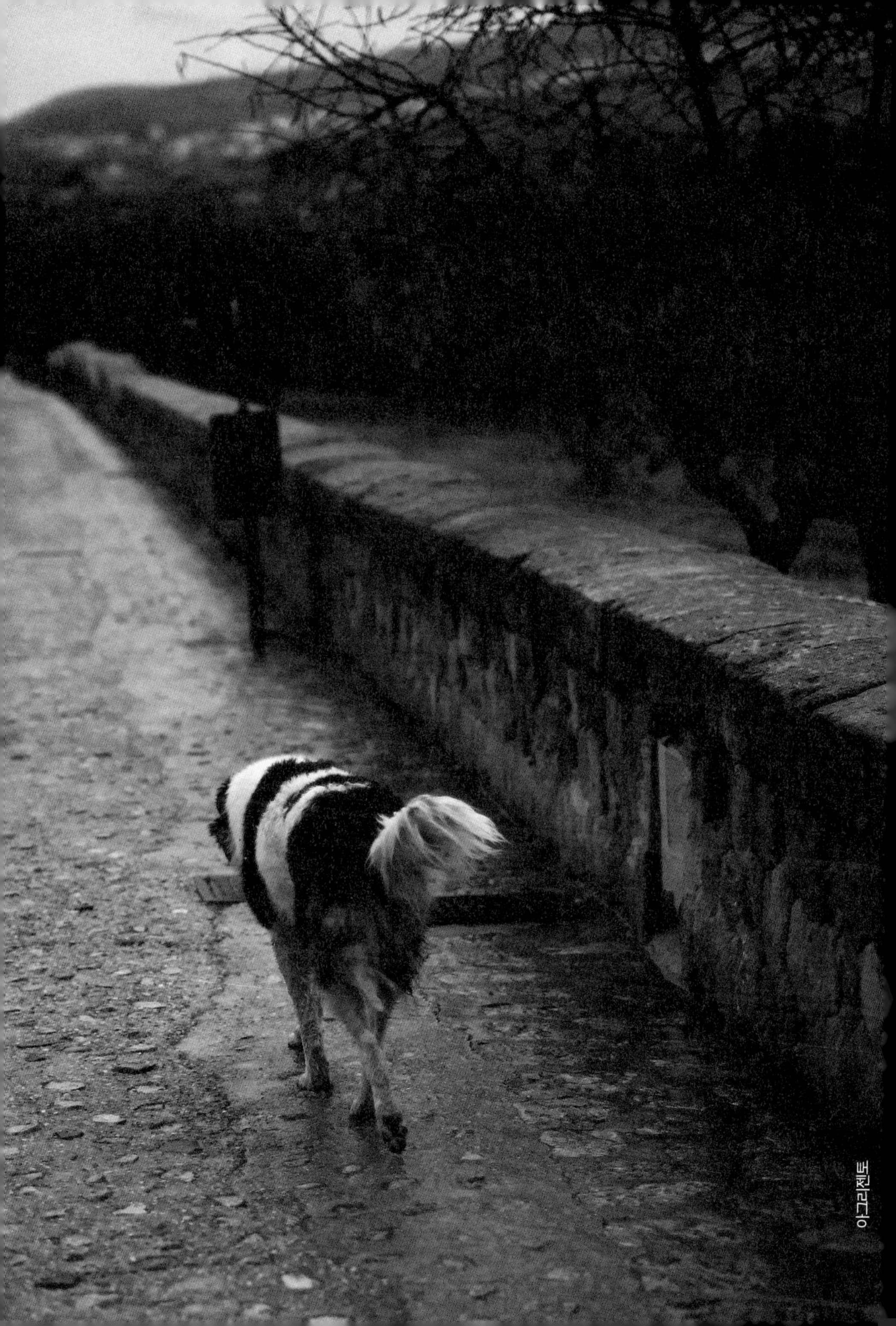

아그리젠토

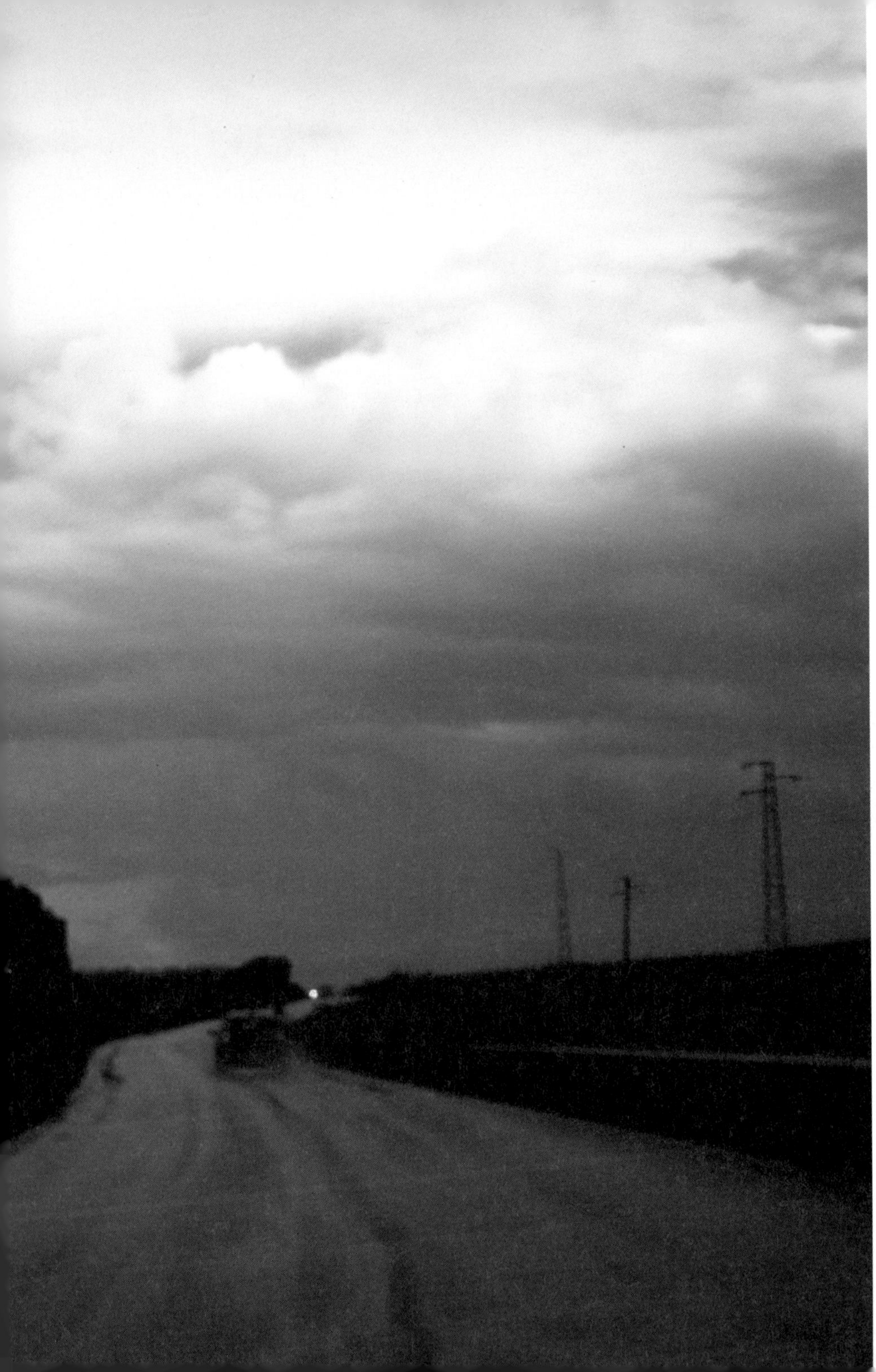

라구사 가는 길

라구사 가는 길, 눈물 속에 핀 꽃

알 수 없는 길, 지도를 따라 무작정 남으로 달린다.
오후 2시를 조금 넘긴 시각, 이 어둠은 어떤 어둠인가!
어느새 캄캄해진 도로, 끝없이 계속된 왕복 2차선 길.
라구사 가는 길, 몇 차례 길을 잃자 더욱 캄캄한 길.
비로소 길에 마음이 포박될 때 눈물 속에 핀 꽃을 본다.
그랬지. 이런 길(La Strada). 이태리 어느 산골에서
밀바의 서글픈 사랑과 눈물 속에 핀 꽃을 듣겠다 했지.
눈물 많은 아이처럼 조금 울었다. 그리움이 밀려와서…

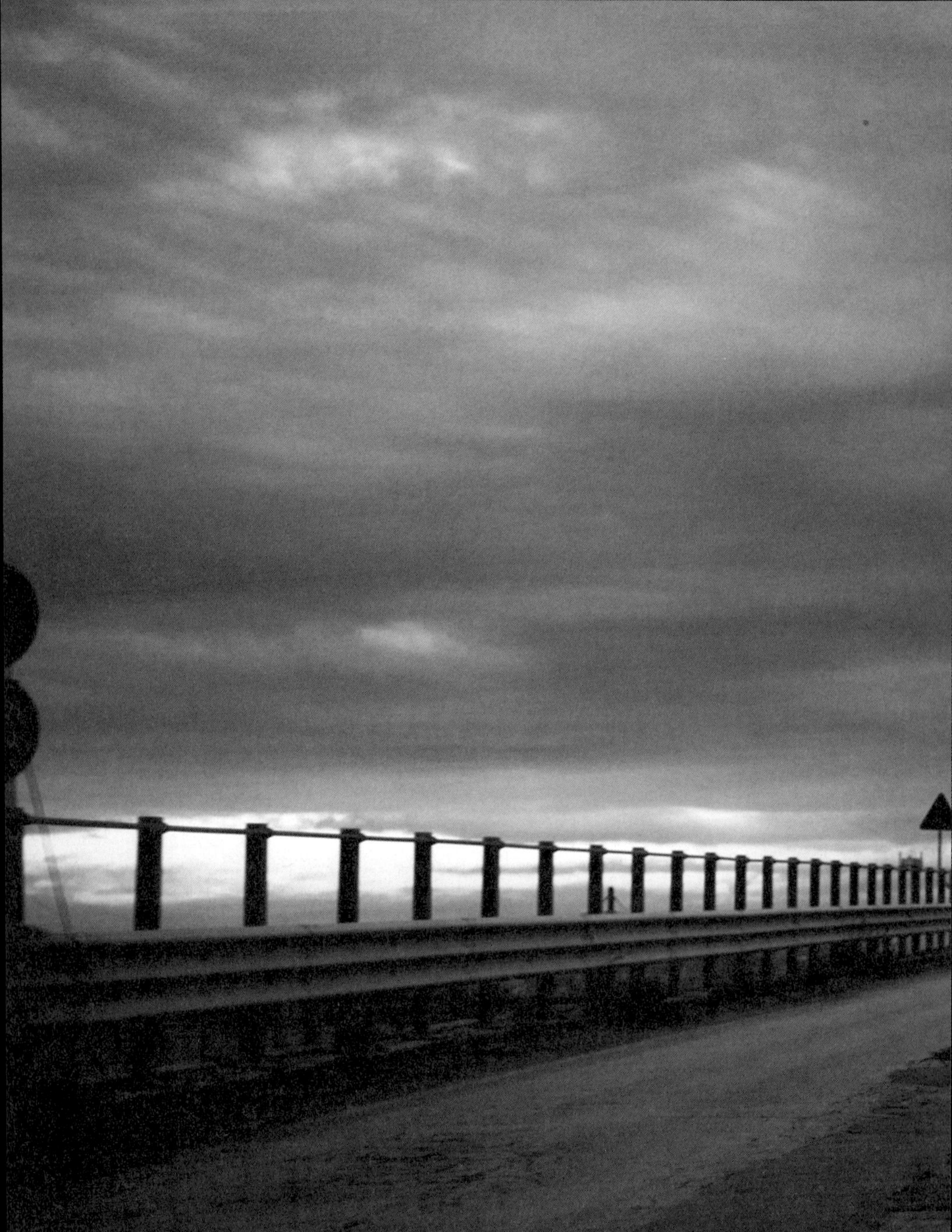

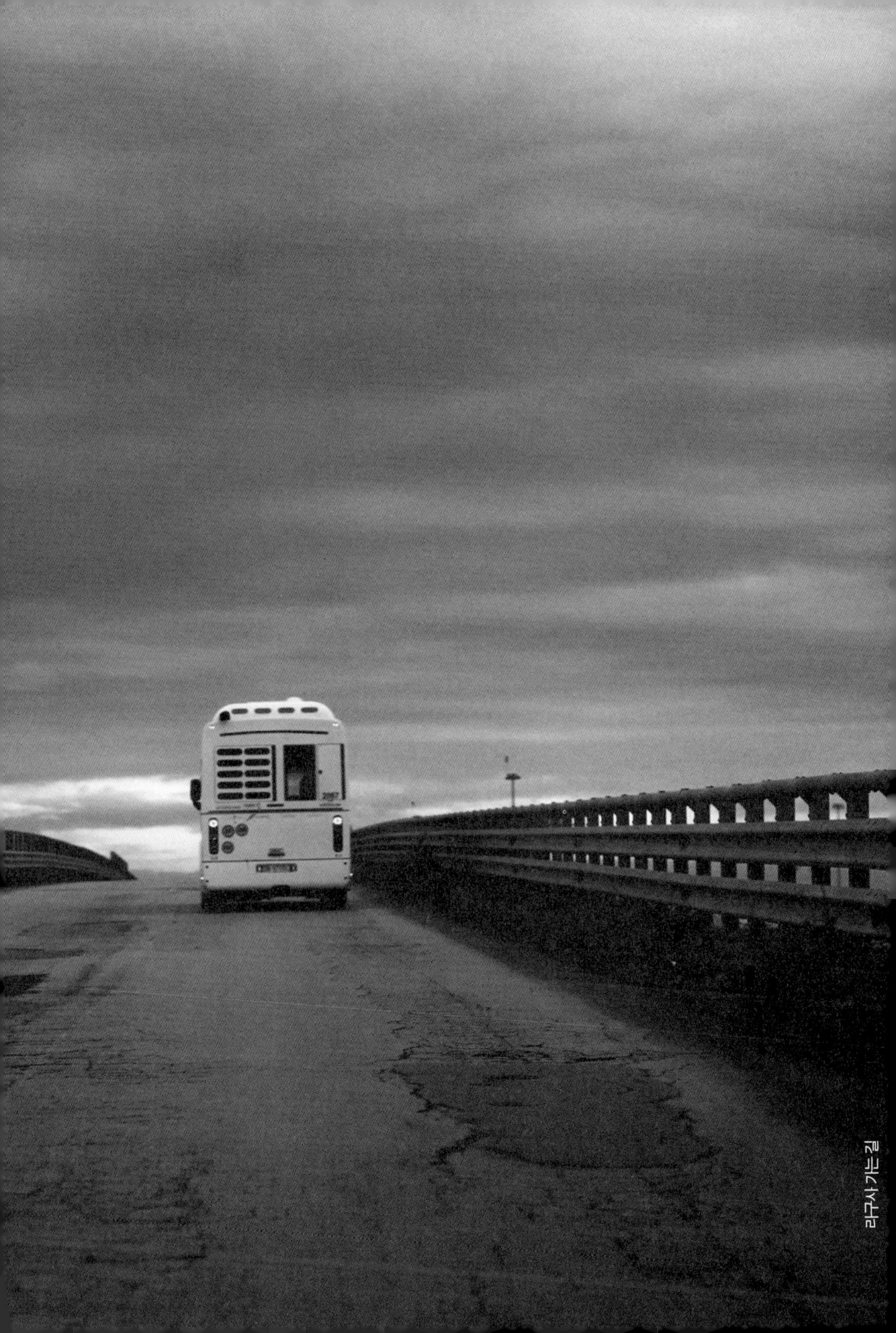

라구사 가는 길

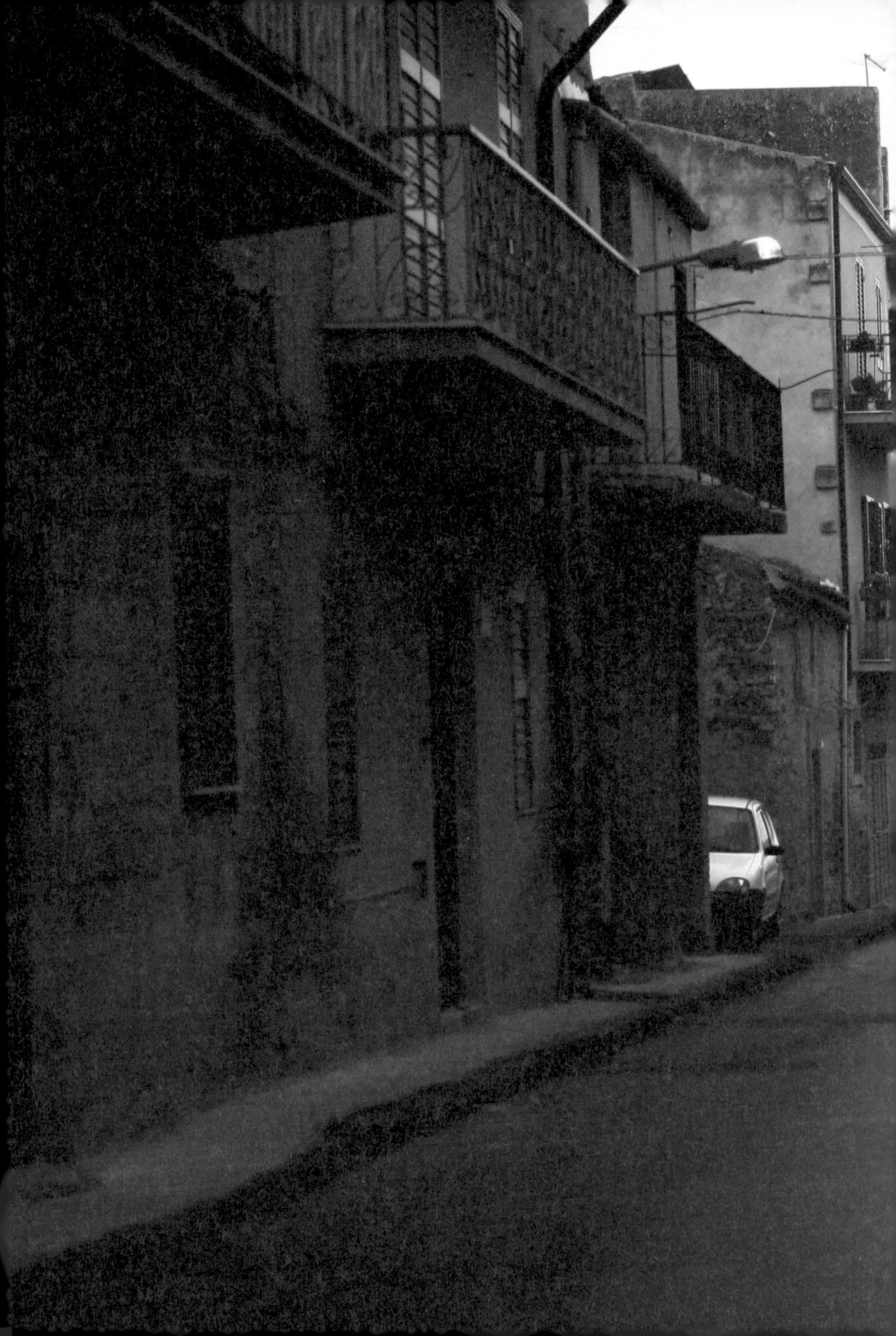

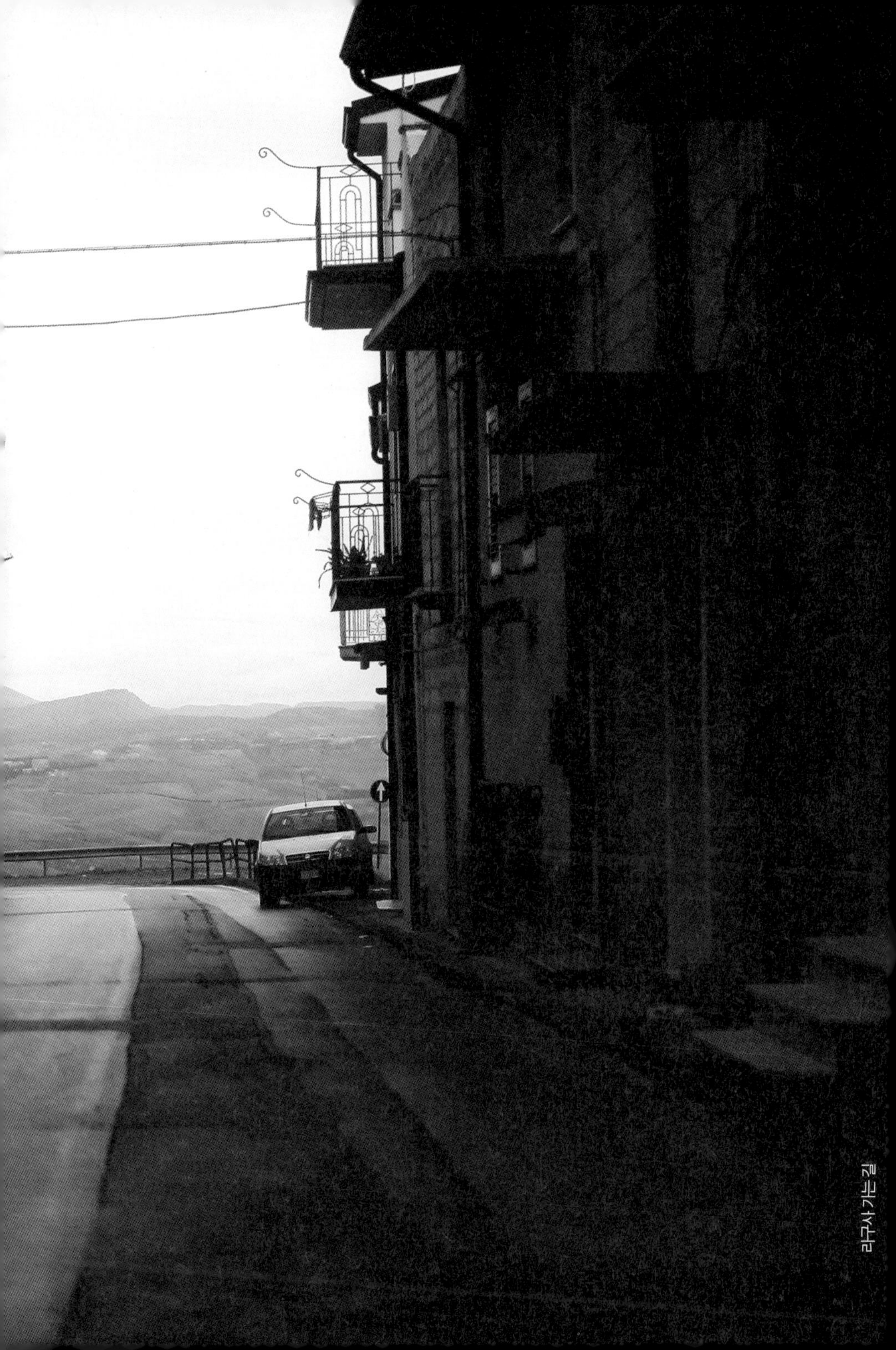

라구사 가는 길

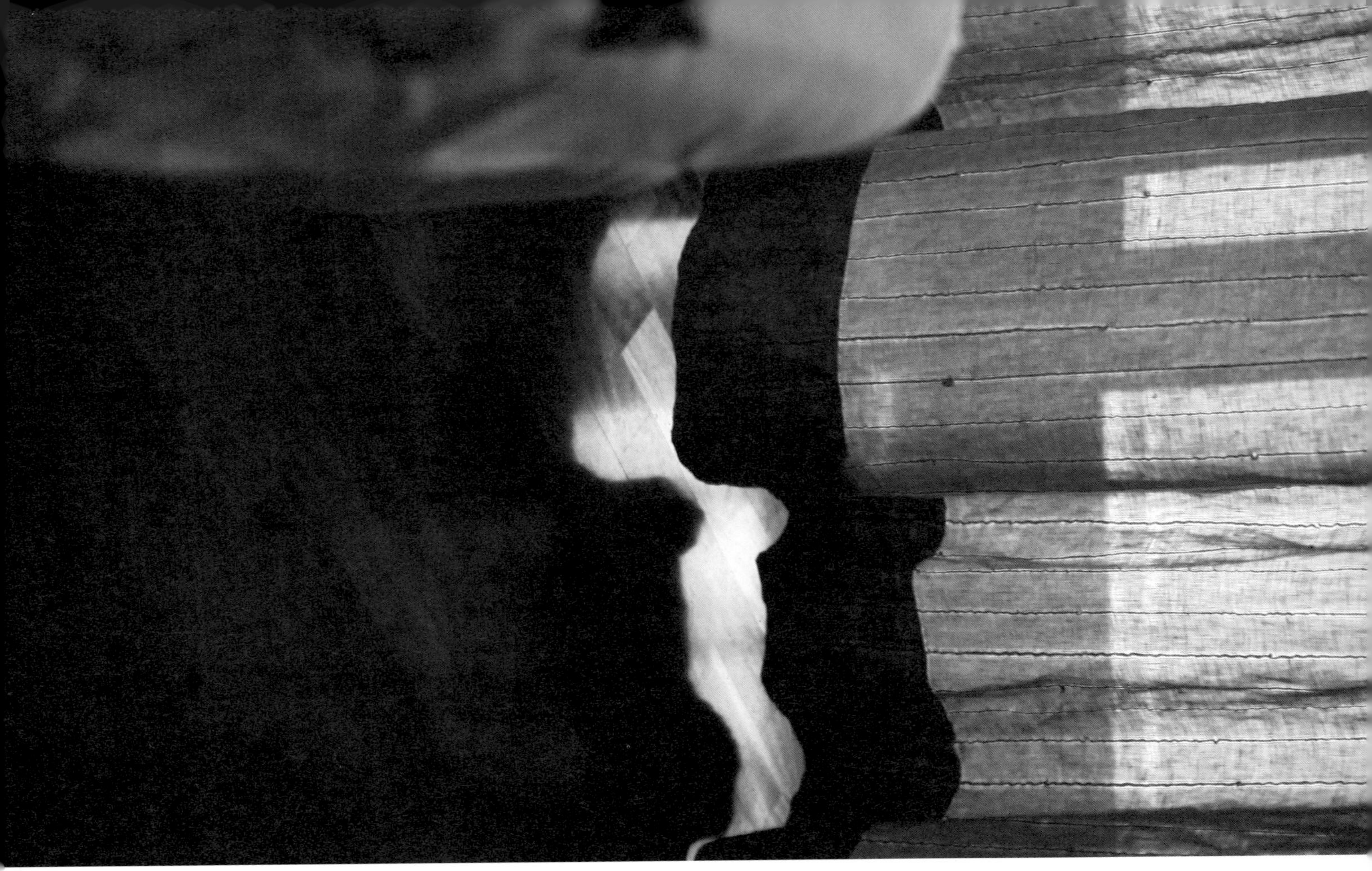

시라쿠사

시라쿠사, 어둠에 대한 시간의 자책

라구사는 결국 도착하지 못했다. 아니 도착은 했으나 보지는 못했다. 아그리젠토보다 간절히 원했건만 상념과 시간의 저항이 그리 만들었다. 아그리젠토에서 라구사까지 바람처럼 달리는데 아픔 절반 그리움 절반. 그 상반된 감정을 애꿎게도 영문 모를 조수석 남자에게 화풀이를 한다. 그렇게 한밤중에 도달한 라구사의 어느 광장. 나그네의 서늘한 감정이 마음을 울적하게 한다. 조수석 남자가 방 구하러 떠난 순간 담배를 피운다. 조금 전 남자에게 왜 하얀 필터 담배를 사지 않았냐고 책망했던 담배.

그래 떠나자. 인연이 되지 못한 도시는 지우자. 간절히 원하면 달아나지. 어렵게 방을 구해온 남자를 배신하고 다시 캄캄한 밤길에 차를 몬다. 시라쿠사로 가자. 시칠리아 도시 가운데 뱃사람들의 사연이 많다는 도시. 그렇게 시라쿠사를 향하여 밤길을 또 얼마나 달렸을까! 밤 11시경 도착. 조수석 남자가 또 방을 구하러 어둠 속을 달리는 걸 보면서 담배를 피운다. 그날 밤 비로소 이 여행이 진정 힘들고 아프고 고통스러운 여행임을 안다.

일어나지 않았다. 조수석 남자가 아침 촬영을 위해 바스락거리는데도, 언제나 아침 촬영은 내 몫이고 내가 깨우기 십상인데 모른 체한다. 그렇게 얼마나 침대 속에서 웅크리고 어둠을 응시했을까! 더는 견딜 수 없어 일어난다. 오전 8시. 아침 햇살이 눈부시게 어둠을 몰아낸다. 시라쿠사. 힘을 내자. 여태 사진이 누구에게 져본 적이 있는가! 누가 사진을 이겨! 호텔을 나와 작은 골목길만 찾아 들어간다. 빛과 그림자가 투쟁하는 곳, 그 속에서 나를 보고 나를 만난다. 시간의 자책, 그래 여기는 시라쿠사.

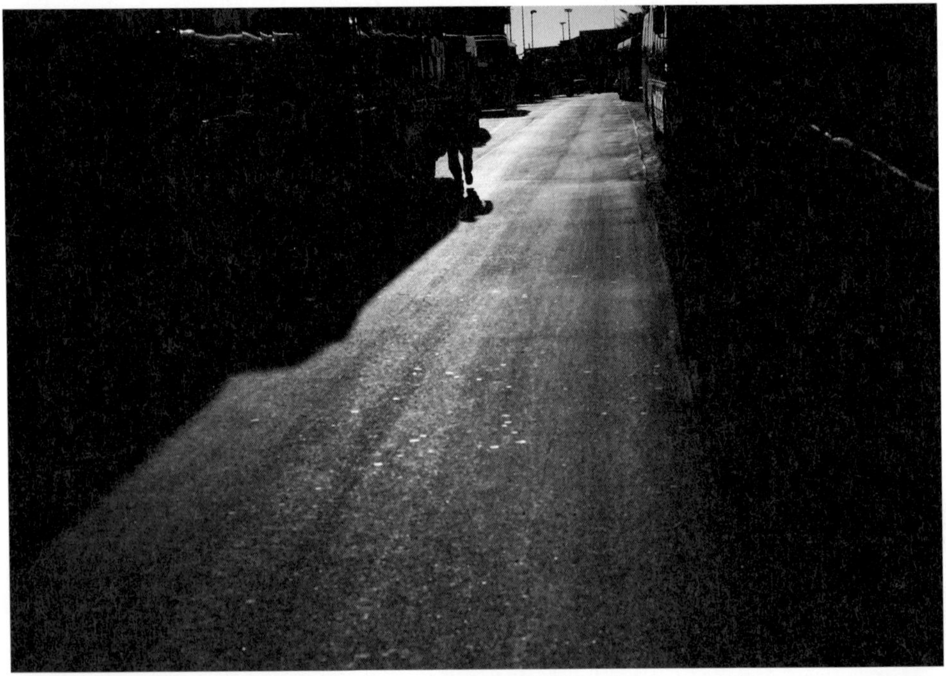

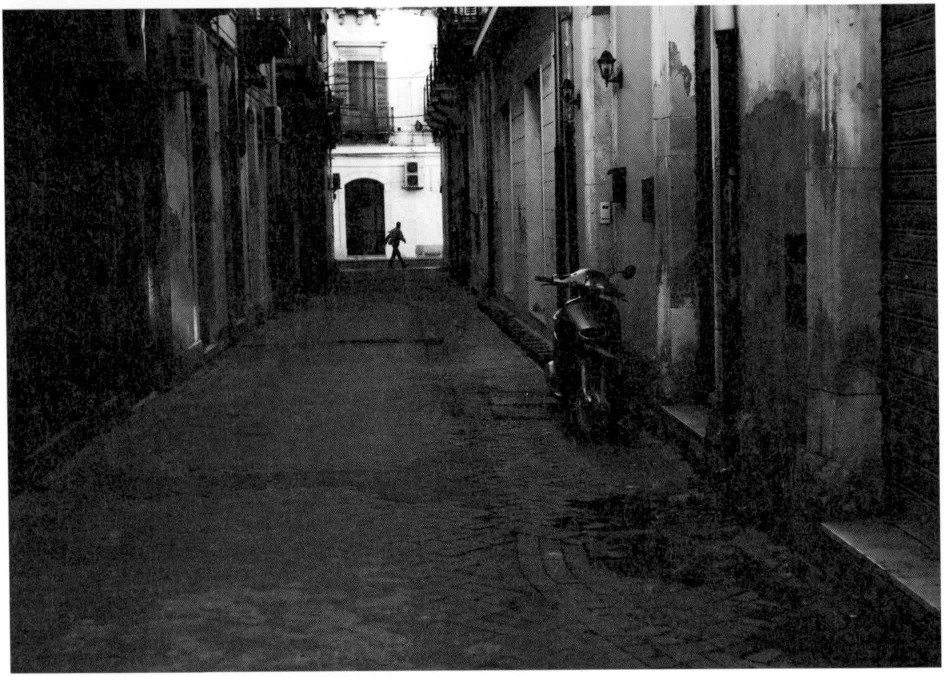

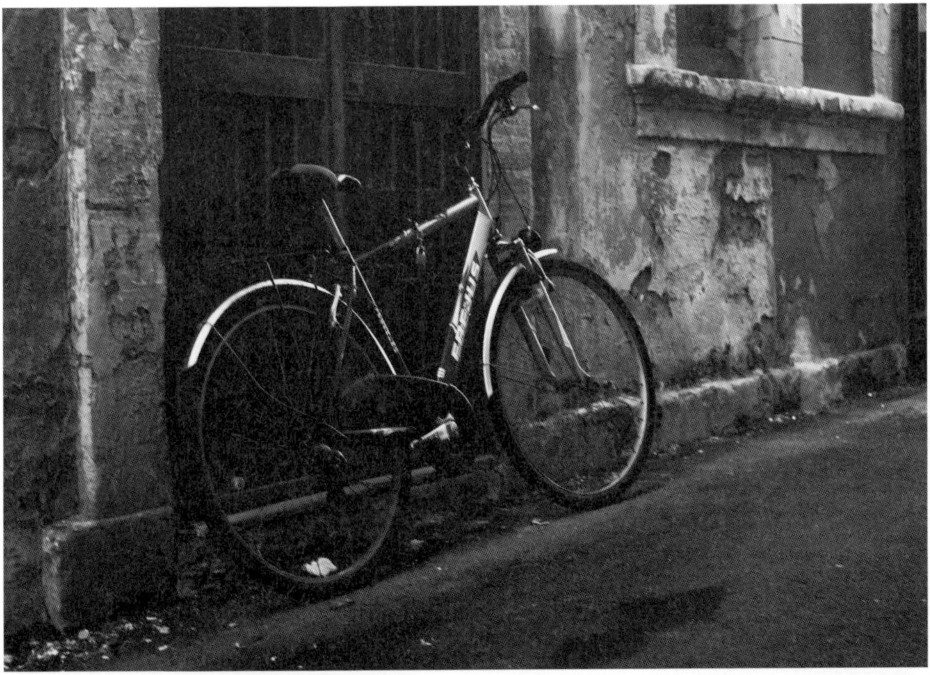

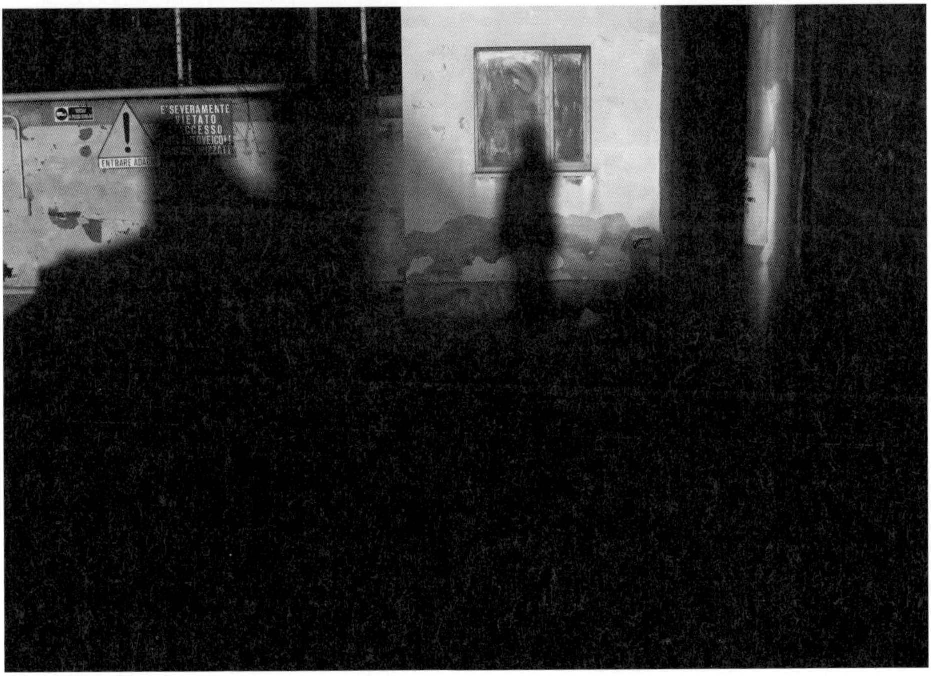
E'SEVERAMENTE
VIETATO

메릴리(Melilli)에서, 불확실한 감정의 환원

사진을 하면서 인생의 변화 중 하나는 '우연을 숙명화 하는 것.'
다른 또 하나는 그 우연적 숙명을 '돌이킬 수 없는 존재로 환원하는 것.'
돌이켜보면 표현이란 결국 삶에서 만난 어떤 우연과 필연의 환원이다.
그러니까 표현을 통해 돌아보고, 새겨보고, 남기려는 '원본으로 돌아감' 이다.
원본이라는 사건은 이미 저만치 간 시간이자 어쩌지 못한 사태이기에
생각하는 인간들이 표현 도구를 통해서 원본을 회상, 반영, 투사한 것이다.

시라쿠사를 떠나는 오전 내내 어제 일이 연장된다. 여전히 머리는 무겁고
복잡하고 잡스러운 상념들이 많다. 밝은 햇살이 중천인데도 깨어나지 못한다.
어제 라구사를 놓치면서 모디카를 놓쳤고 로솔리니를 놓쳤고 노토를 놓쳤다.
이 세 도시는 원래 만나기로 약속된 도시들이었으나 운명은 비껴간다.
대신 운명의 시간 줄에 엮이지 않았던 메릴리, 카레니티, 렌티니란 도시가
전혀 예상치 않게 우연히 그 자리를 새로운 운명이란 듯 비집고 들어온다.

시라쿠사에서 메릴리까지 나의 감정의 변화는 크게 바뀌지 않았다.
여전히 어두웠고 무거웠고 복잡한 상념들이 계속해서 짓누르고 있었다.
그런 상념들이 고스란히 사진에 들어와 박혀 현재의 감정으로 환원된다.
사진들을 보면 라구사 - 시라쿠사 - 메릴리 - 렌티니까지가 가장 아프고 힘든
시칠리아 여행의 감정적 환원으로 자리하고 있음을 본다. 또 힘들어지지만.

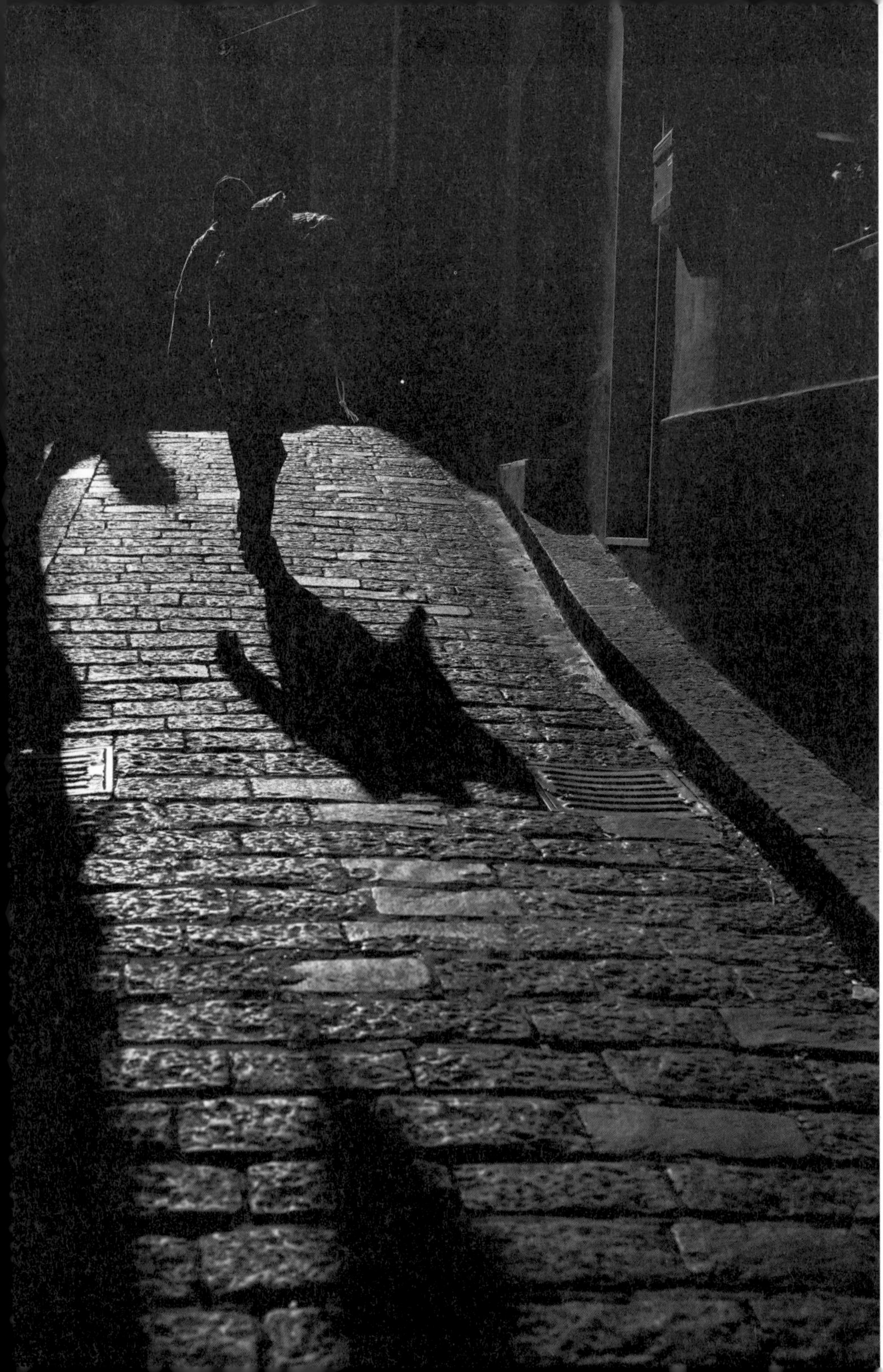

메릴리

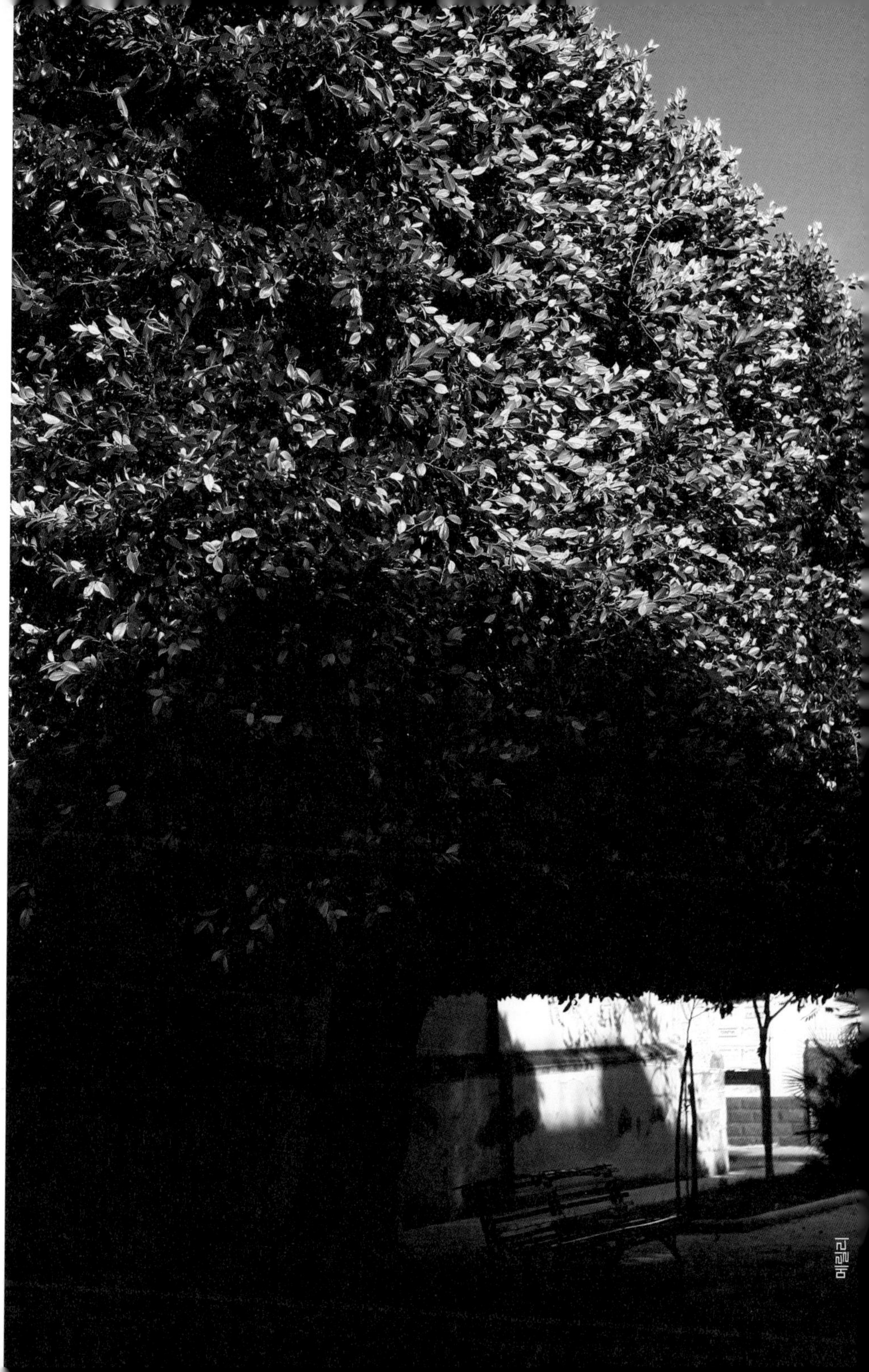

메리다

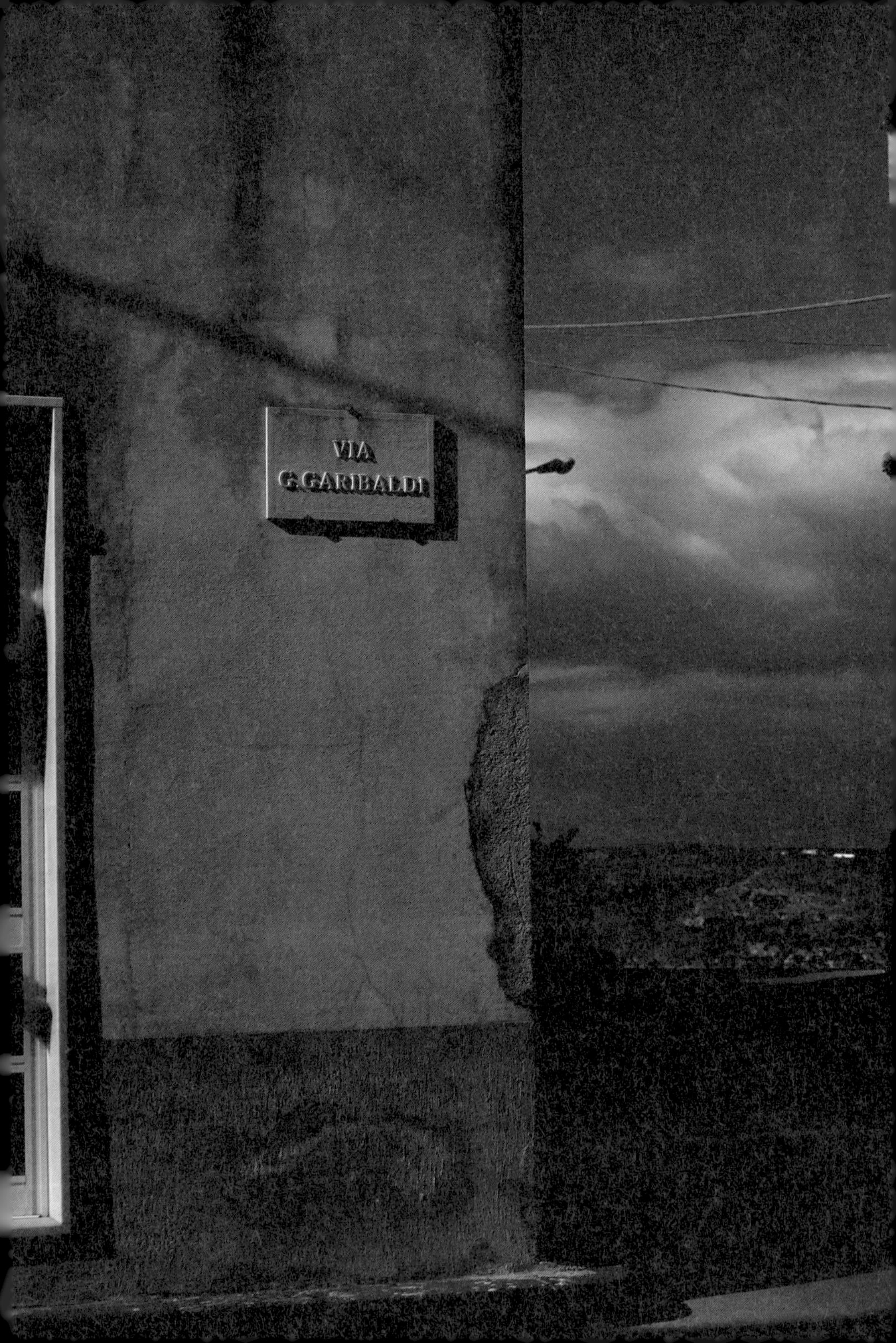
VIA
G.GARIBALDI

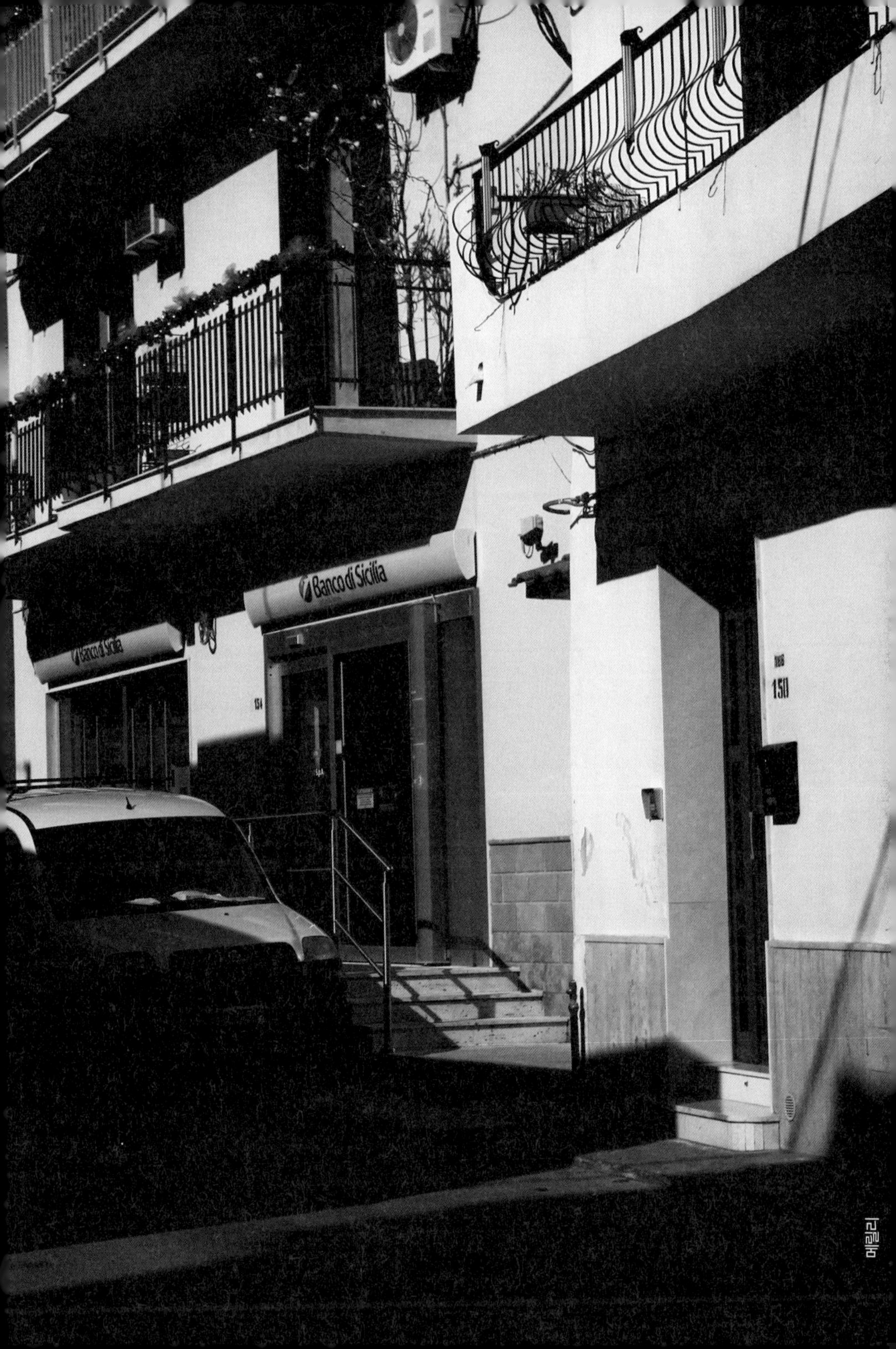
Banco di Sicilia
Banco di Sicilia
150
메릴리

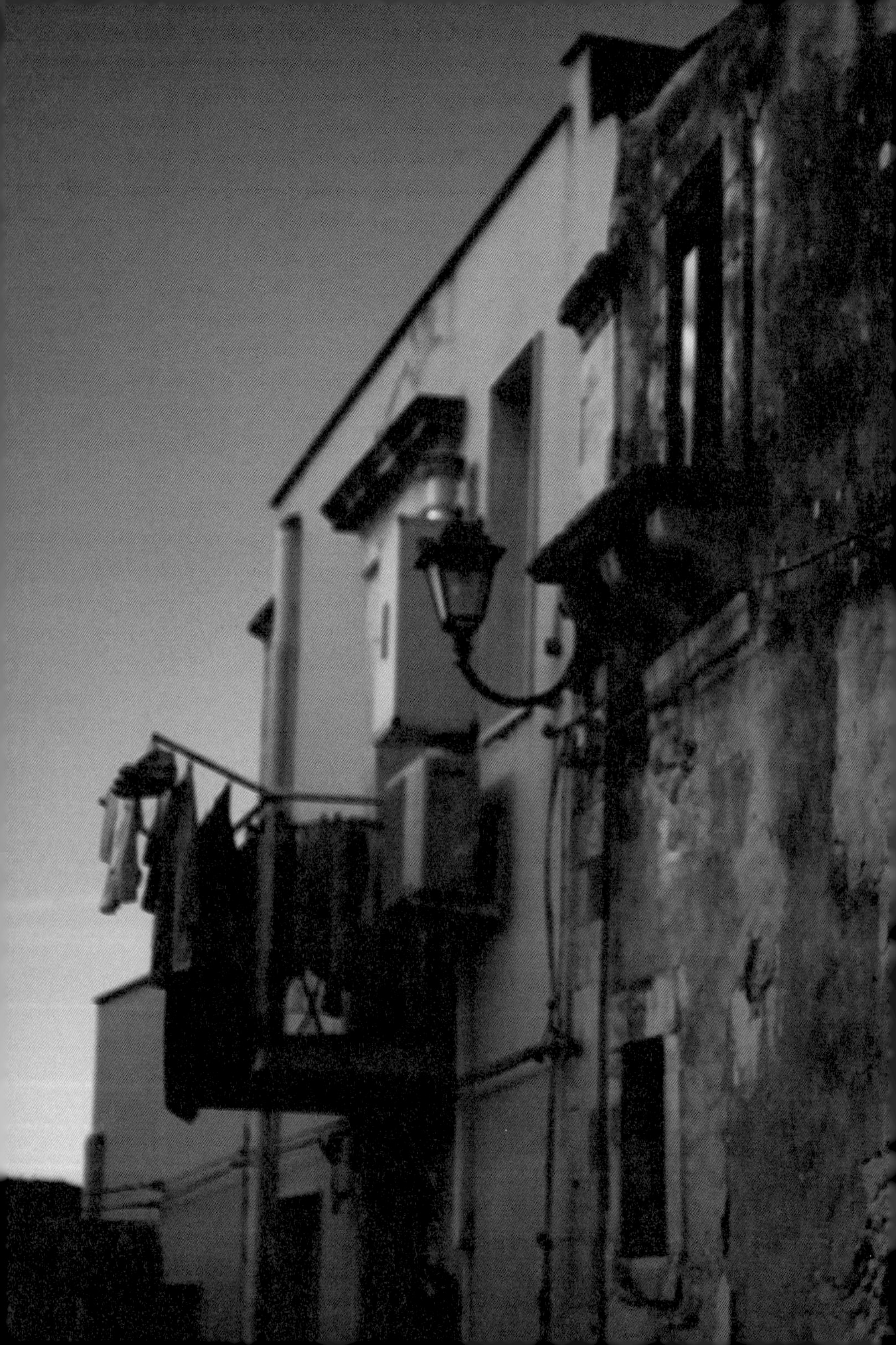

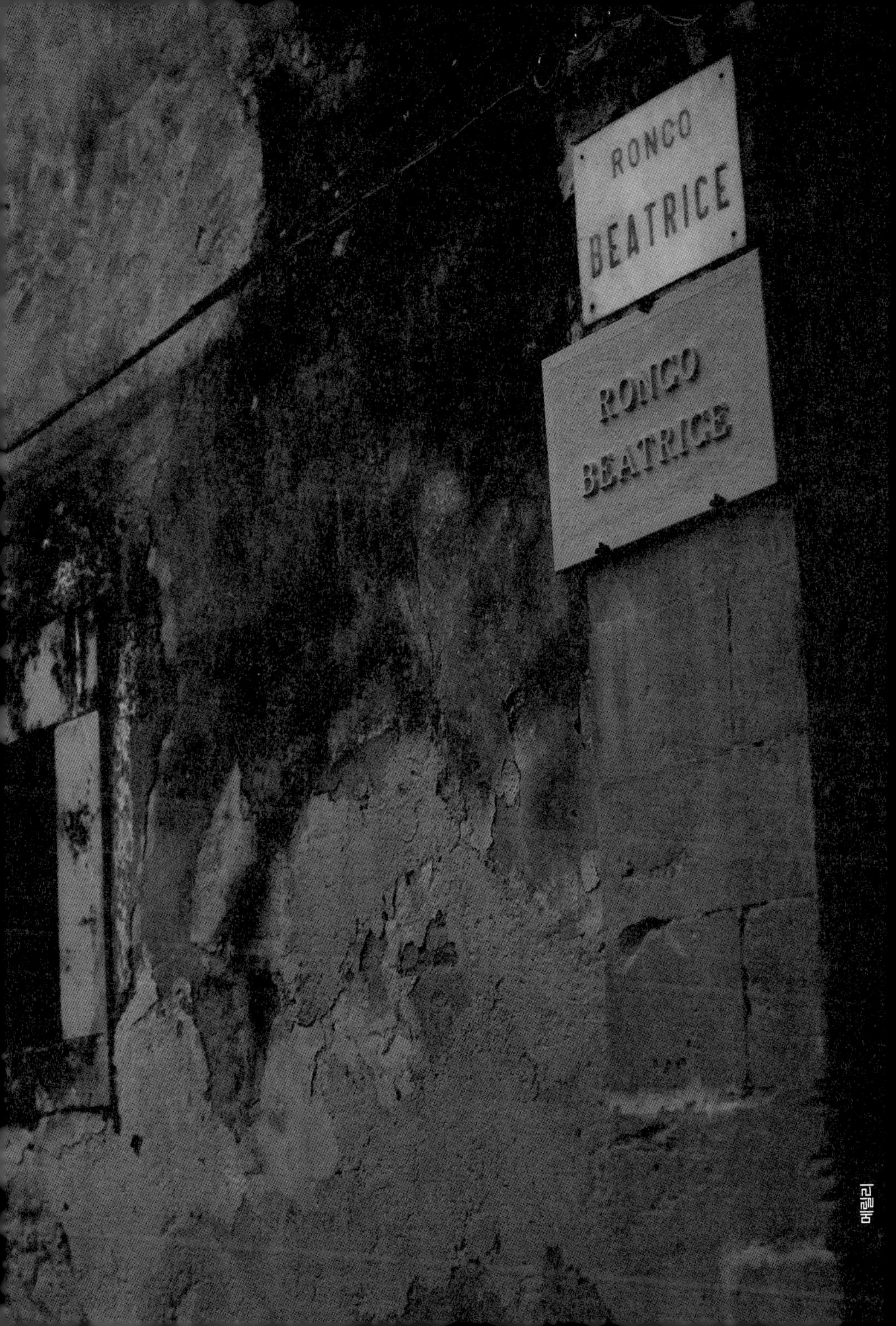
RONCO
BEATRICE
RONCO
BEATRICE

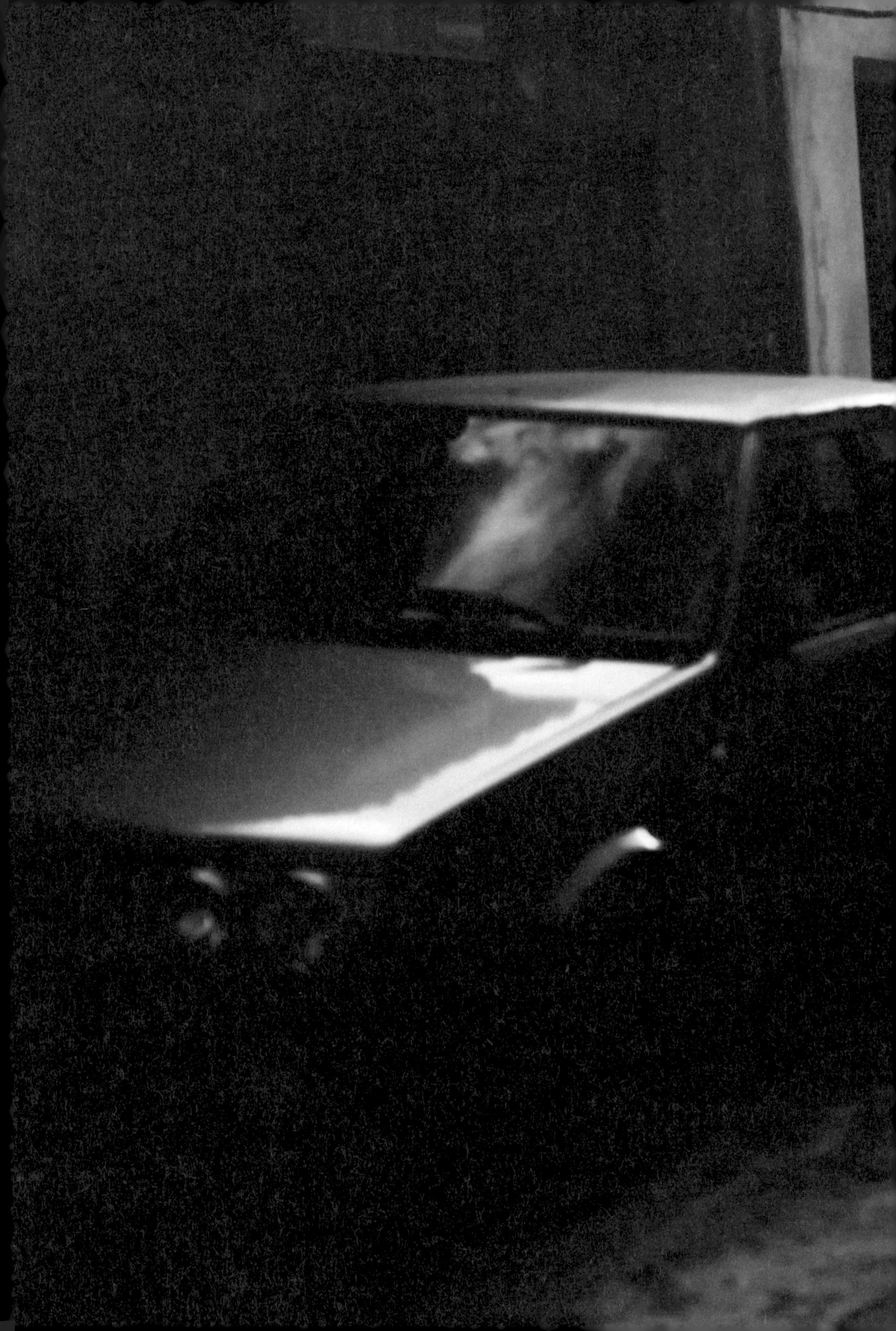

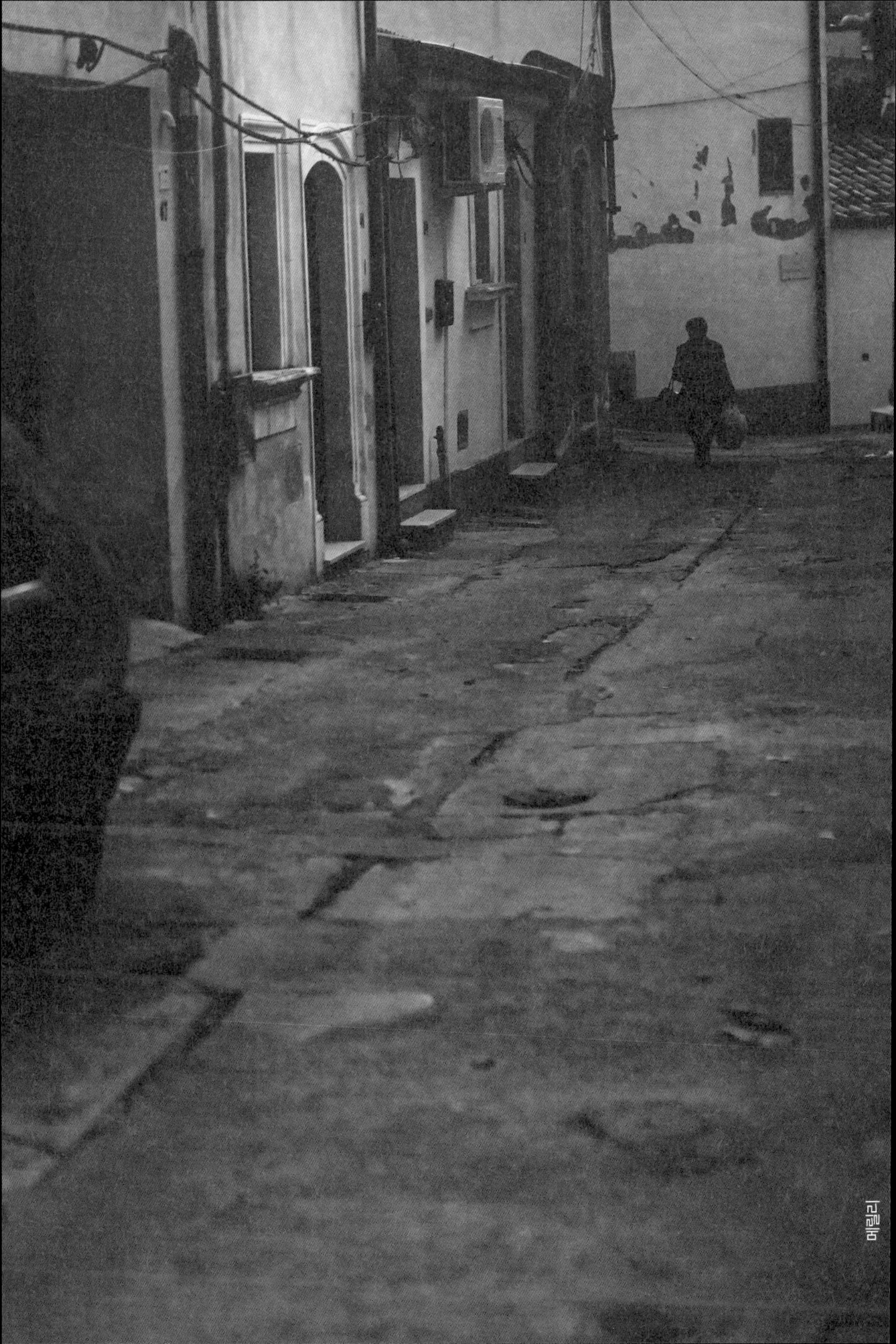
메릴리

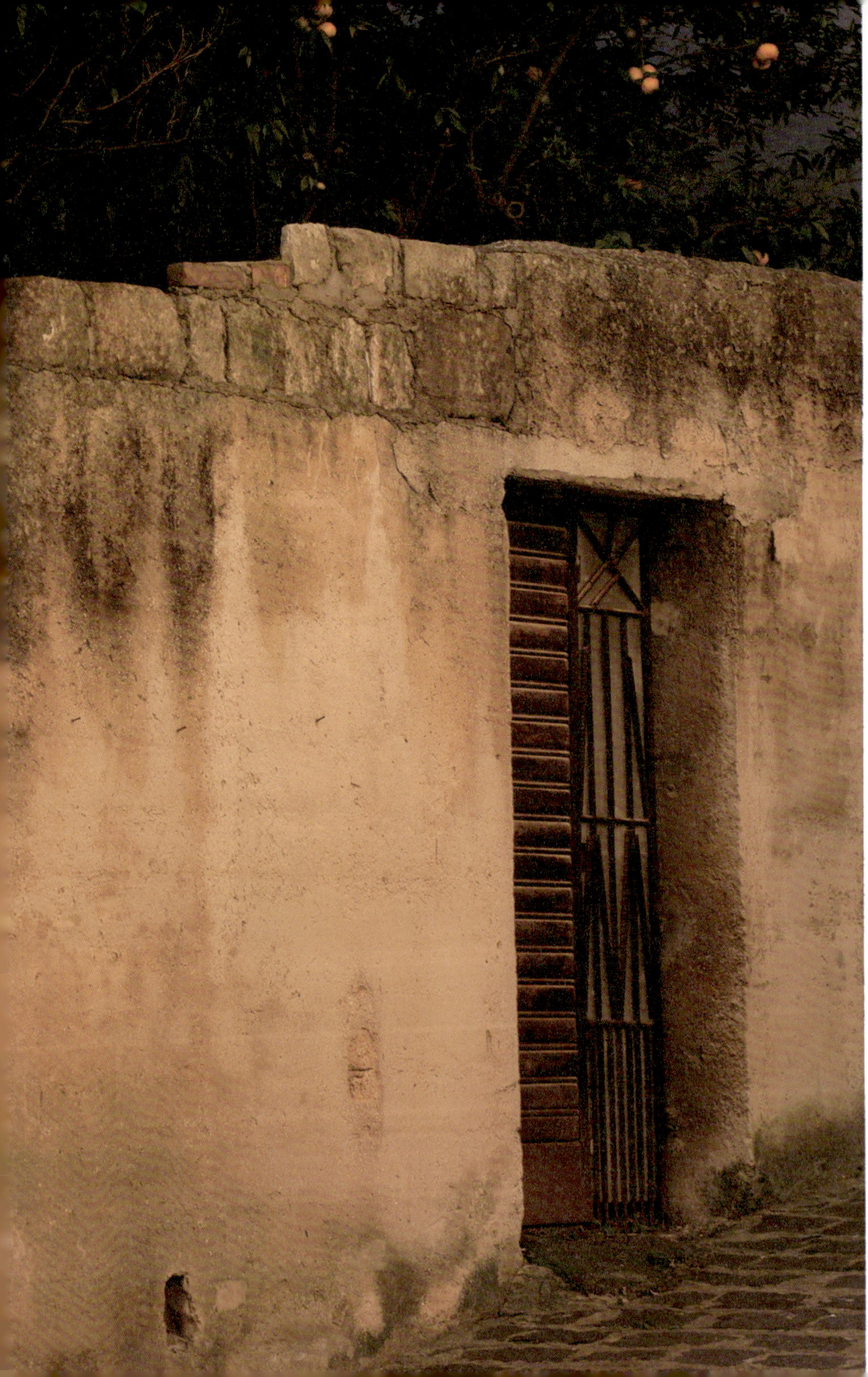

시라쿠사

시칠리아 단상, 삶의 지렛대

동전의 양면처럼 희망과 절망이 몸을 함께 맞대고 있다.
희망을 지시하는 카메라 한 대는 내 몸 뒷좌석에 놓여 있고
절망을 지시하는 카메라 한 대는 내 몸 가슴에 놓여 있다.
희망을 지시하는 몸 뒤의 카메라는 색으로 희망을 덧칠하고
절망을 지시하는 몸 앞의 카메라는 먹으로 절망을 덧칠한다.

시칠리아 시라쿠사 태생의 아르키메데스는 말했다.
내게 지렛대만 부여해주오! 당신의 지구를 들어 보이겠소!
삶의 지렛대만 부여해주오! 나의 운명을 바꿔 보이겠소!

희망은 절망 속에서 피어나고 절망은 희망으로부터 잉태된다.
보잘것없는 인간의 삶의 여정에서 지렛대는 우주이고 운명이다.
지렛대 있는 인생의 여정과 지렛대 없는 인생의 여정은 다르다.
누군가가, 무엇인가가 삶의 지렛대가 된다면 기쁨 반 슬픔 반의
인생의 여정에서 희망이 절망을 일어서지 못하도록 누르리라.

아르키메데스의 시라쿠사를 떠나면서 나는 이런 생각을 했다.
그러나 지금이나 그때나 내 삶의 지렛대는 여전히 아득하다.
멀리 있어도 가슴에 안겼던 절망의 지렛대는 어느덧 아련하고
가까이 있어도 어느새 멀어진 희망의 지렛대는 아프게 아득하다.

카타니아, After Sunrise

시칠리아 여행의 1/3점인 카타니아(Catania). 아직은 해피모드가 아니나 그렇다고 우울모드도 아닌. 그렇지만 이곳에 도착했을 때부터 마음이 편안해졌다. 운전도 익숙해졌고 적절한 타이밍에 안정감도 되찾았다. 카타니아의 잠자리가 편했고 주변에 사진꺼리도 많았다. 지금까지와는 달리 컬러를 흑백보다 많이 찍은 날이다. 외곽의 렌티니부터 따지면 아침부터 새벽까지 컬러였다. 이 같은 안정감은 사실 작은 곳에서 왔다. 작은 답변하나. 아주 예기치 않은 답변 하나가 여행 일정에 영향을 미쳤다. 조수석의 남자도 크게 일조했다. 그가 마음에 든 방을 얻었고, 주변 상황이 좋은, 낯선 곳에서 용케 좋은 숙소를 찾아냈다. 어느덧 편안하고 안정된 마음이 사물에 투사되기 시작했다.

〈오후 3시의 사랑〉, 그날 가장 마음에 오르내렸던 OST였다.

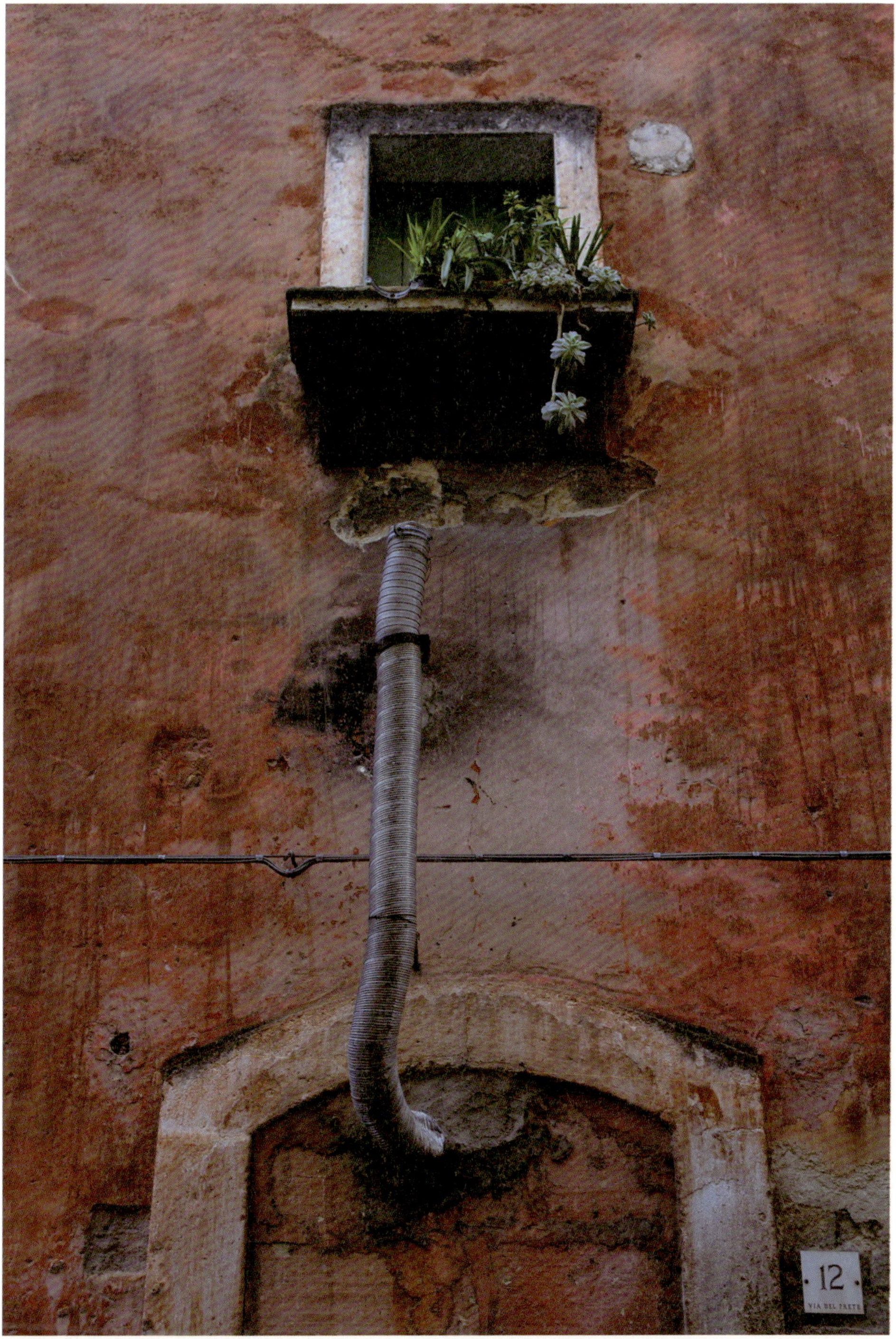

카타니아

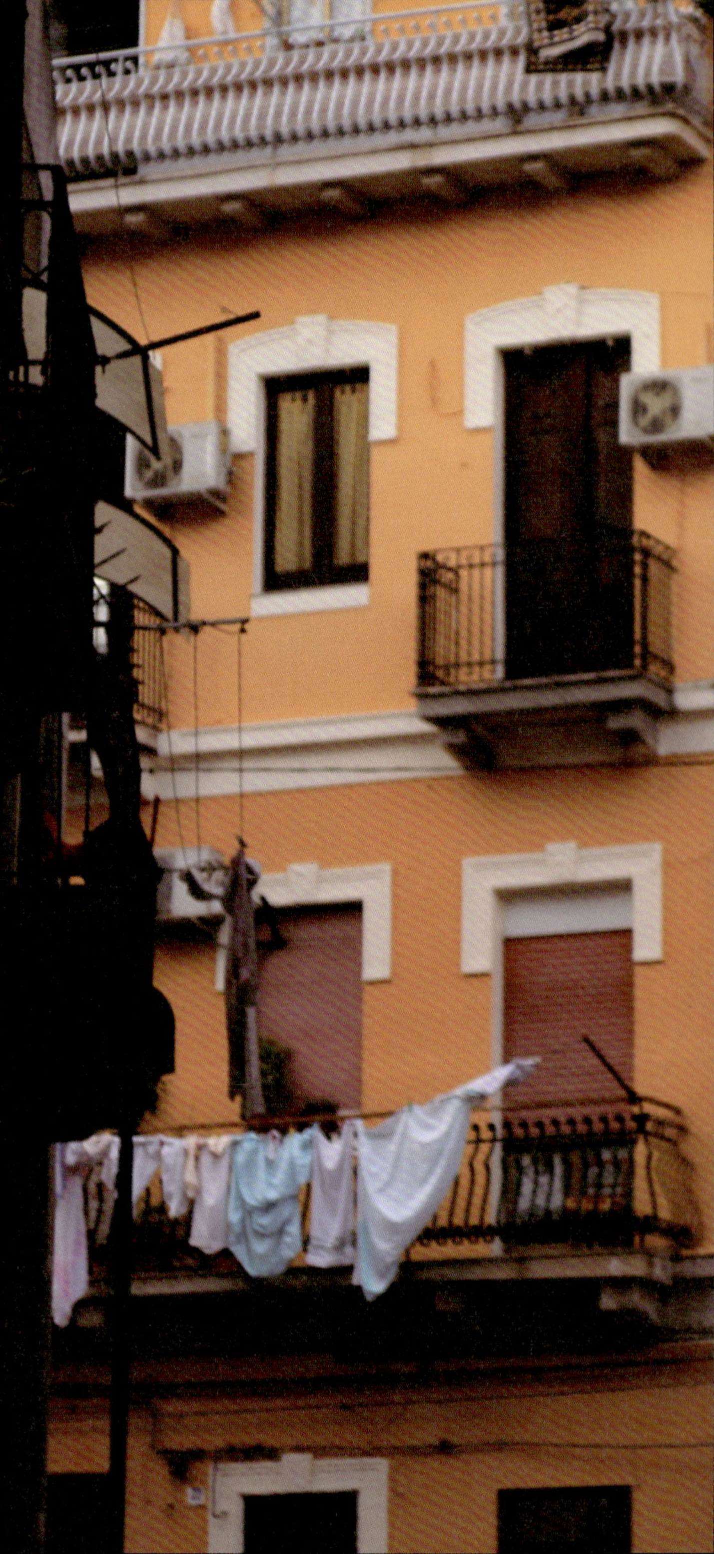

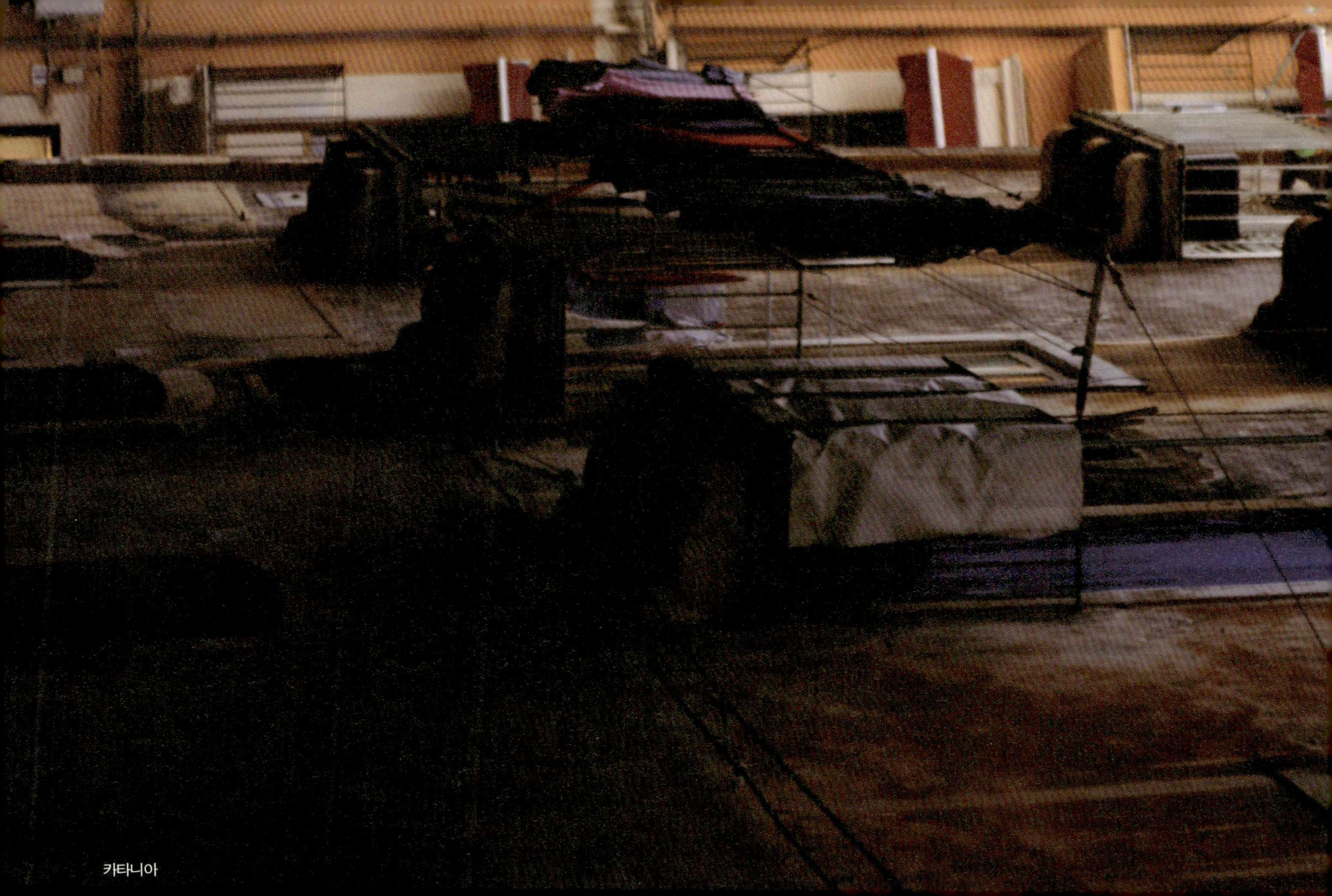
카타니아

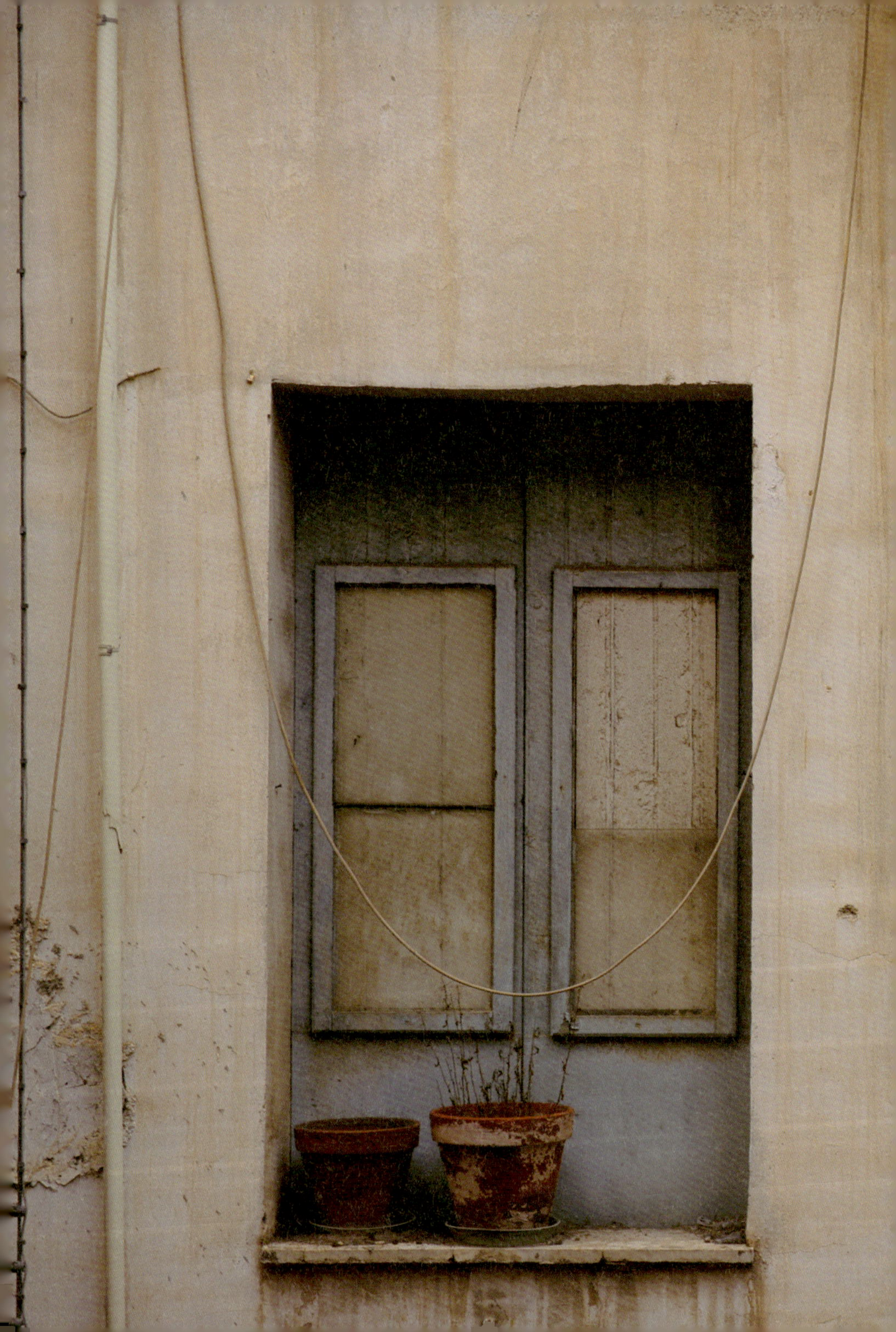

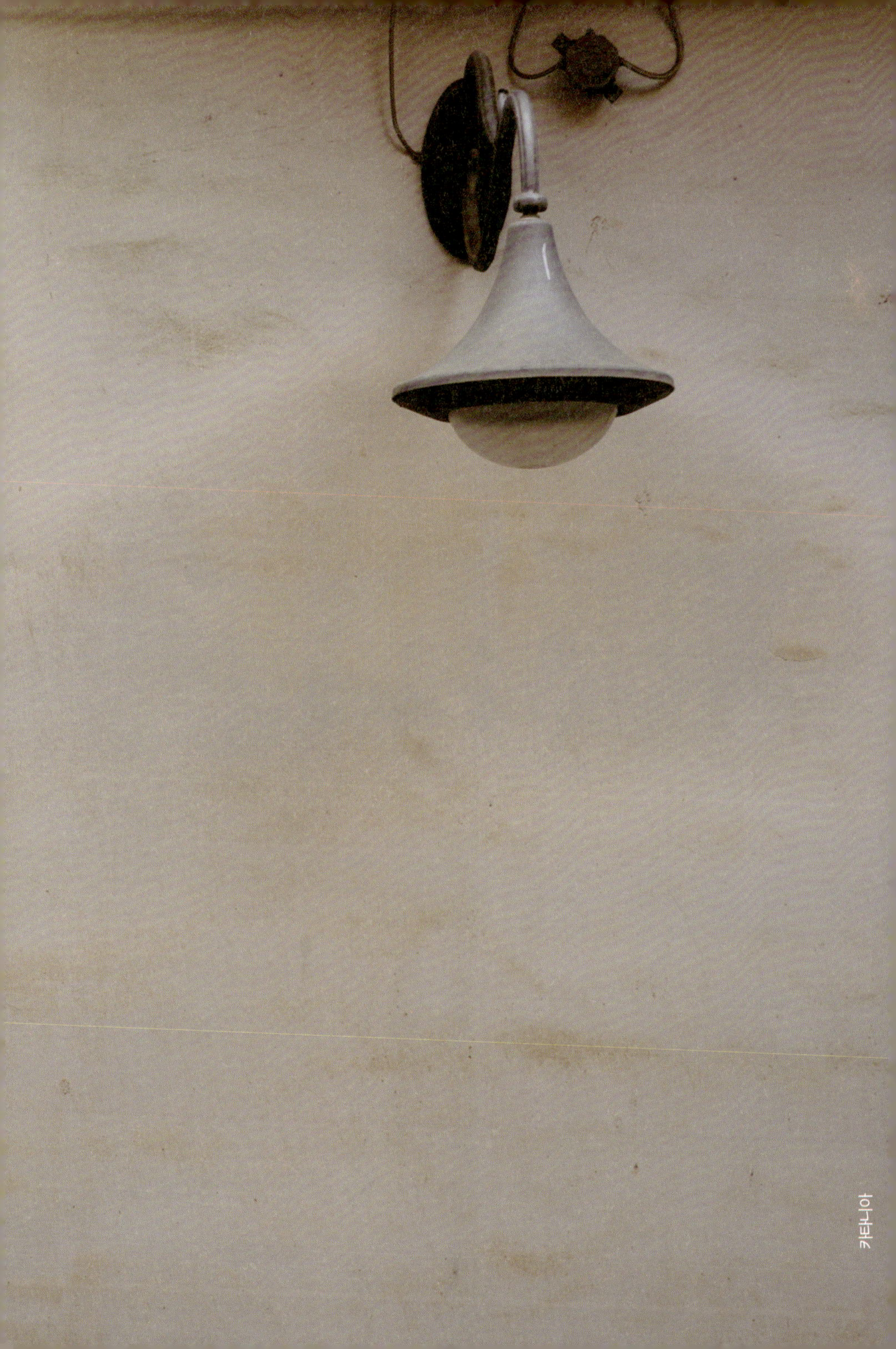
카타니아

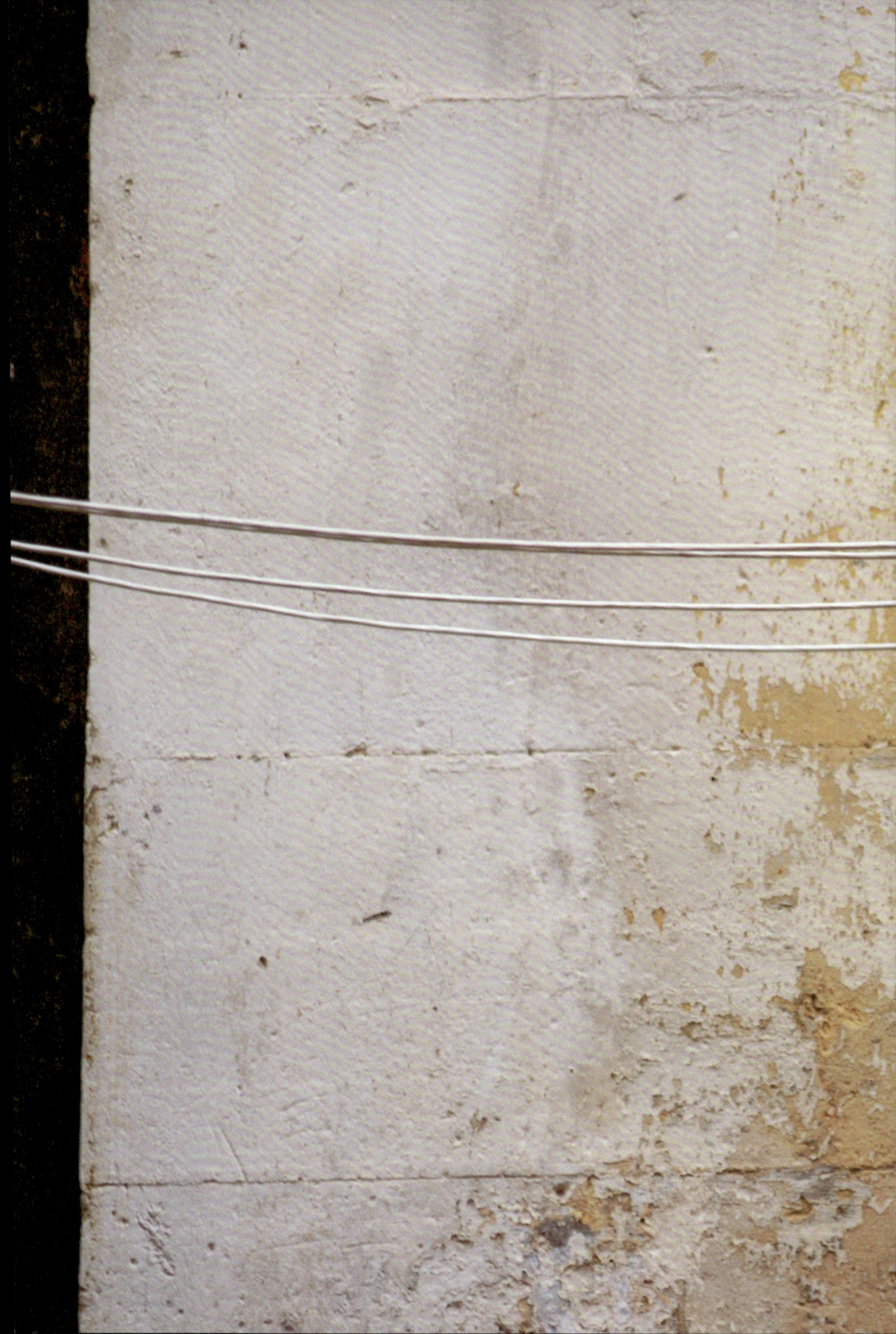

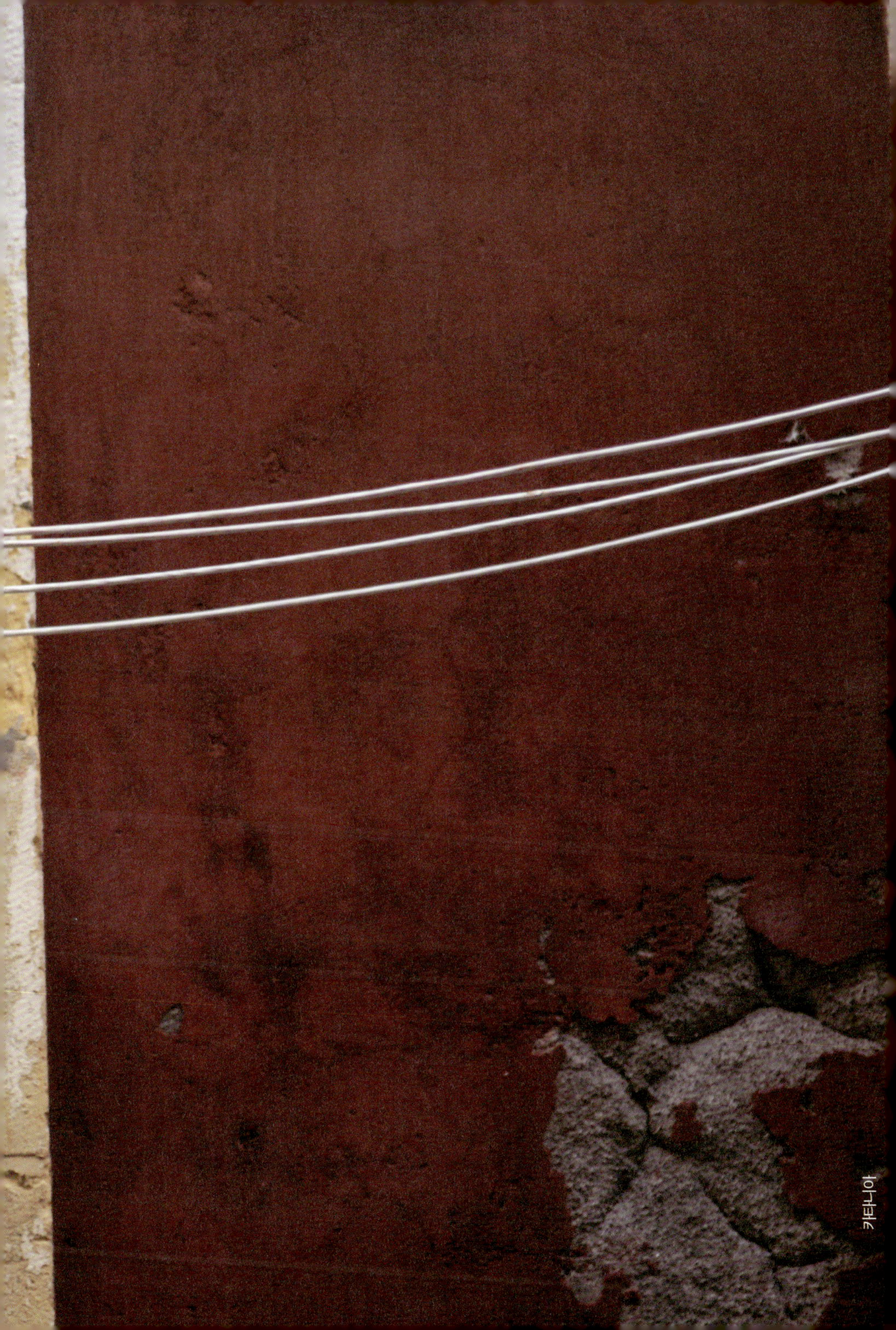
카타니아

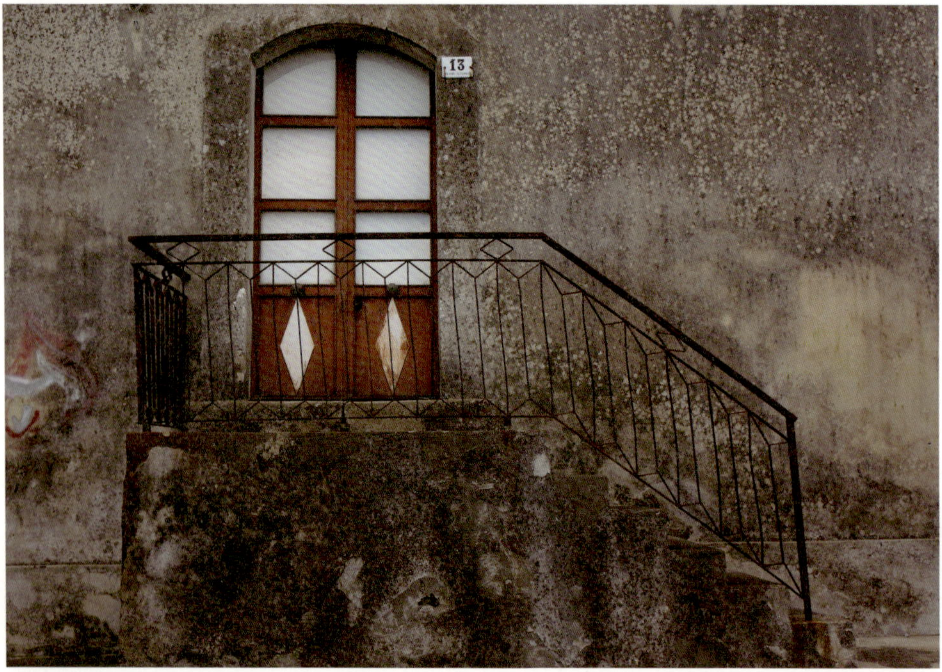
13

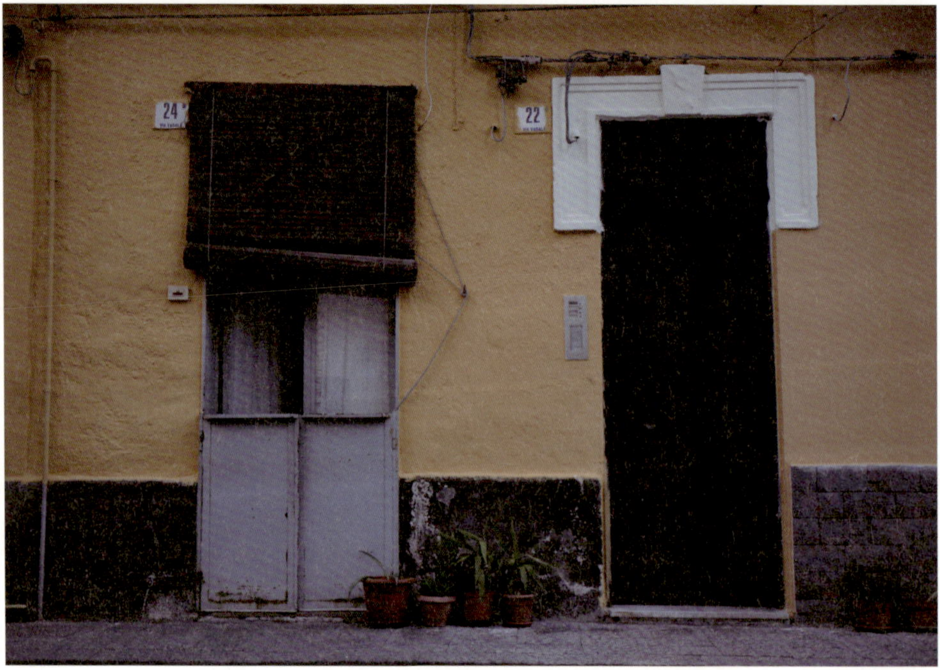
24
22

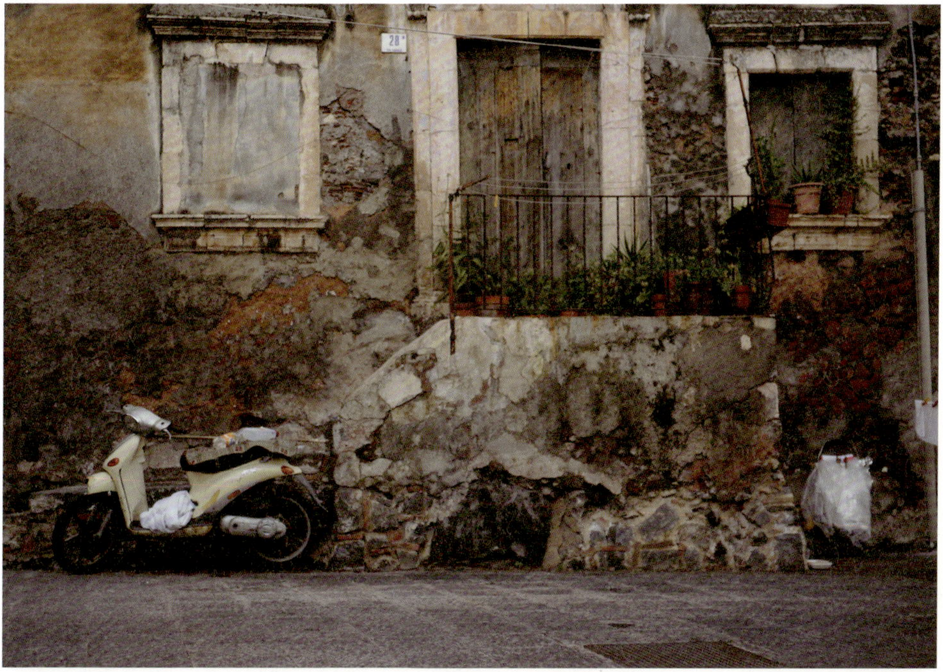
28

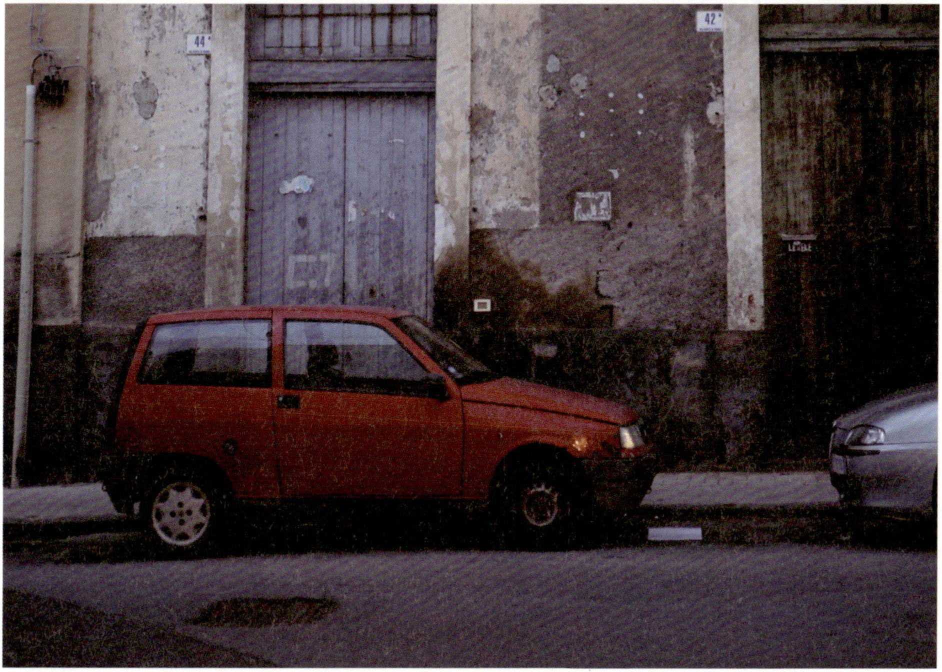
44
42

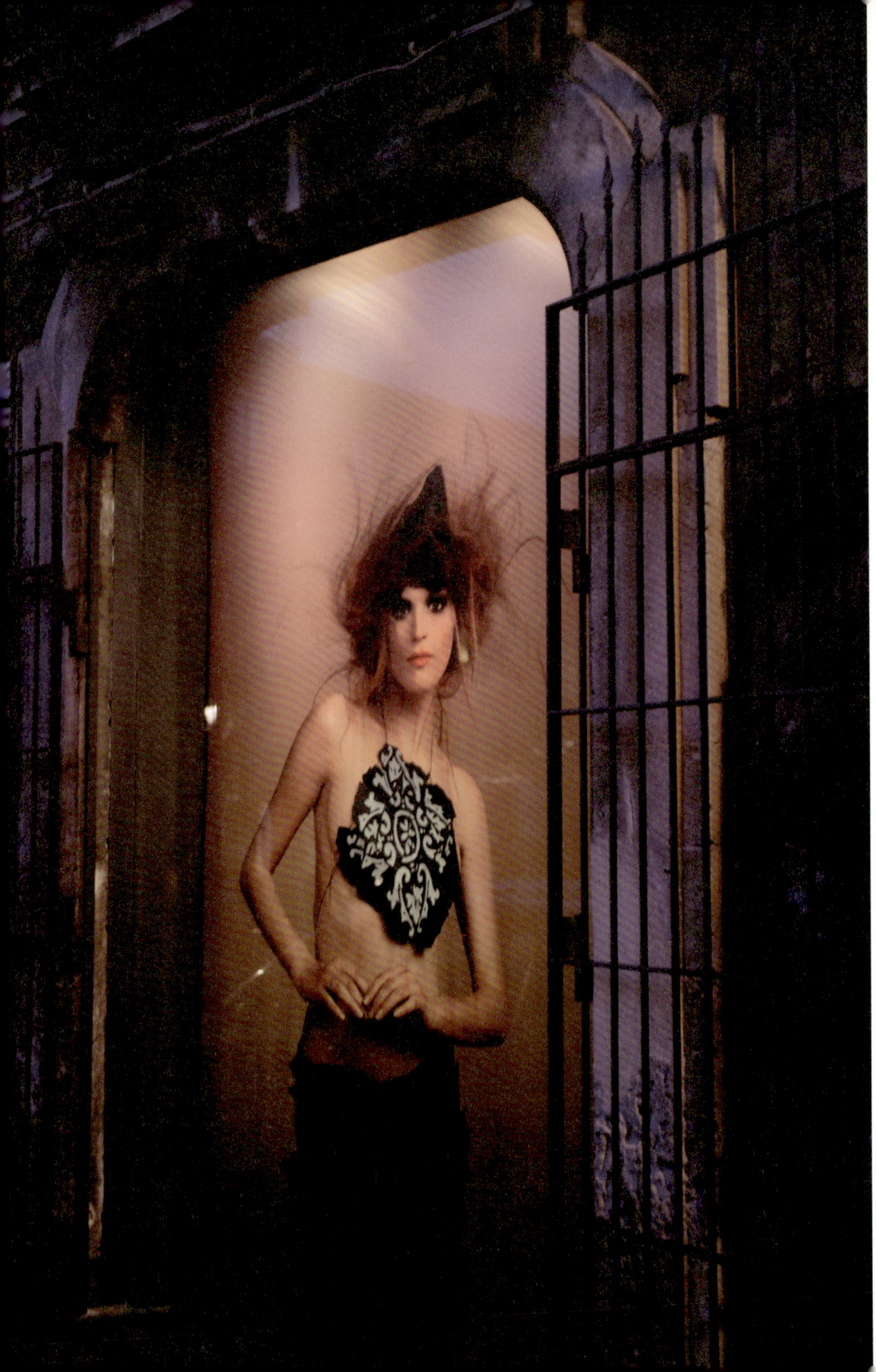

카타니아

카타니아, Before Sunset

조수석의 남자가 구한 하룻밤 호텔은 상업의 요충지였다.

어떻게 보면 촌스럽고 허접하고 낡은 뒷골목 같은 모습인데 또 어찌 보면 유명 부틱, 패션스토어, 값 나가는 엔틱 숍도 있다. 또 어떤 길을 가면 무질서한 시장이 나오고 어떤 길을 가면 너무도 엄숙하고 경건한 성당과 관청이 나온다. 어떤 골목에 들어가면 예술인 마을처럼 꾸며졌는데 골목 하나를 더 돌면 완전 쓰레기 창고나 집하장 같은 지저분한 골목도 나온다.

나는 이런 예측 불가능이 도사리고 있는 카타니아가 좋아졌다. 아니, 지금 기분이 좋기 때문에 카타니아 곳곳이 좋은지 모른다. 시칠리아 대도시들, 팔레르모, 아그리젠토, 시라쿠사를 거쳐서 카타니아에 왔는데 빛, 컬러, 사진꺼리로 보면 최고였다.

마음 같아서는 며칠 머물며 사진을 찍고 싶은데 갈 길이 멀다. 영화 〈대부〉의 무대도 찾아가야 하고, 〈일 포스티노〉의 무대도. 무엇보다 아직 돌아보지 못한 곳이 너무 많아 마음이 급하다. 카타니아의 밤. 기분이 너무 좋아서 오래도록 걸으며 찍는다.

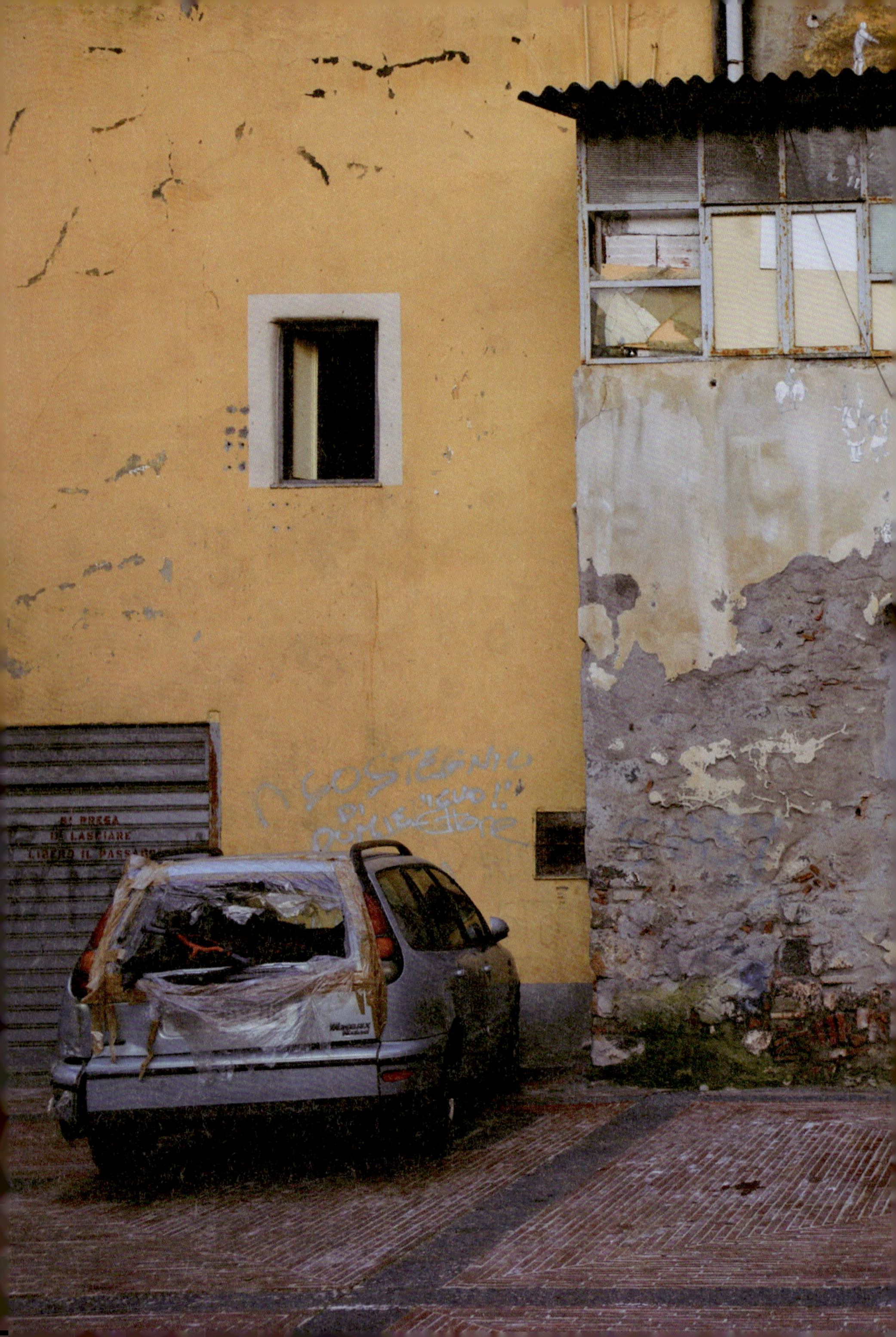

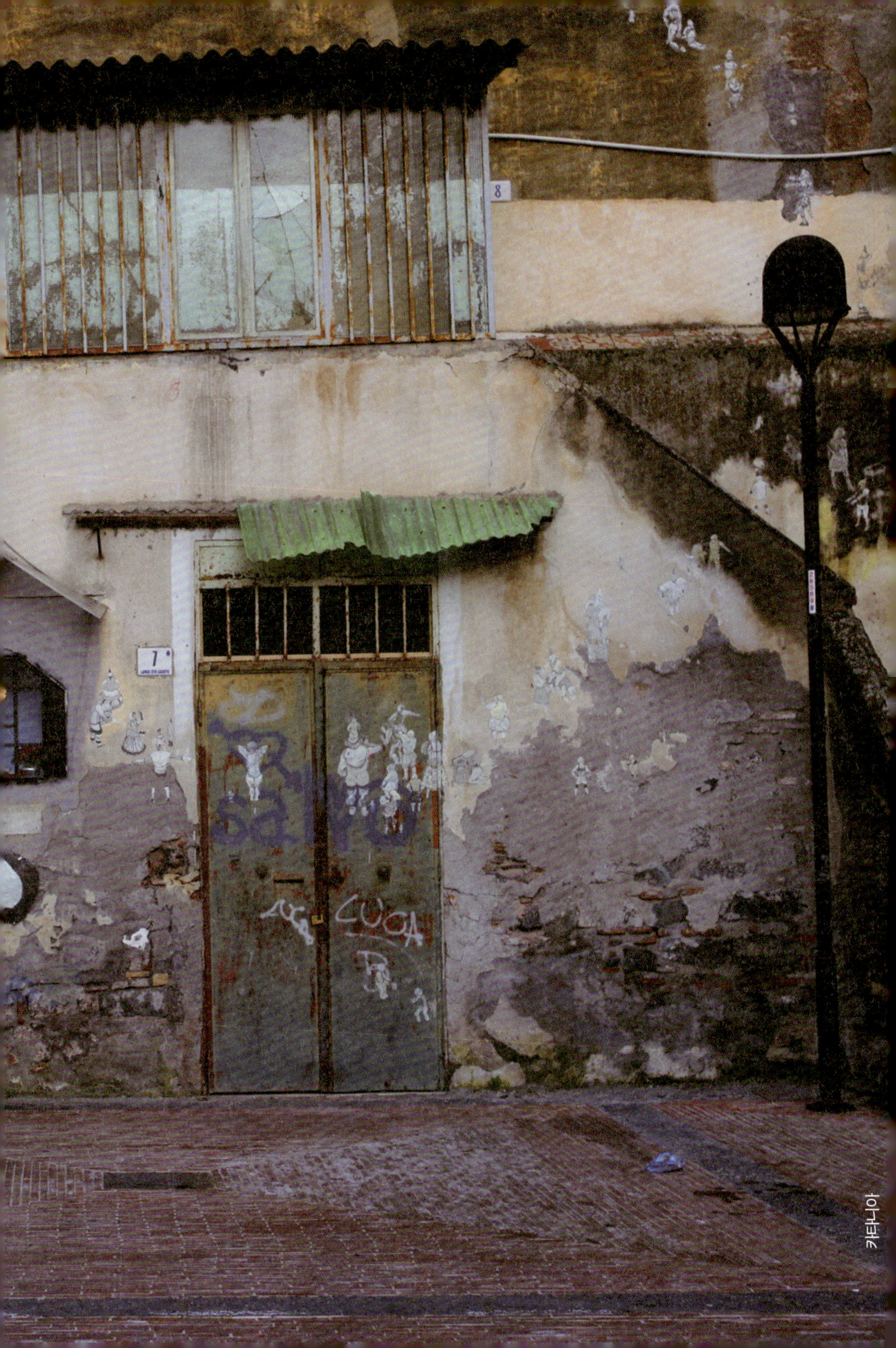

카타니아

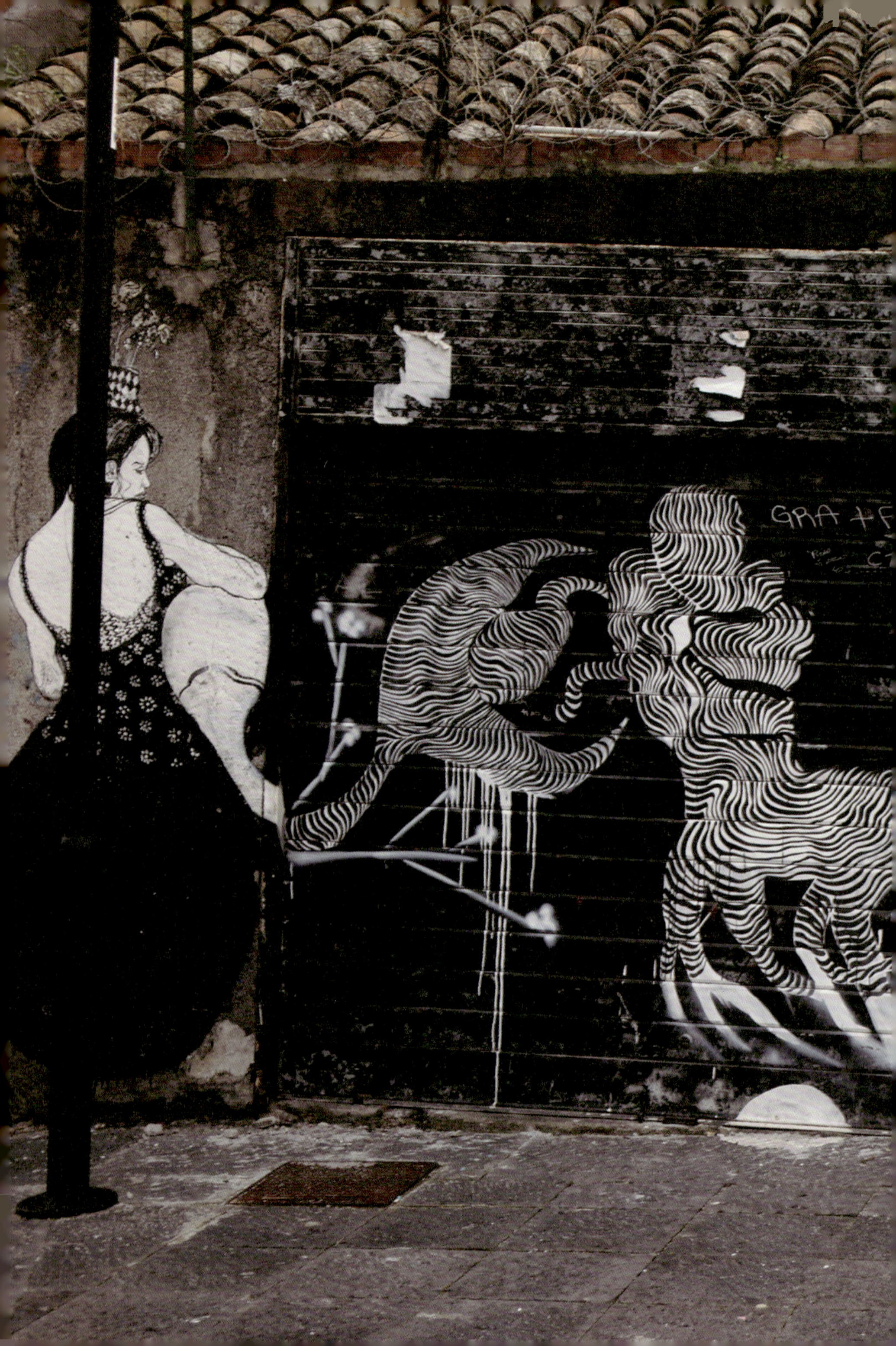
GRA + F

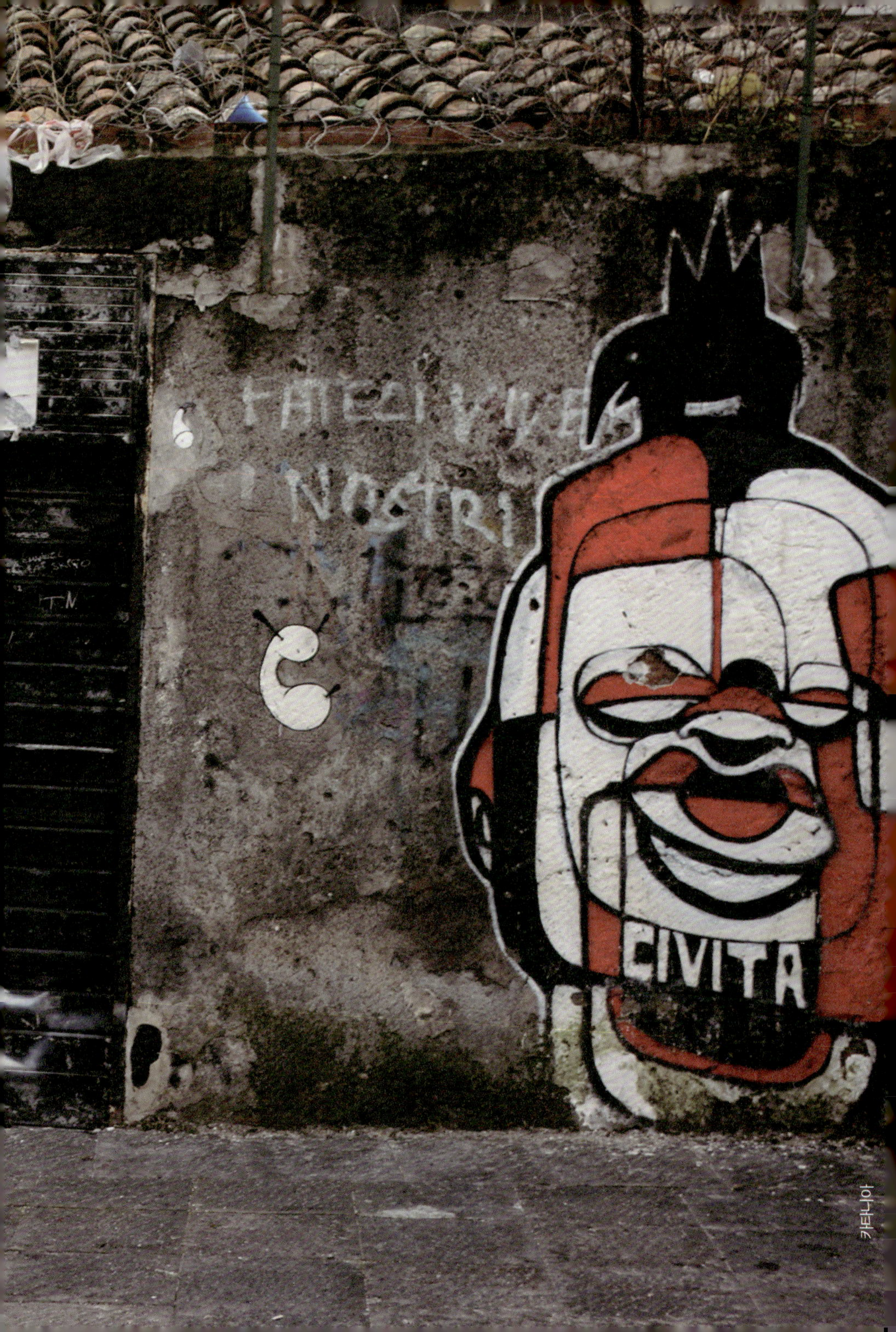
NOSTRI
CIVITA

카타니아, After Sunset

그러니까 사진은 작고 짧은 영화와 같다. 한 인간의 감정이 시나리오처럼 자리하고, 감정의 시나리오를 세상 속 대상에 적용한다. 감독은 사진가이며, 피사체가 주인공이겠으나 진짜 주인공은 마음속에 있다. 영화와 다른 점. 이것만 빼면 영화의 방식과 기법과 같다.

나의 대부분 사진들이 그렇듯이 시칠리아 사진도 시나리오가 있고 주인공이 있고 구성 장면이 있다. 또 영화처럼 시간 이동이 있고, 공간 이동이 있고, 편집, 각색 그리고 갈등과 클라이맥스가 존재한다. 사진이 말을 못해서 그렇지 나의 'On the Road' 는 언제나 스토리 및 주인공이 있는 작은 영화와 같다. 해피엔딩이 아닌 다소 바로크적인 비극적 시네로망.

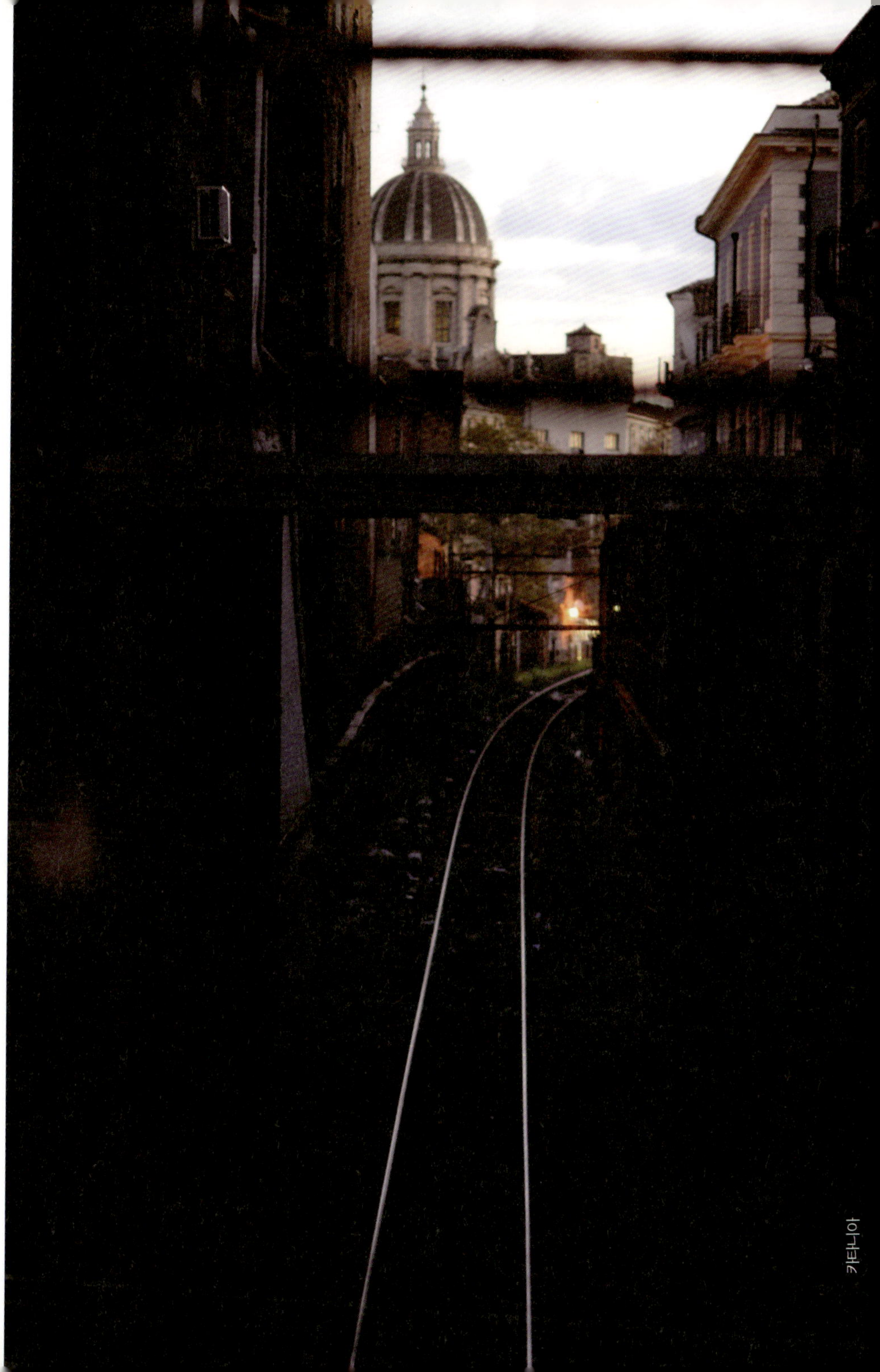

카타니아

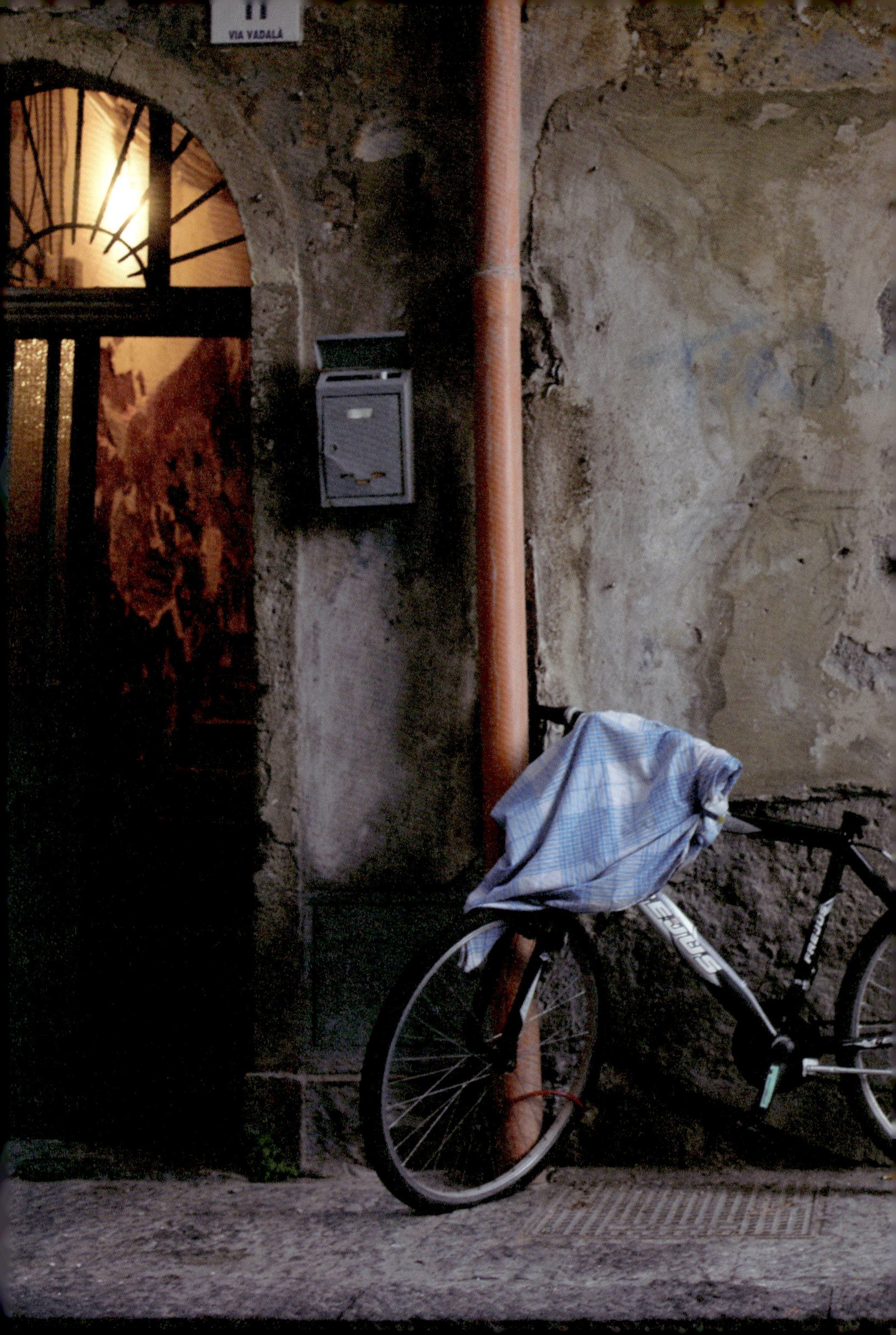
VIA VADALÀ

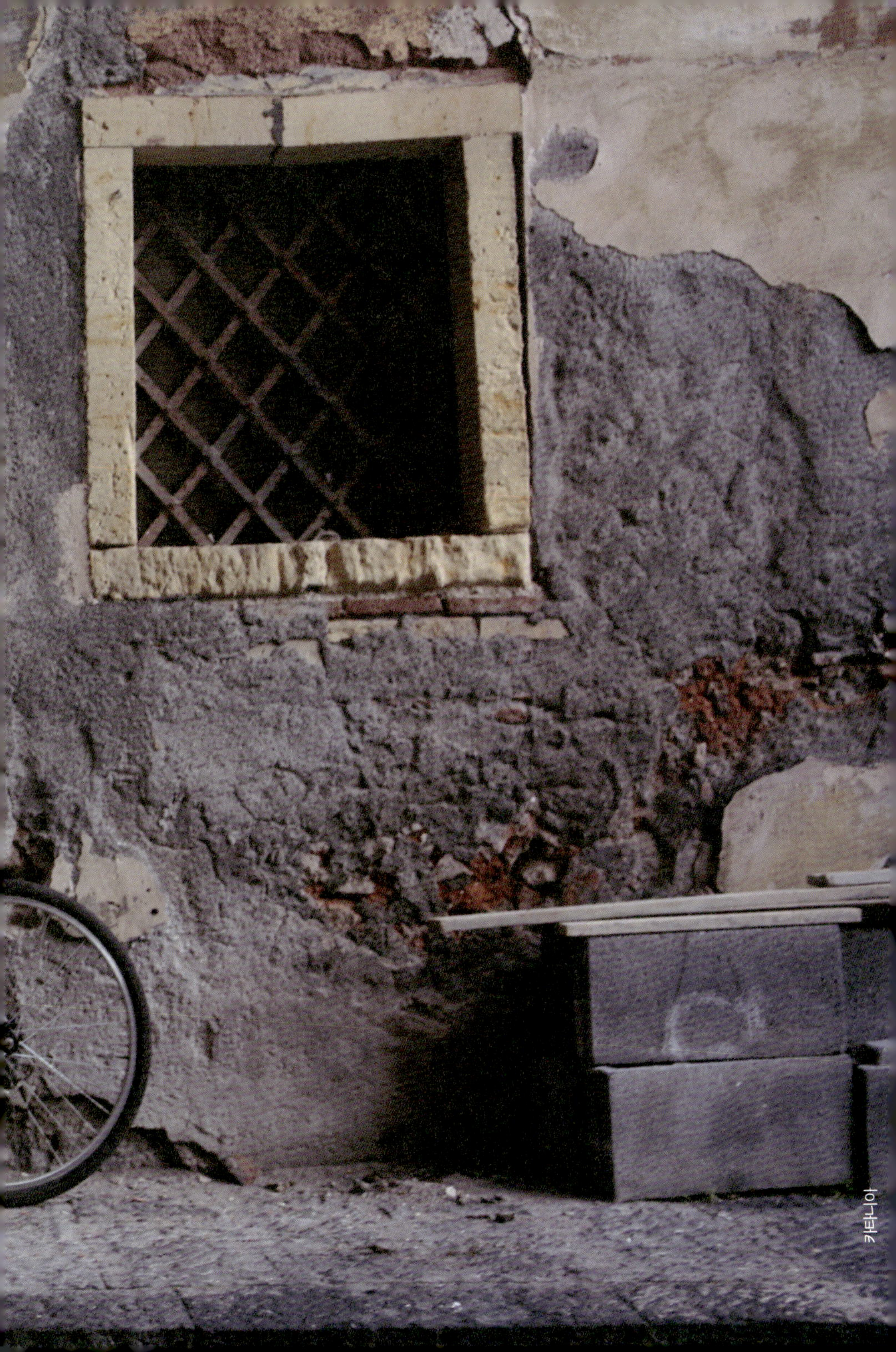

카타니아

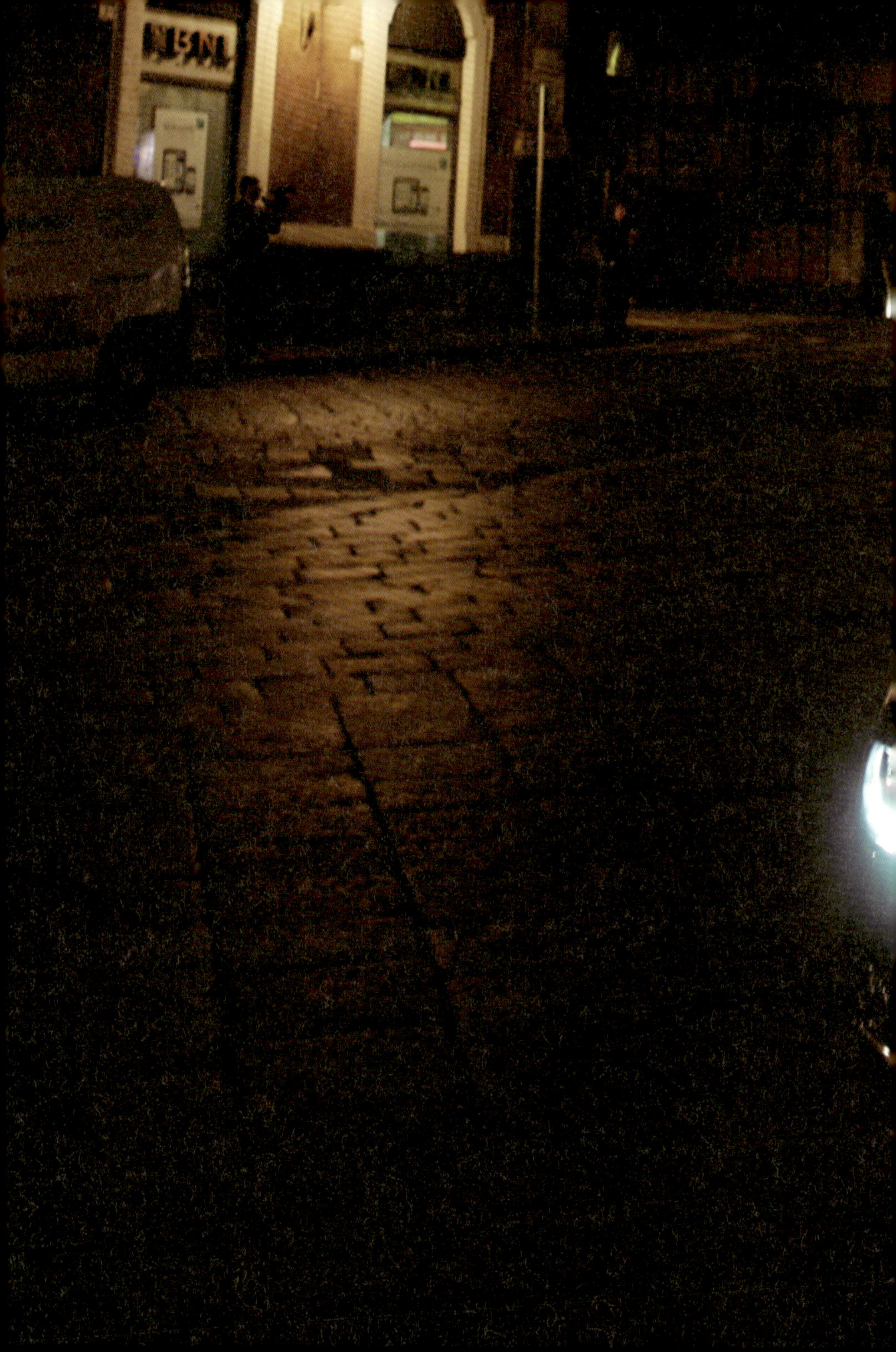

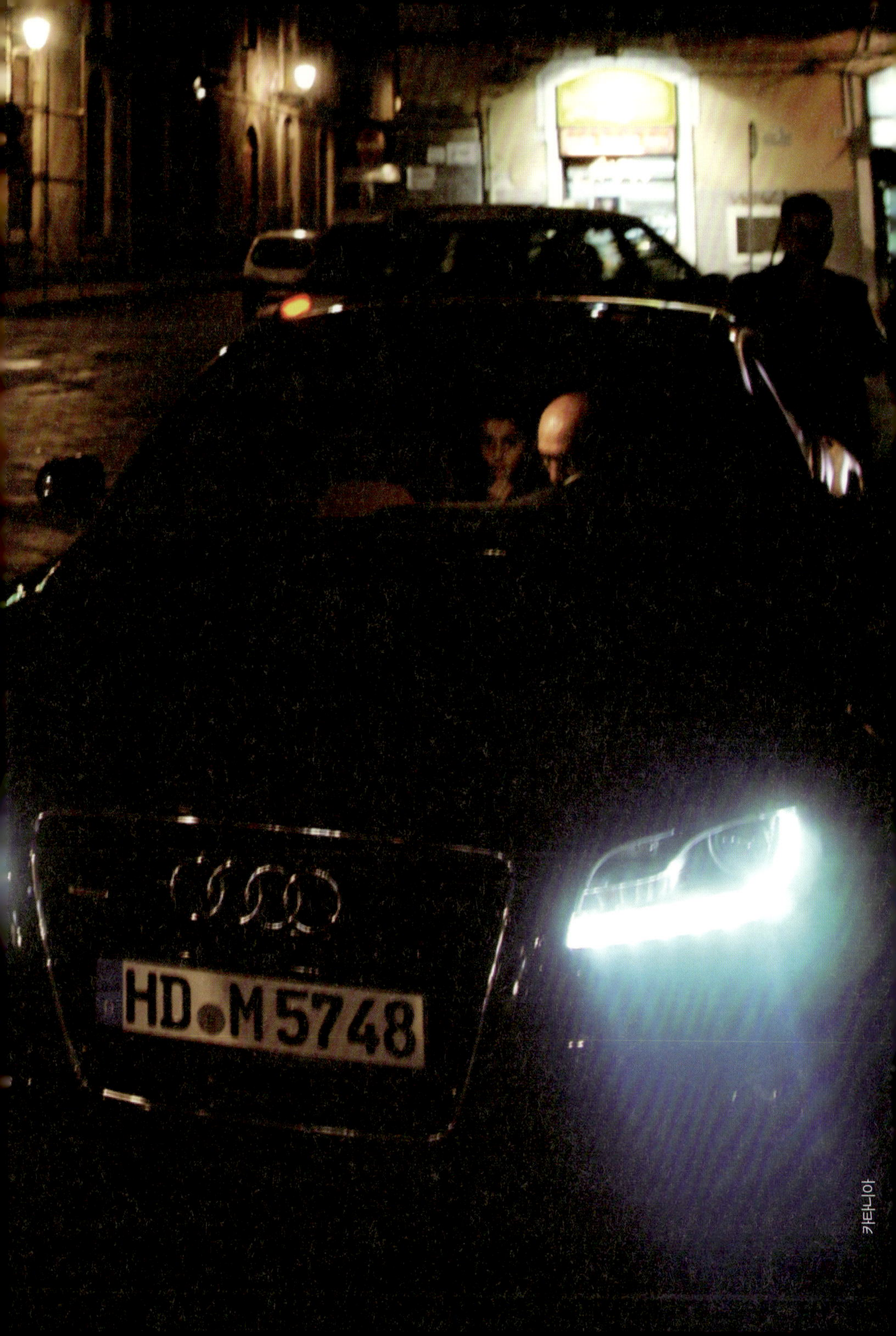
HD M 5748

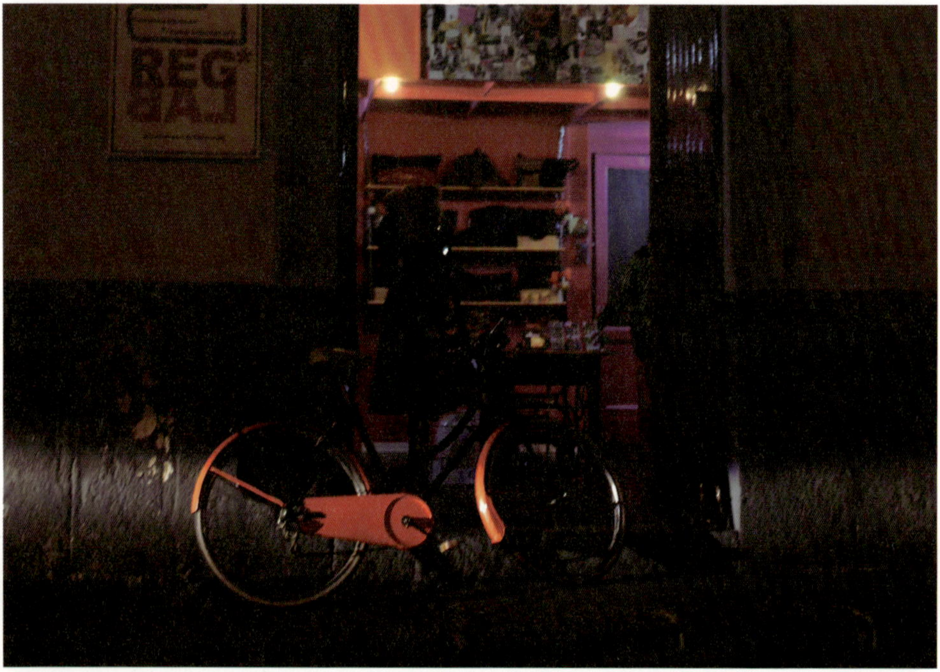
REG

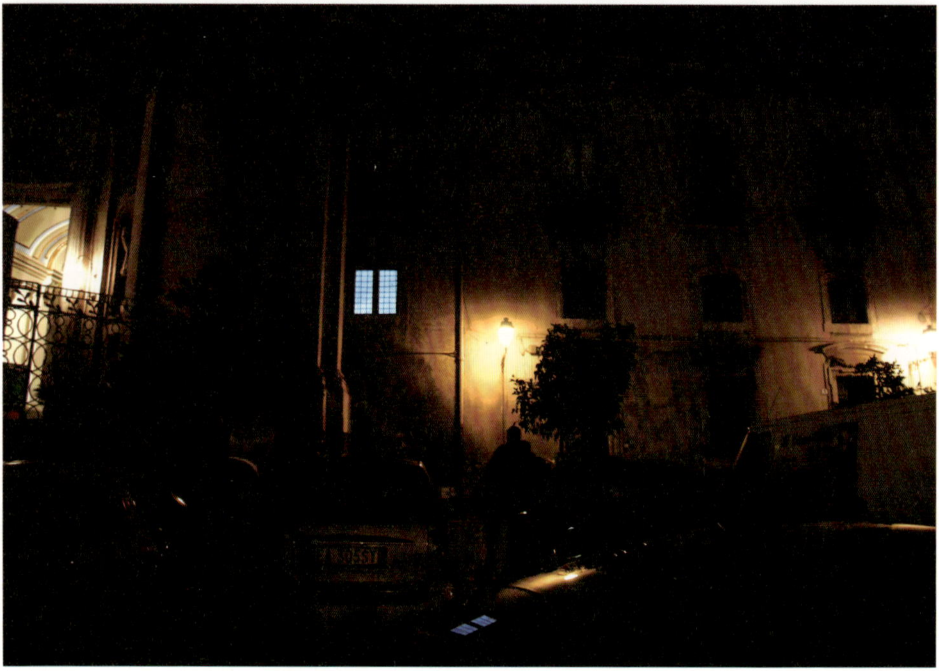

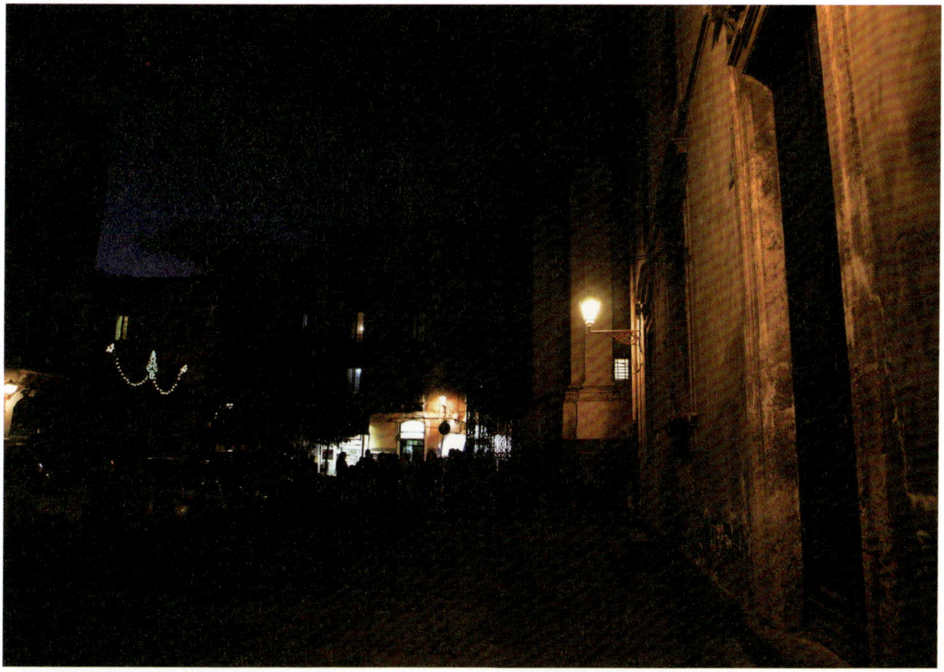

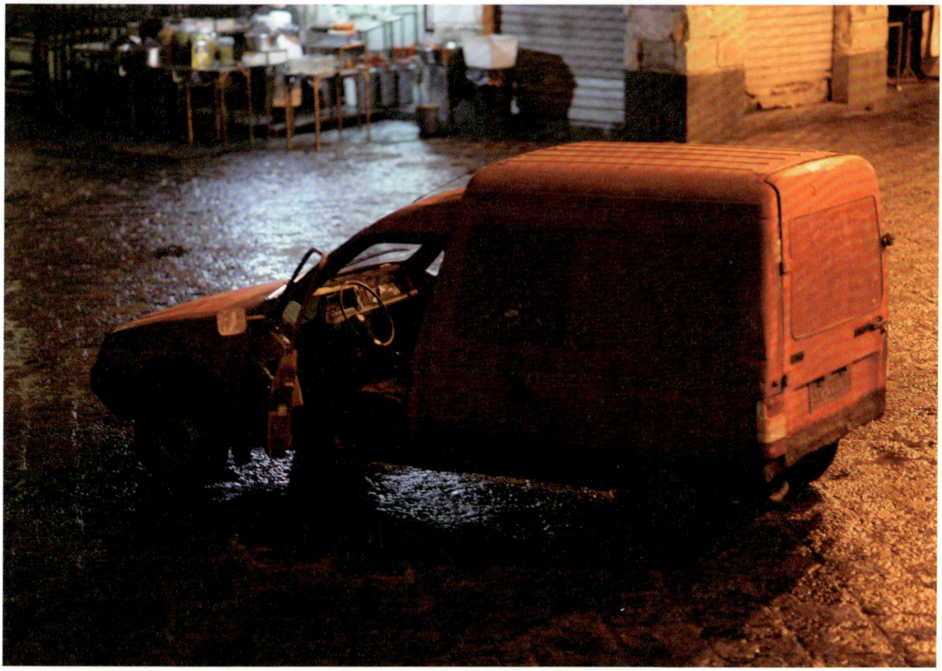

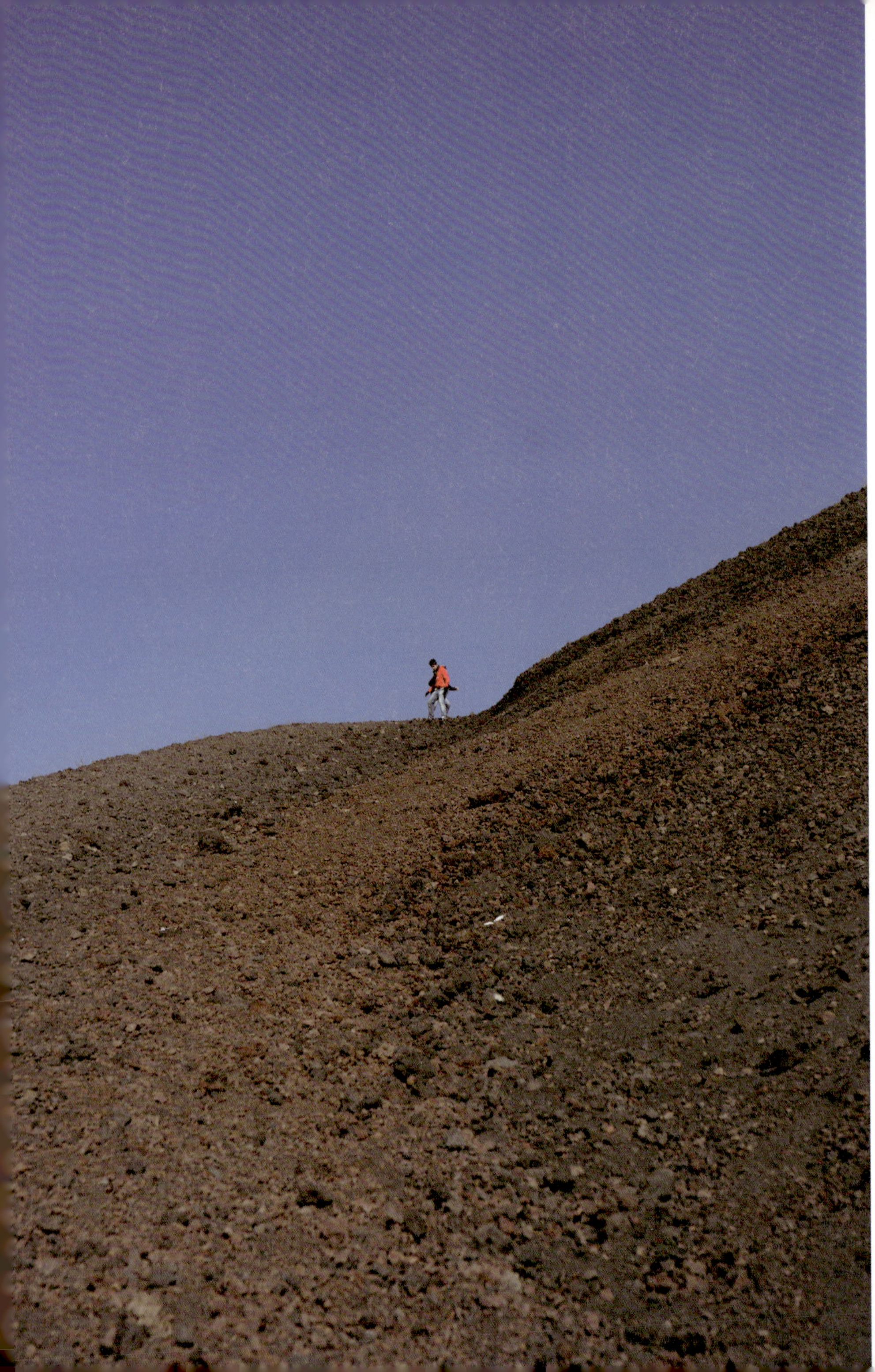

카타니아 에트나 화산

카타니아, 에트나 화산 가는 길

출발할 때는 분명히 펄펄 끓고 있는 에트나(Etna) 화산(3,329m)을 정복할 생각을 했다. 조수석 남자의 수첩을 어느 땐가 살짝 들여다보니 아주 중요한 목표 지점으로 크게 표시되어 있었다. 그러나 산을 오르는 것에 별 관심이 없고 더군다나 3,000미터급의 산을 오르다 문제가 생기면 전 일정에 차질이 올 수도 있어 차를 타고 근처에서 바라볼 수는 있어도 오른다는 생각을 결코 해보지 않았다. 그리고 실제로 카타니아에 도착하고 아침까지도 에트나 화산 방문은 조금도 유혹적이지 않았다.

그런데 아침 식사를 마치고 돌변했다. 어제에 이어 기분이 좋았고 아침 식사도 좋았고, 사진꺼리도 좋았다. 날씨도 환상적으로 맑고 투명하고 깨끗했고, 그리고 가는 곳 마타 에트나 화산이 지켜보고 있었다. 그래서 조수석의 남자에게 가야 할 코스를 알려주고 아침 식사를 끝내자마자 에트나 화산으로 달렸다. 몇 차례 길을 잃어 조수석 남자에게 핀잔을 주었으나 전체적으로 기분 좋게 흥얼거리면서 달려갔다.

모처럼 느끼는 여행의 기쁨, 아니 상쾌함에다 기분 좋은 안정감이 머리부터 발끝까지 들뜨게 했다. 이름 모를 마을을 지나고, 큰길 작은 길 골목길을 휘감아 돌 때마다 불쑥불쑥 에트나 화산이 몸을 드러낸다. 그리고 마침내 시커먼 화산재가 뿌려진 검은 밭뎅이가 당신들 이제 막 화산 입구에 도달했다는 신호를 보낼 때 우리는 거의 2000미터의 경사 30도를 힘차게 오르기 시작한다. 얼마나 올랐을까 모양새 좋은 분화구 입구에 도달했는데 여기까지가 자동차로 끝인 것 같았다. 더 높은 곳은 케이블카를 타고 가는 모양.

분화구를 이 잡듯 뒤진다. 제주도 한라산을 연상케 한 분화구, 오름 비슷한 언덕을 누비고, 마침내 새카만 화산재를 밟아가며 더 높은 화산을 오르는데 조수석 남자는 잽싸게 올라 보이지도 않는다. 그렇게 한 시간 반 정도를 화산 곁가지(사실 정상도 아닌 곳에)에서 놀다가 타오르미나를 향했다. 조수석 남자는 화산 돌멩이(덩어리)를 챙겼는데 챙길까 하다가 그만뒀다. 꿀맛을 더 느끼고 싶어서.

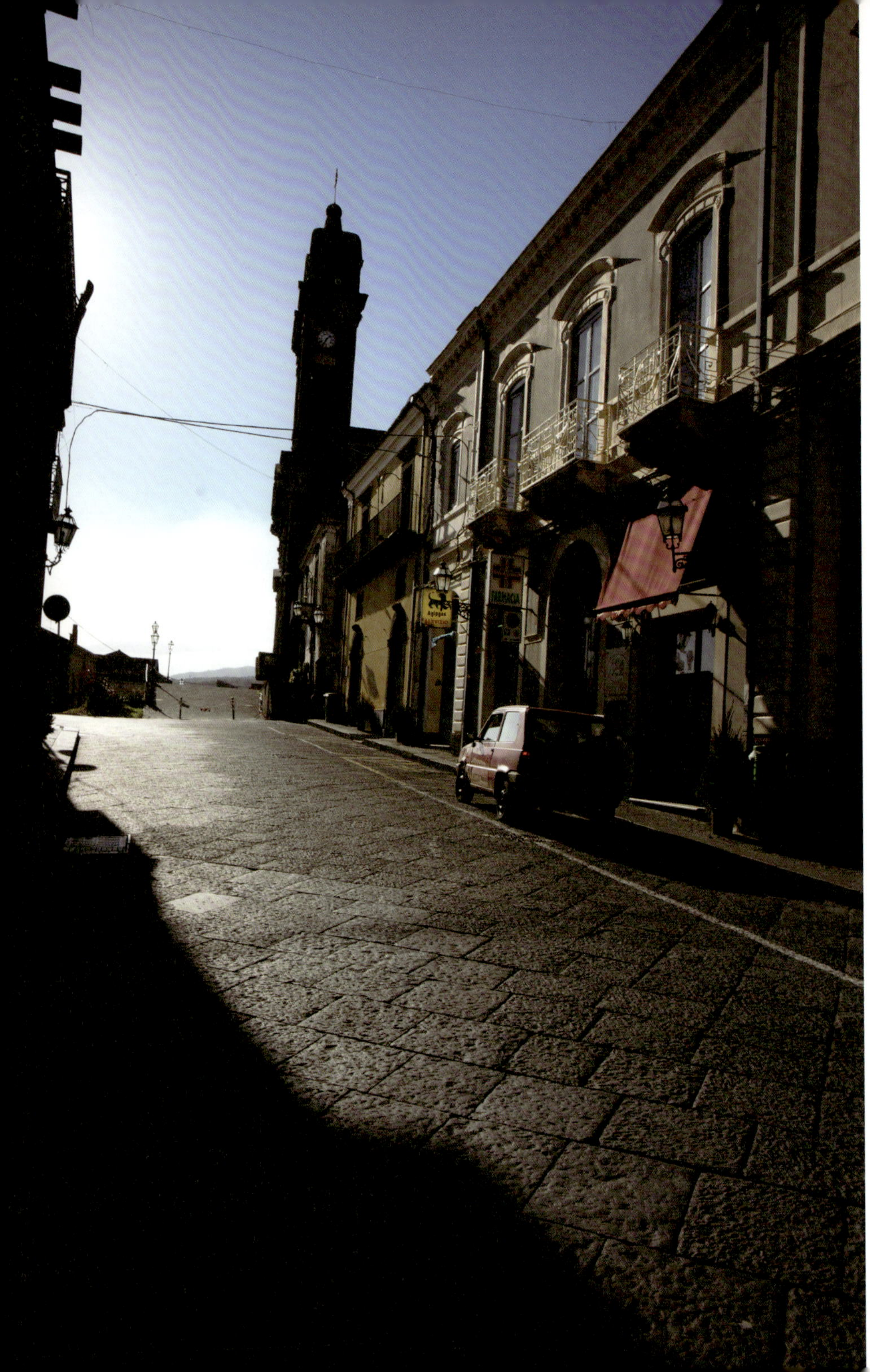
FARMACIA

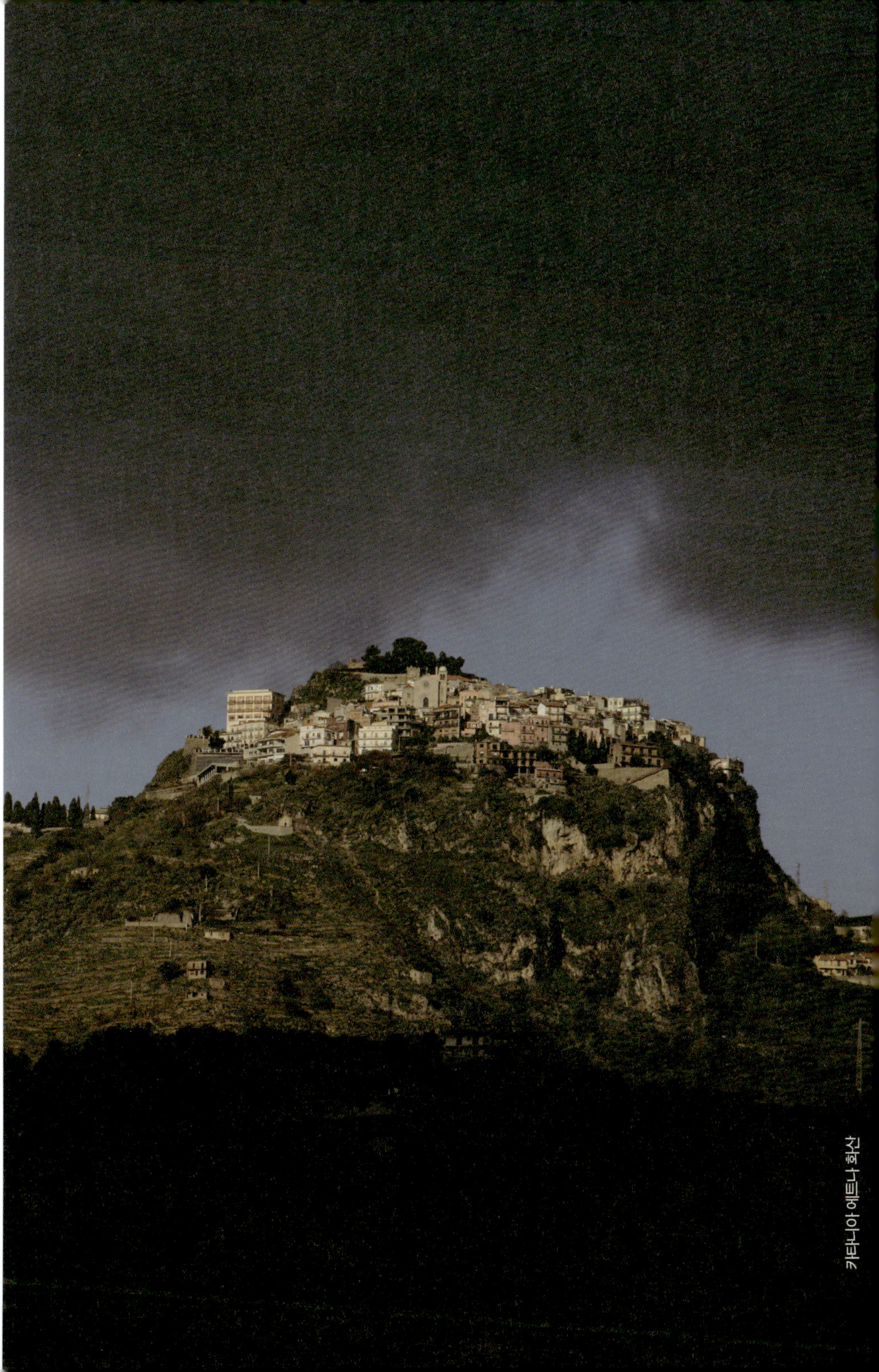

카타니아 에트나 화산

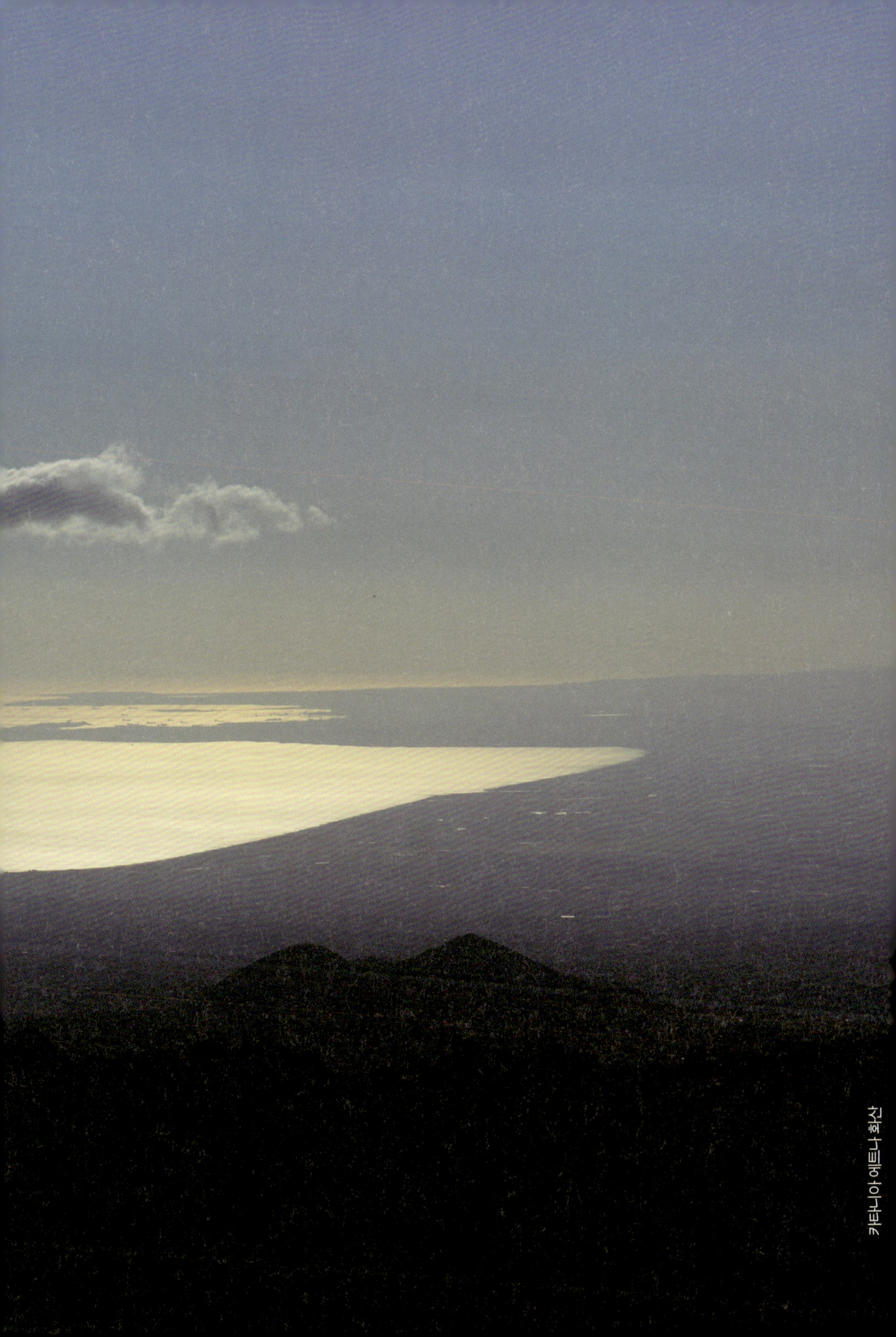

카타니아 에트나 화산

시칠리아 단상, 에트나 화산, 파열된 흑산

화산은 다른 게 아니라 뜨겁게 격정적인 마음을 주체하지 못하여 스스로 자폭한 검은 산이다. 그 마음 얼마나 뜨거웠는지 하늘로 솟았던 불길이고, 그 마음 얼마나 참혹했는지 하늘을 덮은 구름이며, 그 마음 얼마나 애절했는지 천지에 쏟아 부은 재 덩어리다. 상처가 참으로 혹독하여 분화구로 남고, 격랑은 너무 높아 오름으로 태어났다. 천지가 시커먼, 천지가 황폐한 흑산의 심장부에서 그 마음 인간과 무엇이 다를까 생각해본다.

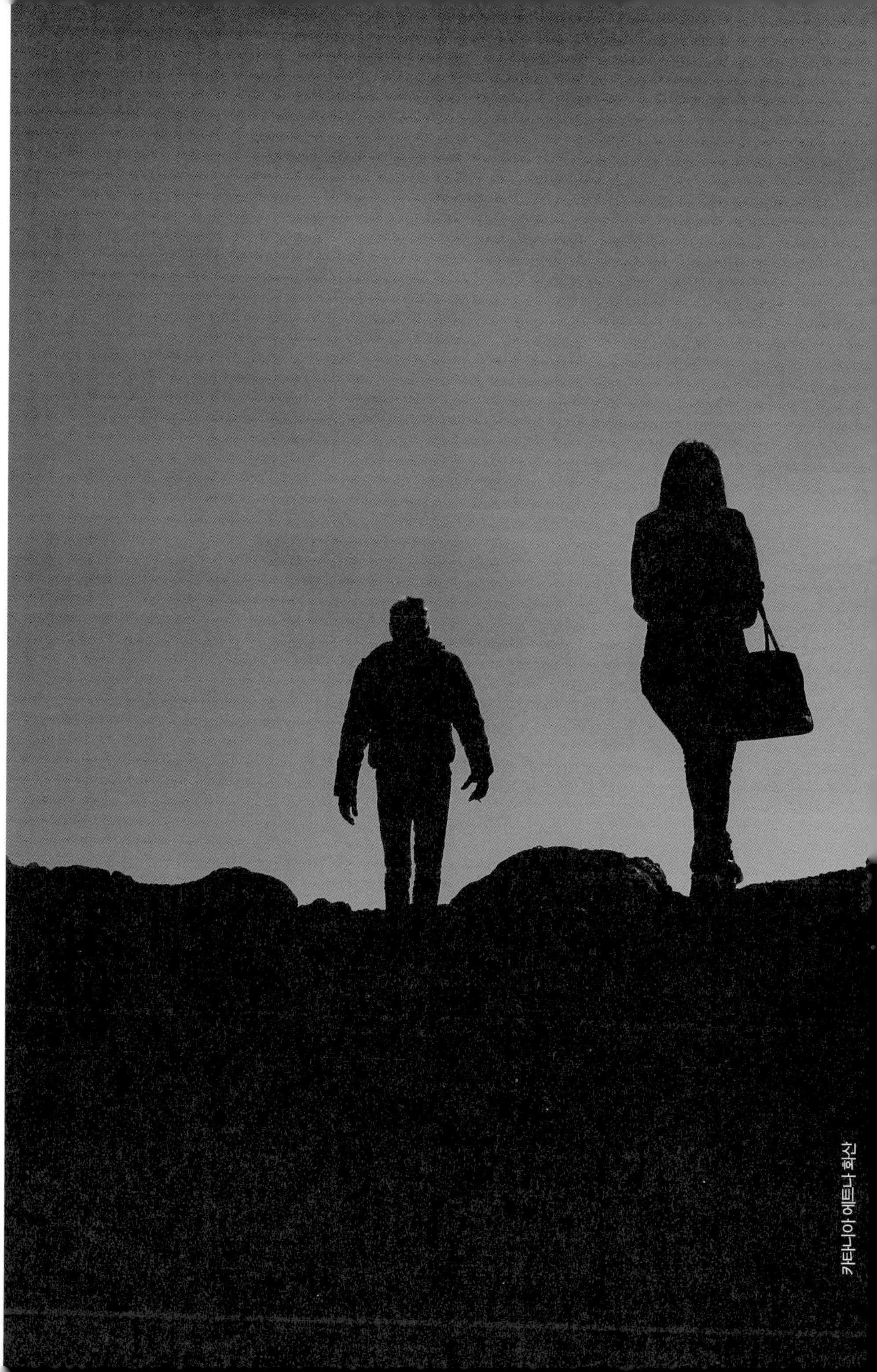

카타니아 에트나 화산

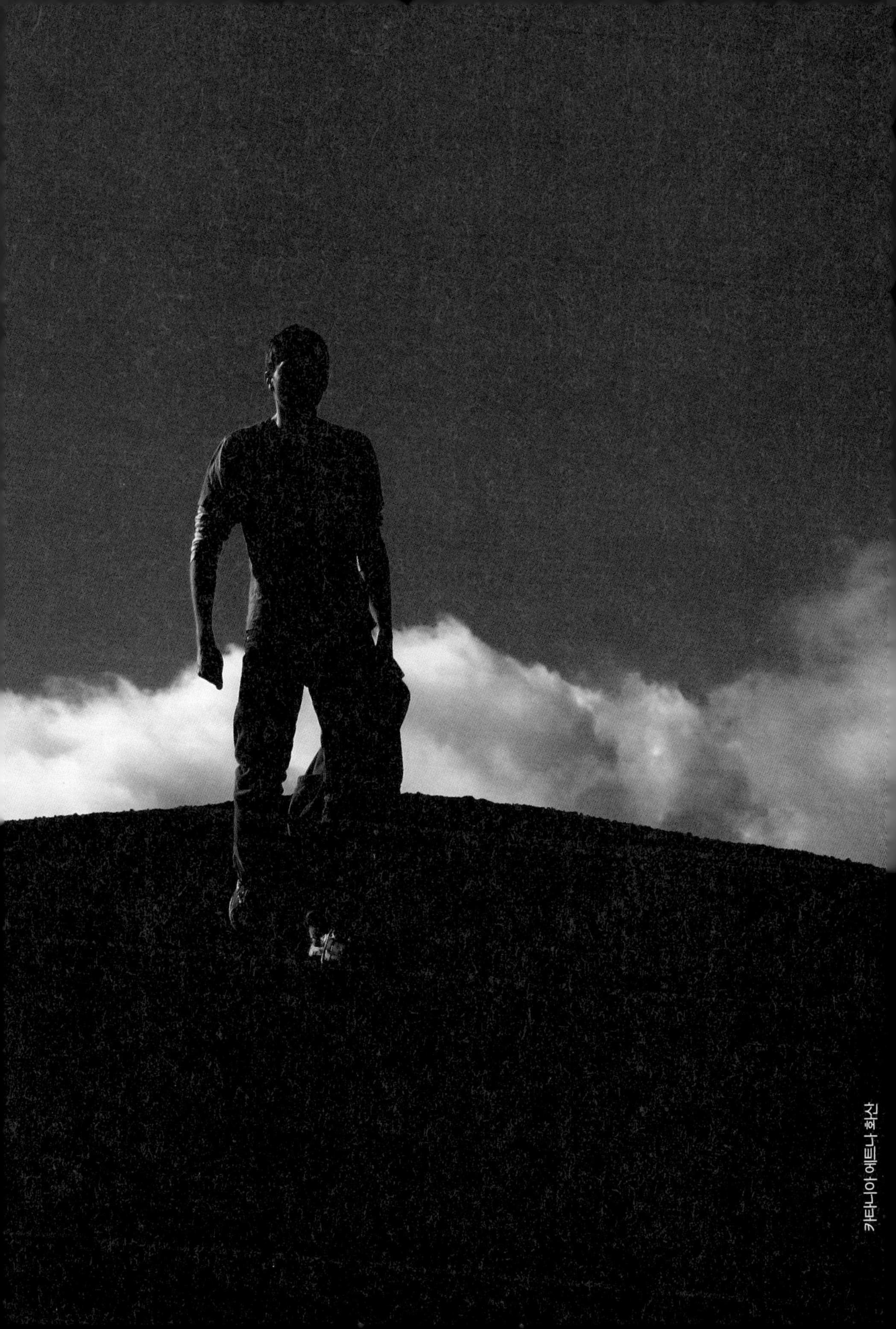

카타니아 에트나 화산

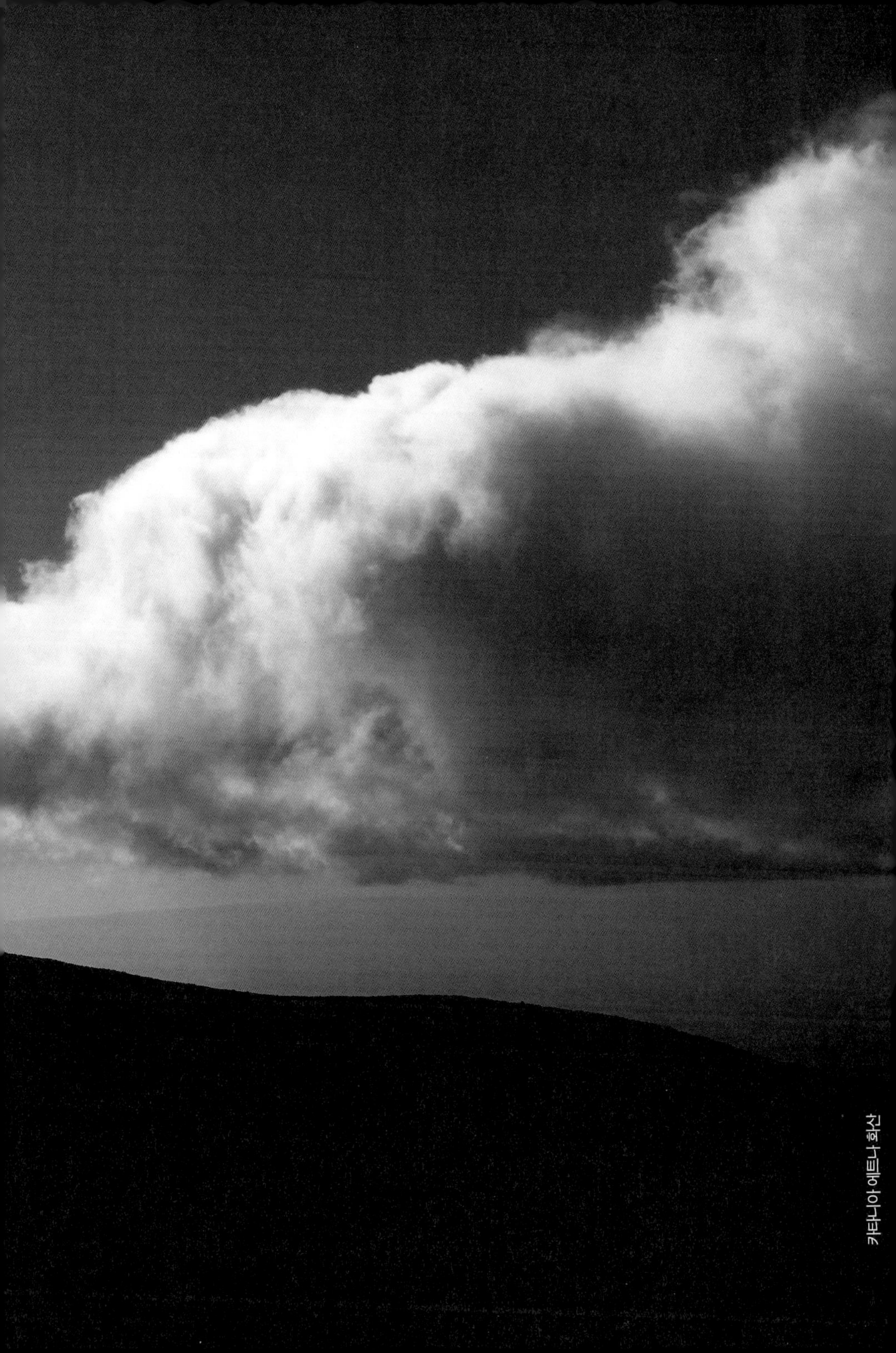

카타니아 에트나 화산

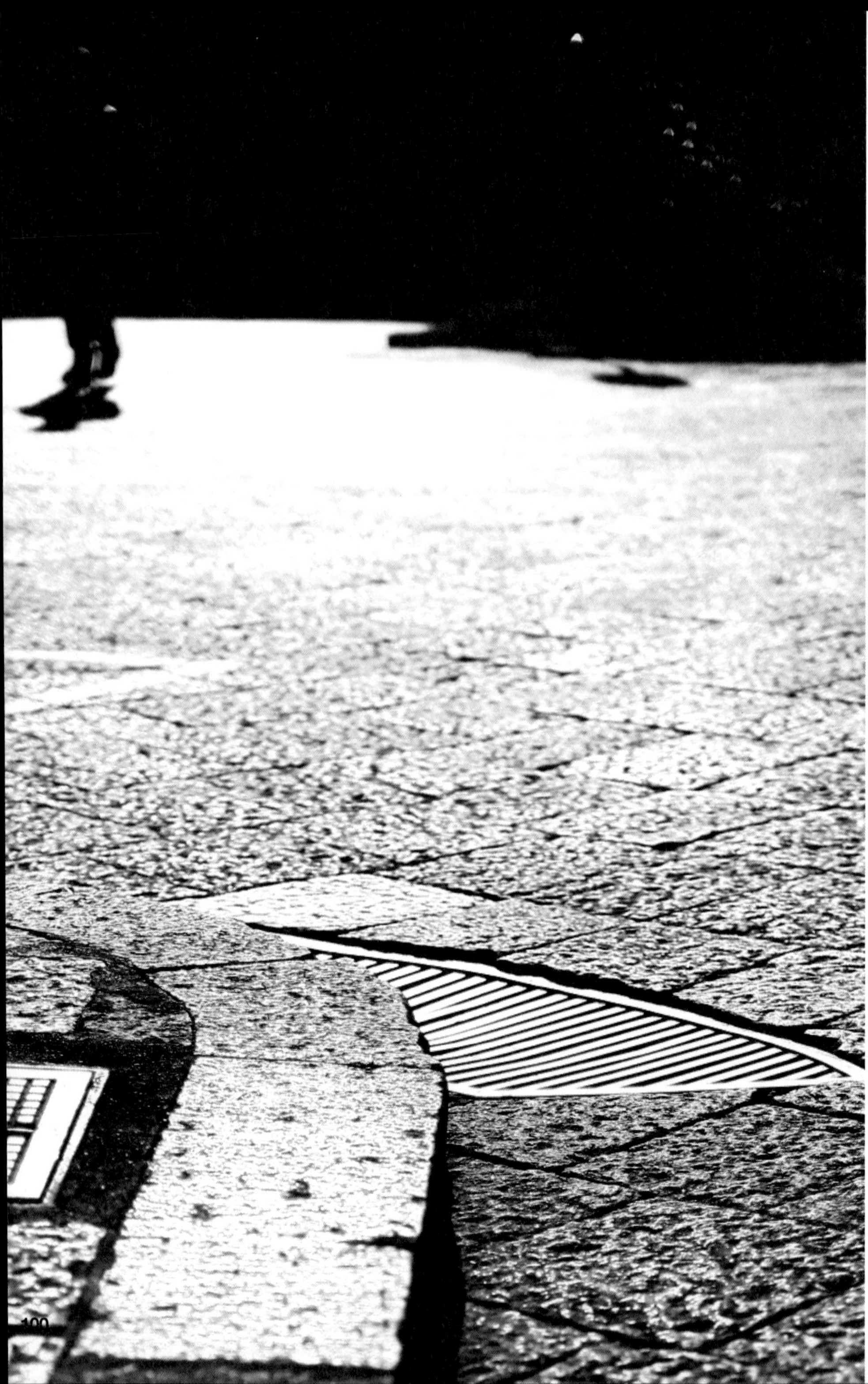

시칠리아 단상, 너의 불안

어둠은 두려운 것이다. 어둠이 오면 안식처를 찾는다.

너의 미소

미소는 애틋한 것이다. 미소 지으면 사랑스러워진다.

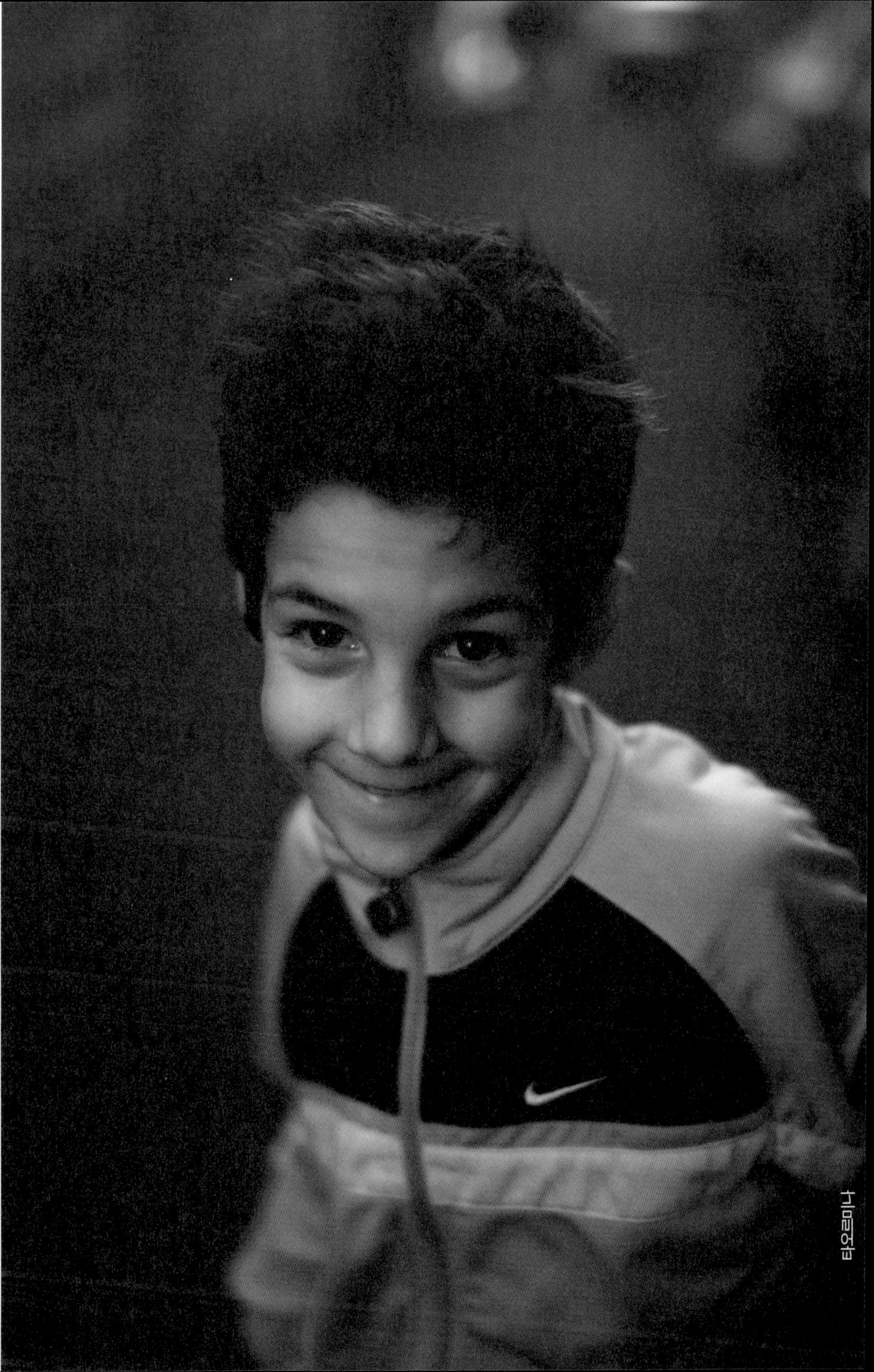

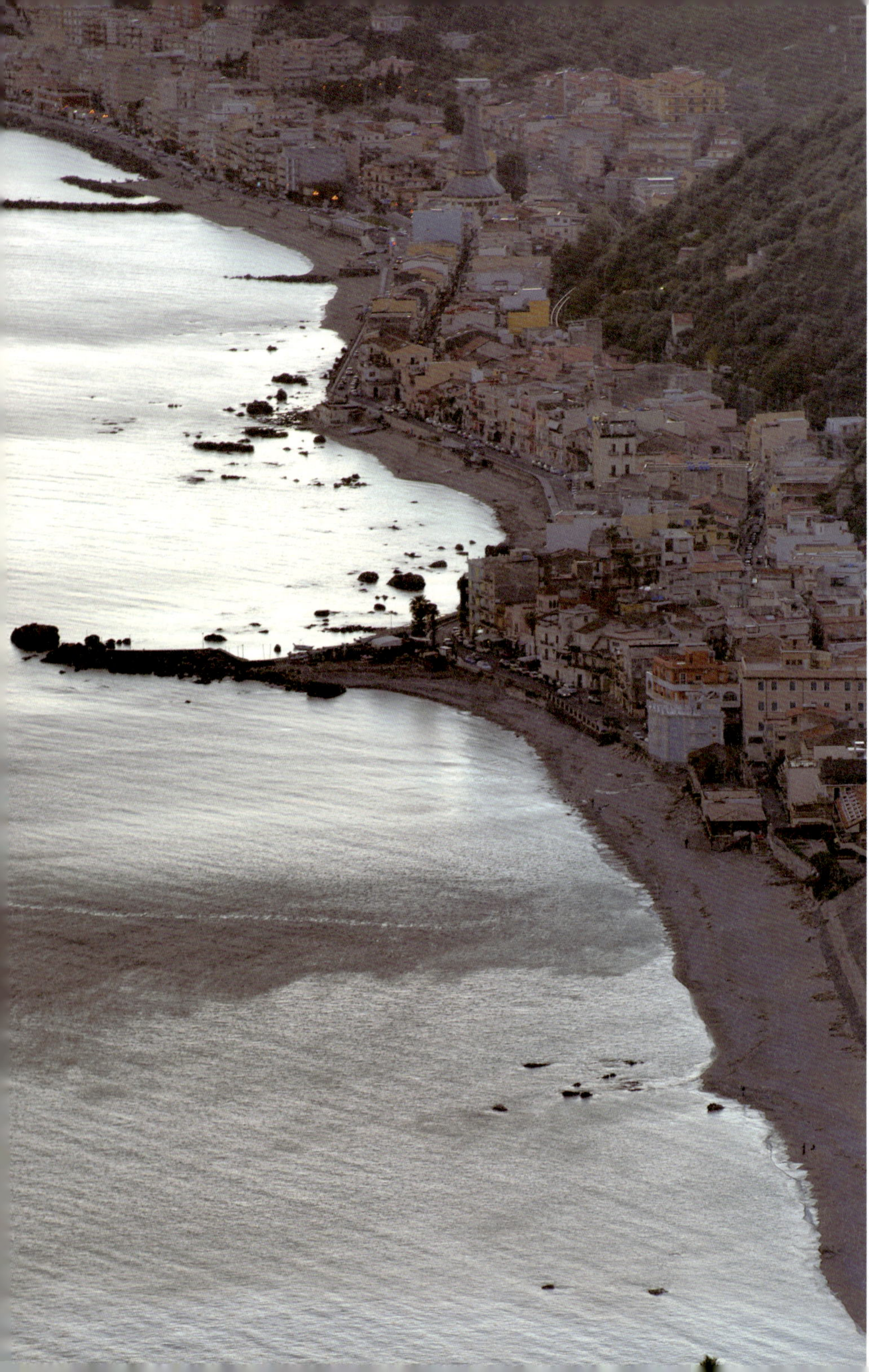

타오르미나

타오르미나, 시칠리아의 진주

타오르미나(Taormina)에 대해서 말을 아끼련다. 아름다움에 대해서. 말이란 때론 너무 빈약해서 말이 그 아름다움의 실체를 갉아먹을 수 있다. 이미 그곳을 갔던 수많은 사람들이 그랬듯이, 모든 종류의 소개말들이 그렇듯이 에트나 화산을 바라보고 있는 타오르미나라는 도시는 시칠리아 최고 풍광이다. 그곳에는 또 기원전 5세기에 세워진 '그리스 극장' 이 자리하여 아름다움을 더욱 배가시킨다. 팔레르모에서 아그리젠토, 아그리젠토에서 시라쿠사, 시라쿠사에서 카타니아를 거쳐 저 높은 활화산 에트나를 돌아내려온 지금 아마도 처음으로 누군가와 함께 오지 않았다는 사실에 가슴 아픈 첫 경우다. 보라! 나의 사진은 실체에 이르지 못하고 나의 말은 수식을 넘어서지 못한다. 우리가 왜 여행을 해야 하는지, 우리가 왜 한 번쯤 자기 집을 벗어나야 하는지 시칠리아의 진주 타오르미나는 몸으로 직접 보여준다. 그 유장함에 대해서. 지구 상에 유일하게 남프랑스 프로방스만이 상대가 될 수 있다는 타오르미나. 저녁노을이 다 질 때까지 그리스 극장에서 한없이 아름다움을 혼자 본다.

사실 비극이었다. 혼자 본다는 사실만큼 비극적인 것이 따로 없었다. 그곳은.

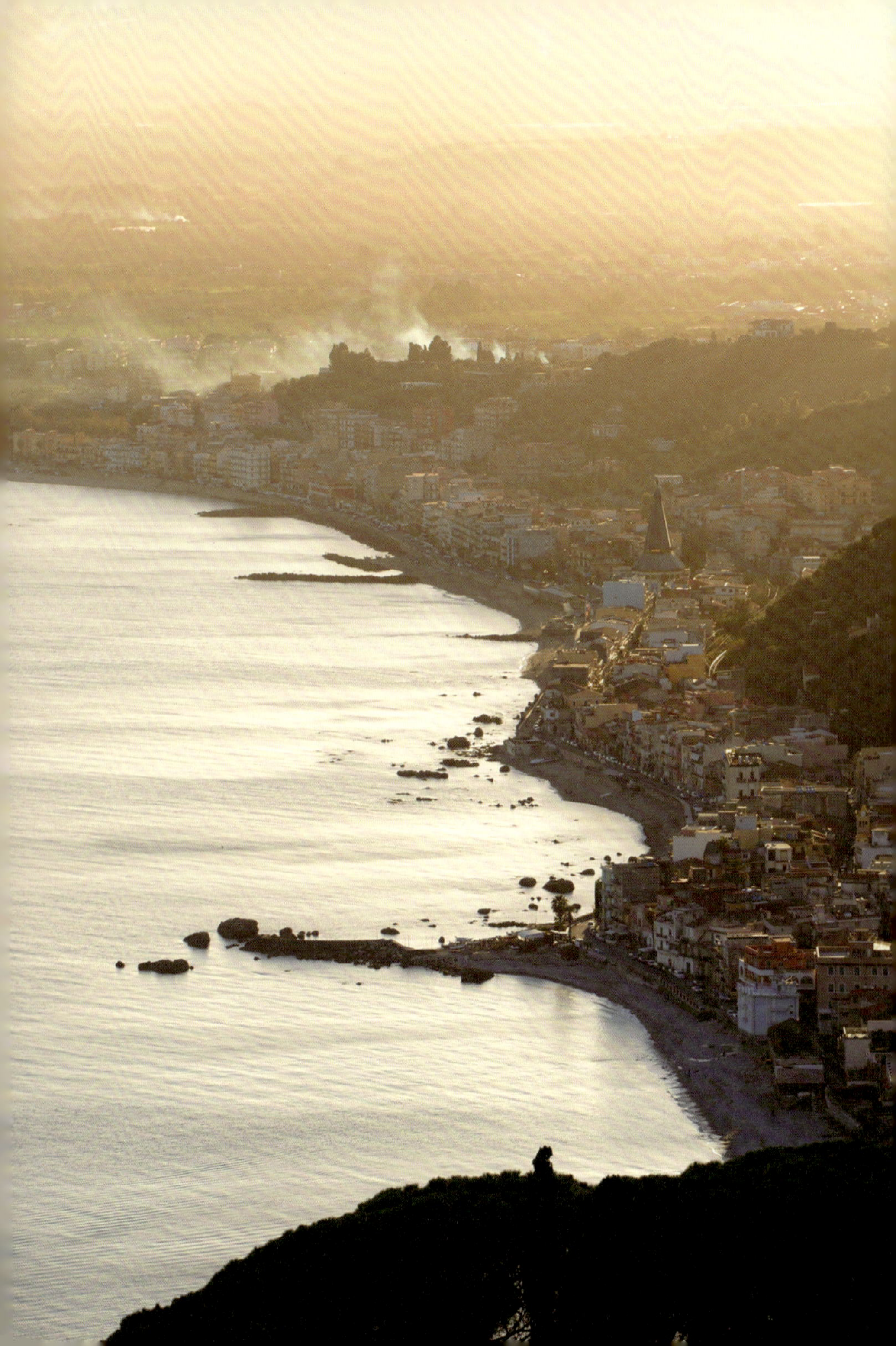

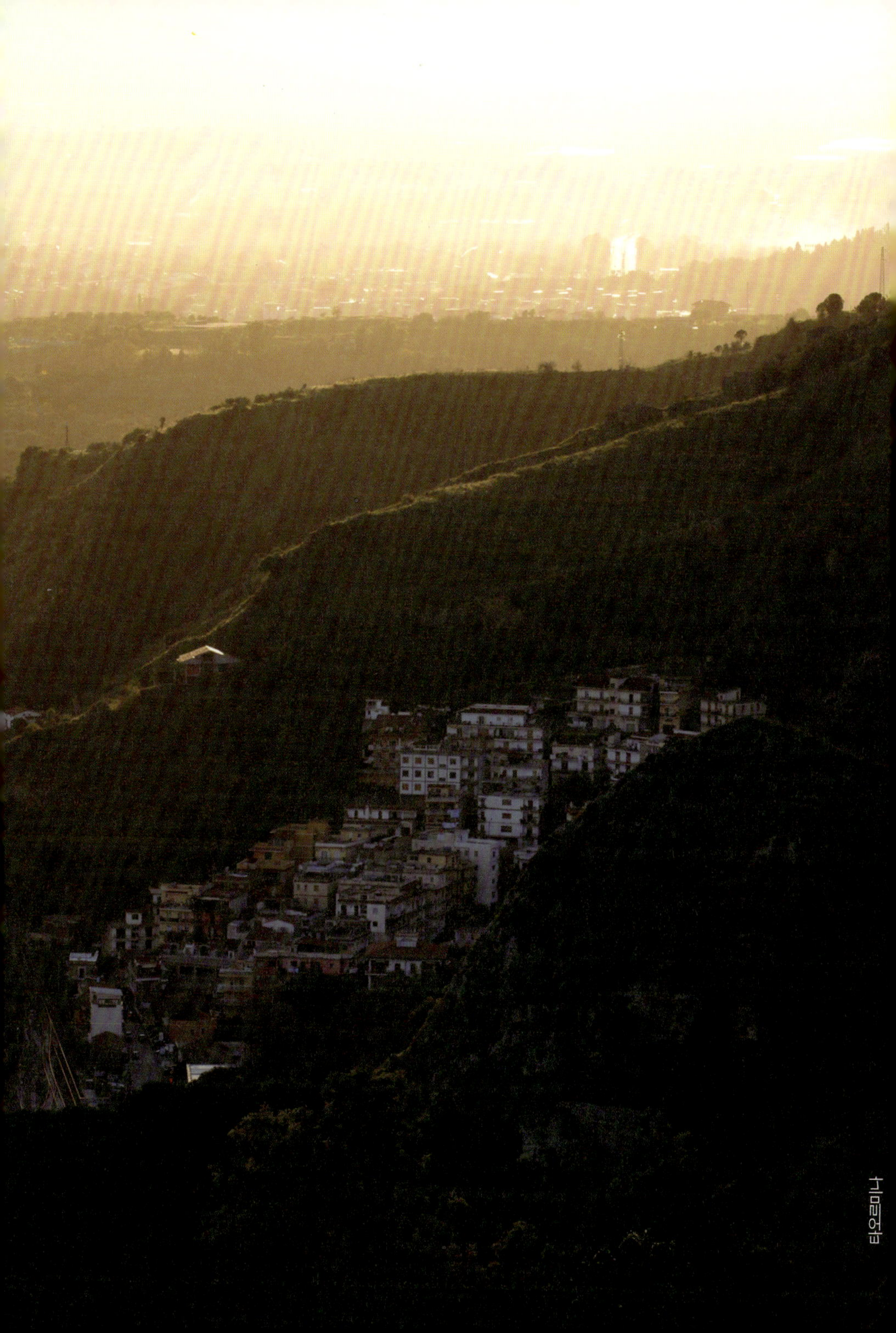
타오르미나

그리스 극장(Theatro Greco)

아름다움에는 반드시 고통이 따른다.
신도 인간도 어쩌지 못한 아름다움의 고통.
그것들을 찬양하고 위로하고 슬픔을 나누고자
세운 곳이 극장이다. 극장은 비극의 무대다.

- 소포클레스, 그리스 3대 비극시인

B.C. 534년에 세워진 타오르미나 그리스 극장.
비극(Tragedia), 슬픔(L`immensita)이란 말이
이곳에서 로마제국으로 전해지게 되었다고 한다.
비극과 슬픔이 왜 한 몸인지 이곳에 서면 느낀다.

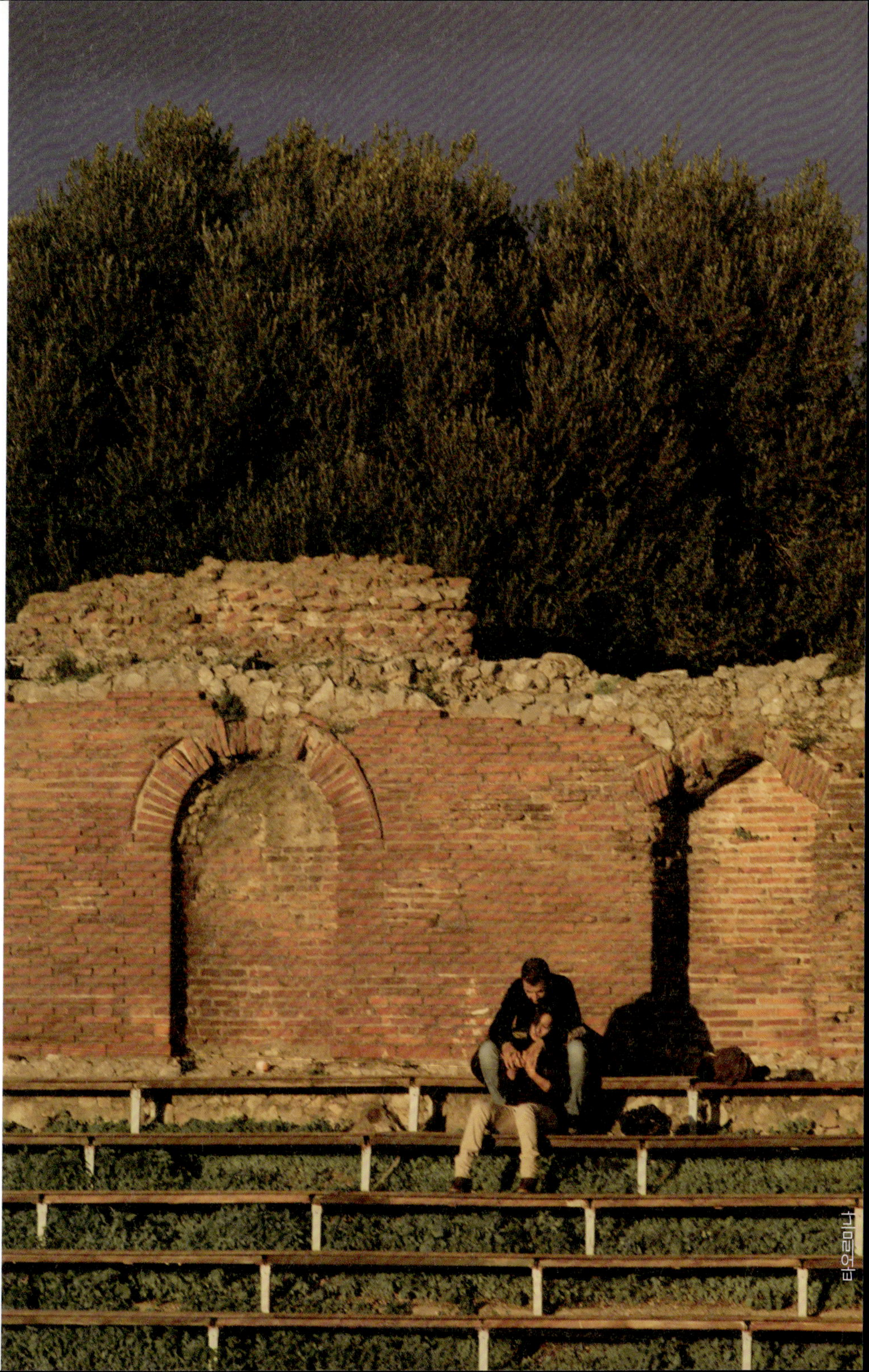

타오르미나

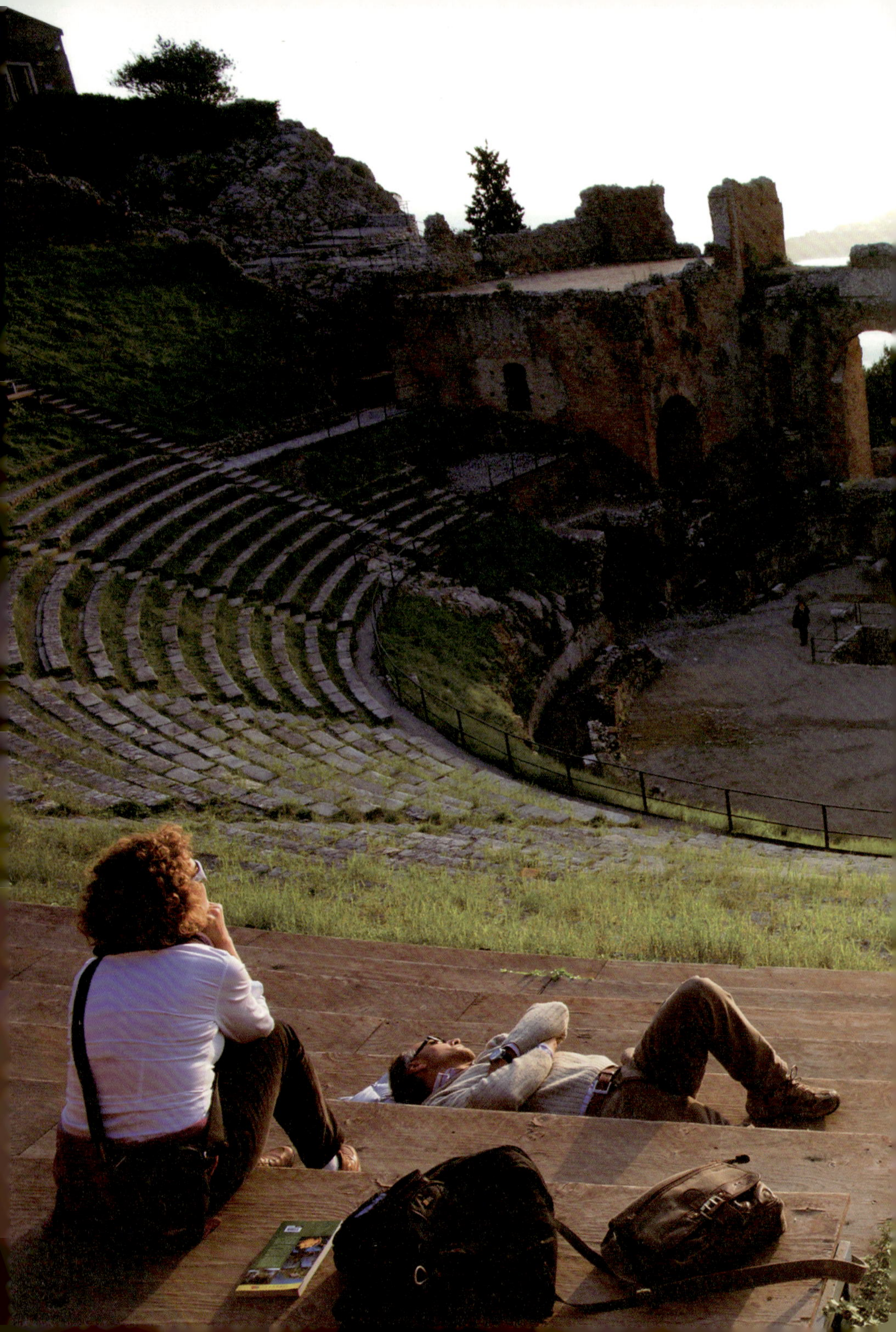

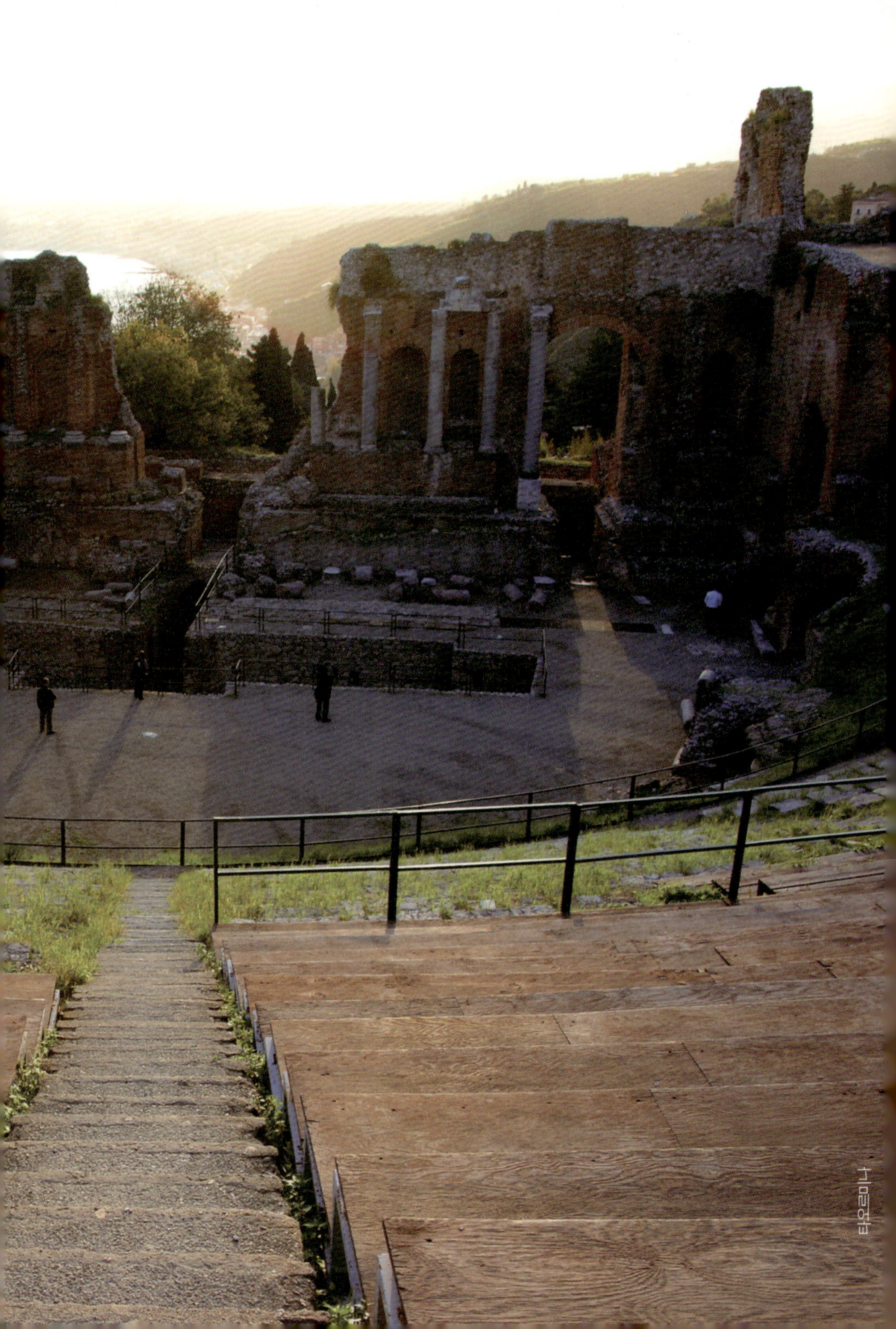

타오르미나

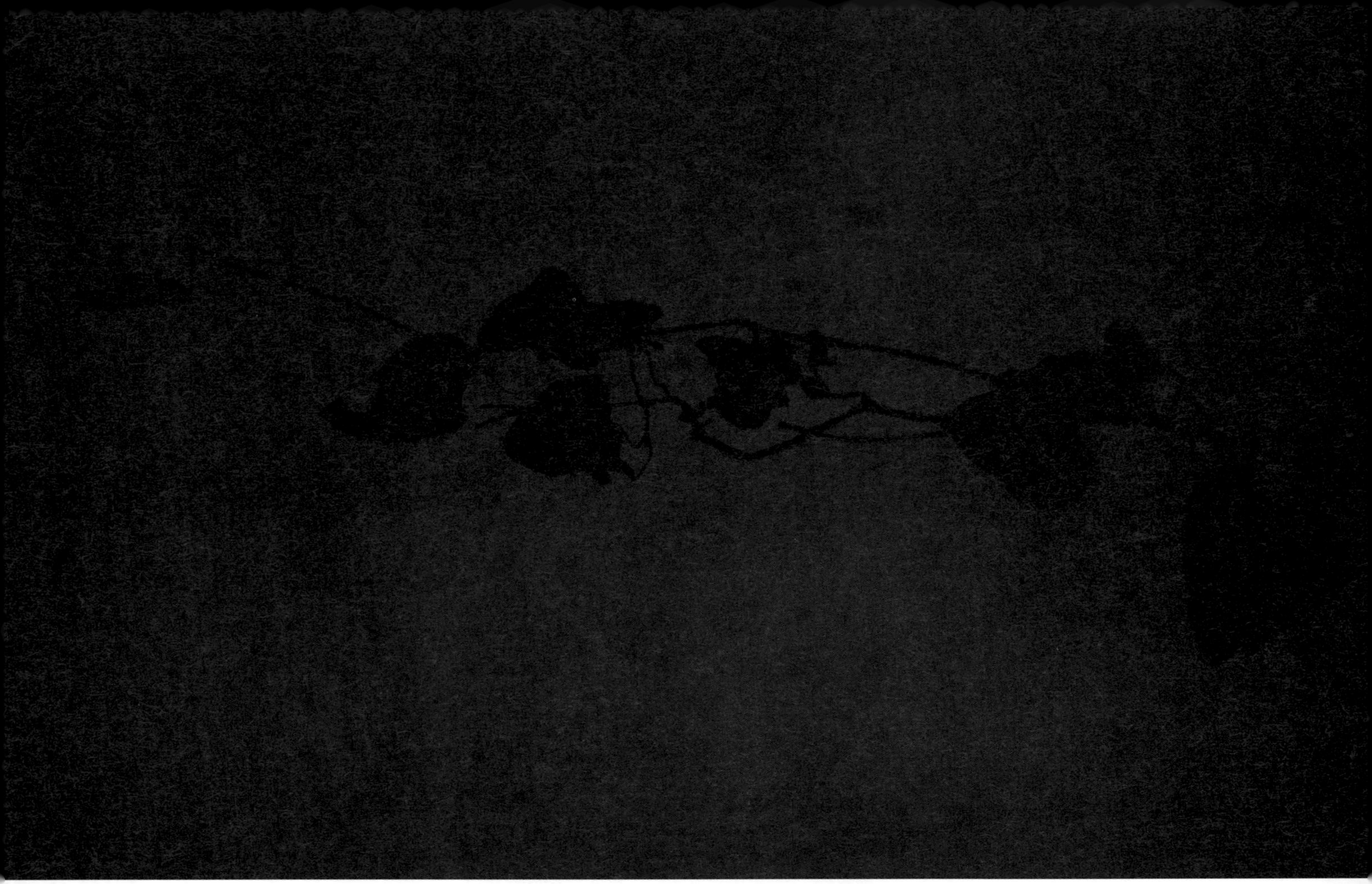

타오르미나

Nessuno Di Voi / Milva

Nessuno di voi mi parla di lui
mi dicceva verita'
Che serve ormai la vostra pieta
se niente mi restera'
Se uno di voi ha amato cosi
allora mi capira' — capira' — capira' —

Se mi ascolti amore mio
torna da me qui da me
io ti voglio troppo bene
e non vivrei senza te.

Non piango per me,
io piango per lui
nessuno lo capira' come me

Nessuno di voi, Nessuno di voi
mi dice la verita'
Se un'altra e' con lui
che importa!
Io so che poi lo perdonero'

Dove sei? Con chi sei?
Se mi ascolti amore mio
torna da me qui da me
Io ti voglio troppo bene
e non vivrei senza te.

Non piango per me,
io piango per lui
nessuno lo capira' come me

Se mi ascolti amore mio
torna da me qui da me
io ti voglio troppo bene
e non vivrei Senza te.
Non vivrei Senza te.
Senza te….

L'immensita / Milva

Io son sicuro che
per ogni goccia
Per ogni goccia che cadra
Un nuovo fiore nascera
Ee su quel fiore una farfalla volera

Io son sicuro che
In questa grande immensita
Qualcuno pensa un poco a me
E non mi scordera

si io lo so
Tutta la vita sempre solo non saro
Un giorno trovero
Un po' d'amore anche per me
Per me che sono nullita
Nell'immensita

Nell'immensita
si io lo so
Tutta la vita sempre solo non saro
E un giorno io sapro
D'essere un piccolo pensiero
Nella piu grande immensita
Di quel cielo
nell'immensita
nell'immensita

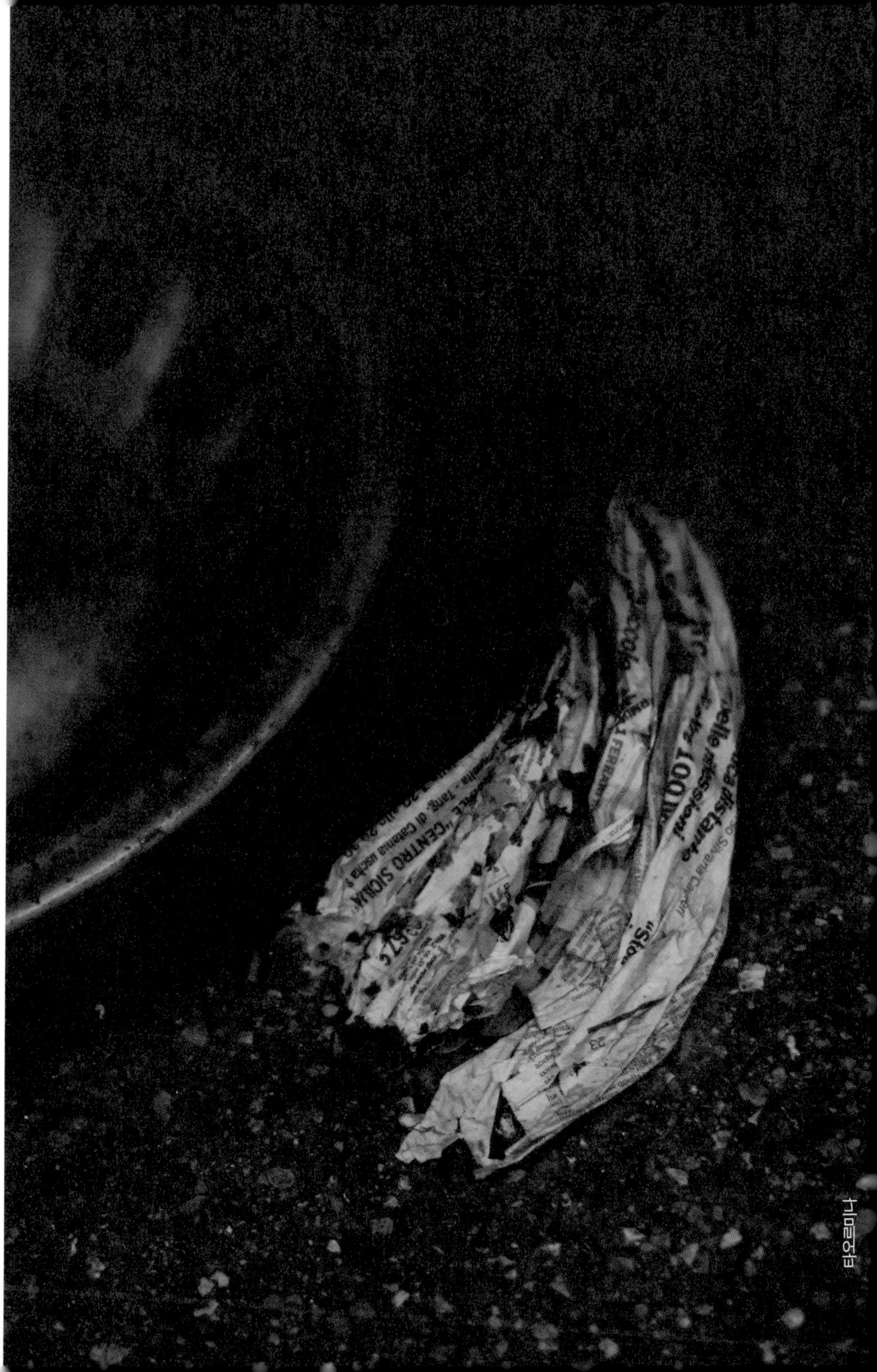

타오르미나

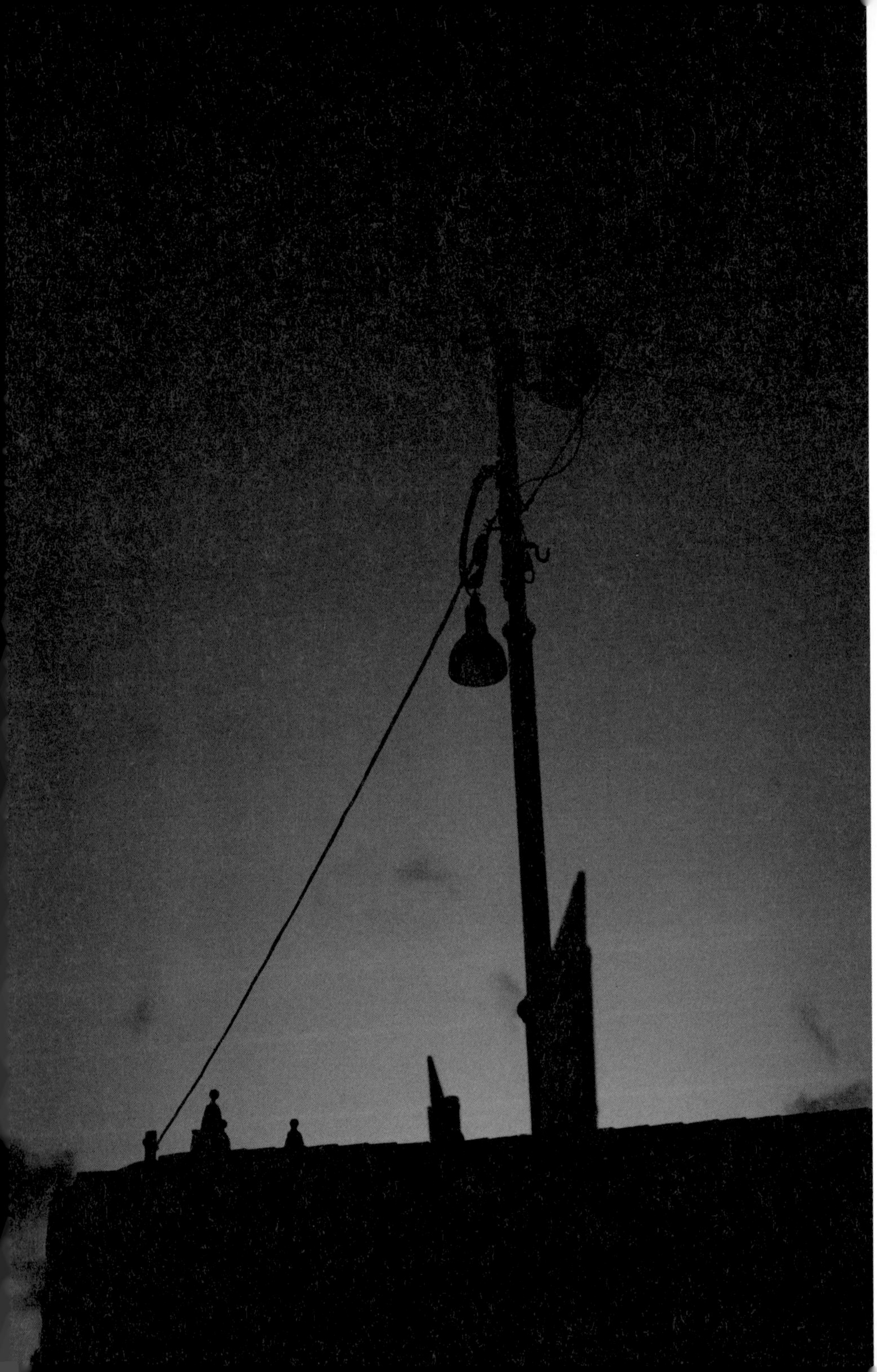

엔나행 120번 국도

엔나, 영화 〈대부〉의 영혼을 찾아서

엔나(Enna). 시칠리아 정중앙에 위치한 전형적인 시칠리아 산악도시. 해발 870미터의 높은 산 구릉에 자리한 농업의 요충지이자 교통의 요충지이다. 높은 위치에 있기 때문에 안개가 자주 껴 안개도시라 불리기도 한다.

이제 나는 이 길을 향해 달린다. 시칠리아 정중앙 험준한 산악을 돌고 가히 도시와 차단되었을 순수한 산골도시를 지나고 양치기 목동만 걸어가는 비포장도로를 관통한다는 타오르미나 - 엔나 120번 국도를 오래전 나는 〈대부의 길〉이라 명명했다.

그러니까 〈대부 2〉 편에서 돈 콜레오네가의 마이클이 아버지의 복수를 결행하고 시칠리아 산악 산골 마을로 피신한 시칠리아 풍경을 나는 엔나를 향하는 120번 국도상에서 볼 것이라 믿었다. 120번 국도는 그런 나의 기대를 저버리지 않고 시칠리아를 처음 기억시키고 영원히 시칠리아 풍경에 매료되게 했던 대부의 영혼 같은 풍경을 보게 했다.

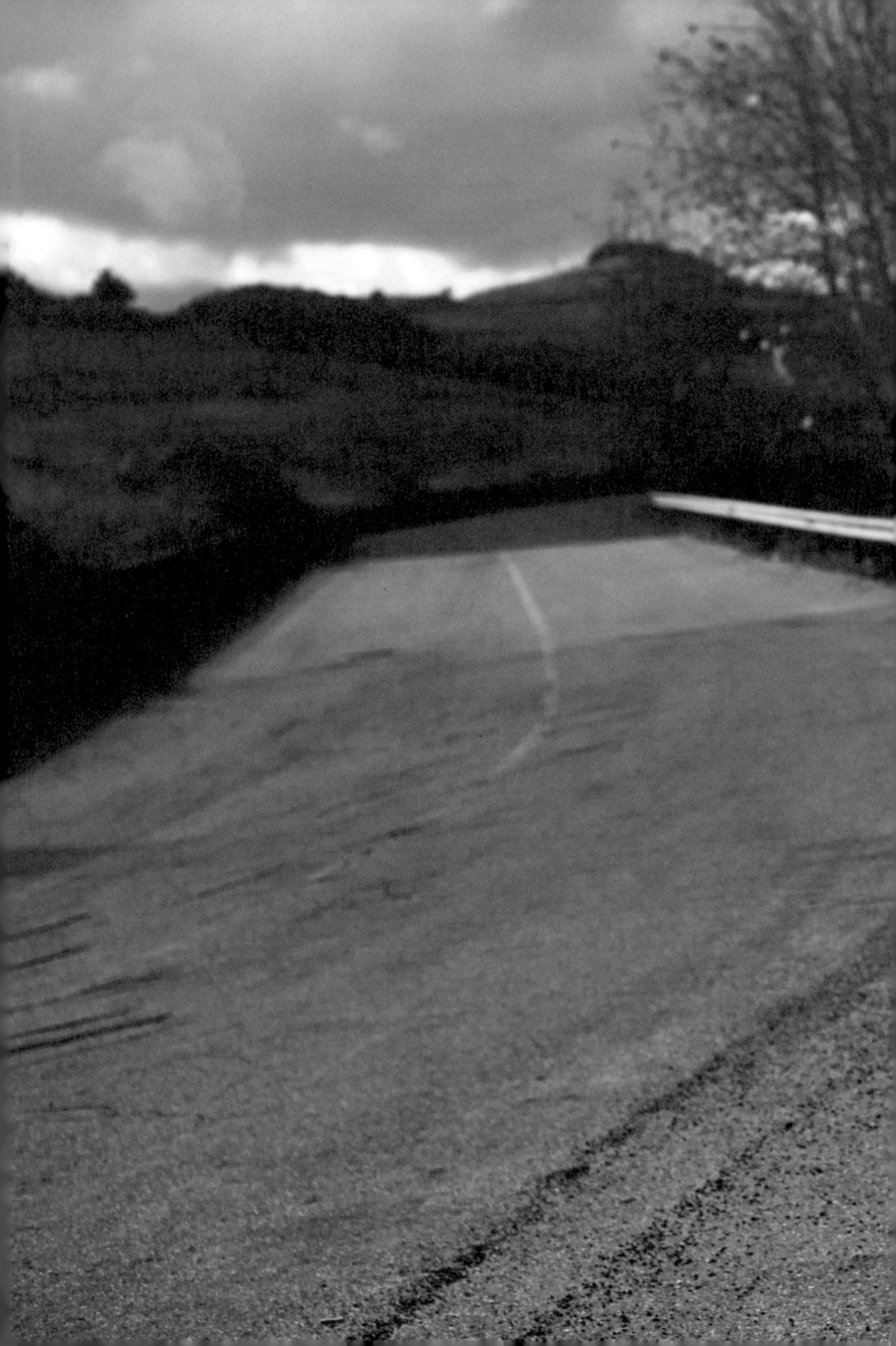

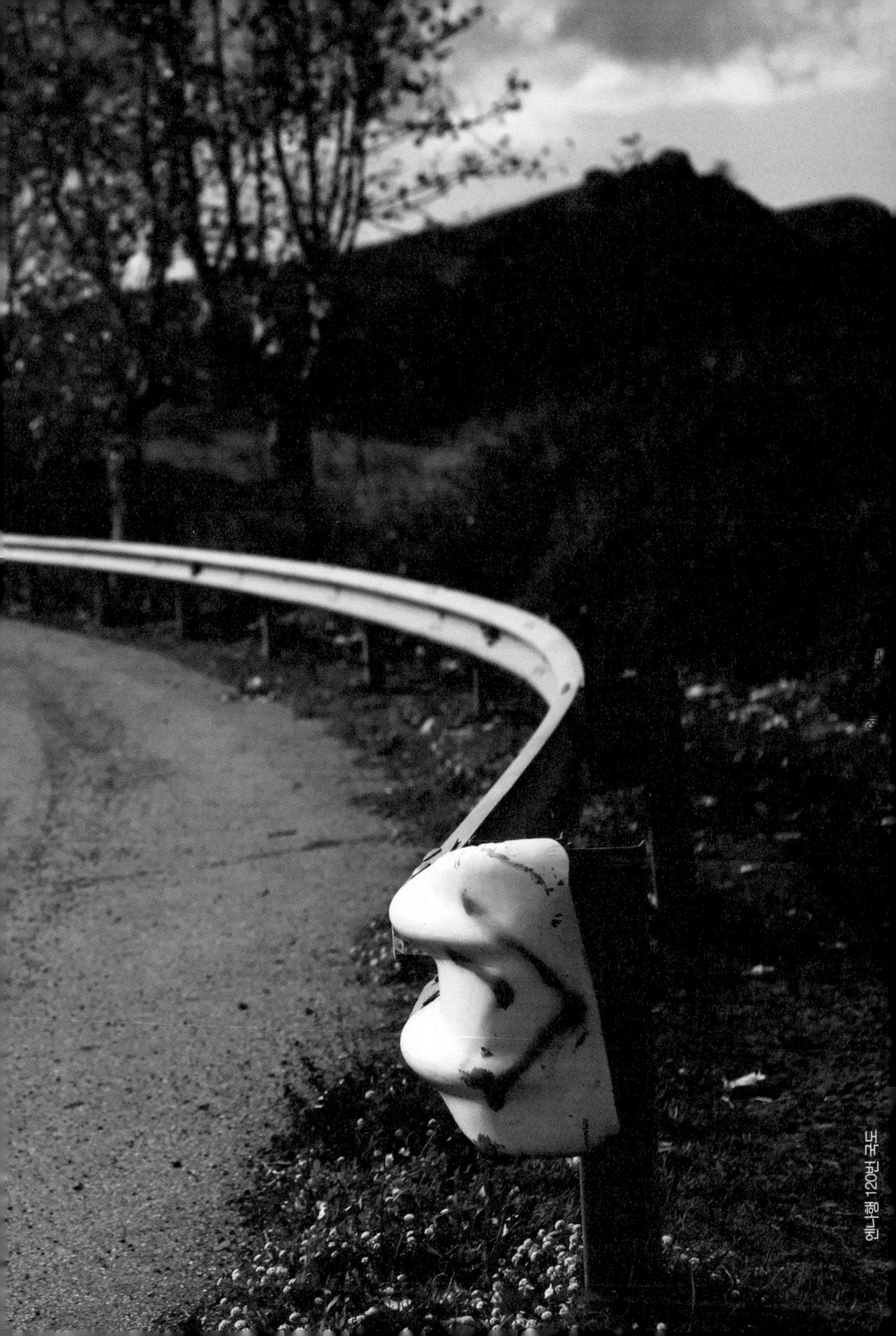

엔나행 120번 국도

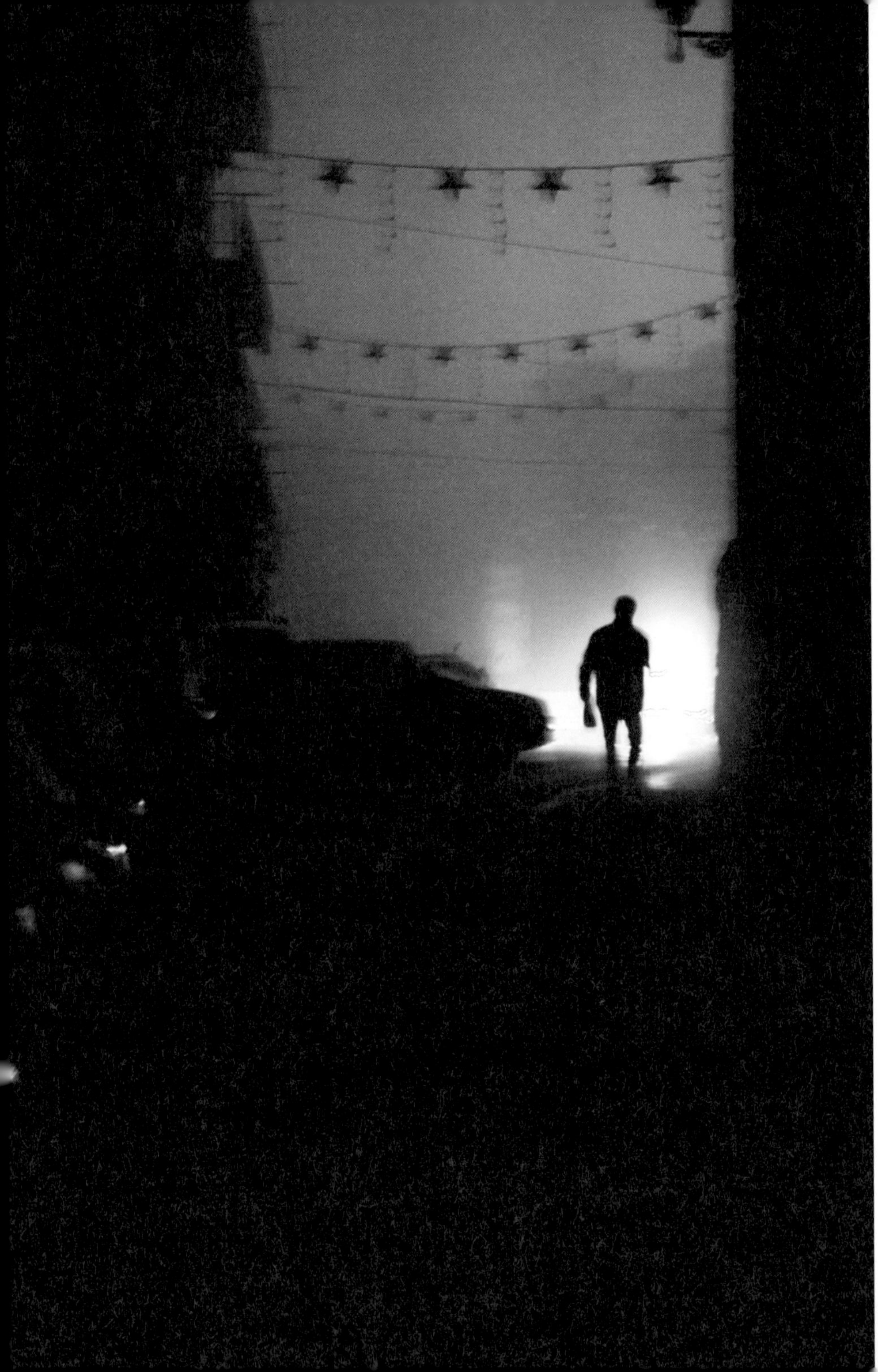

엔나

엔나, 영화 같은 안개 마을

눈과 비와 달리 안개는 좀처럼 대면하기 어렵다. 또 대면한다 하더라도 사진적으로 매력적이기는 힘들다. 영화의 예를 보듯이 비와 눈과 달리 안개는 상황이 있다. 안개 자체만 가지고는 어렵기 때문에 도시적 코드가 따른다. 프랑스 영화, 30-40년대 미국영화, 전후 이태리 영화에서 안개는 전적으로 도시성과 연계된 스토리텔링의 모습이다. 우리나라 〈무진기행〉과는 아주 동떨어진 모습을 하고 있다. 그래서 영화 속에서 안개는 자동차, 가로등, 보도블록, 그림자, 뒷골목 여관, 카페 혹은 극장이나 성당의 계단, 광장이다.

800미터급 높은 봉우리에 자리 잡고 있는 엔나의 안개를 예상했지만 이토록 진하고, 예측 불가능하고, 길가에 오래 서성거릴지는 몰랐다. 새벽 5시에 호텔을 나와 안개에 빠져들었다. 노출도 나오지 않고 어두워 초점도 못 맞추고 날씨까지 차가워 촬영조건이 꽤 안 좋았다. 그런데 무슨 상관있는가! 안개에 흠뻑 젖어 마음 가는 곳에 그냥 찍었다. F 1.4 표준렌즈에, 감도 400에 맞추고 밝은 불빛을 향하니까 알아서, 내 카메라가 마음을 읽고 떨림 없이 노출부족 없이 정확히 찍어준다. 아침 8시까지 그렇게 나는 엔나의 안개에 젖어 즐거움을 맛본다.

6년 전인가! 지금 안갯속에서 왔다 갔다 하는 조수석 남자와 둘이서 스페인 일주를 했는데, 첫날 첫 도착지 마드리드에서 지독한 안개를 맛보았다. 그때 이후 지독한 안개는 두 번째이다. 그러고 보니 저 조수석 남자, 안개를 부리는 뭐가 있나 보다. 안개를 너무 좋아한다.

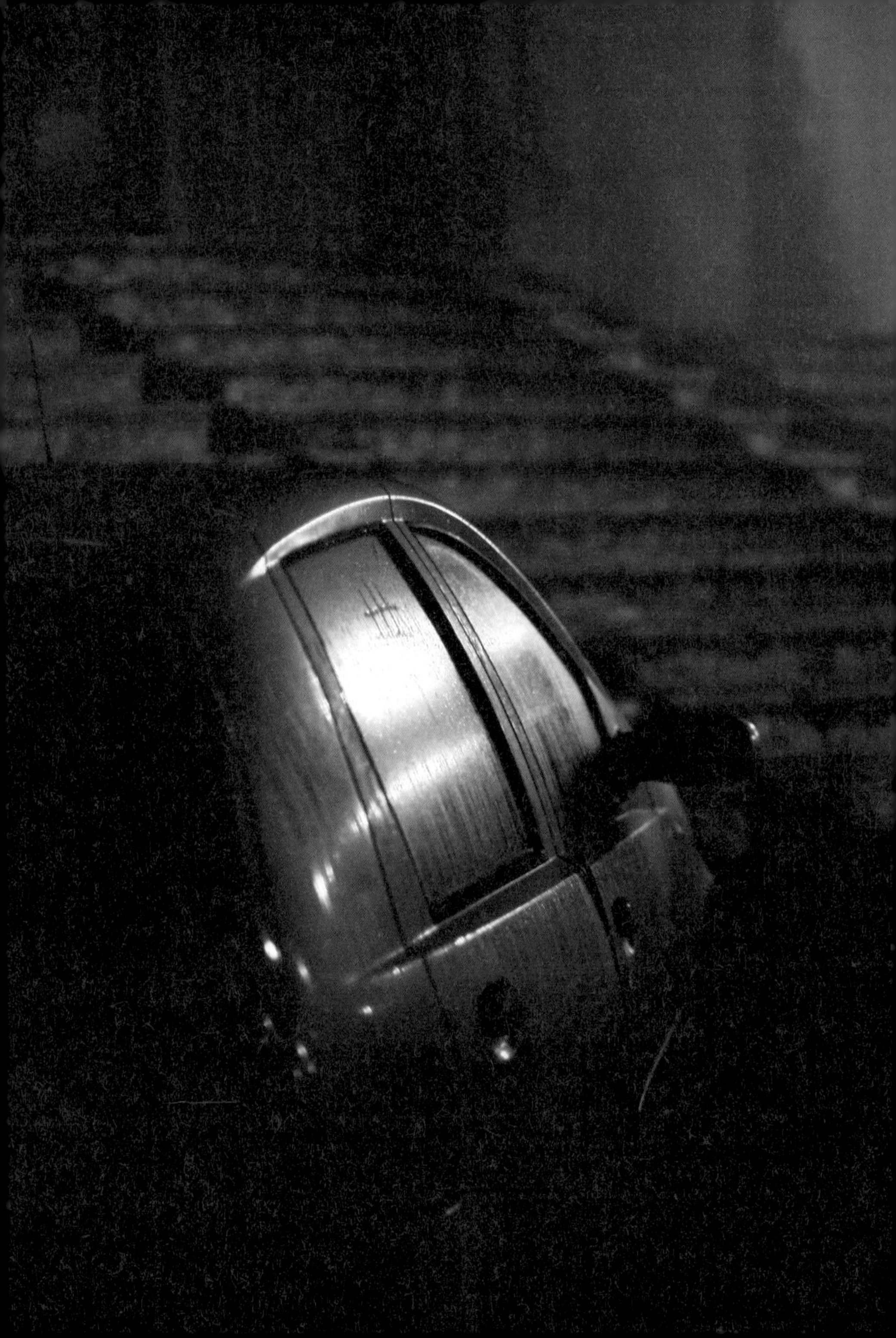

안개

song of sky

눈이 마음을 앞설 수 있을까.
마음 없는 눈은 감정 없는 눈물과 같다.
모든 표현은 마음 따라서 온다.

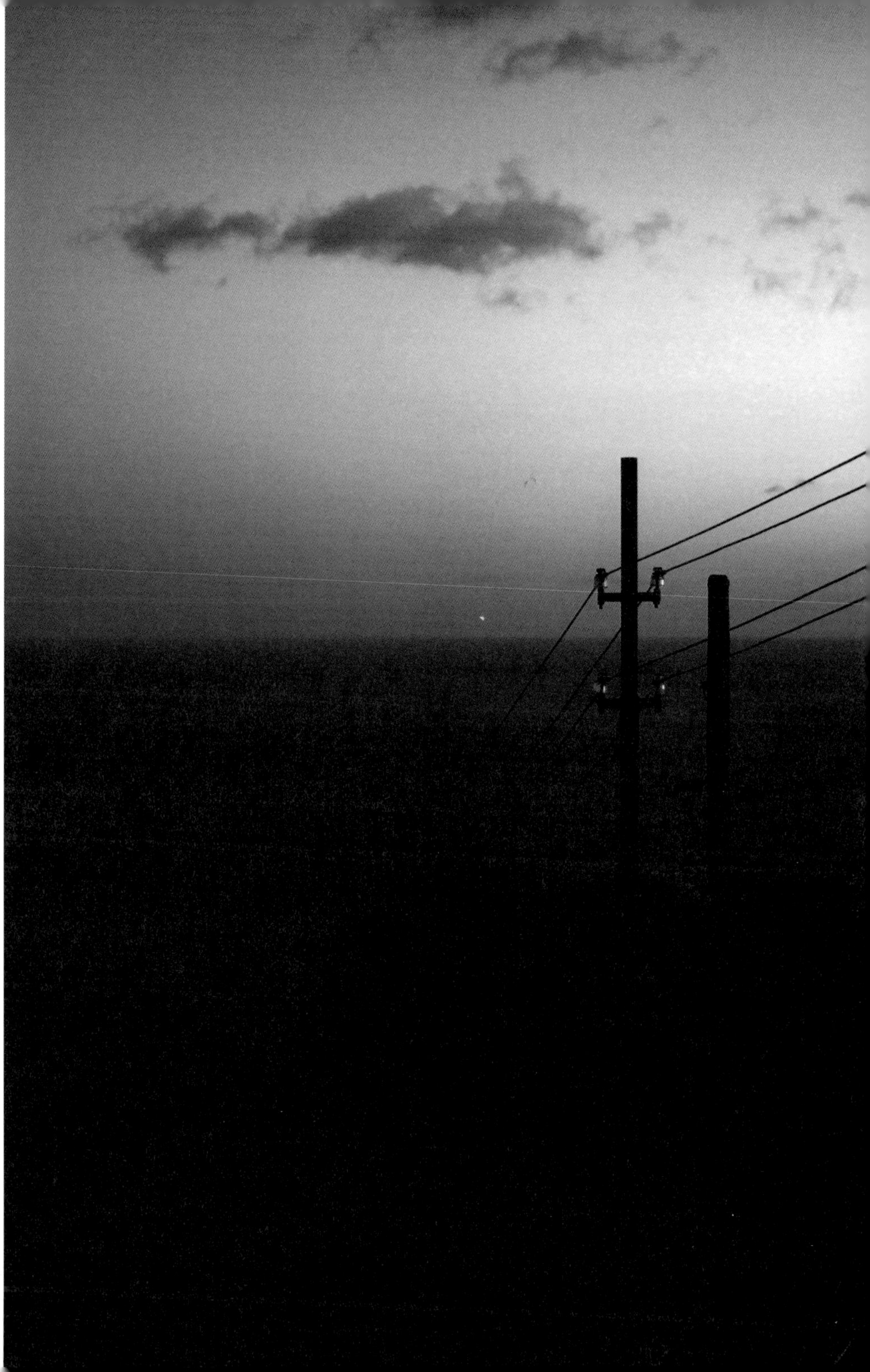

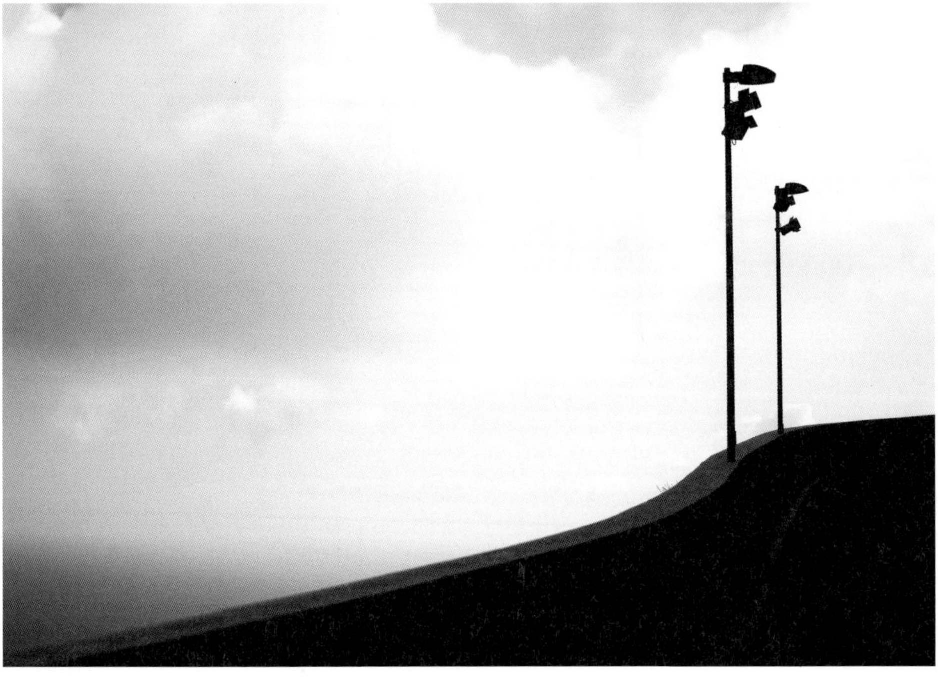

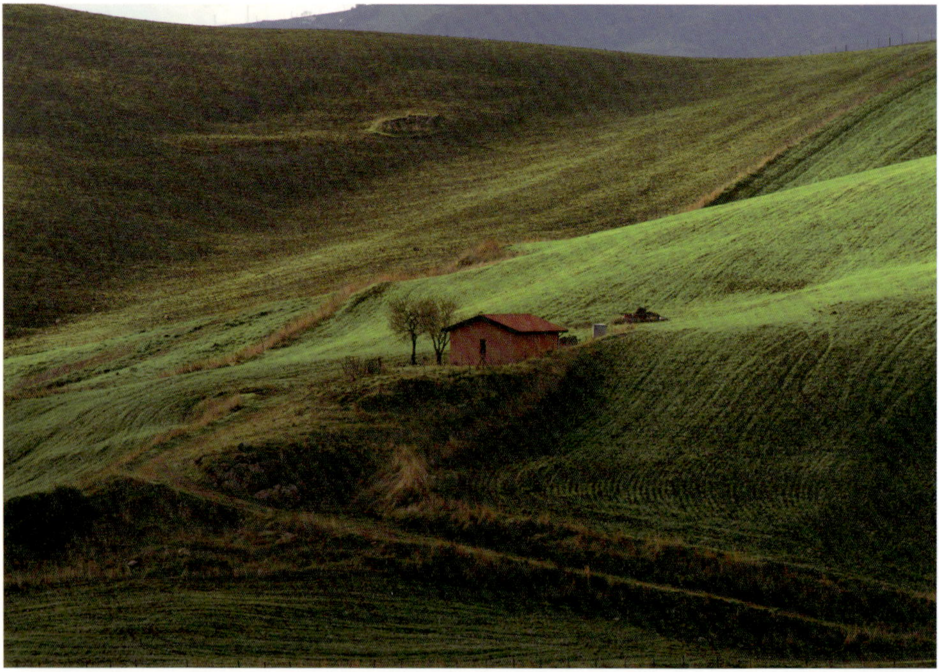

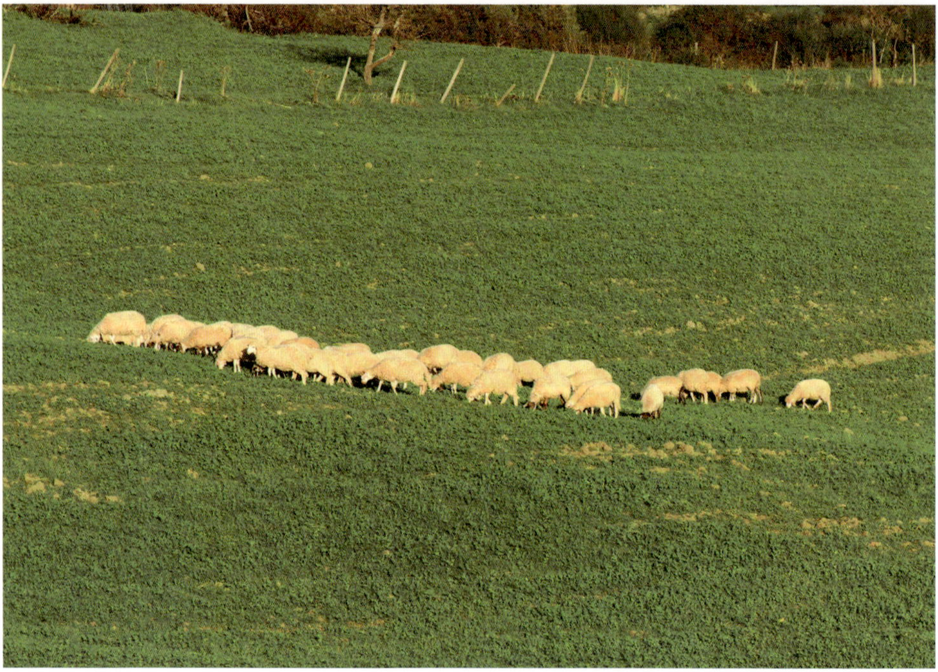

마음이 영혼을 뒤에 둘 수 있을까.

영혼 없는 마음은 심장 없는 연민과 같다. 모든 감정은 영혼 따라서 온다.

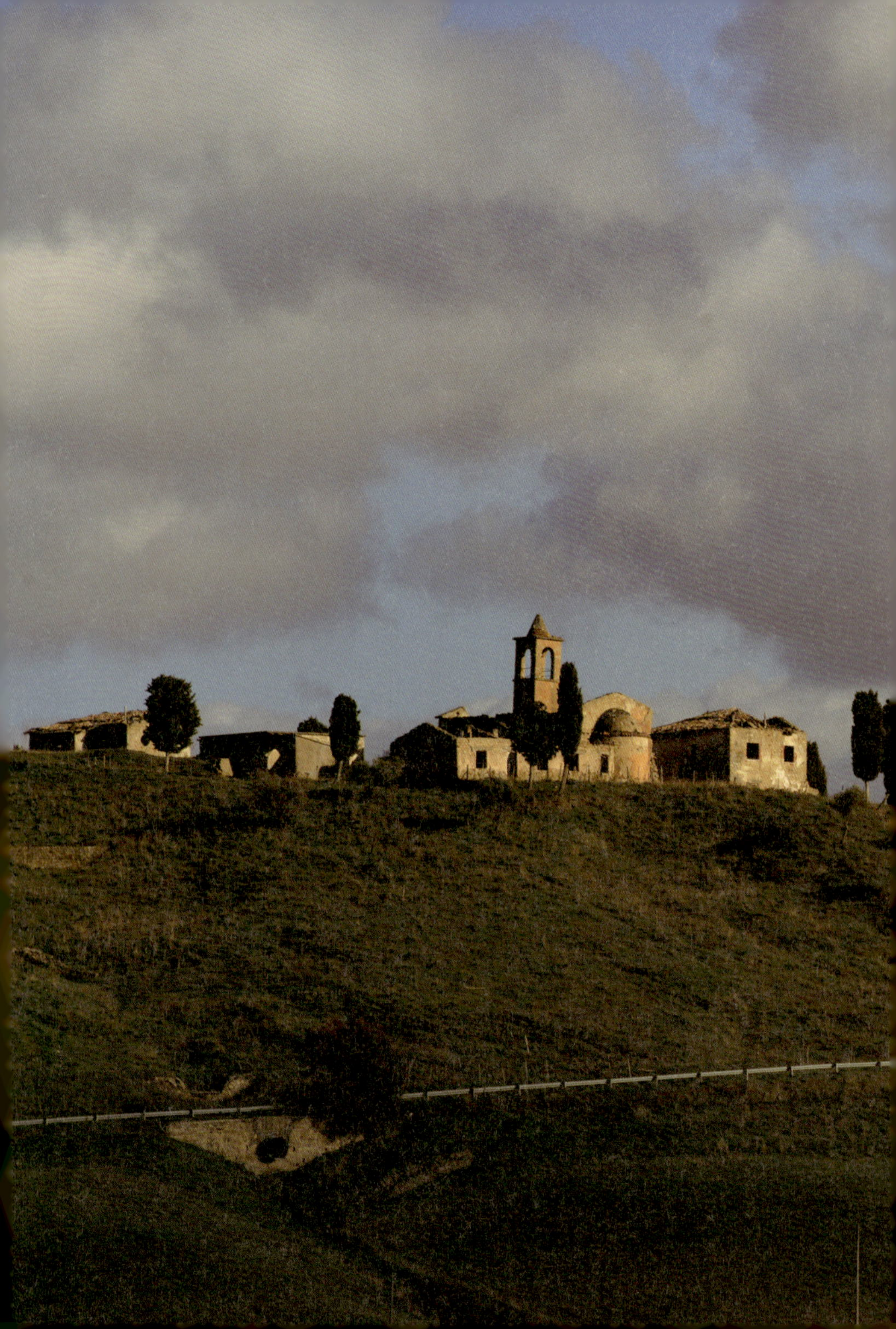

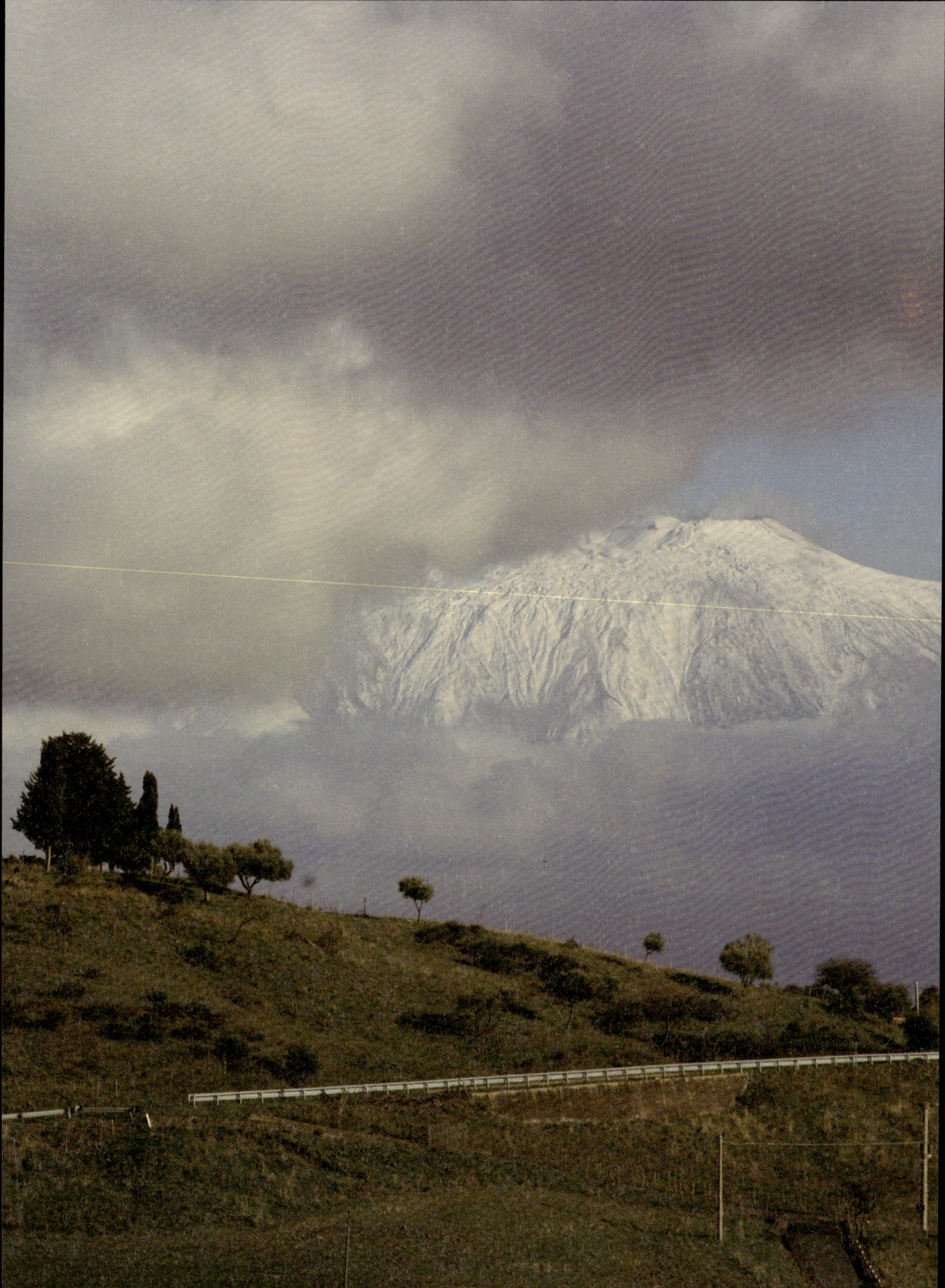

엔나의 마지막 잔영

어떤 분이 말한다. "사진에 자동차가 참 많은 것 같아요."
이렇게 대답한다. "길을 찍다 보니 자동차가 많은 것 같아요."

그러나 곱씹어 돌아보면 길의 인생과 자동차의 인생은 구별된다. 서로 의존하는 사이, 안고 보내고 죽이는 사이지만 각자 운명이다. 홀로 외로운 것도 마찬가지고 어느덧 버림받고 사라지는 것도 같다. 분명 길이 좋아서 길을 찍다 보니 자동차가 찍힌 것이겠지만 한순간도 존재감 없이 바라본 적 없고 삶을 돌이키지 않은 적 없다.

어느덧 8시가 되고 거리에 사람이 나타나고 학생들이 학교에 가는 시간이 되어도 엔나의 안개는 좀처럼 사라질 기미가 보이지 않는다. 조수석 남자가 멋진 카페를 발견하고는 은근 모닝커피를 제의한다. 시칠리아 커피...? 그래 사실 이곳에 와서 제대로 마신 적 없었지... 몸도 녹일 겸, 기분도 추스를 겸, 모처럼 아침 촬영에 카페에 들른다. 한 잔의 커피를 창가 탁자에 놓고 거리의 자동차를 물끄러미 본다.

그래... 또 떠날 시간이지... 떠나야 하는 시간이야...

커피가 식을 쯤엔. 언덕 위 가장 높은 곳 롬바르디아 성에 들러 안개에 잠긴 엔나를 보고 조수석 남자의 등을 떠밀다시피 엔나를 떠난다. 바다가 그립다면서.

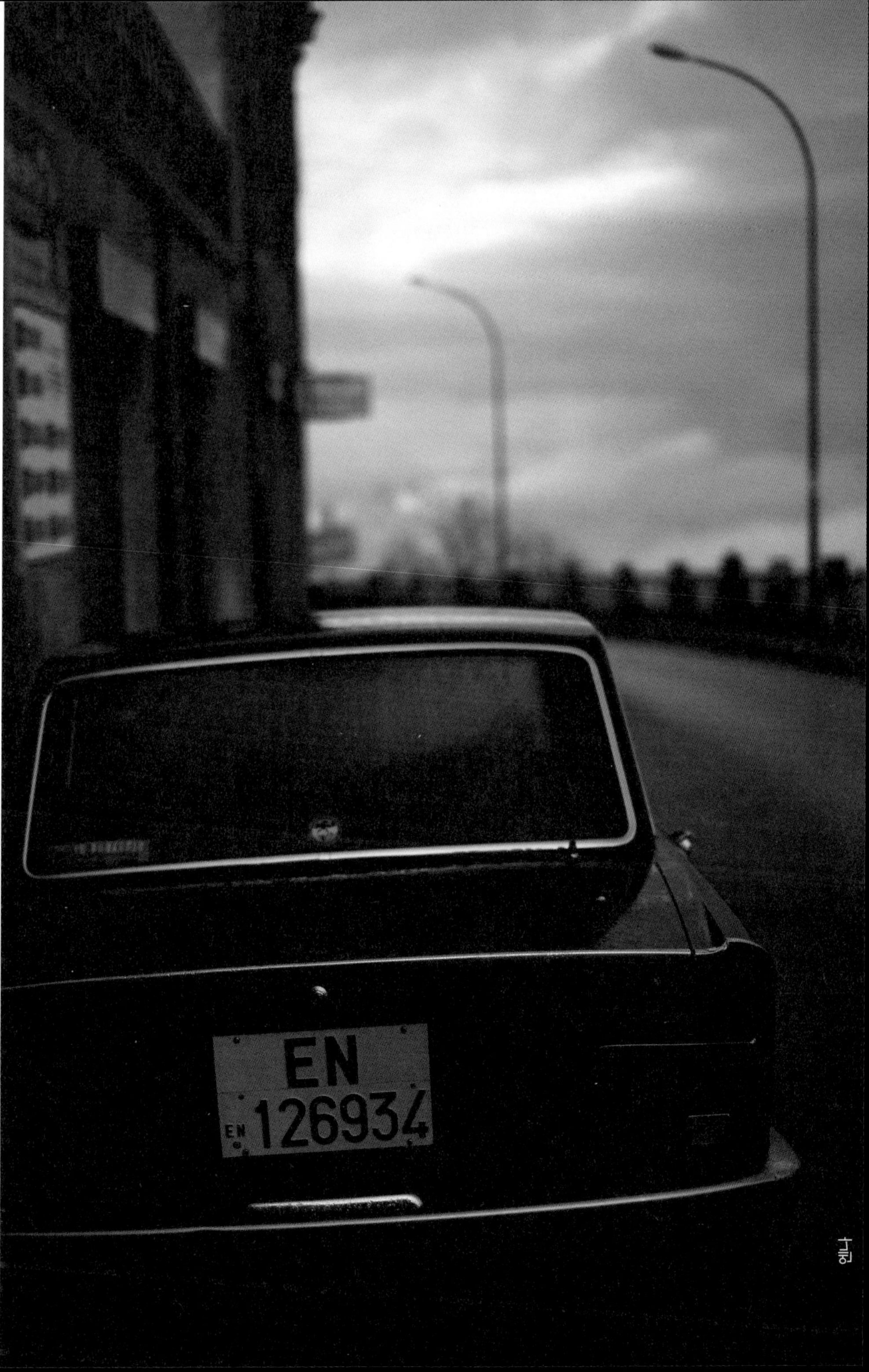
EN
EN 126934
엔나

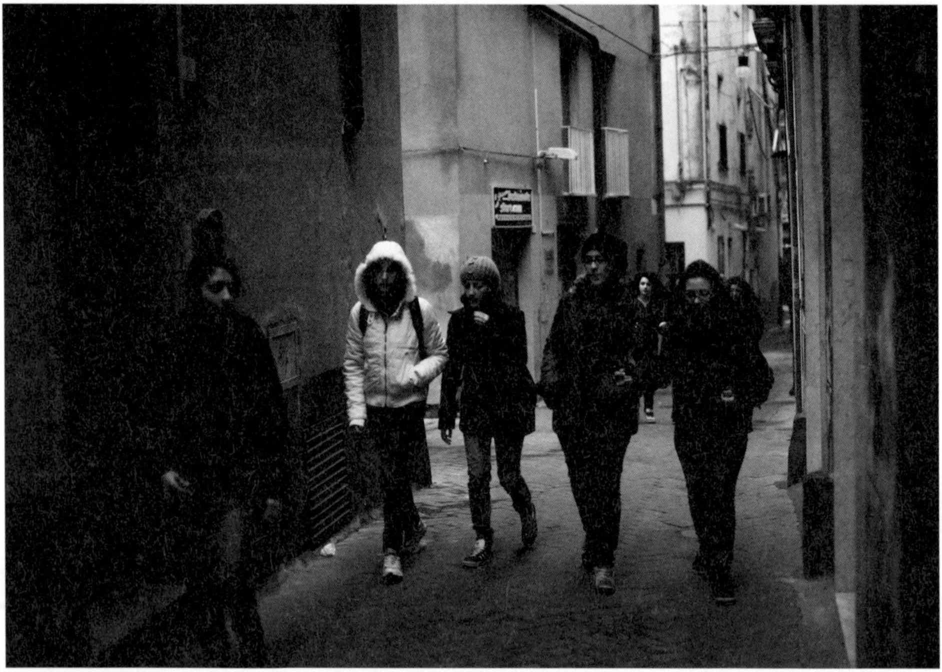

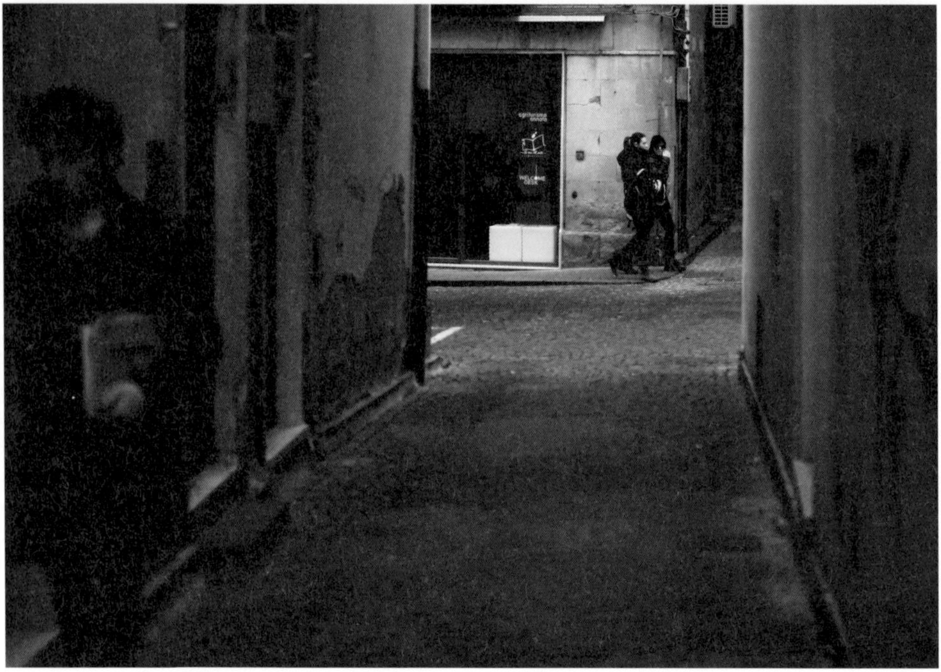

엔나

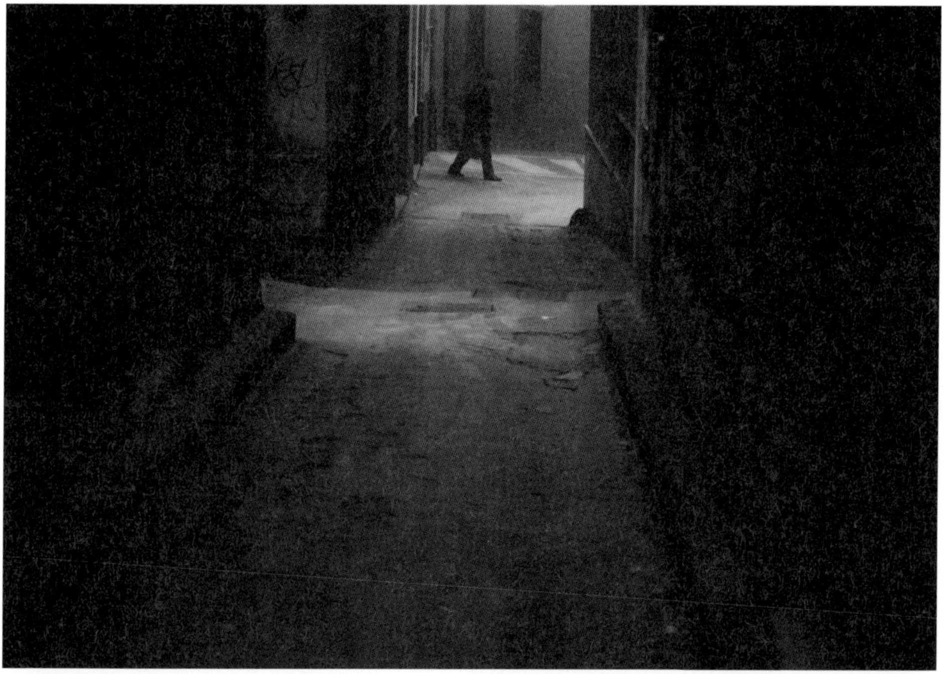

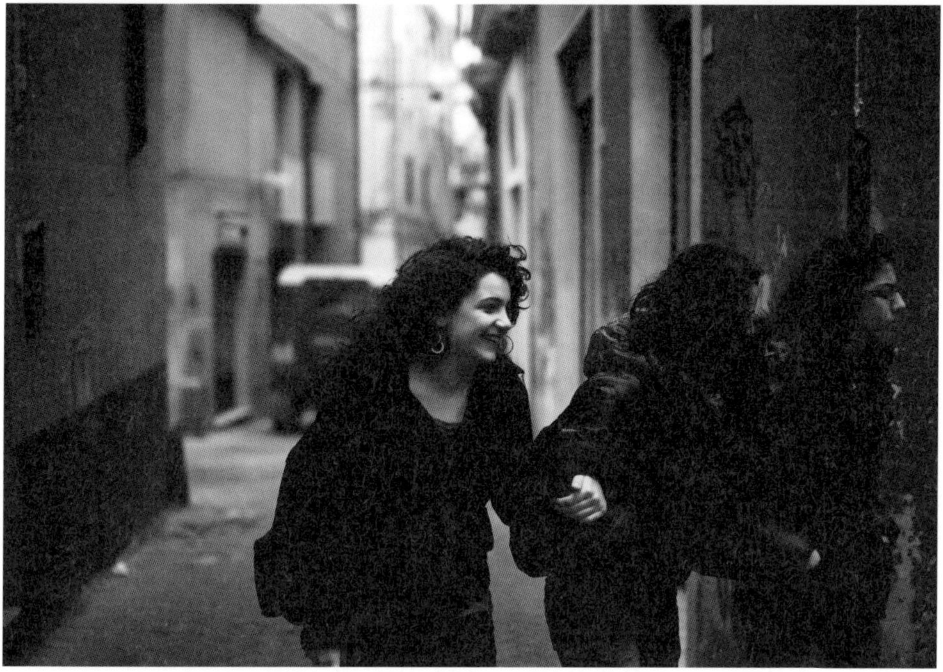

엔나

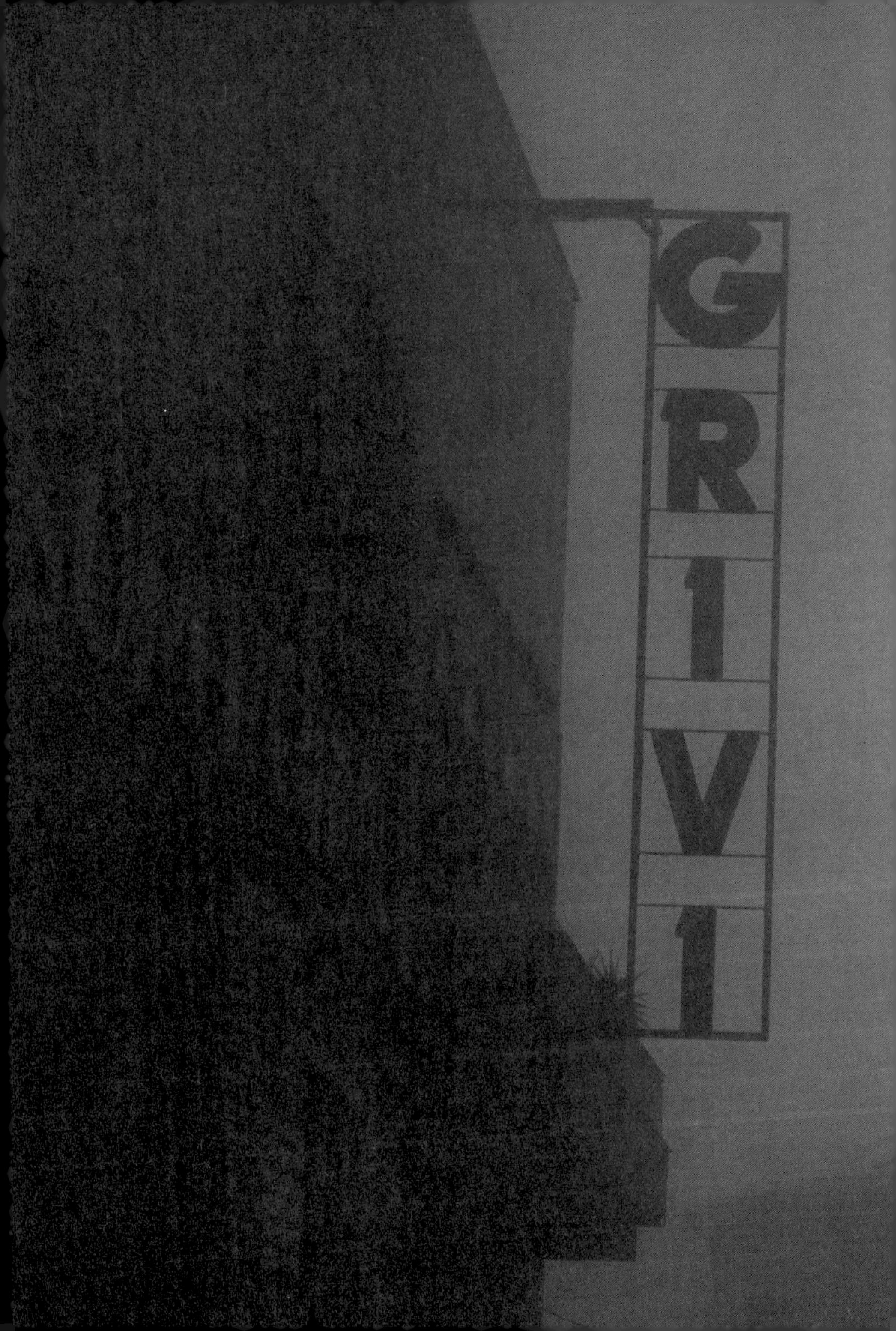
GRIVI

능

엔나를 떠나며

바다를 향해 떠나간다. 떠나는 것은 슬픈 일이다. 정든 것들과 안녕이니까. 짧은 시간이었을 것이나 가슴 깊이 안개를 새긴 엔나. 처음으로 떠오르는 태양 빛에 수줍어하는 마지막 엔나의 안개를 보면서 질주한다.

g o o d b y e

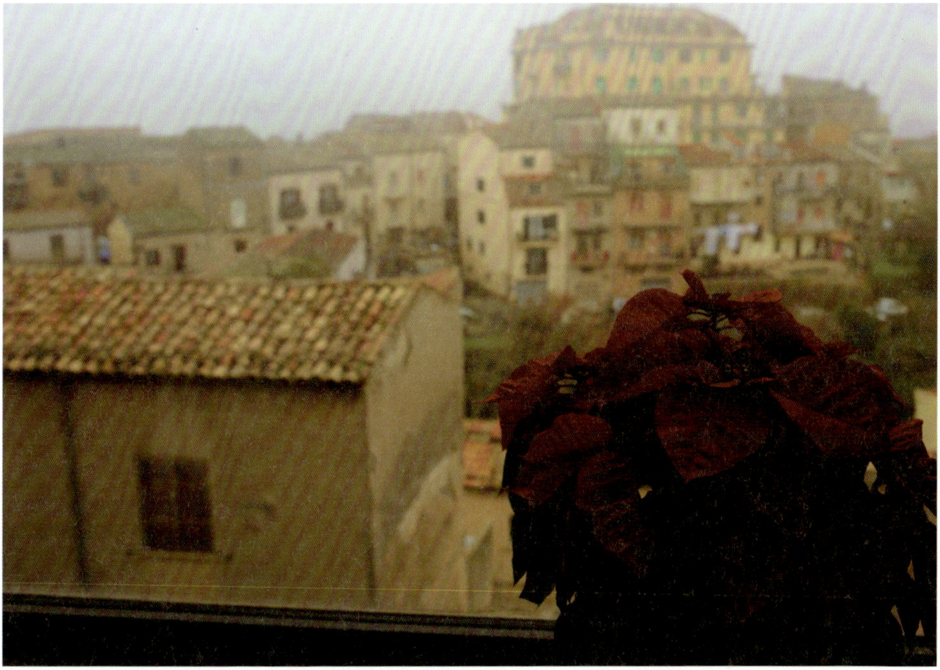

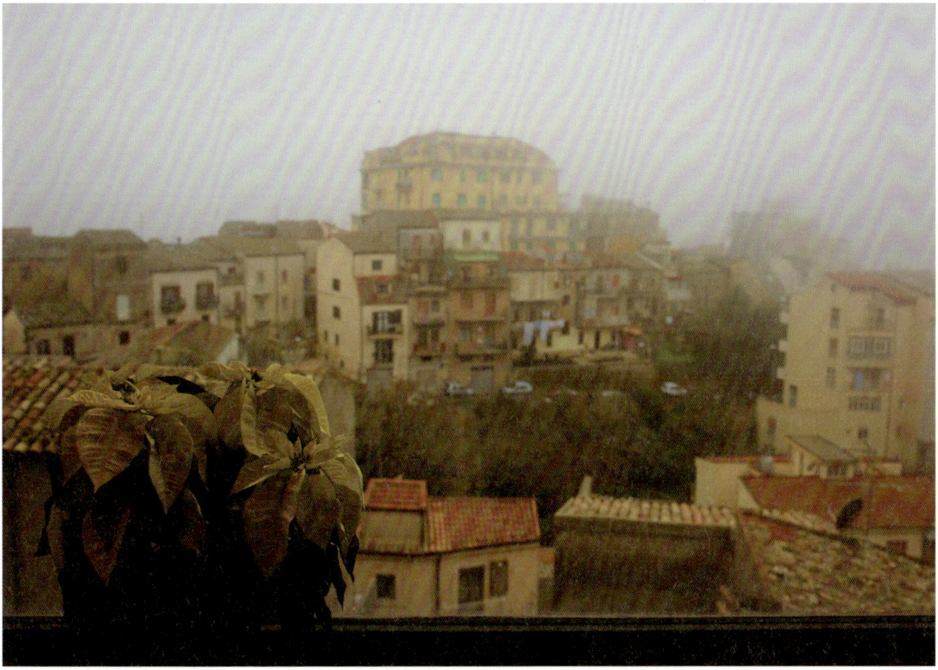

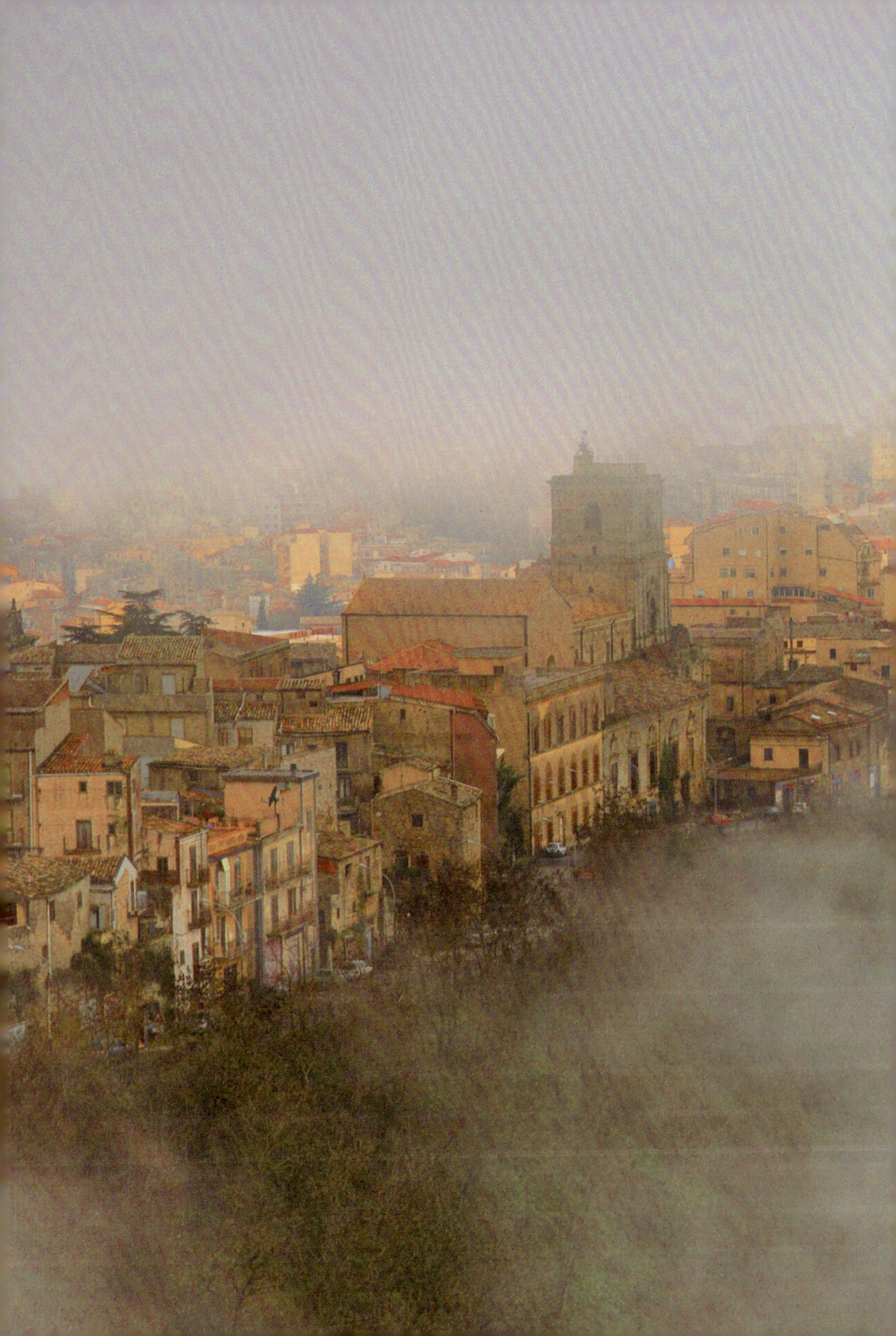

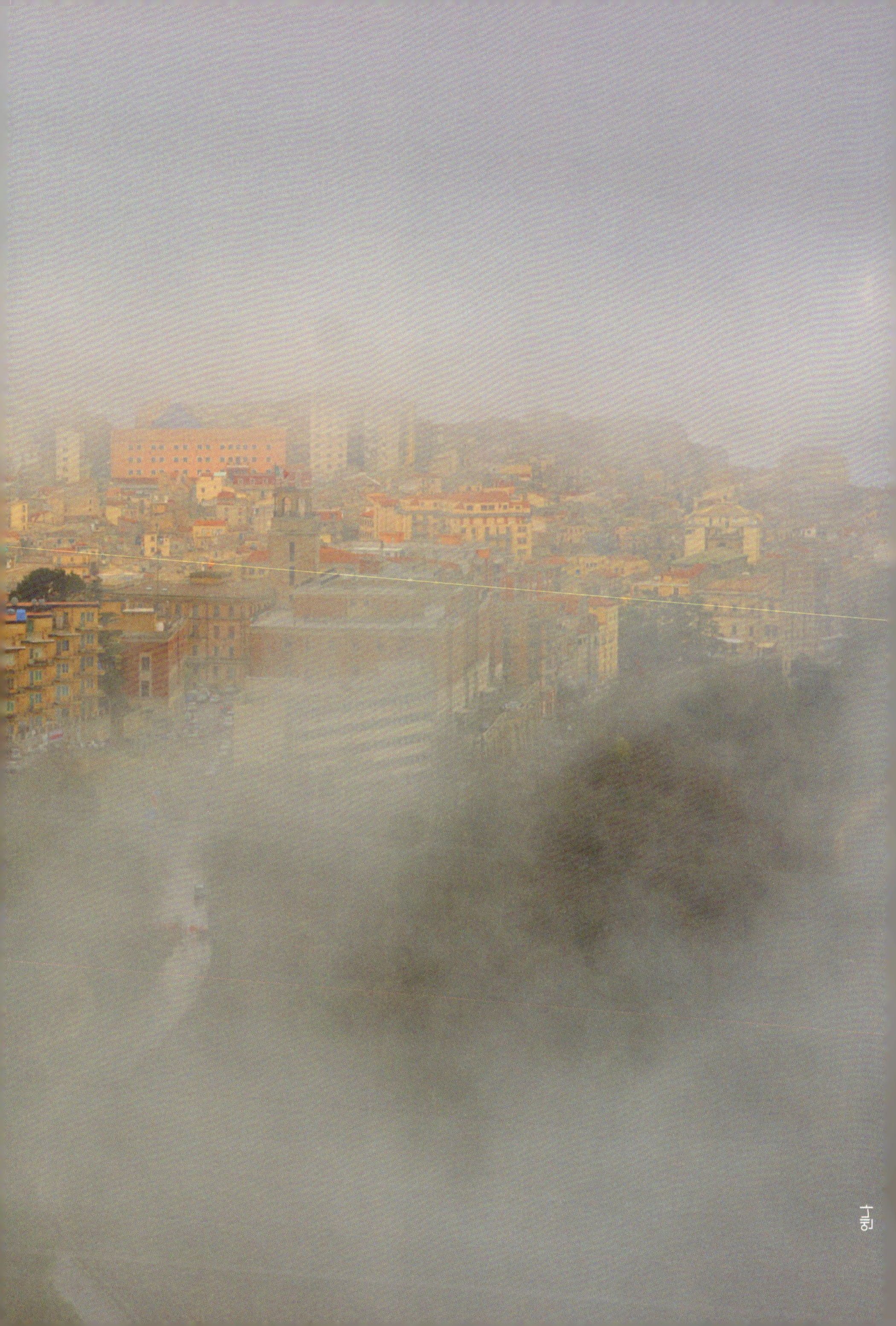

시아카(Sciacca) 가는 길, 상처 없는 영혼

때론 산은 바다를 꿈꾸고 바다는 때론 산을 꿈꾼다. 때론 천국은 지옥을 꿈꾸고 지옥도 때론 천국을 꿈꾼다. 인간도, 길도 살아가는 동안 마음의 부침이 심하다. 미웠던 사람이 대번에 좋아질리 없고 좋았던 사람이 대번에 미워질리 없지만 살아가다 보면 비켜서고 싶다. 엔나를 떠날 때 갑자기 바다가 보고 싶어진 건 그런 것. 잠시 비켜선 마음, 익숙함으로부터 결별 같은 의식이다.

섬에게 바다는 방향 없는 나침반 같다. 어디나 바다. 조수석 남자에게 '그곳' 바다로 가자고 말한다. 그러나 조수석 남자는 '어느 곳' 바다인지 구체적으로 물어온다. 하는 수 없이 지도의 한 지점을 '그곳' 바다라고 찍어준다. 애초에 없던 그곳은 여전히 없을 것이고 내일도 없을 것이다. 그런데도 산길을 달리고 들길을 달리고 도시를 관통하여 마침내 알지 못할 그곳, 선창가 도시 시아카에 당도한다.

가는 도중에 이번 여행에서 가장 많은 생각을 한다. 특히 길이 새긴 상처에 대해서... 길의 자국에 대해서... 영화 〈일 포스티노〉에서 시인 네루다가 마리오에게 묻는다. "마리오, 비란 무엇이냐? 네, 비란 하늘의 눈물이지요." 그렇다. 상처 없는 영혼은 없다. 상처 없는 바다는 없다. 하늘도 상처가 있어 눈물을 흘리는데... 밟아줄 때 길인걸.

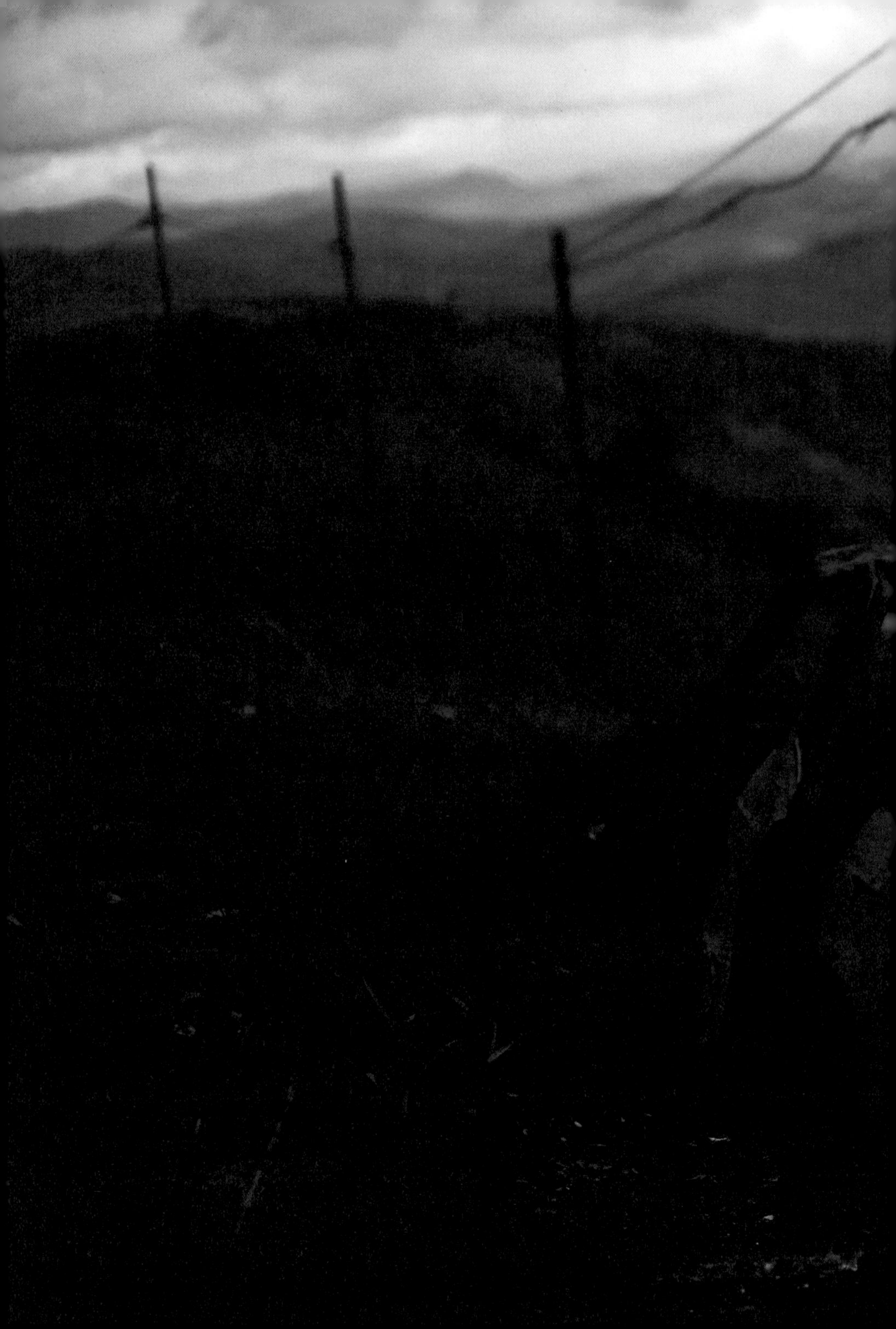

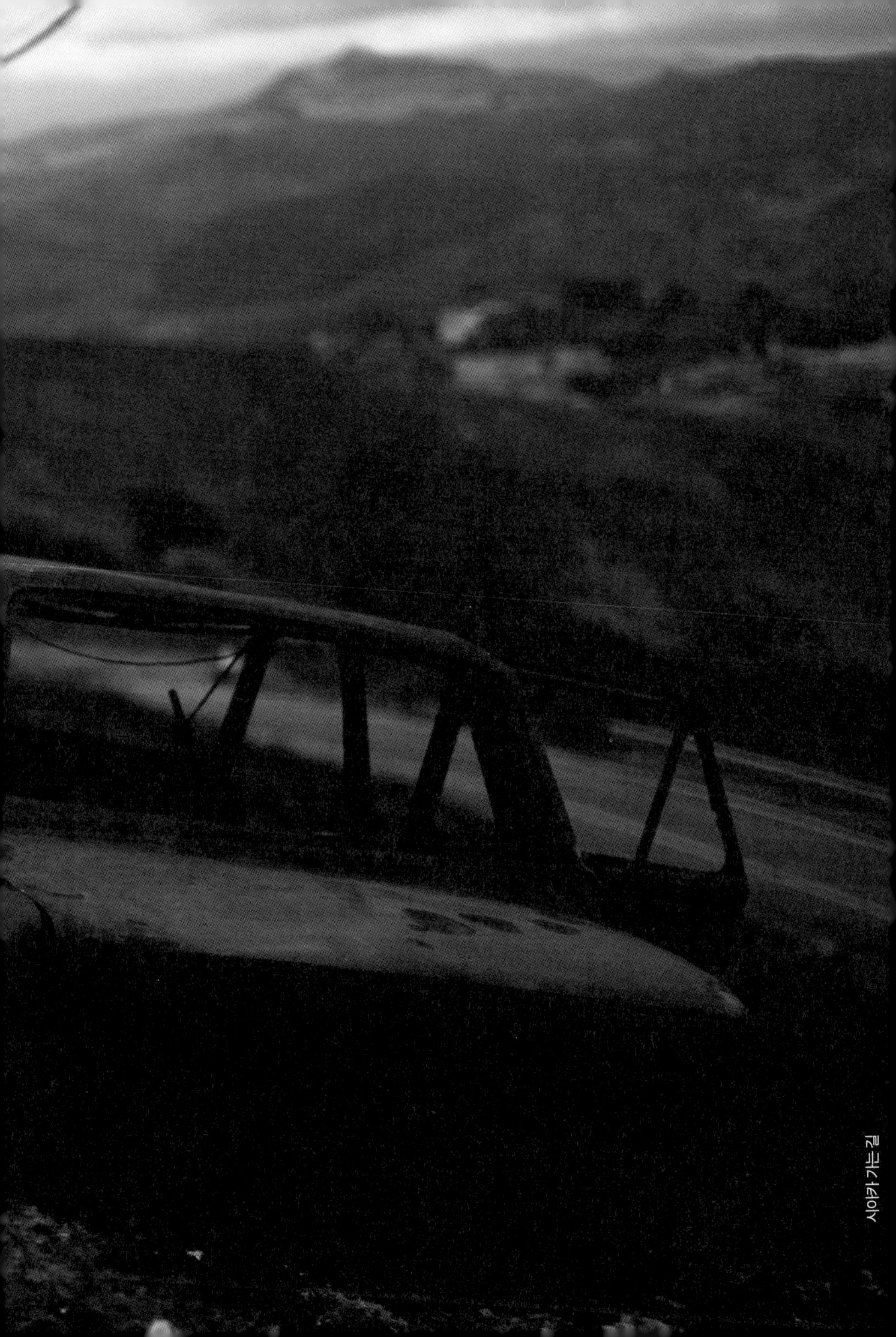

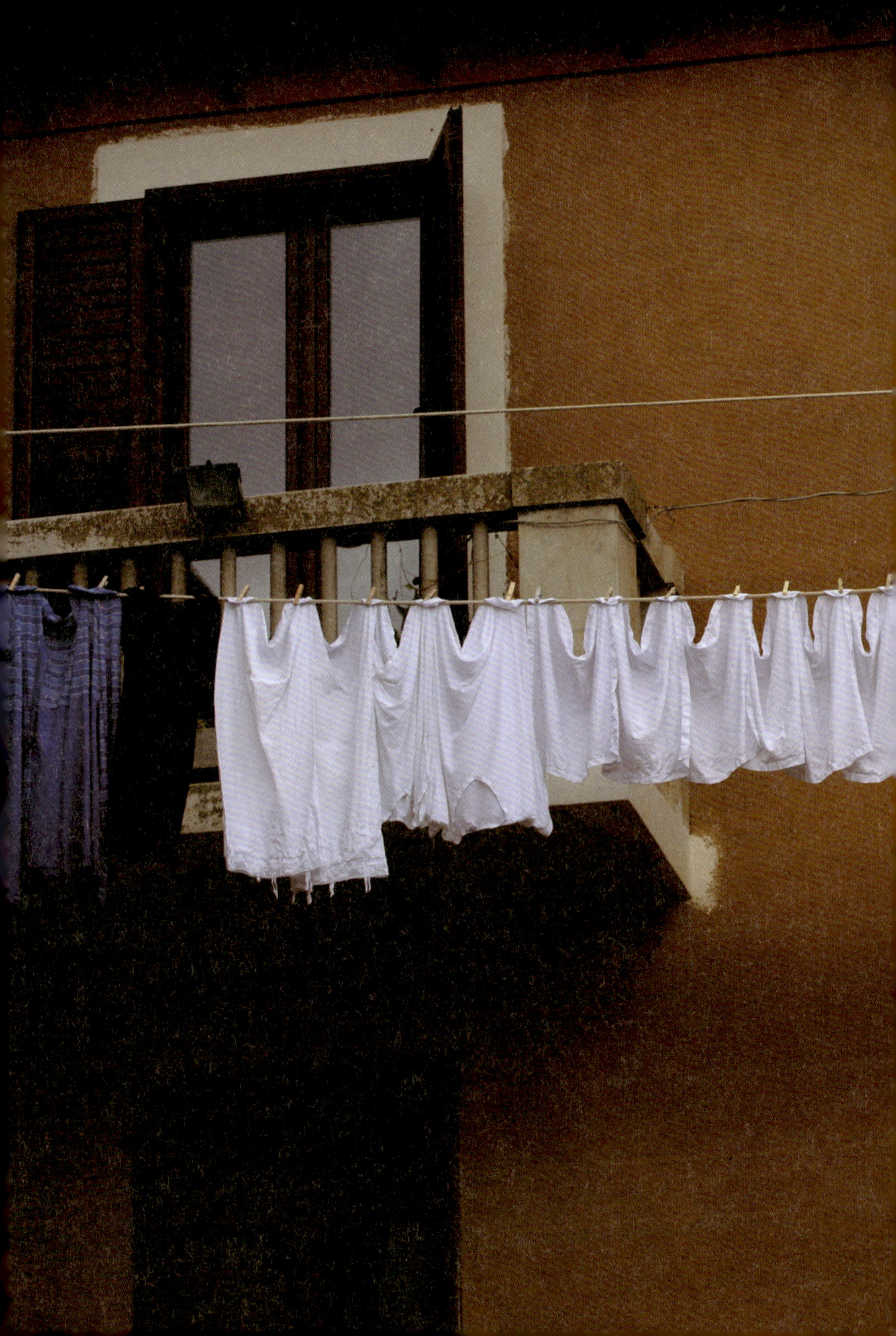

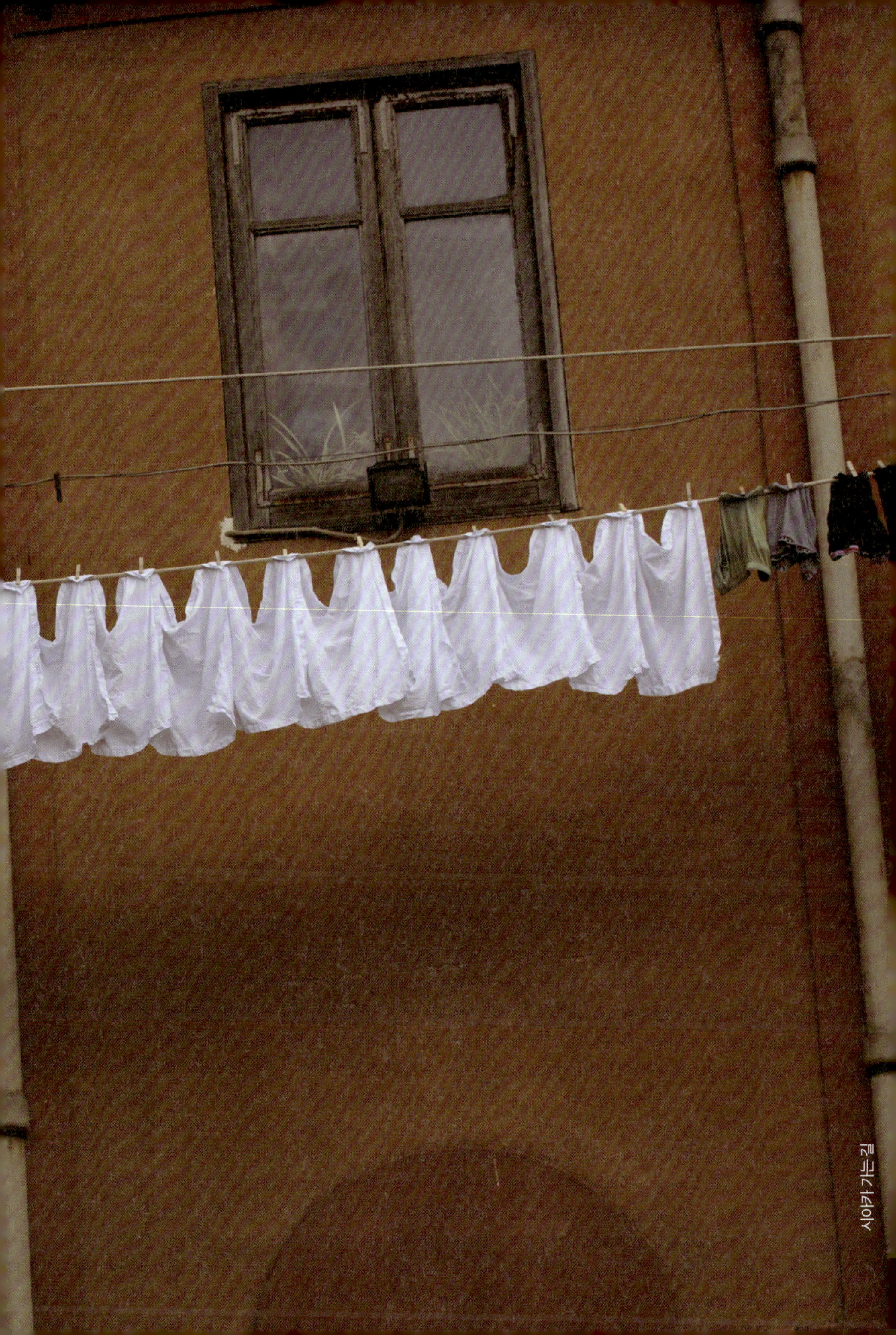

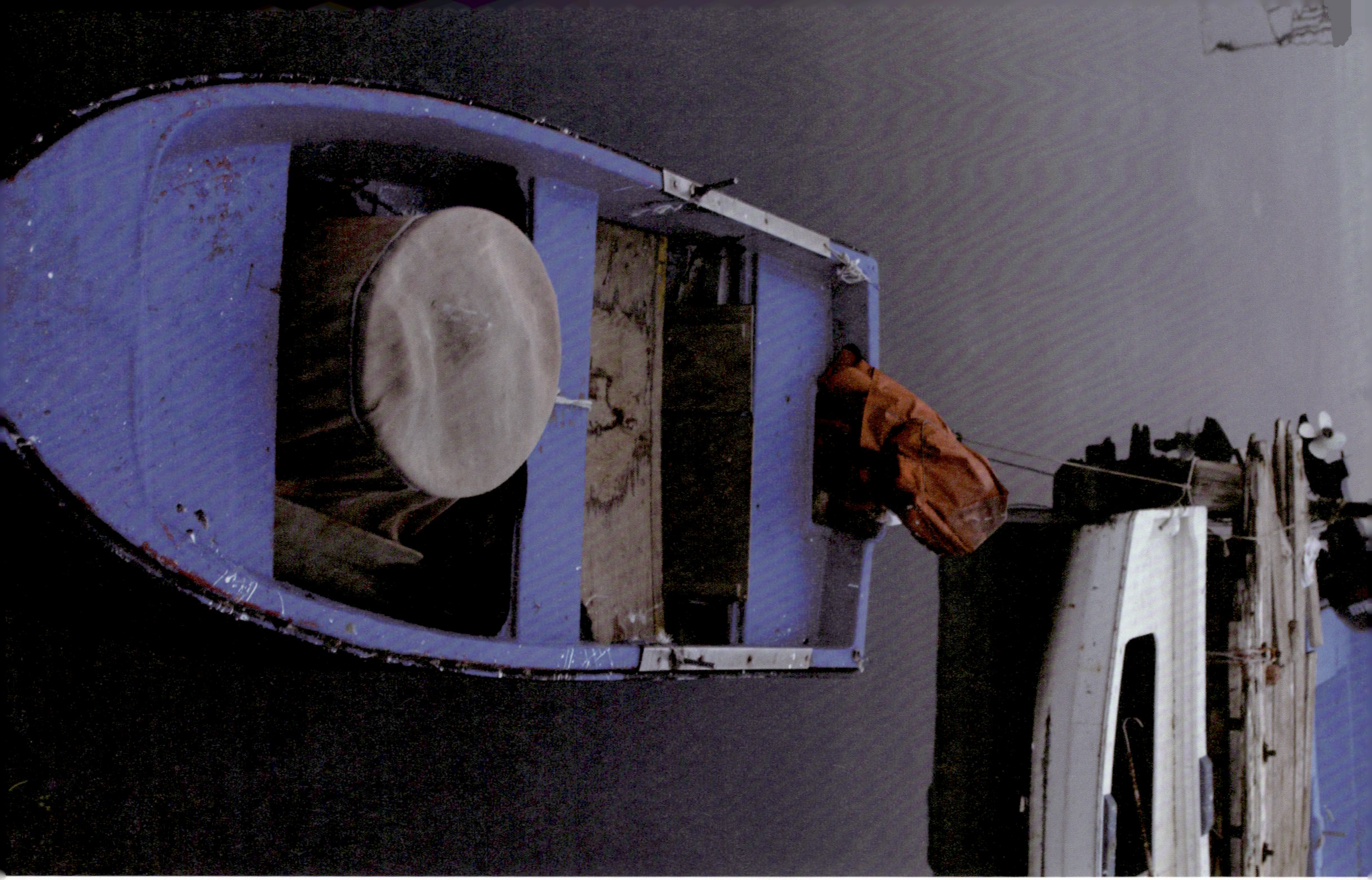

시아카

시아카(Sciacca)의 아침

알지 못했던 그곳의 아침이 궁금했다. 캄캄한 한밤중에 도착하여 본모습을 보지 못했다. 달려오는 동안 영화 〈일 포스티노〉의 무대를 생각했기에 시아카 포구가 혹은 선창가가 일 포스티노 같기를 바랬다.

새벽 5시. 아직은 천지가 암흑인데 포구를 향한다. 칠흑같이 어두우면 노출도 의미 없고 화질도 의미 없어진다. 나는 이런 경우 전적으로 카메라에 맡긴다. 어둡다고 플래시를 쓰거나 어둡다고 삼각대를 받치거나, 어둡다고 감도를 너무 올리지 않는다. 내 눈이 본다면 찍힐 것이고 내 마음이 간다면 드러날 것이라 믿는다. 그렇게 아침 해가 선창가 포구를 비출 때까지 찍고 서성이고 기다린다.

예정에 없던 '그곳' 시아카. 아쉬워 바라보고 또 바라보고, 찍고 또 찍고, 그렇게 안고 담고 새기면서 돌아선다. 가장 기억에 남은 아침 포구, 그곳.

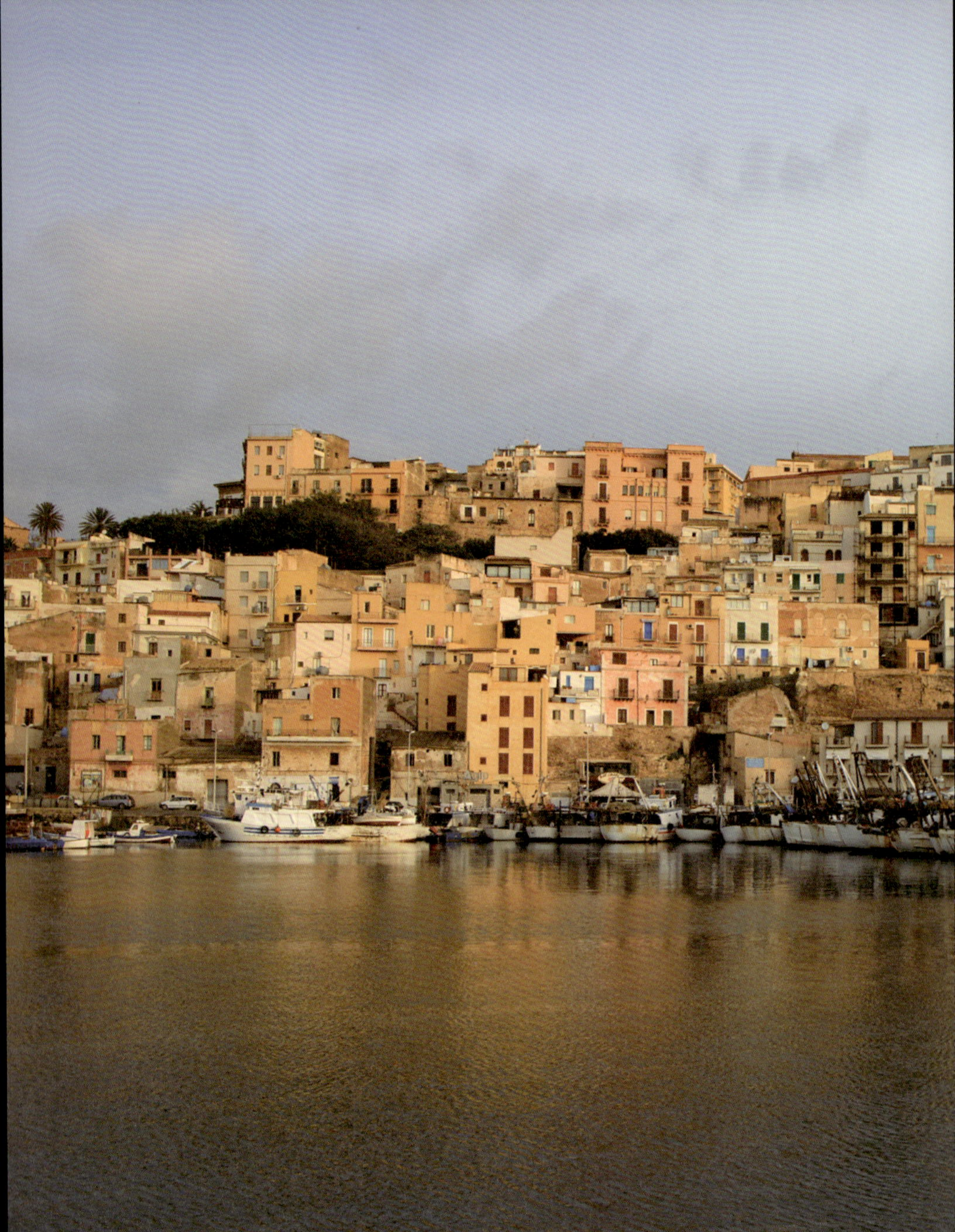

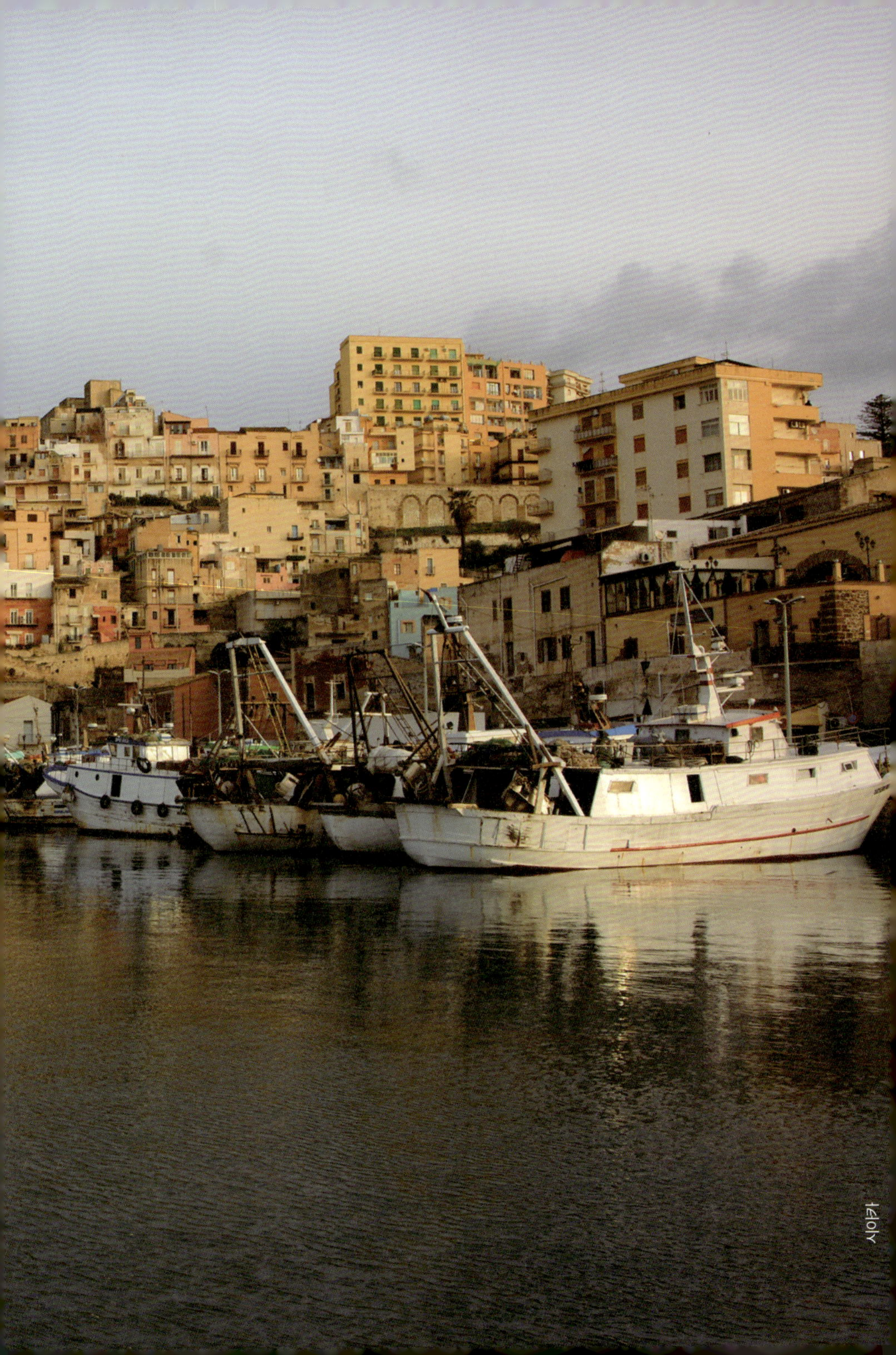

샤카

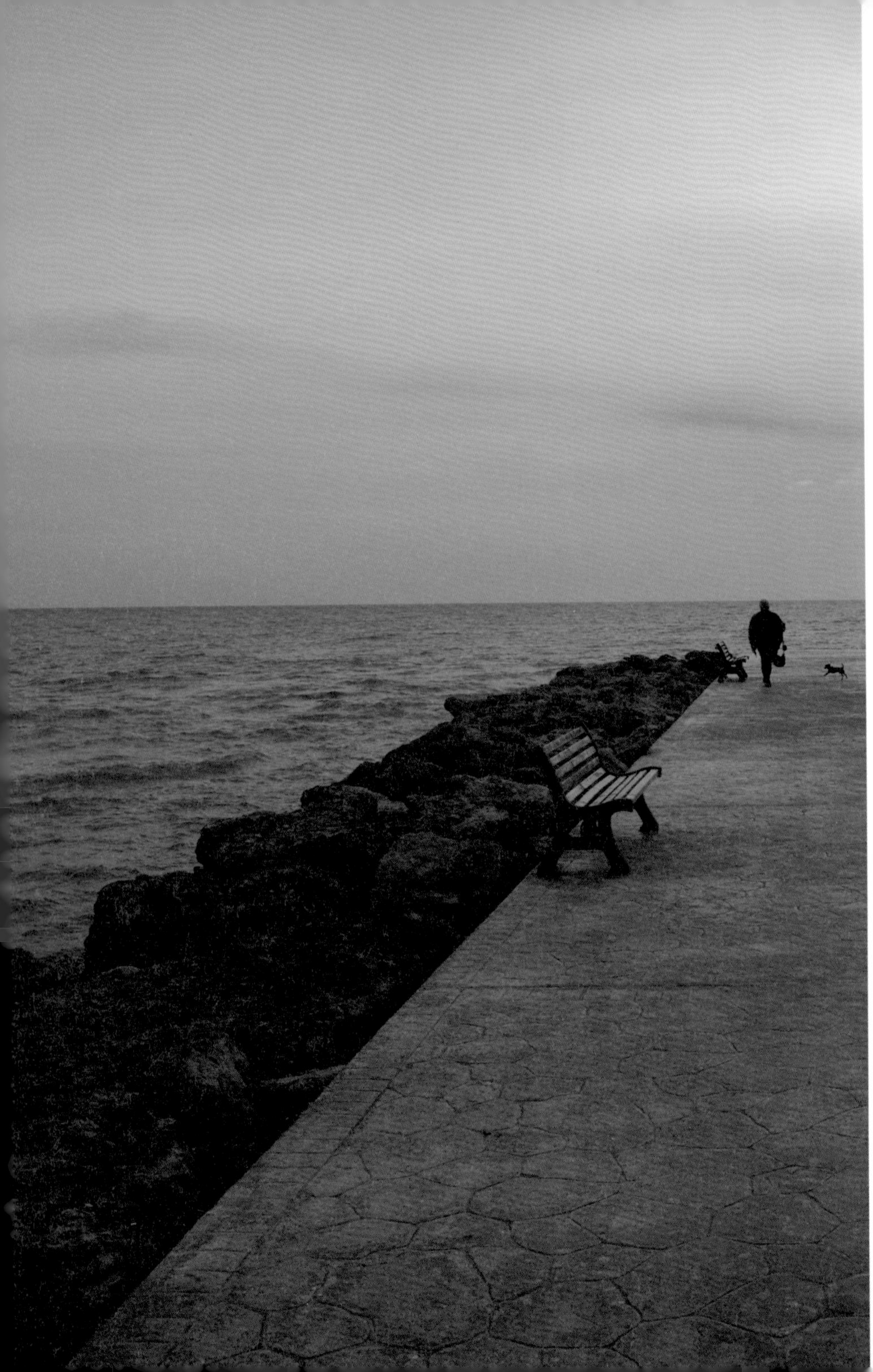

마자라 - 마르살라, 115번 국도

시아카에서 트라파니를 향하는 길에서 필연적으로 만나는 서해안 115번 국도. 마자라(Mazara)와 마르살라(Marsala)를 끼고 도는 이 해안 길은 가히 환상이다.

비가 올 때, 혹은 해질 무렵 노을을 벗 삼아 달리는 길이라면 가히 눈이 멀 정도로 아름다운 길이다. 얼핏 우리 서해안 제부도 느낌을 받을 만큼 해안이 완만하고 부드러워 로맨틱 가도라고 할만하다. 다음 목적지가 시칠리아 서쪽 바다에서 아그리젠토와 경쟁 관계에 놓였다는 트라파니(Trapani). 시아카에서 그리 멀지 않은 길이라 모처럼 여유롭게 운전하고 비로소 바다를 제대로 본다는 느낌이다. 마자라는 조금 작은 포구도시, 다소 휴양지 분위기가 많이 나고, 마르살라는 이보다는 좀 더 큰 도시인데 그렇다고 항구라 할 수 없고 그렇다고 포구라고 할 수도 없는 어중간한 해안도시이다. 그런데 포구가 생긴 지는 천 년도 넘는단다. 선착장이 없는 순 자연 항구로서 태풍 불면 배를 육지에 끌어올리는 구조다. 해 질 녘 석양빛에 마르살라 항구에 서면 아무런 생각이 나지 않는다. 감미로운, 고요한 바다의 정수.

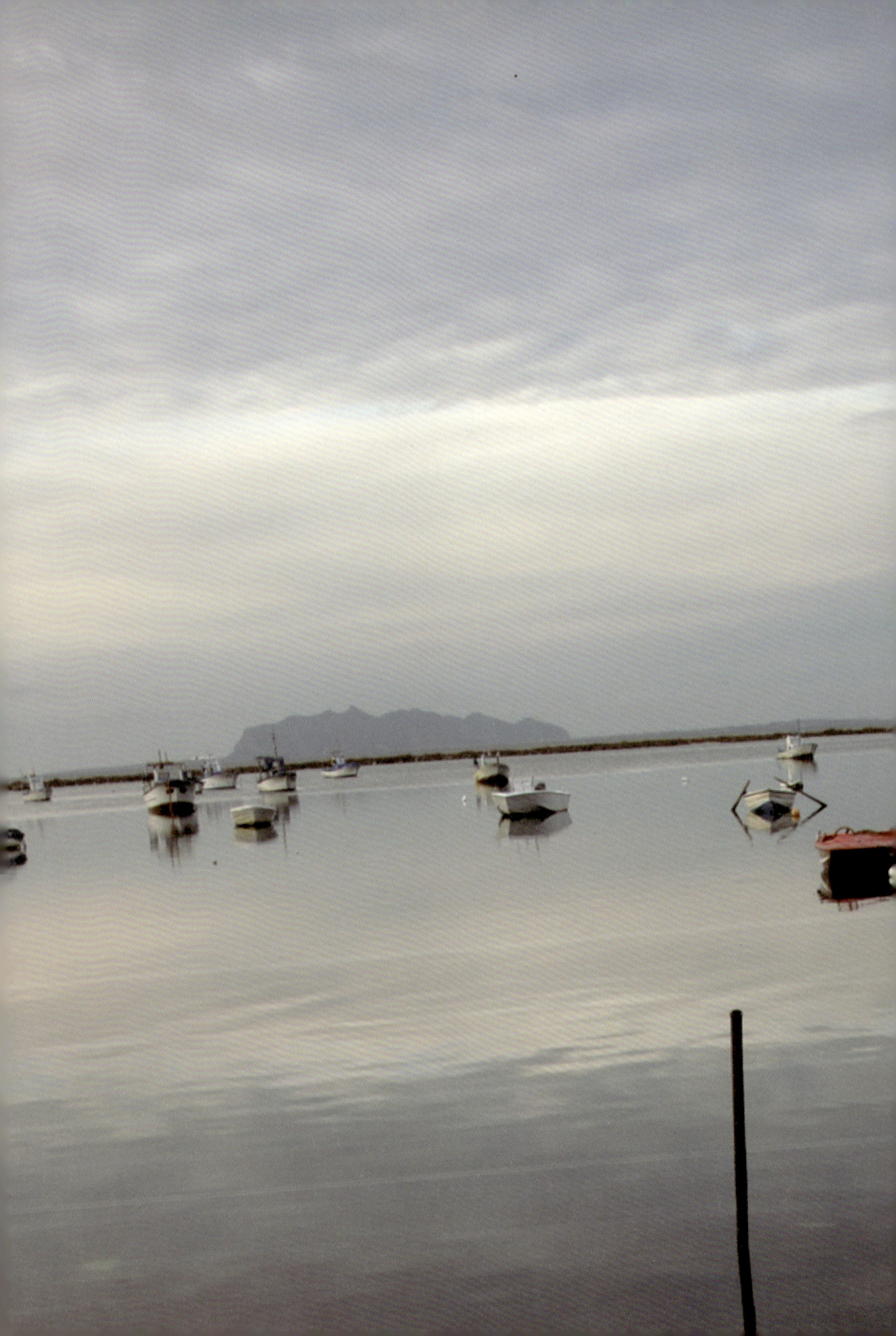

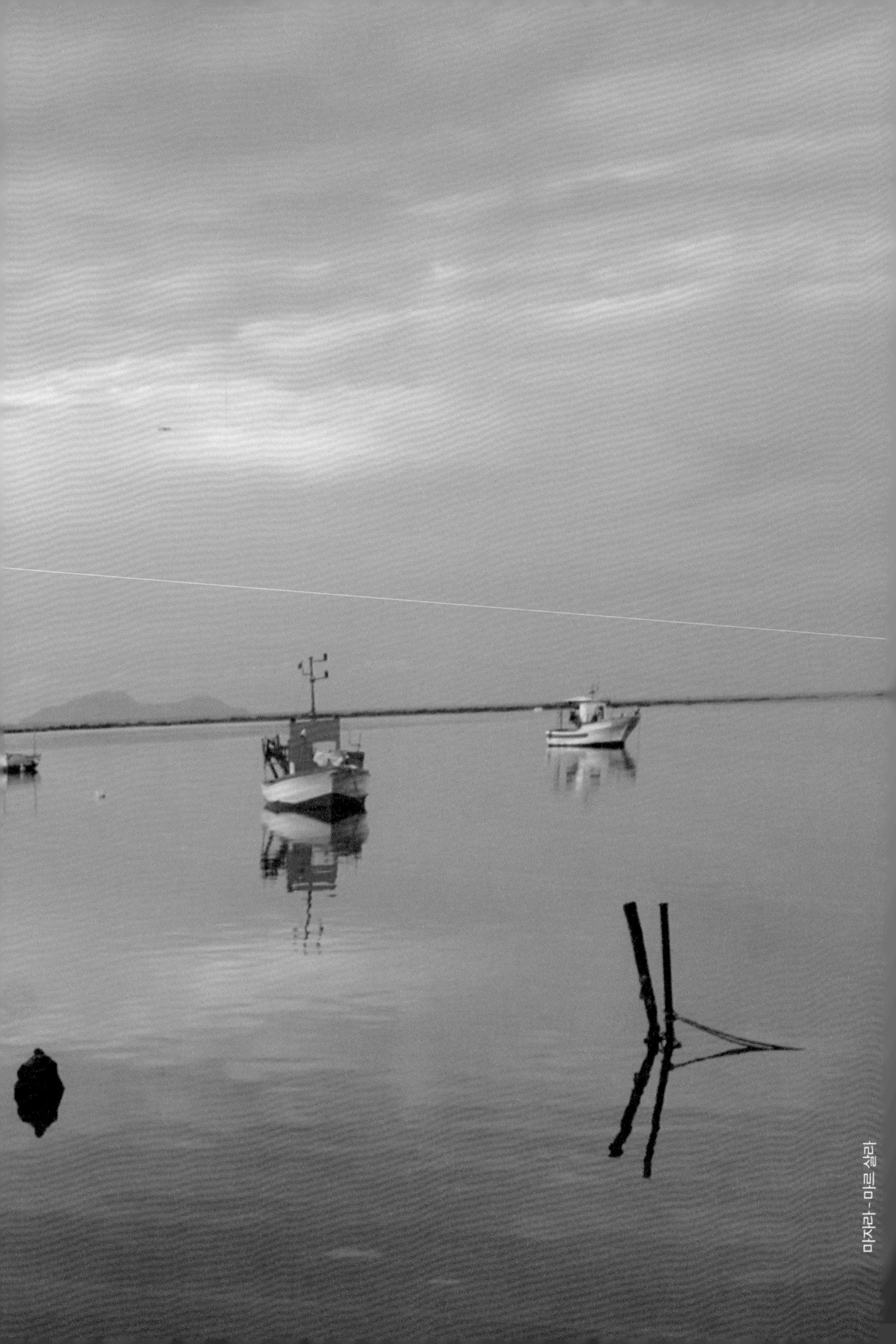

마자라 - 마르살라

the tears of sea

바다란 무엇이냐?
뭍이 되지 못한 설움이지요.

파도란 무엇이냐?
바다의 비명이지요.

섬이란 무엇이냐?
버림받은 육지이지요.

그렇다면 배란 무엇이냐?
사지 없는 몸뚱아리지요.

왜 모두 슬픈 것들이냐?
눈물 젖은 상처 때문이지요.

비 극 이 구 나!

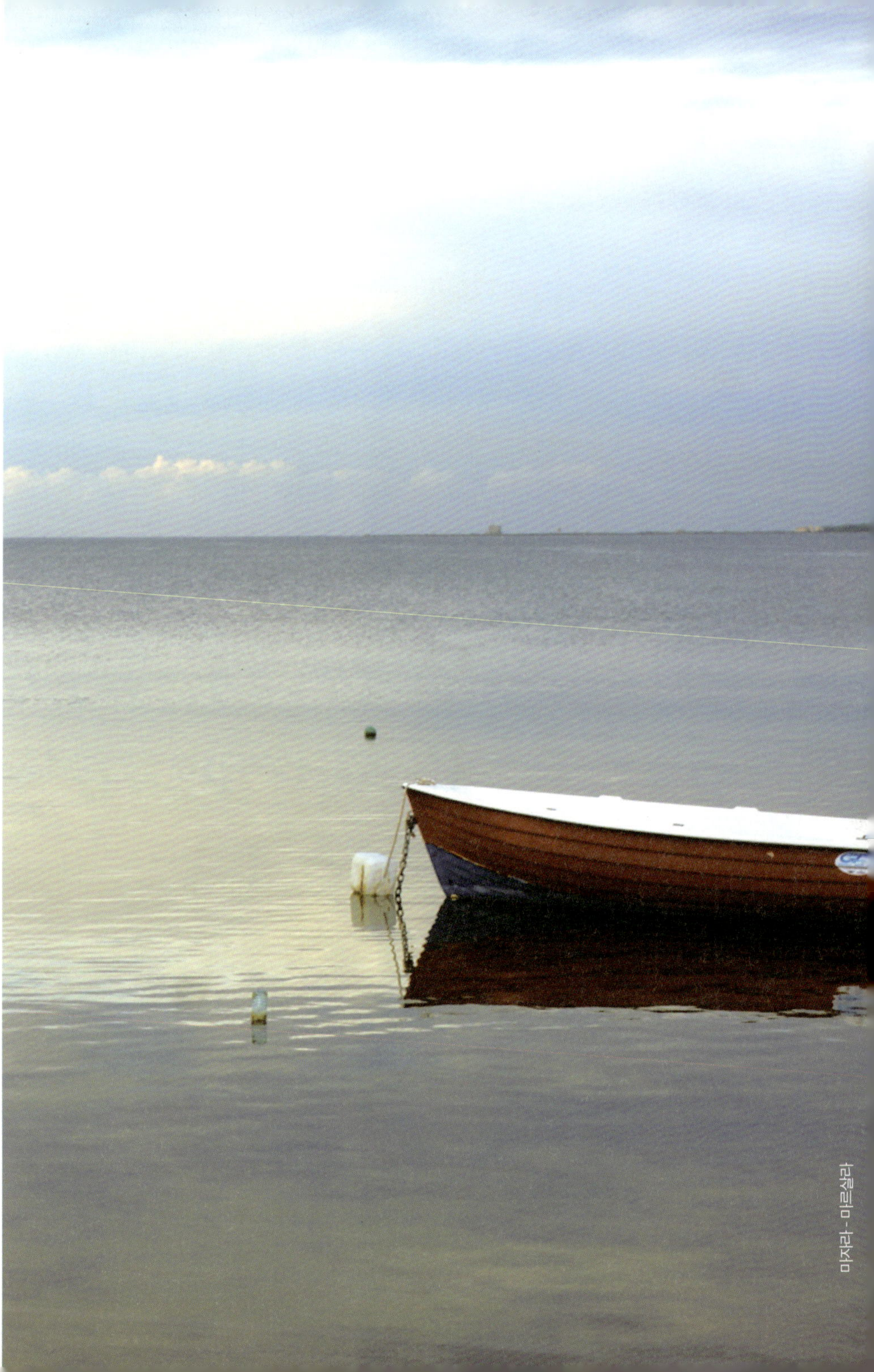
마자라 - 마르살라

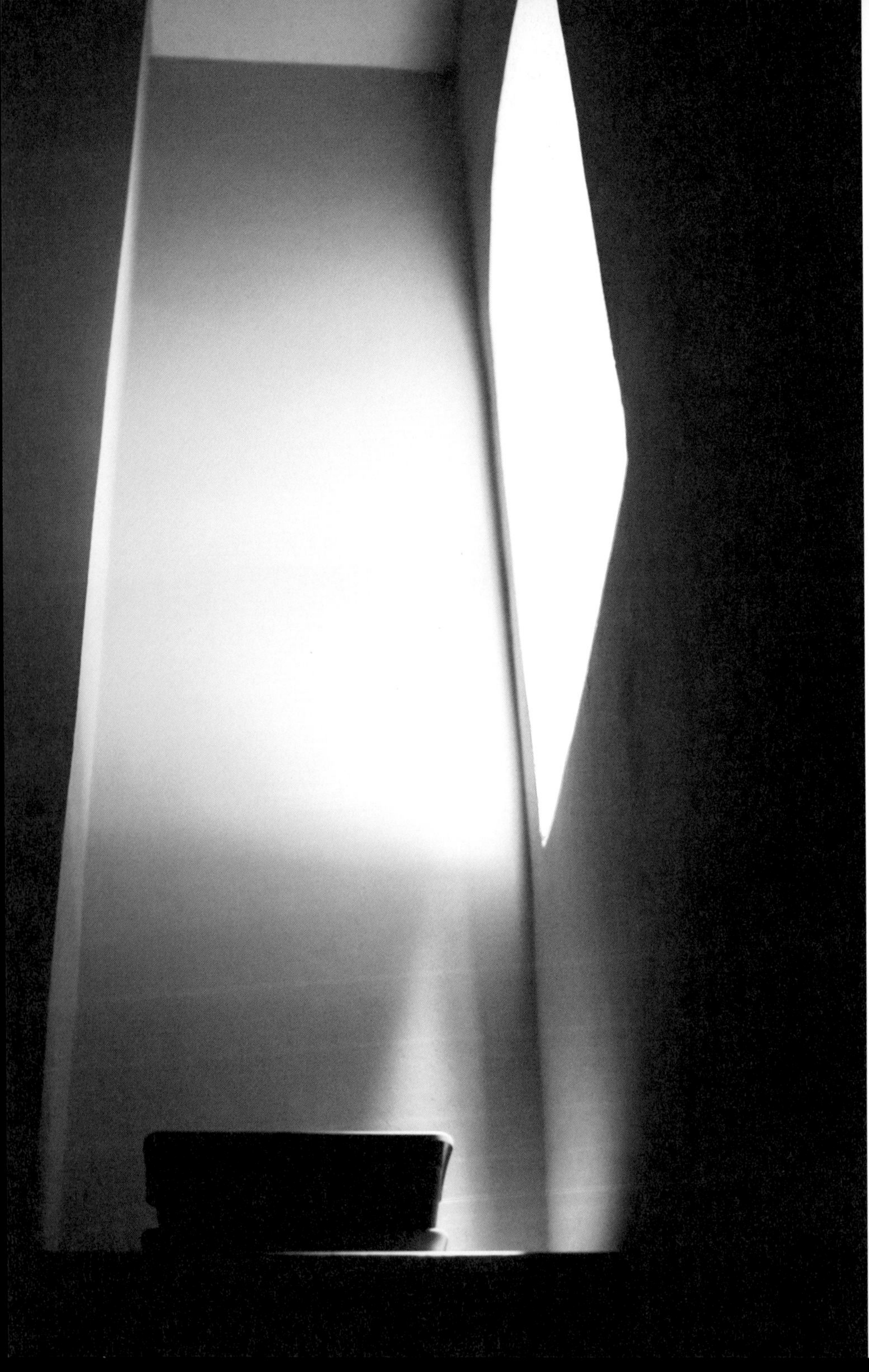

Isole Dello - Dream

꿈이란 걸 알기 위해서는 꿈에서 깨어나야 한다.

Isole Dello - Trace

다시는 들키지 마라. 빛에게도 어둠에게도

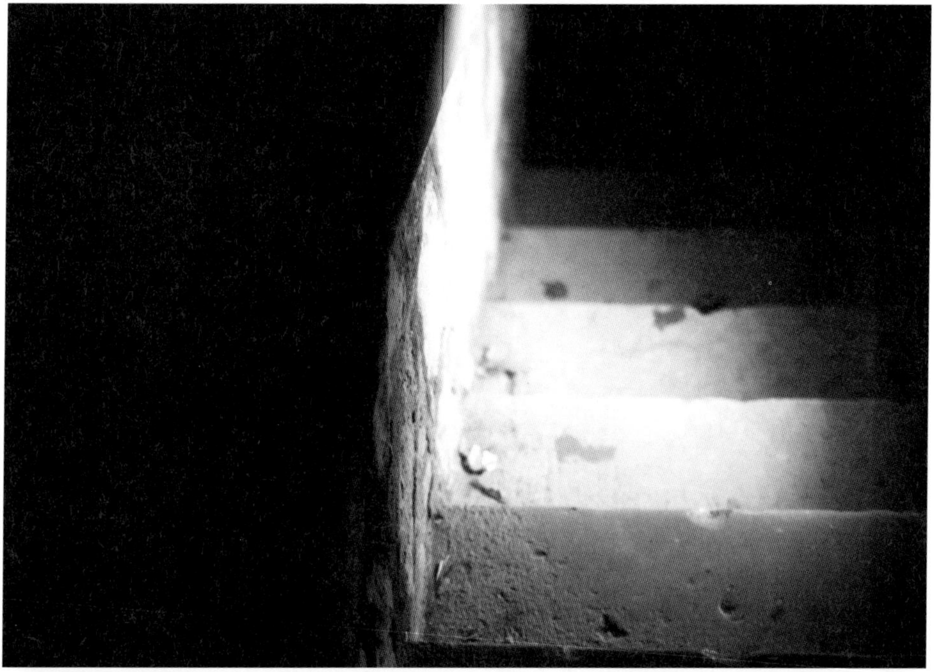

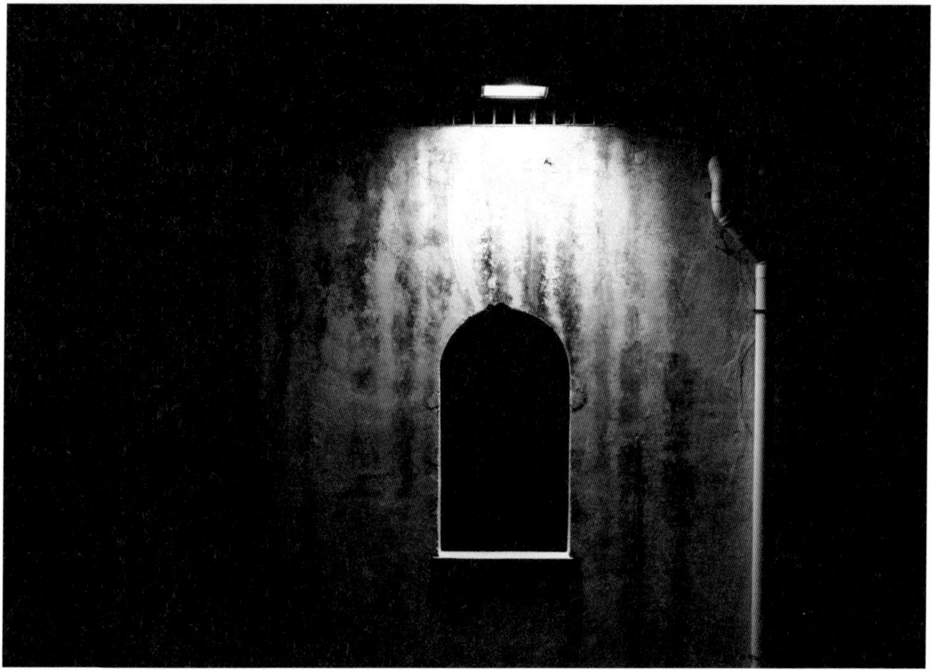

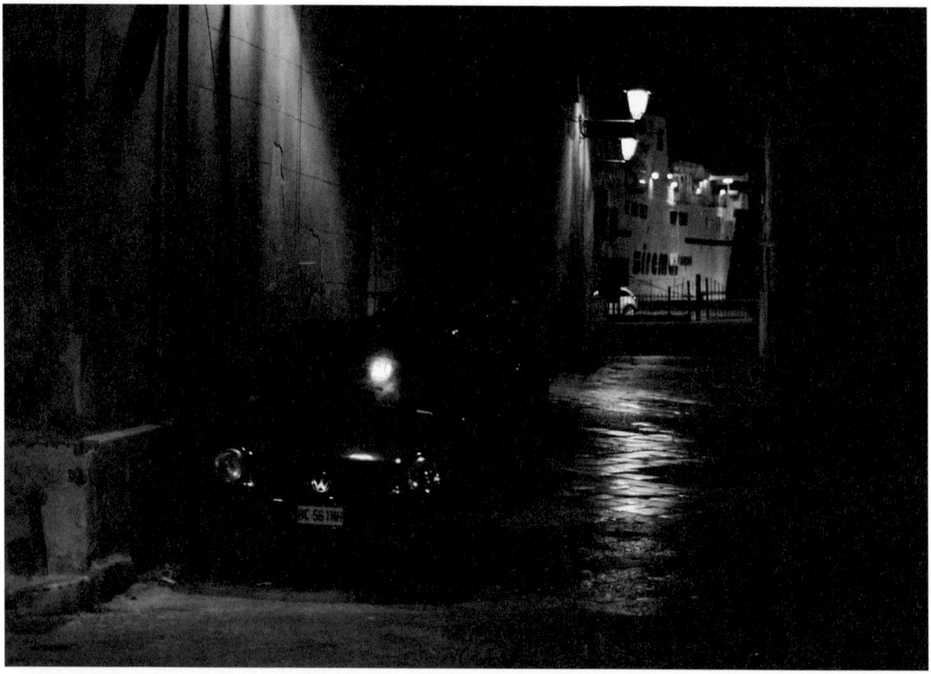

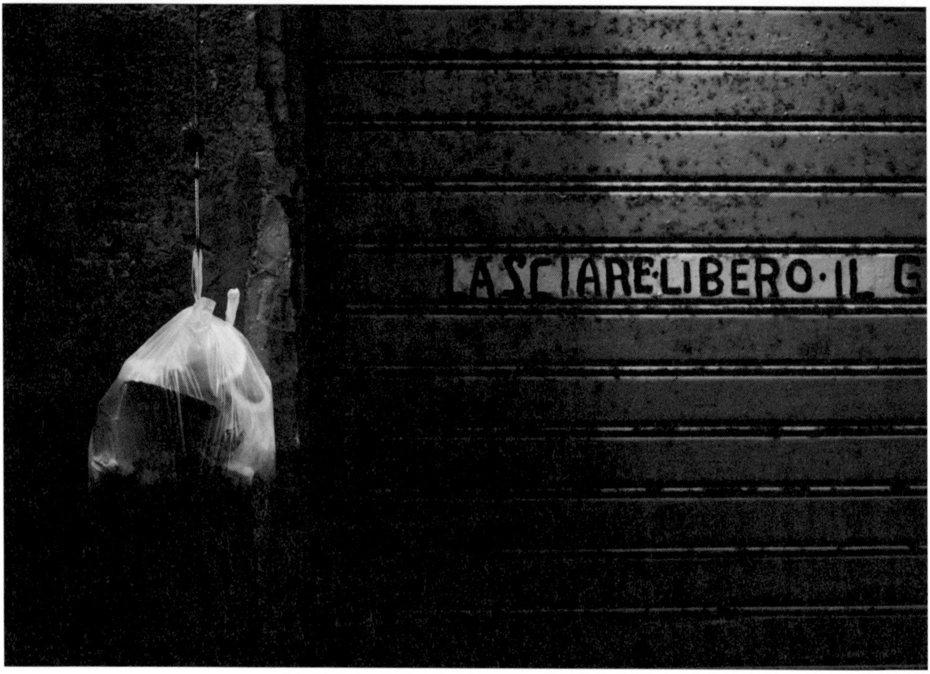
LASCIARE·LIBERO·IL G

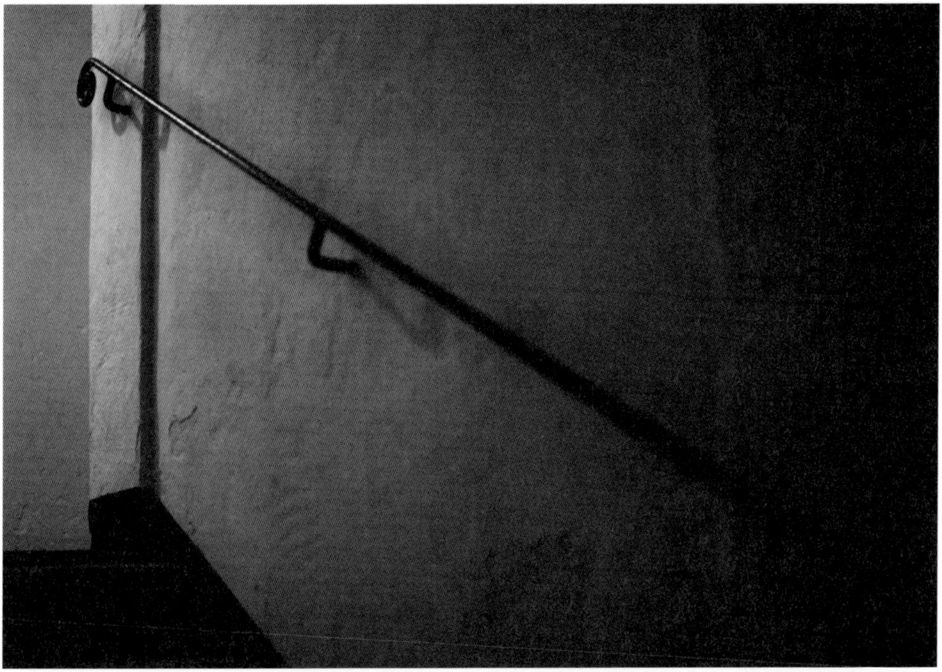

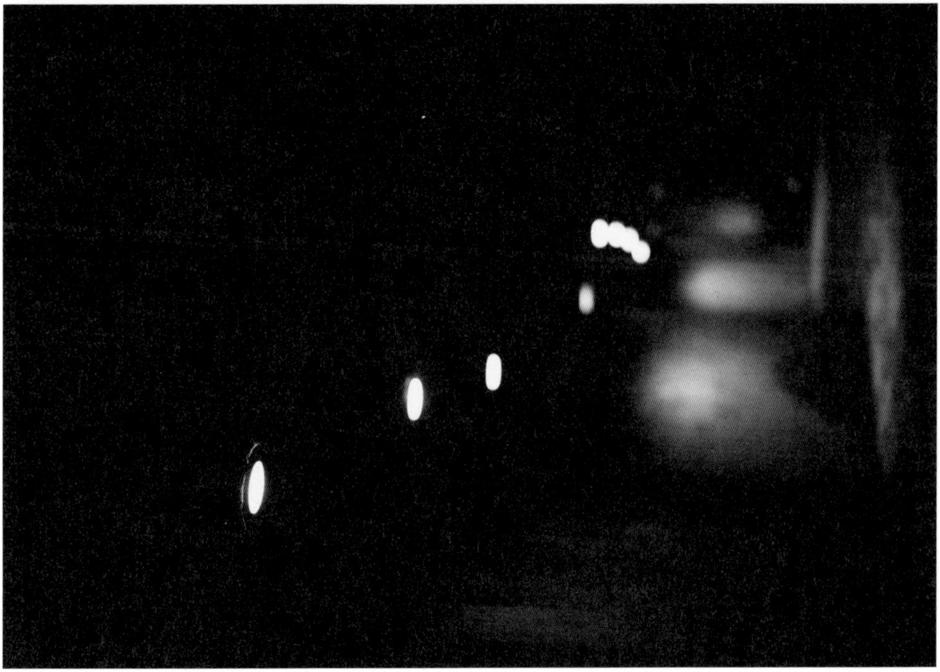

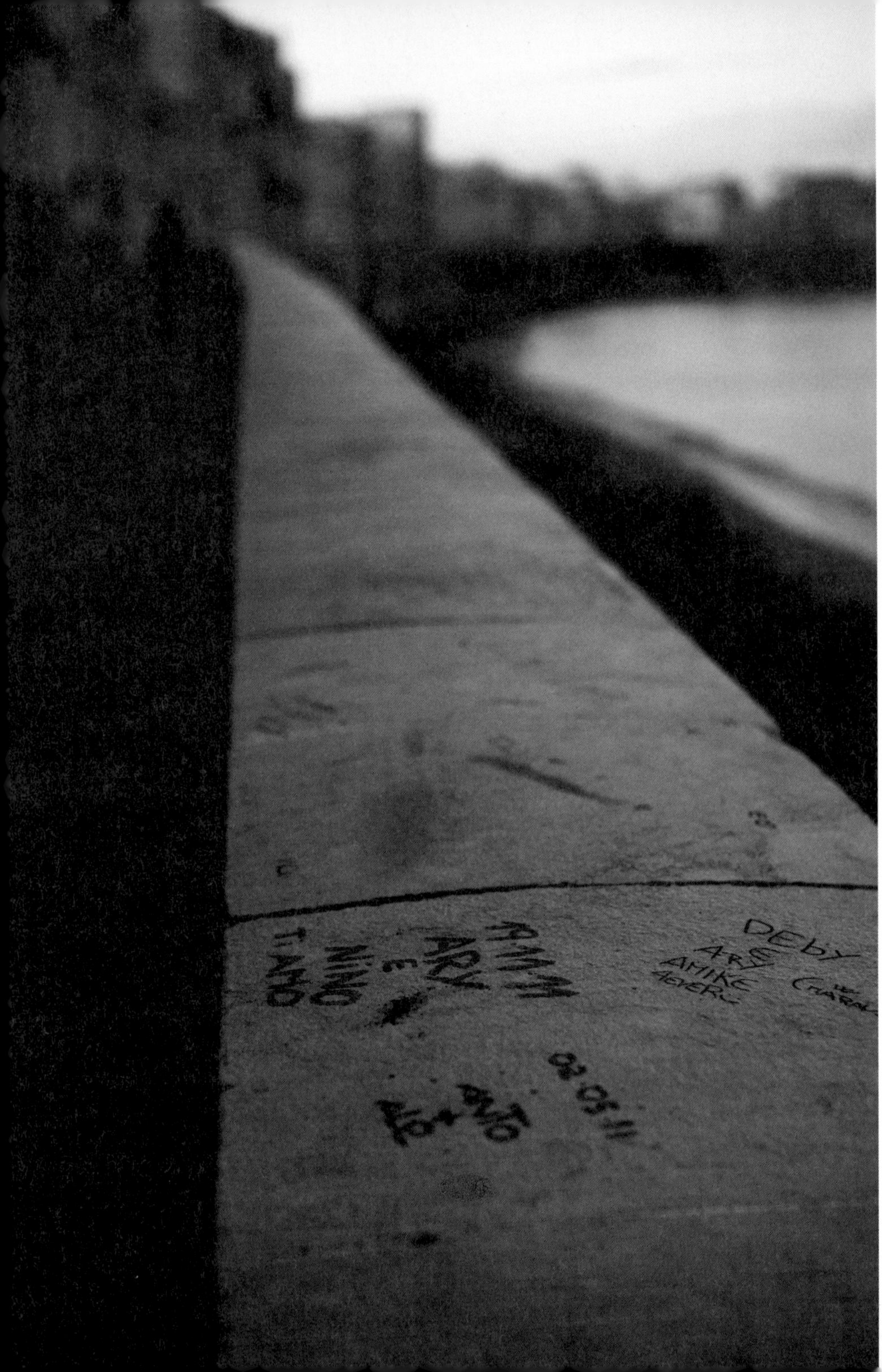

Isole Dello - Love

사랑을 이길 수 있는 것은 망각밖에 없다.

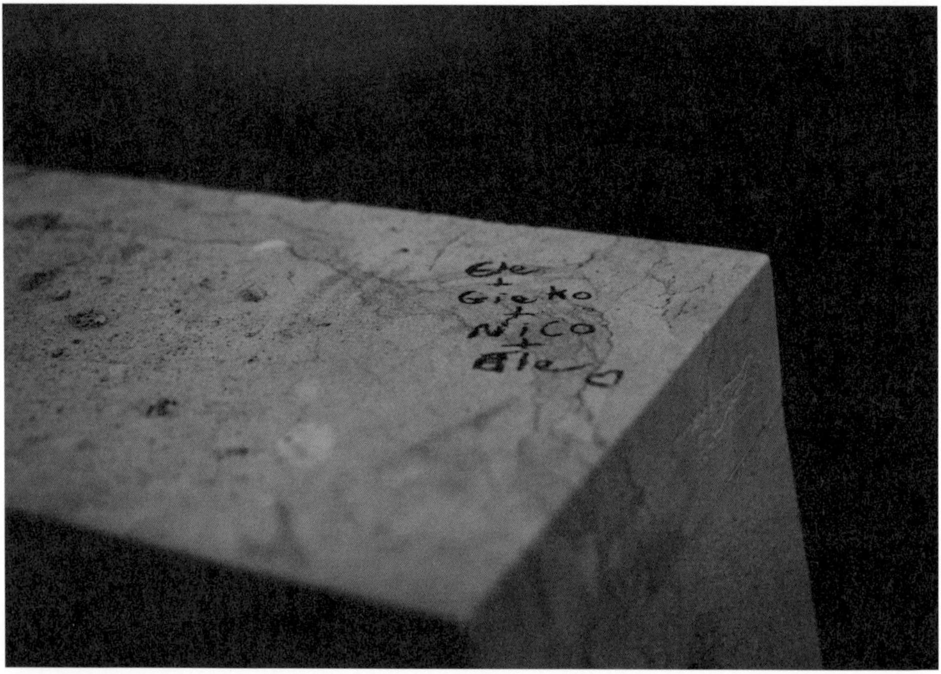

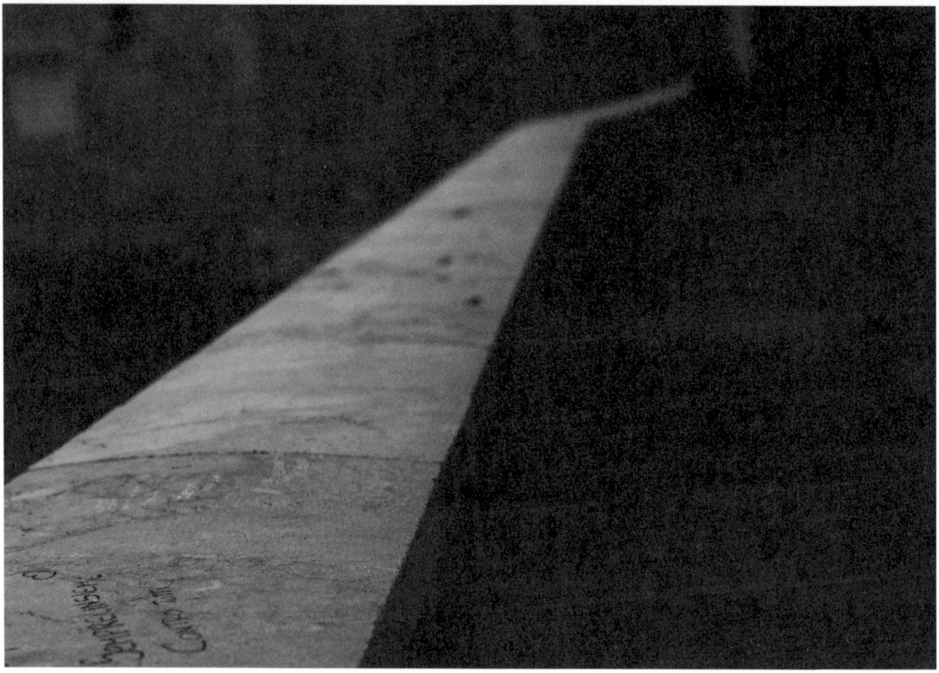

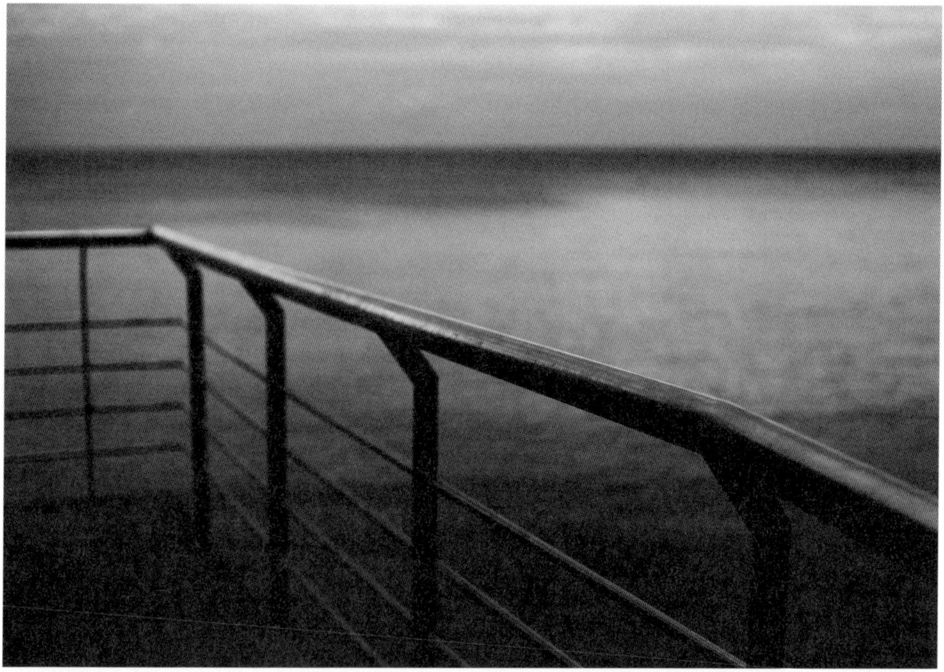

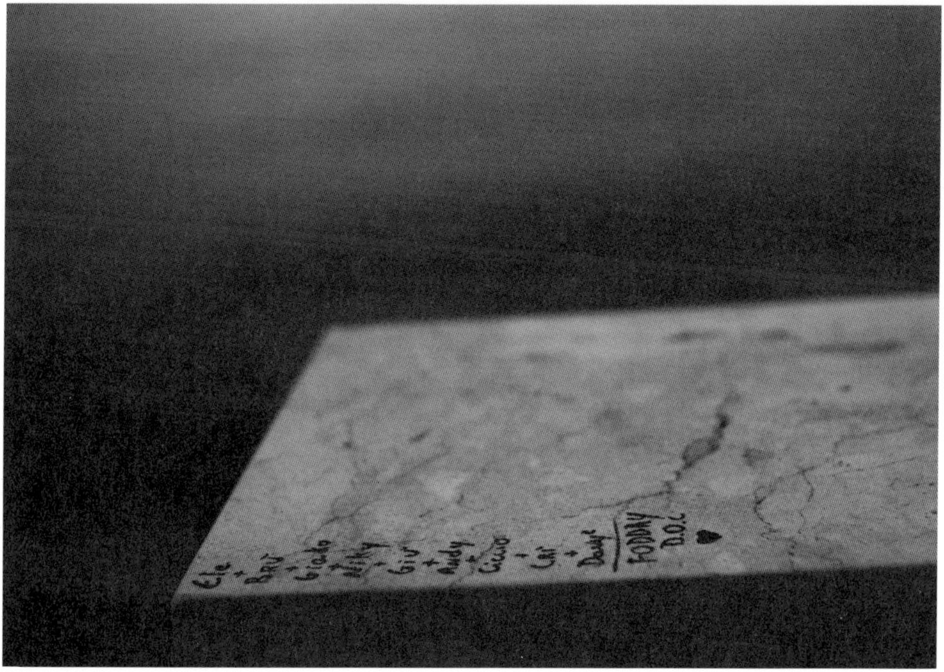

트라파니(Trapani) 가는 길

마르살라를 떠나 오늘의 목적지 트라파니를 향하는 황혼길. 무겁고 짙은 석양빛, 닿기만 해도 번질 것 같은 노을 속으로 달린다. 오늘로서 여행 9일째, 이제 세 밤만 자면 이 여행도 끝이다. 비로소 지나온 시간보다 돌아갈 시간이 더 큰 상념으로 다가온다. 잠시 차를 세우고 마지막 불타오르는 저녁노을을 만끽한다. 그러고는 조수석 남자에게 이곳에서 하룻밤을 보낼 수 있는지 알아보라 한다. 바람처럼 떠나는 남자의 등 뒤로 어둠이 꽂힌다.

다시 고개를 돌려 염전 끝자락에 서 있는 풍차들을 바라본다. 하나의 마음으로 보면 하나의 풍차가 보이고, 둘의 마음으로 보면 두 개의 풍차가 보인다. 내 마음은 어느 것인가, 하나인가 둘인가! 노을빛이 장관이다. 어느 플랑드르 그림이, 루벤스가, 렘브란트가, 아니면 베르메르가 내게 이런 감흥을 준 적이 있을까, 아니면 어느 인상파 화가의 그림들이 내게 실감 영상을 제공했을까!

붉은색이 노란색을 덮고, 푸른색이 붉은색을 덮을 때까지 바라본다. 그러고는 멀리 염전 길을 가로질러 달려오는 조수석 남자를 바라본다. 다시 현실의 시간으로 돌아와서 방이 있는가! 아니면 방이 없는가!

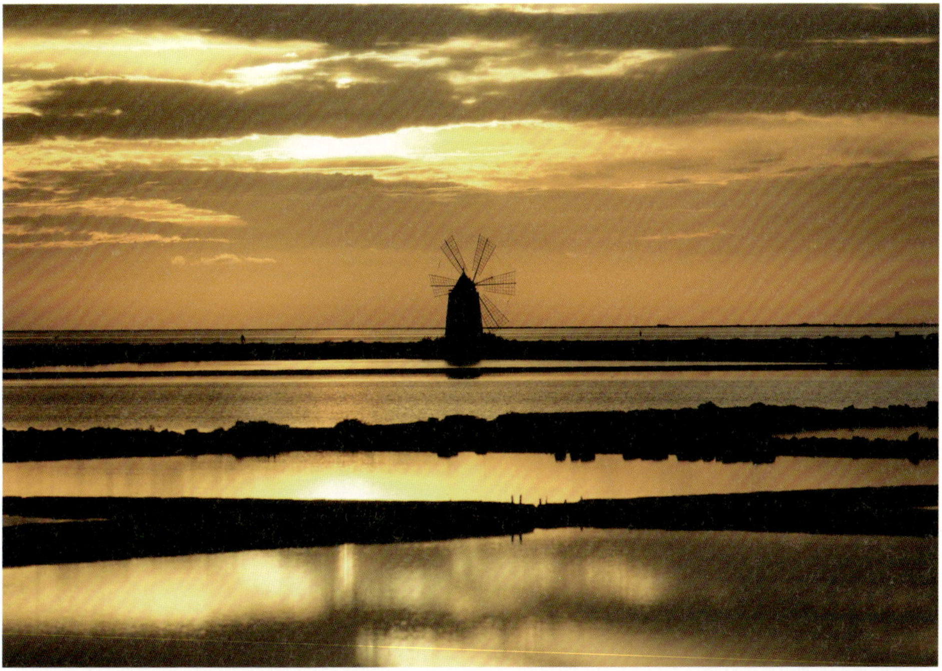

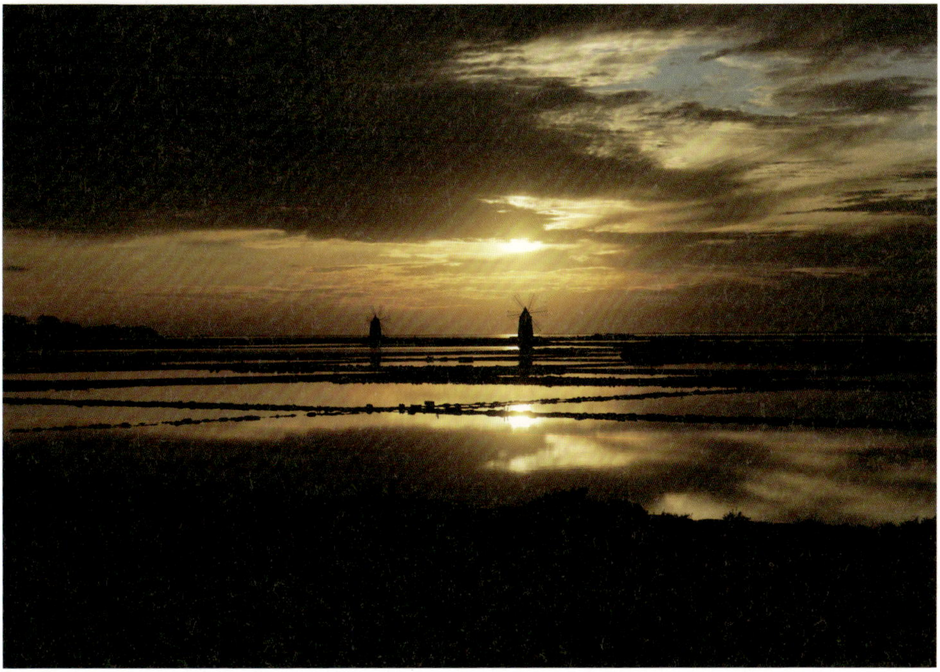

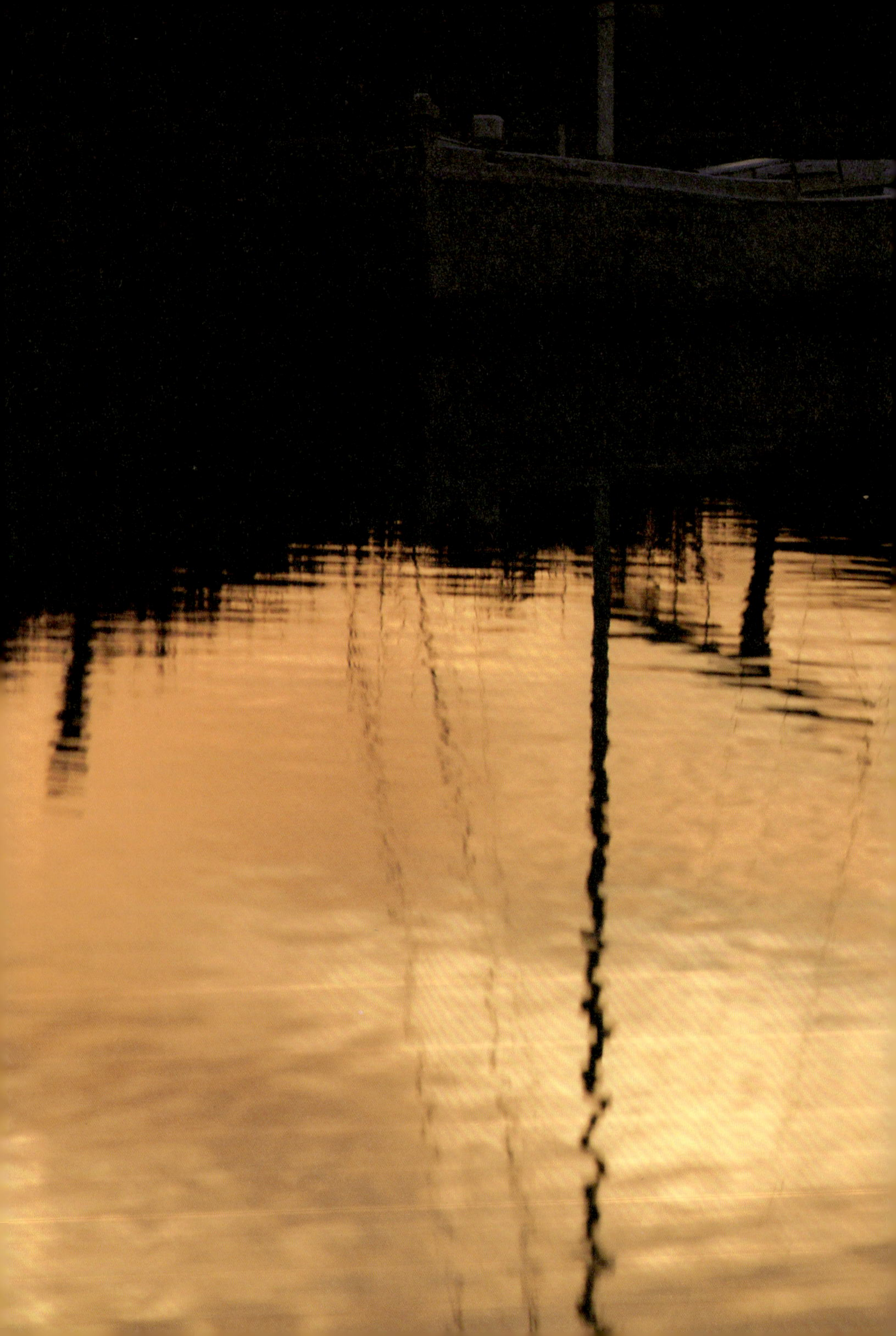

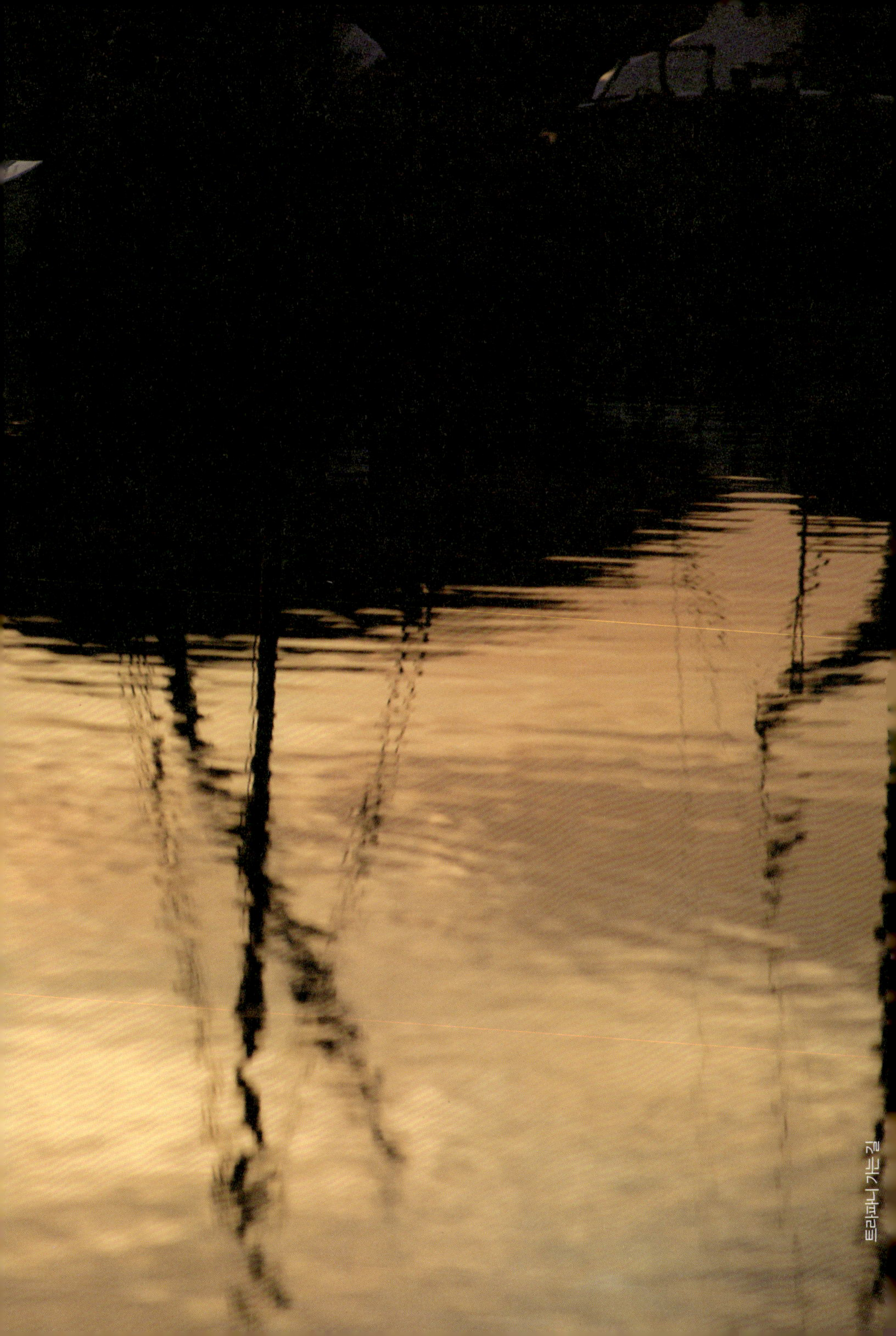

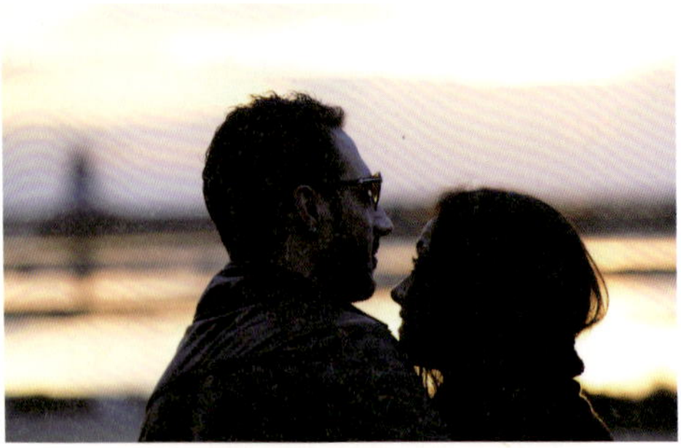

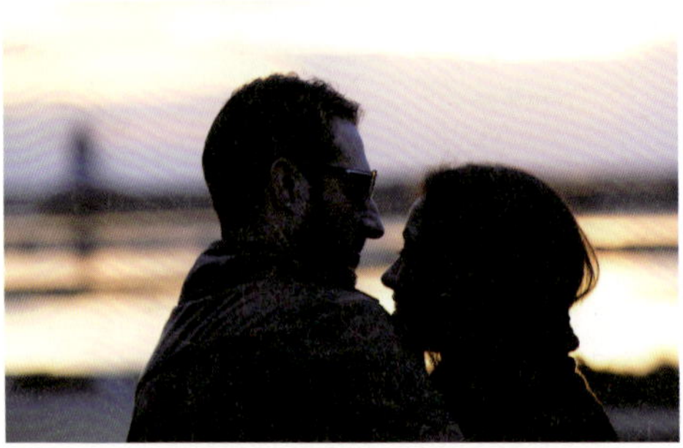

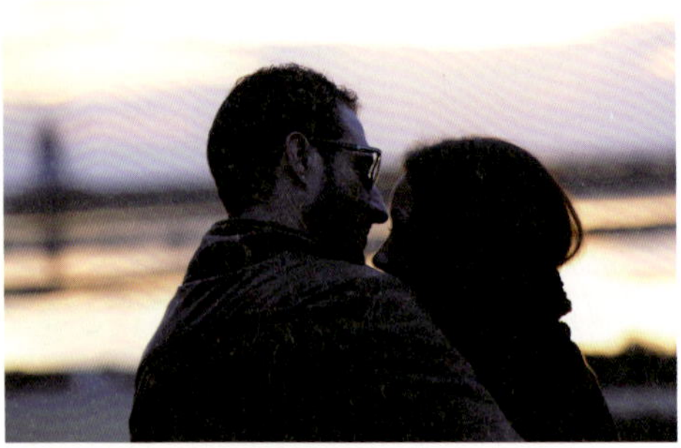

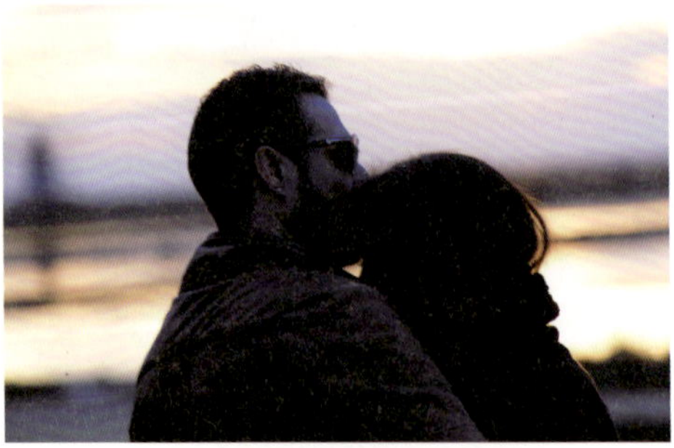

Addolorata

하나를 얻으면 하나를 잃고 하나를 잃으면 하나를 보상받는다.

길의 미학, 트라파니에서

길을 나섰다면 이미 그 순간부터 우연과 필연은 구분되지 않는다. 길에 섰다면 이미 그 순간부터 자의와 타의는 구분되지 않는다. 길을 지나쳤다면 이미 그 순간부터 시간과 운명은 구분되지 않는다. 길은 우연이면서 필연이고, 자의면서 타의며, 시간이면서 운명이다. 방향은 잡았으나 과연 무엇을 만날지 어떤 일이 일어날지 알 수 없다.

독립적인 사진여행은 예측할 수 없는, 한 치 앞도 알 수 없는 여정이다. 미리 방을 잡을 수도 없고, 미리 준비할 수도 없고, 미리 앞설 수도 없다. 모든 것이 길의 조건에 따라서, 길의 사연에 따라서, 운명에 따라서 결정될 뿐이다. 길에 선 사람이 할 일은 판단, 선택만 있을 뿐이다. 그래서 길의 여정은 고독하고 아프고 곁에 누가 있어도 참혹할 수 있다. 아마 한순간 아름다운 풍경, 사람, 상황을 만나지 않는다면 처참하게 외롭고 고통스럽고 다신 길을 나서지 않겠다고 맹세하는 고역스러움이다. 그래도 그런 길을 가려 하고, 나서고, 서고, 지나치는 것은 단 하나 이유. 바로 예측 불가능성, 기대감, 짜릿함, 우연성, 그로 인한 감각적 흥분이다.

여행은 기본적으로 관광과 구별되고 사진여행은 일반여행과 구별된다. 사진

여행은 여러 가지 차별화된, 혹은 확실한 목표를 삼고 나아가게 된다. 흔한 것, 누구나 가는 곳, 모두 알 수 있는 것, 다 찍어오는 것은 피하게 된다. 대신 누구도 안 간 곳, 아무도 모른 곳, 가기 어려운 곳, 특별한 것을 선호한다. 하여, 여행 일정도 시시각각 변경 가능하고 급변하고 순간적으로 바뀐다. 고정적인 것이라면 새벽 촬영, 아침 촬영, 밤 촬영은 빠뜨리지 않는다는 점. 오전에 길을 나서 하루 종일 길에서 사진을 찍고 배고프고 어두워지면 비로소 잠자리를 찾고, 밥을 먹고, 다시 카메라를 메고 밤을 배회하고, 잠이 들고, 새벽에 일어나 또다시 배회하고, 아침을 먹고, 잠자리 흔적을 찍고 나오는 것.

트라파니(Trapani)를 검색하면 시칠리아 북서쪽 도시. 염전도시로 나온다. 확실히 질 좋은 소금이 나오고 대규모 염전이 눈에 띄는 도시이다. 그밖의 특징은 해안선이 아름답다는 것, 또 하나 더 들자면 여유롭고 편안하다는 것이다. 인근에 공항이 있을 정도로 번성한 도시이긴 하지만 시칠리아 여느 도시처럼 조용하고 역사적이고 큰 바다를 끼고 있어 휴양지, 여가로서 맞춤이라는 것이다. 트라파니의 속살을 보기 위해서 모두가 잠든, 도시가 잠든 시간에 길을 나선다. 이때가 유일하게 도시 스스로 무방비 상태인, 무장 해제된 참모습을 드러낸다.

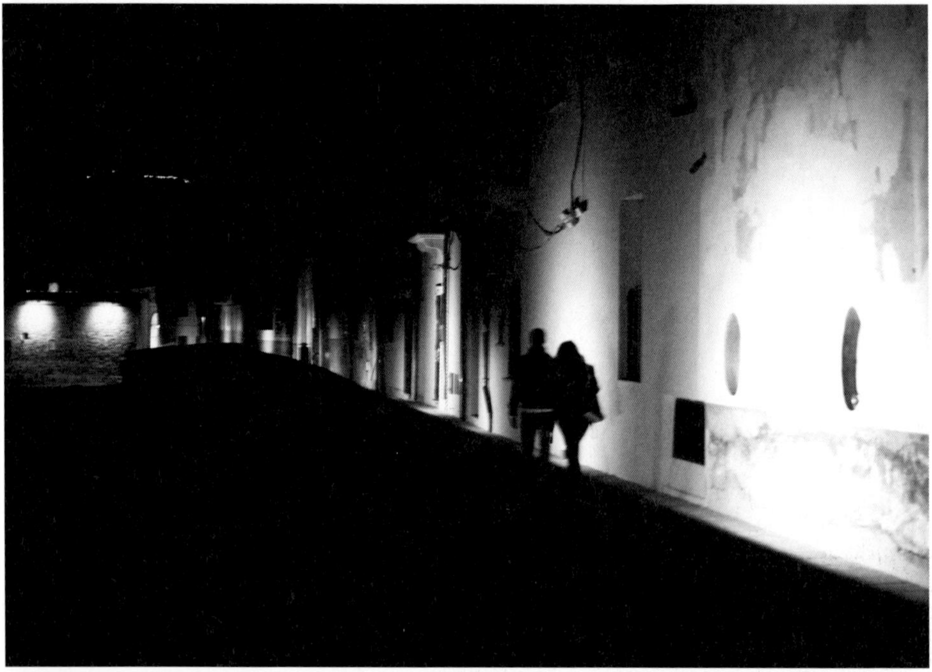

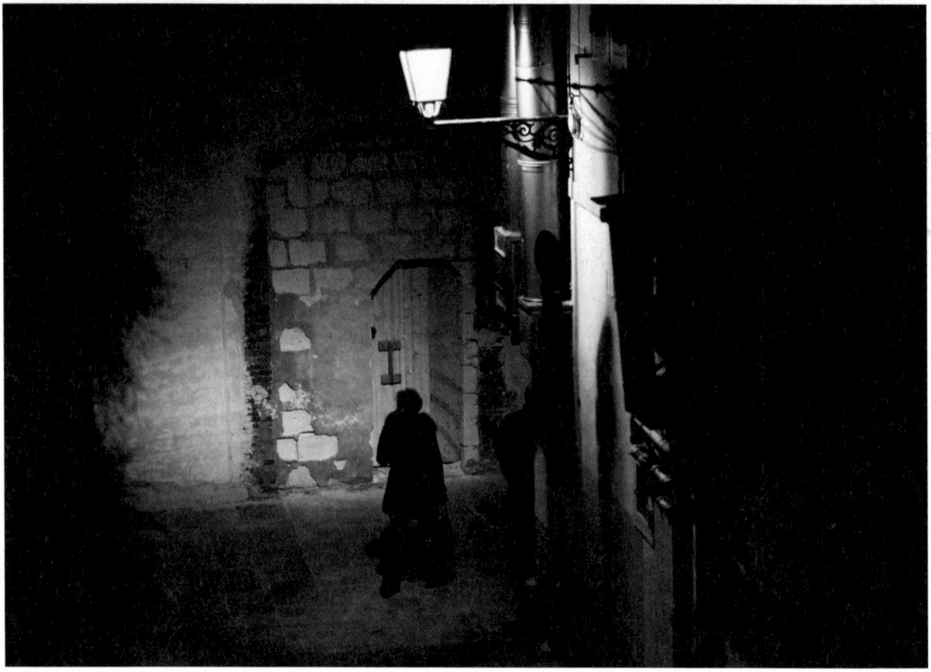

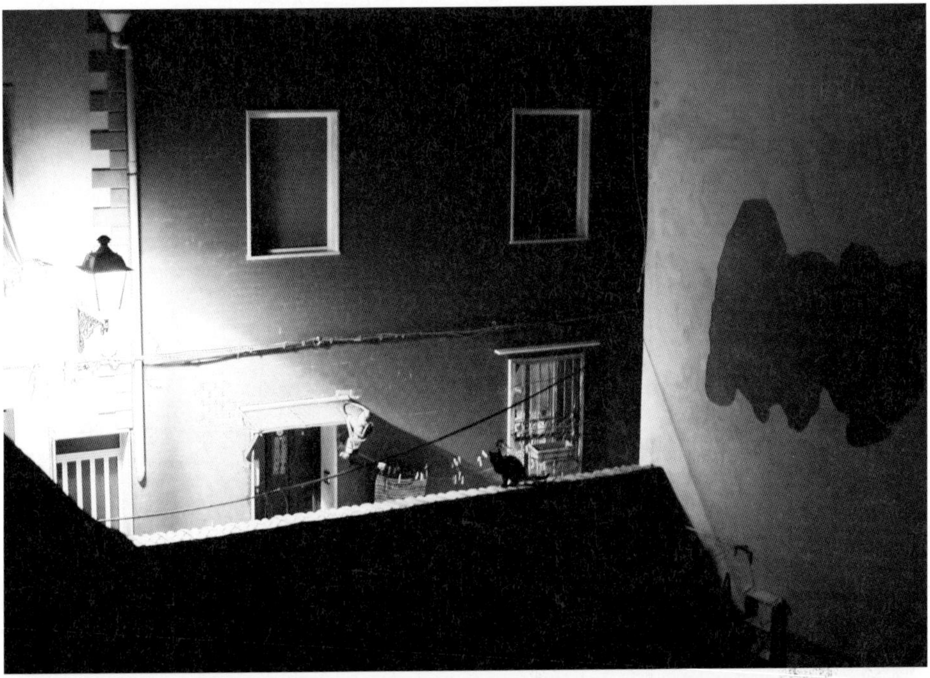

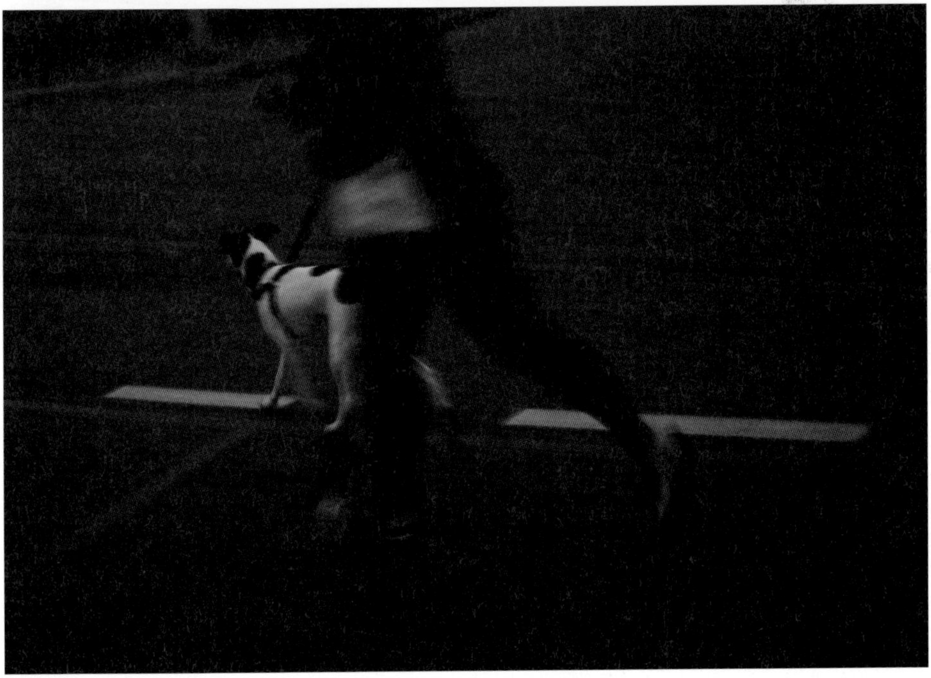

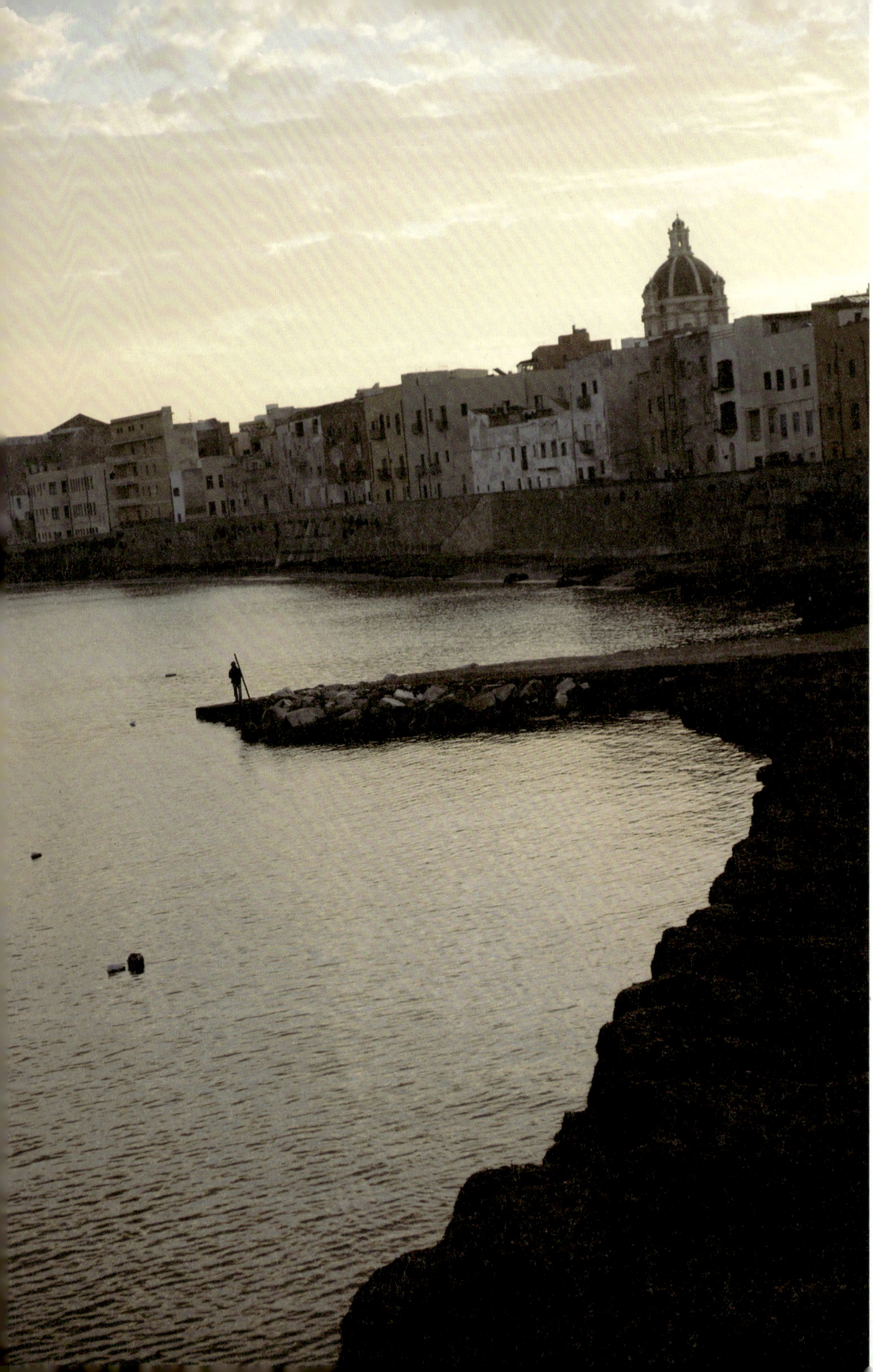

트라파니

시간의 애무, 트라파니를 떠나며

만날 때보다 떠날 때가 더 그립다. 떠나갈 때가 더 눈에 밟히고 오래 본다.

그것이 그것이고, 어제 보고 오늘 본 것인데 언제 또 오며, 언제 또 볼까 싶어 오래 본다. 인간의 감정은 손을 놓을 때 한층 강화된다. 사진의 감정도 그렇다. 마지막 시선의 감정. 세상의 모든 사진이 한 존재의 마지막 포즈, 한 사진가의 마지막 시선임을 안다면 어찌 마지막의 의미를 모른다 하리! 그런 사람의 사진은 안 보아도 안다. 감정 없음.

시간의 애무란 사진으로 보듬어줄 분명한 이유를 바라보게 한다. 언제나. 늘. 항상. 그립지 않을 시간이라면 찍을 이유도 없고 그립지 않은 사람이라면 새길 이유도 없고 그리움이 없는 이야기라면 오래 간직할 까닭도 없다. 애무는 그리움에서 나온다. 훗날 돌이켰을 때 그리움이 묻지 않고, 그리움이 배지 않고, 그리움이 생기지 않는 것만큼 나쁜 것도 없다. 그런 시간, 그런 사람, 그런 사건이라면 참 가여운 존재와의 만남이다.

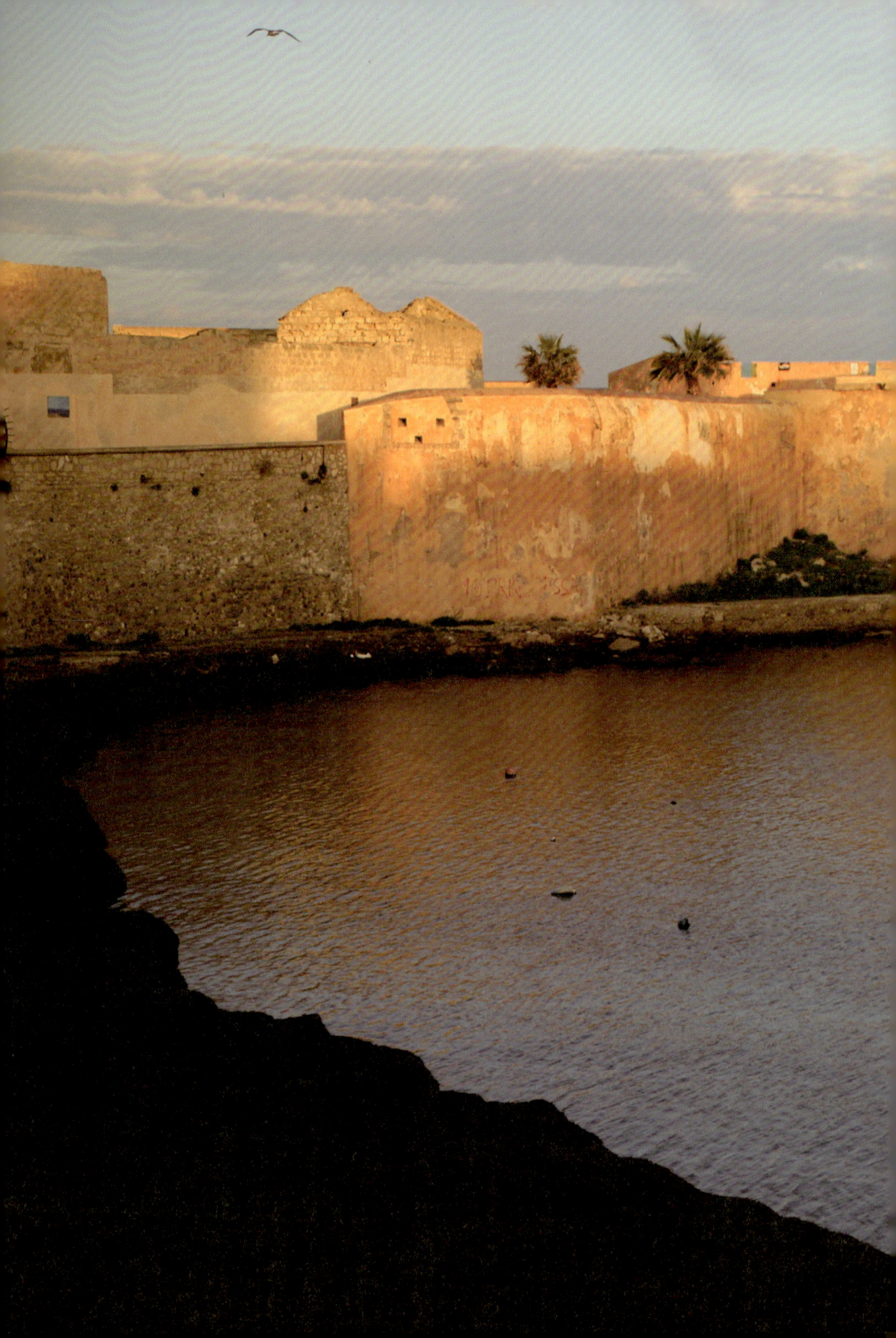

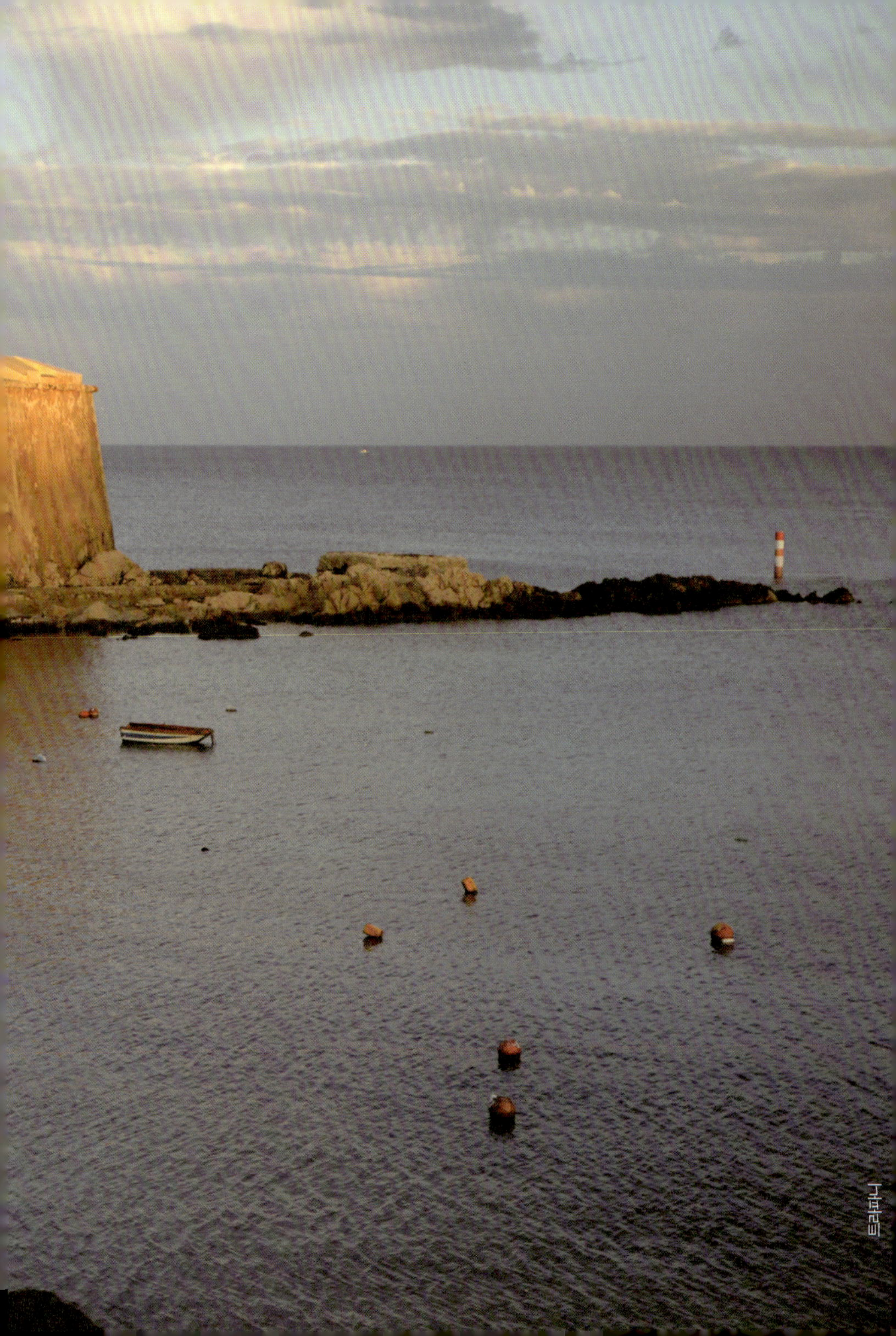

Golfo di Bonagia

네가 갔던 것만큼. 네가 보았던 것만큼 가서 보고 새기고 싶다.
그 아름다운 날들

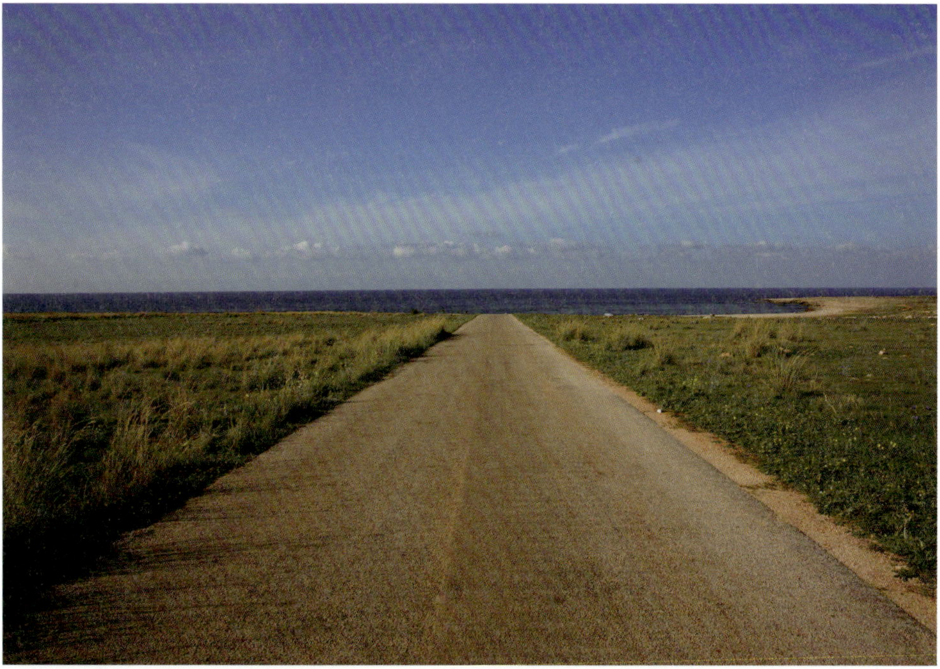

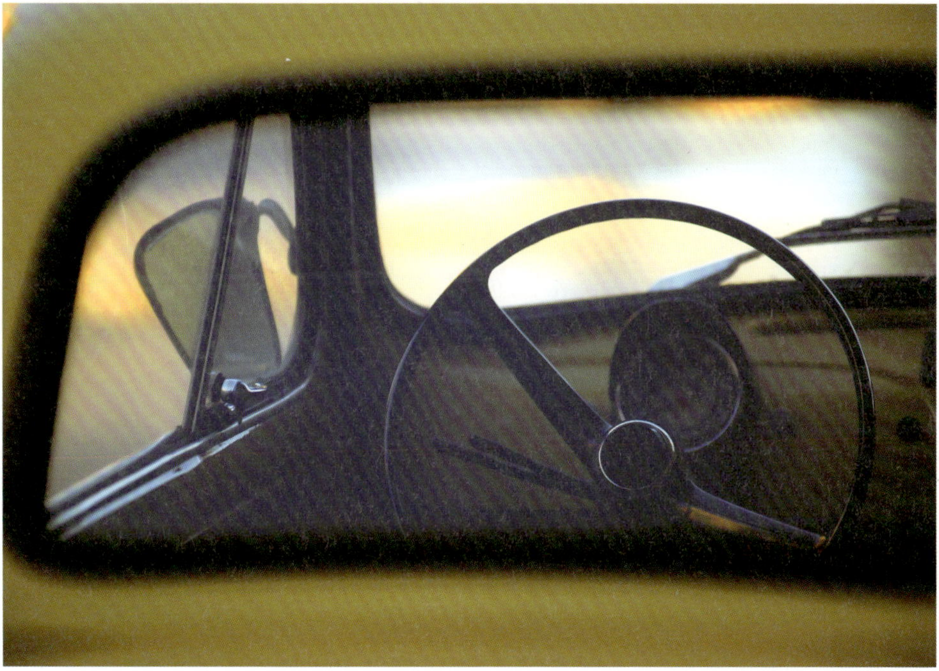

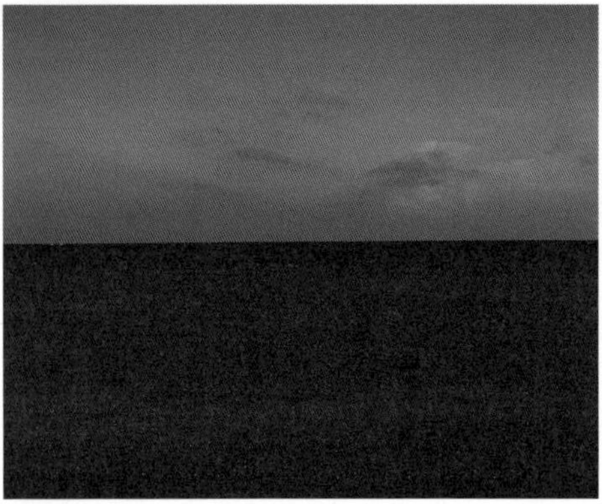

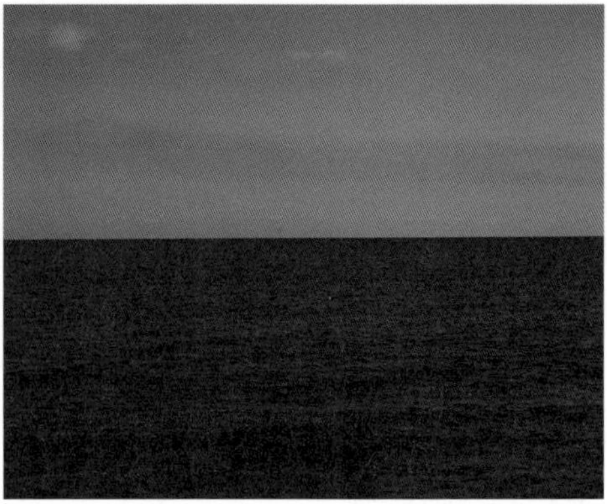

코파노 해변

Mar Tirreno - Orphism

눕지 않고는 일어날 수 없다.

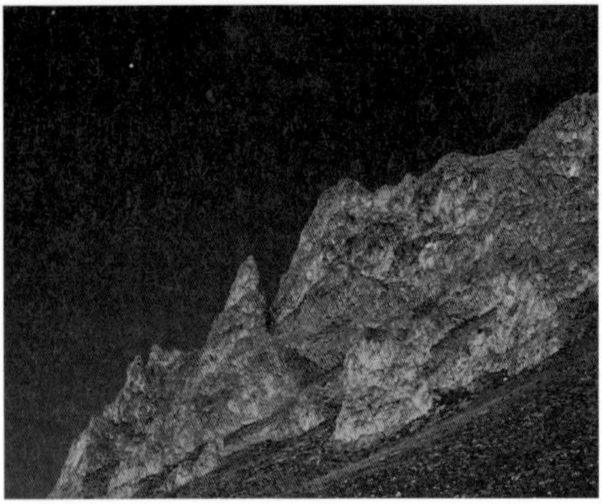

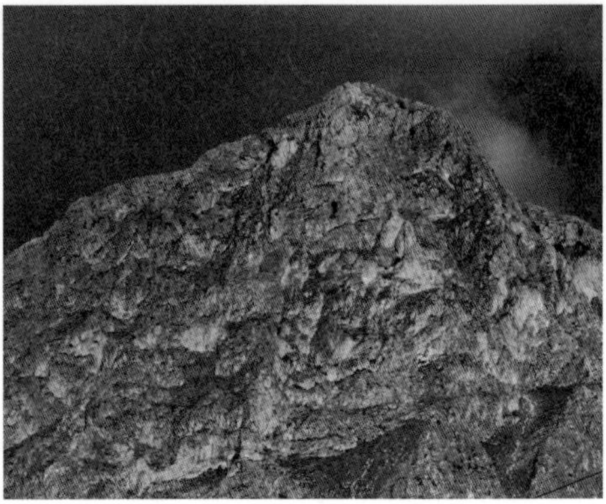

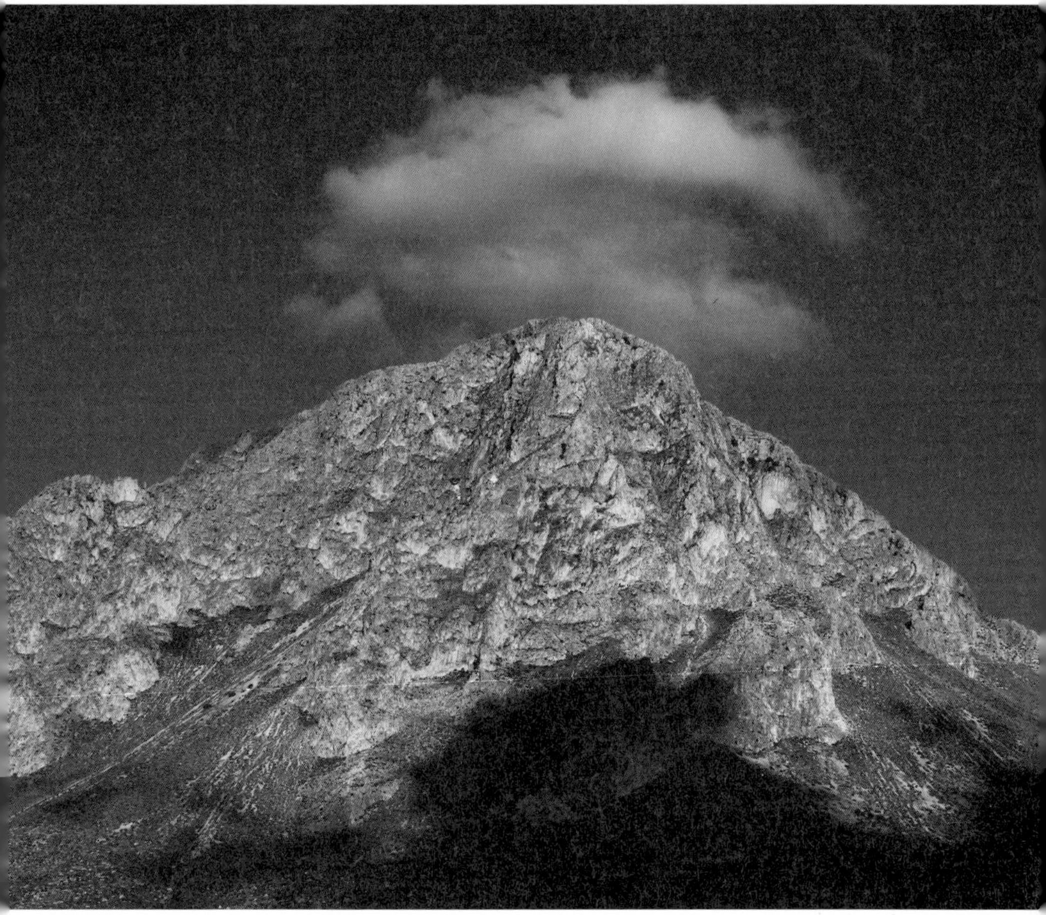

Mar Tirreno - Mountain

인생처럼 숨 가쁘지 않은 산은 없다

Mar Tirreno - Wind

바람이 없었다면 아무 일도 일어나지 않았다.

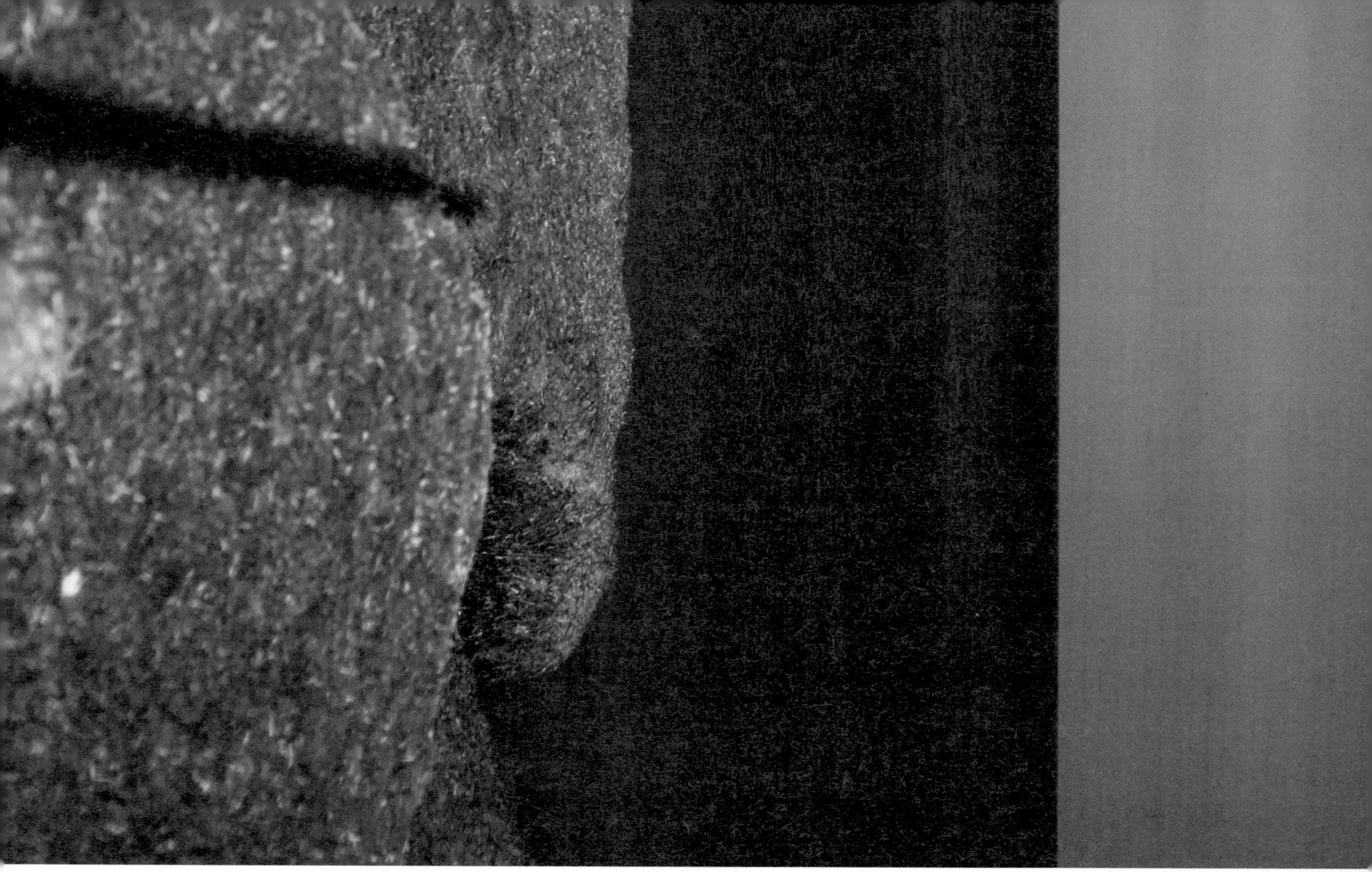

코포나

Mar Tirreno - Debris

아무 데도 쓸모없게 된 상처. 쓰레기

마지막 도시, 카스텔라마레 델 골포(Castellammare del Golfo)

처음 도착한 팔레르모에서 80여 킬로미터, 떠나갈 공항에서 70여 킬로미터 떨어진 조용하고 평화로운 휴양지 카스텔라마레 델 골포에서 시칠리아 여정을 끝낸다. '바닷가에 성이 있는 포구' 라는 뜻을 가진 도시인데 이곳에서 마지막을 장식할 줄은 정말 몰랐다. 너무도 뜻밖으로 내린 결정이었다. 12일간의 여정에서 라구사에서 자지 않고 시라쿠사까지 내달린 것이 결국 하룻밤을 번 꼴이 되어 매일 아침 짐을 싸지 않아도 되는 유일하게 이틀 밤을 자는 여유를 이곳에서 갖게 되었다.

제주도 고작 3배 정도 큰 시칠리아. 그러나 산길만 다니고 구불구불한 해안도로만 달려서인지 오늘 아침 팔레르모 100킬로미터 정도 남았다는 이정표에 몸이 가벼워졌다. 오는 내내 여유를 부리고 예술도 하고, 꽃밭에서 놀고, 산책도 하고, 이름 모를 산도 오르고 모처럼 호사를 누린 것도 이제 멀지 않았다는, 공항 근처에 왔다는 안도감이었다.

산등성이를 돌 때 카스텔라마레 델 골포가 짠! 하고 나타났다. 그 아름다움이라니. 대번에 꽂힌 도시다. 저기가, 우리가 유일하게 이틀 밤을 보낼 도시가 바로 저곳이다. 포구 근처에서 단 하룻밤이라도 머물러보자는 나의 채근에 조수석 남자가 한참 만에 나타나서 깨끗할 뿐 아니라 숙박료도 싸고 더군다나 요리까지 할 수 있는 곳이라며 한번 가서 보잔다. 자기는 마음에 든다고... 자기 마음에

들면 됐지…
엄청 신경 쓴다. 정말 가서 보니, 주차문제, 식사문제, 침실, 환경, 마트까지 거리, 가까운 포구 등등 이보다 나을 곳도 없는 듯하여 바로 방을 잡고 간편복차림으로 마트로 장 보러 나간다.

이틀 치 장을 봐오고 조수석 남자가 요리를 하는 동안 나는 침대에서 상념에 빠진다. 지금까지 달려왔던 길에 대해서, 풍경에 대해서, 사람에 대해서, 사물에 대해서. 힘들었던 길이다. 육체적으로, 정신적으로도, 마음까지도 힘들었던 긴 여행이었다. 그렇게 오직 하나만 생각하고 달렸던 길, 오직 하나만 의지하고 믿고 달려온 길이다.

모든 길은 참으로 정직하다. 항상 자신의 본 모습, 마음을 그대로 꺼내 보여 준다. 오르고 내리고, 휘어지고 부러지고, 낡고 삭고 누구도 걸어주지 않은 몰락의 길이라도 정직하고 착하고 상처 주지 않는 길이다. 세상의 모든 길은 아름다운 마음의 길이다. 창밖을 보니 어느새 어두워지고 비가 오려고 한다. 오랜만에 만나는 비가 아닌가! 모처럼 편안 마음으로 조수석 남자의 요리 맛에 아까 산 와인을 따서 먹고 느긋하게 밤 촬영 떠나보자. 이틀 쉰다는 것이 이리 안정된 마음을 준다는 것은 정말 놀라운 일.

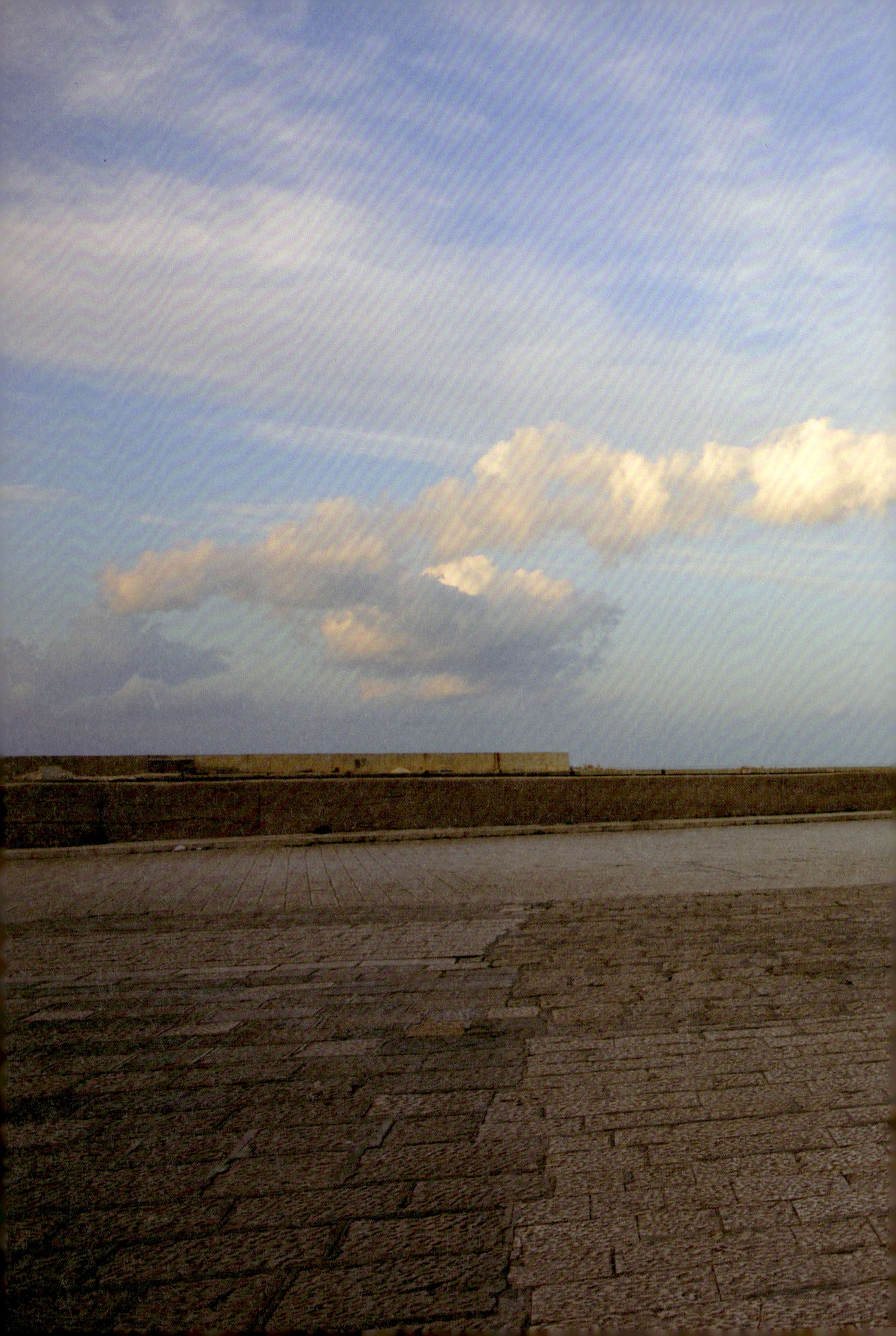

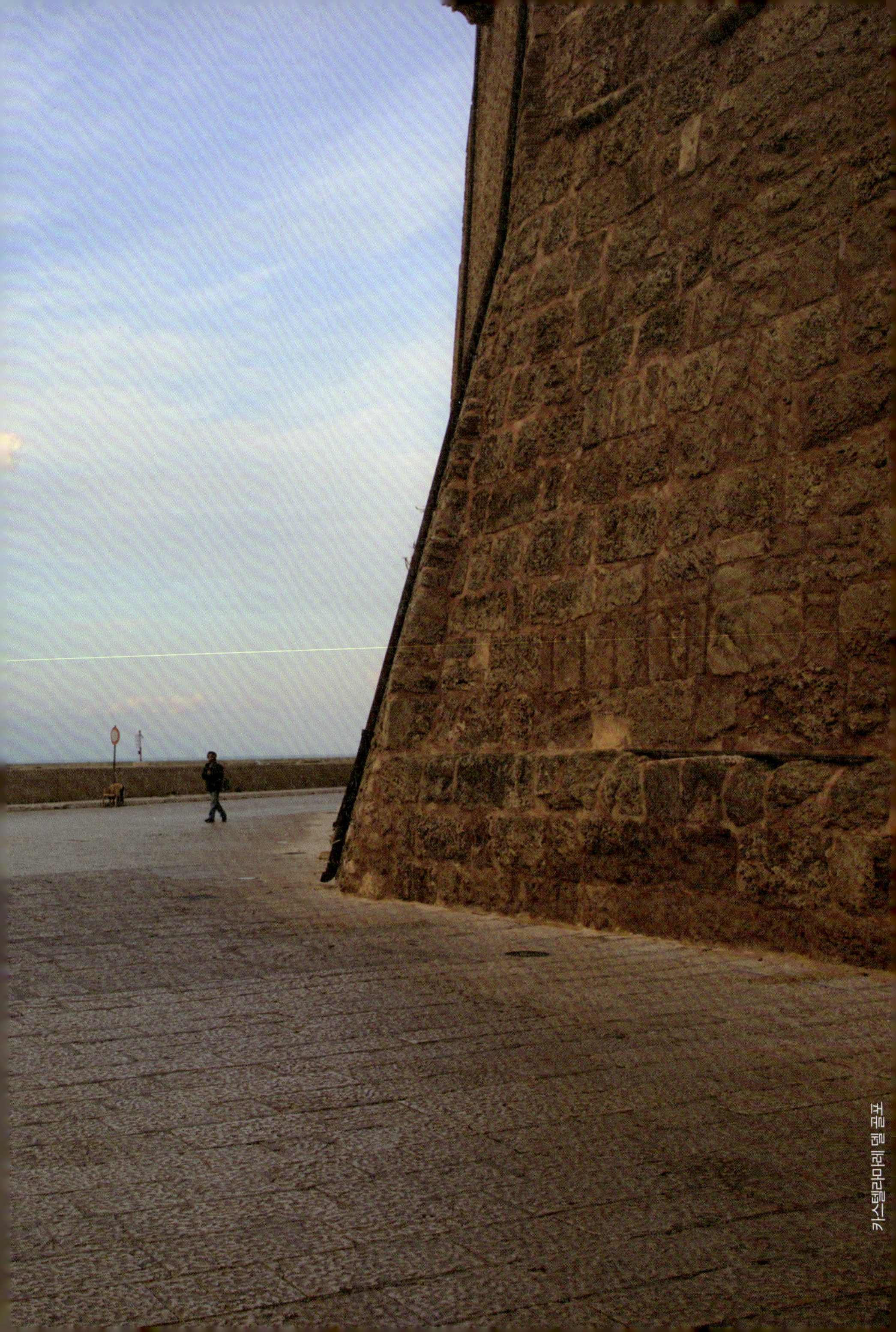
카스텔라마레 델 골포

카스텔라마레, 아름다운 밤

그 어떤 사진을 찍는 이유도 '세상을 아름답게 보는 법', '아름답게 표현하는 법', '세상을 사랑하는 법'을 넘지 못한다. 그 어떤 사진가라도 침묵하는 사물의 존재감을 헤아리지 못하거나 오히려 아프게 상처 낸다면 사진가일 까닭은 없다. 사진은 이 세상 존재들이 아름다워서 찍고, 아름답게 하고자 찍으며, 아름다웠노라고 말하고자 찍는다. 뭐가 있겠는가! 따라서 사진이 진정 정직한 것이라면 그 사람의 마음의 풍경이라면, 그리고 또한 그 마음이 진실로 정직한 것이라면 아름다움이 마음 속으로 흘러들어 한 장의 사진이 사람들의 마음을 울리고 감동시킨다. 표현의 목적은 정직, 진실성이다.

'너무 진하지 않은 향기를 담고'로 시작하는 〈찻잔〉이라는 노랫말을 조용히 음미해보라! 그것들의 시선, 감각, 감정들의 오고감을 마음으로 상상하라! 누구도 헤아려주지 않은 찻잔에 지금 시선을 건넨 저 사람, 진정으로 오감을 여는 저 사람이 바로 진짜 사진가 아닌가!

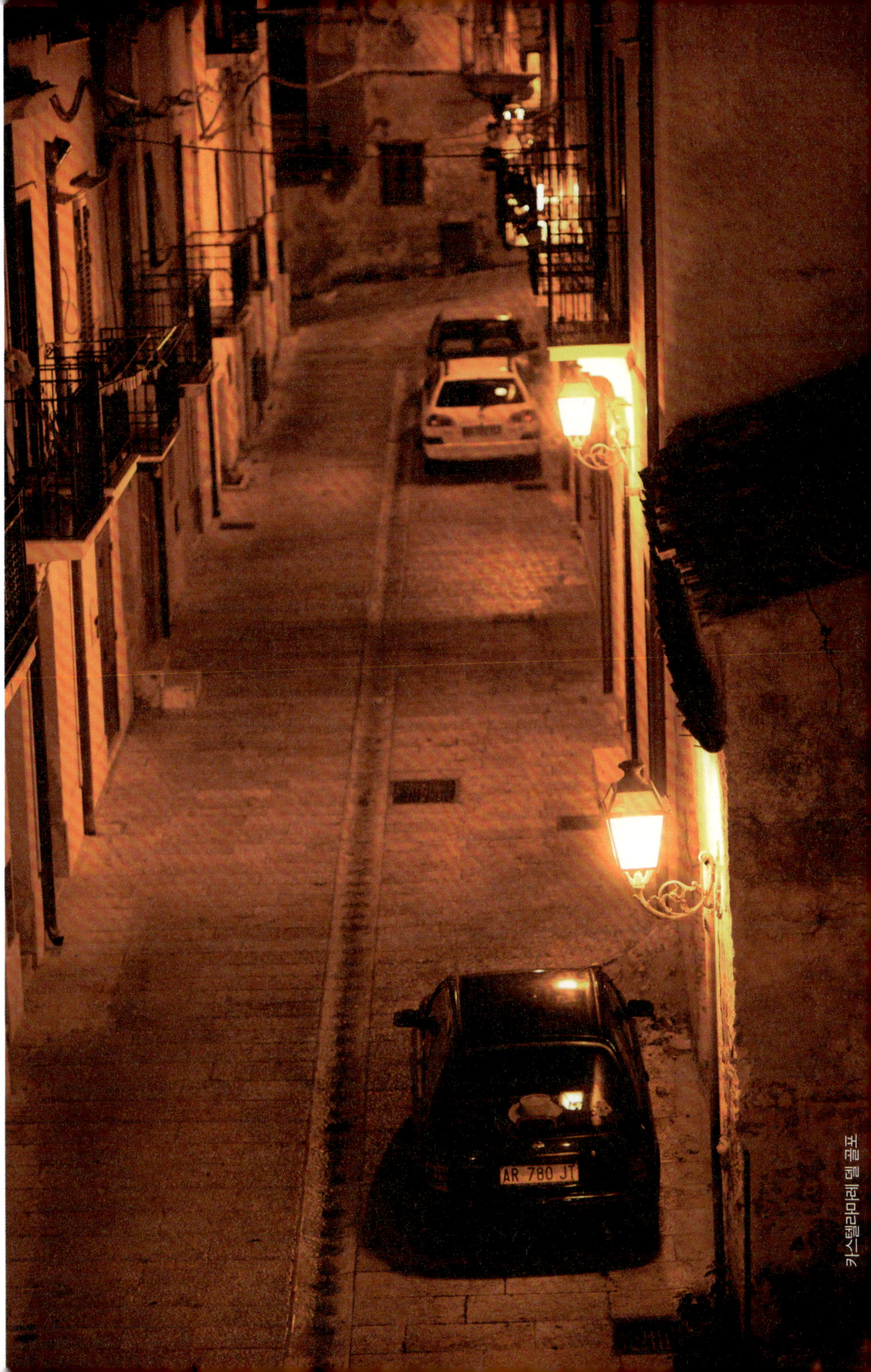

카스텔라마레 델 골포

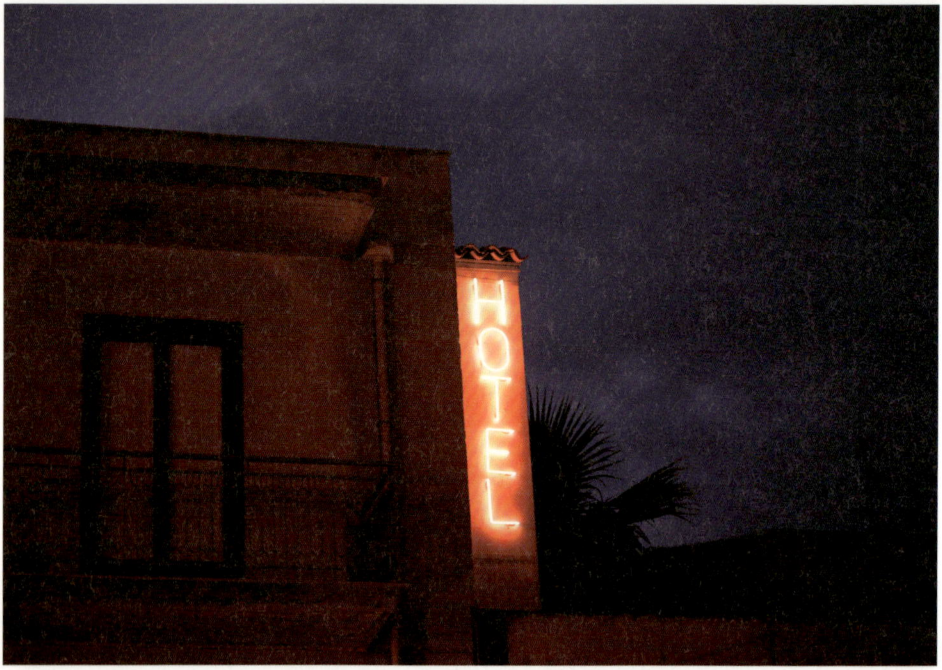
HOTEL

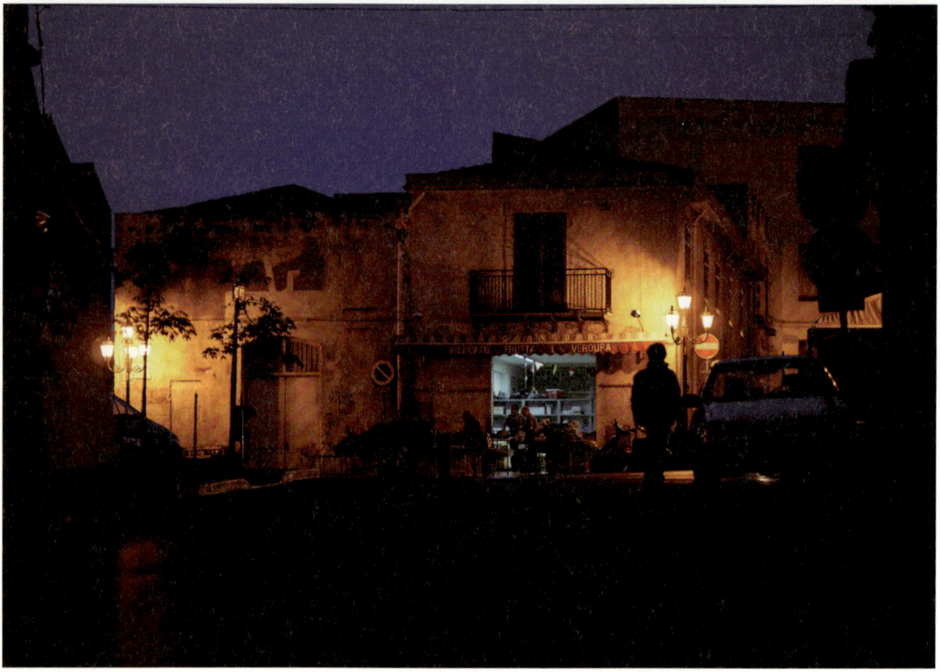

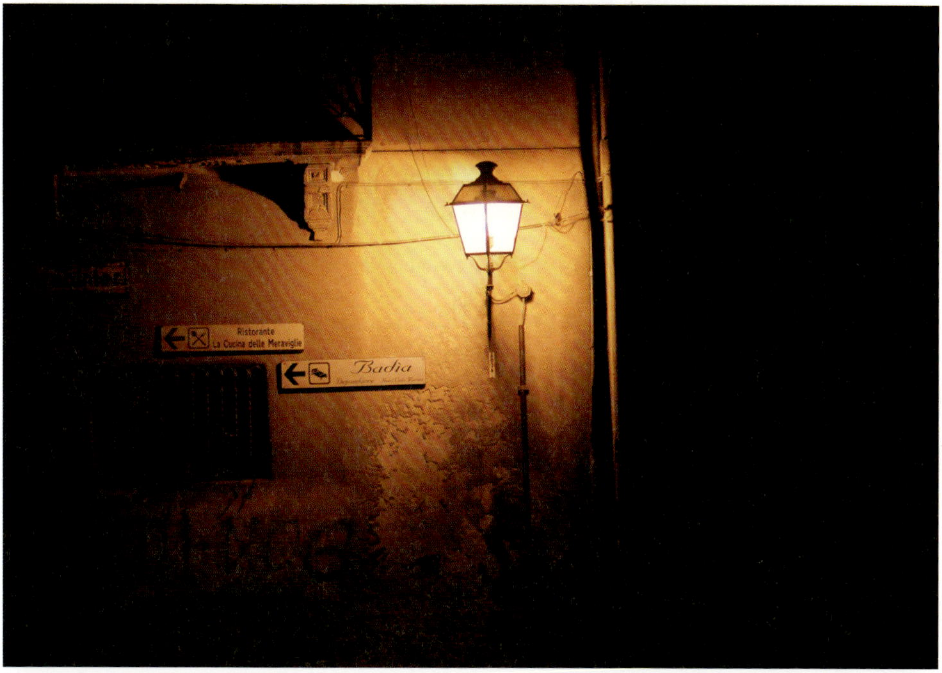
Ristorante
La Cucina delle Meraviglie
Badia

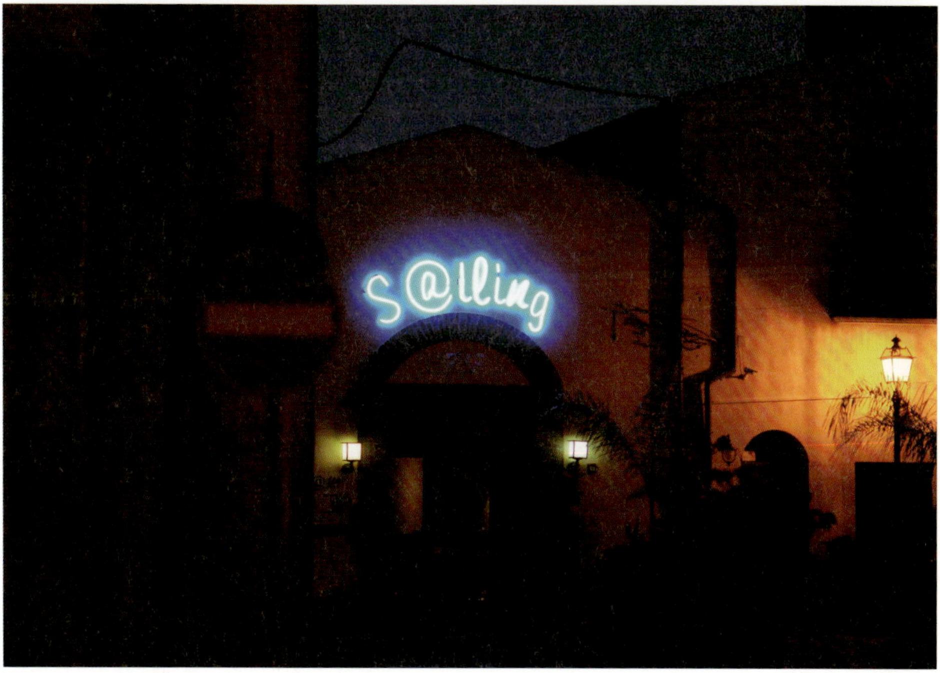
s@lling

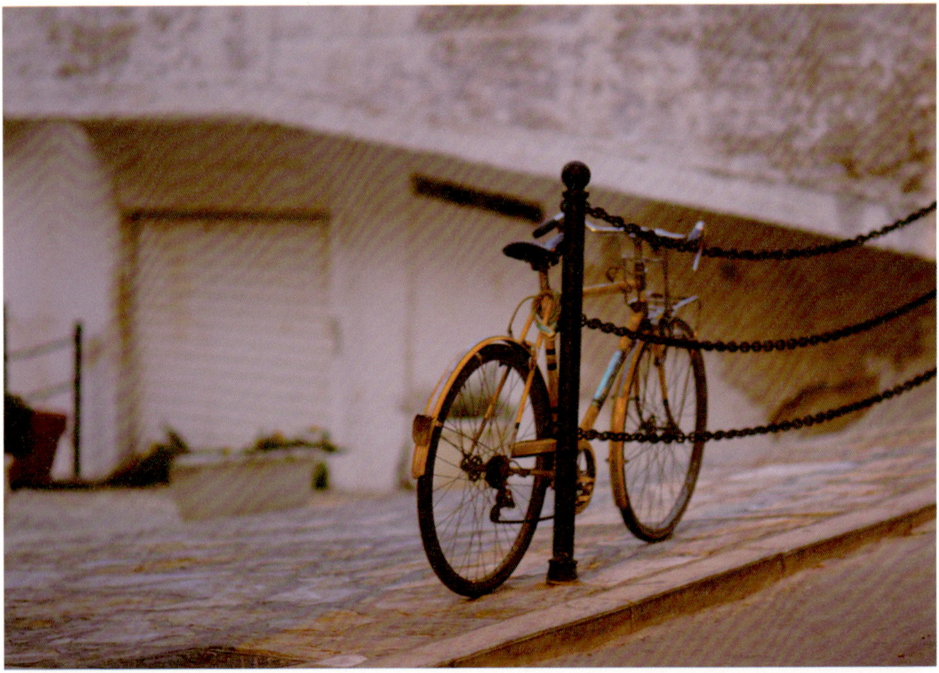

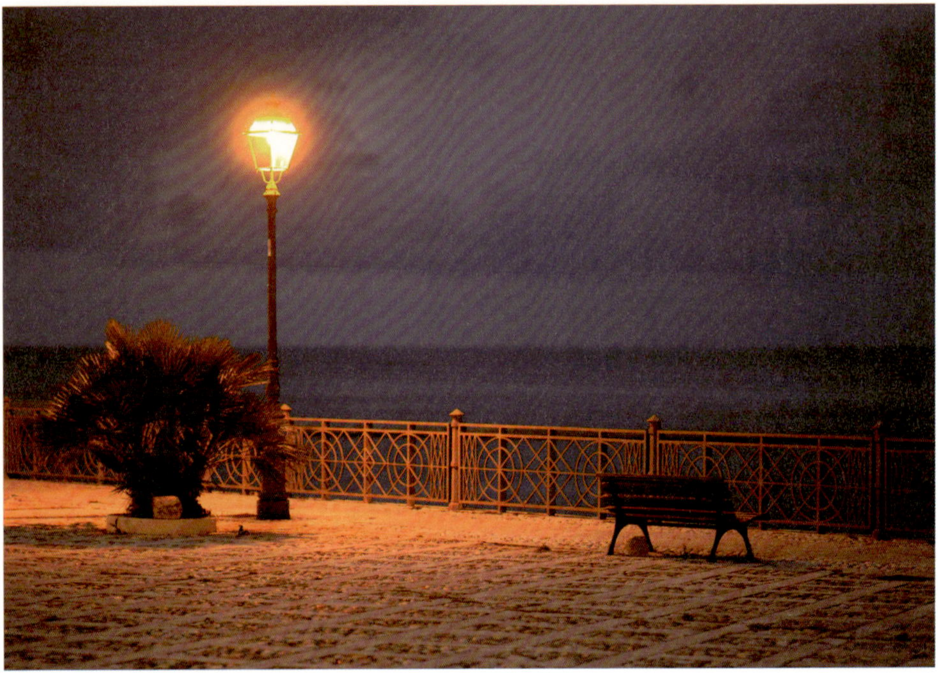

카스텔라마레 델 골포

the emotional tomb

마음을 배반하는 것만큼 마음 없는 마음도 없다.

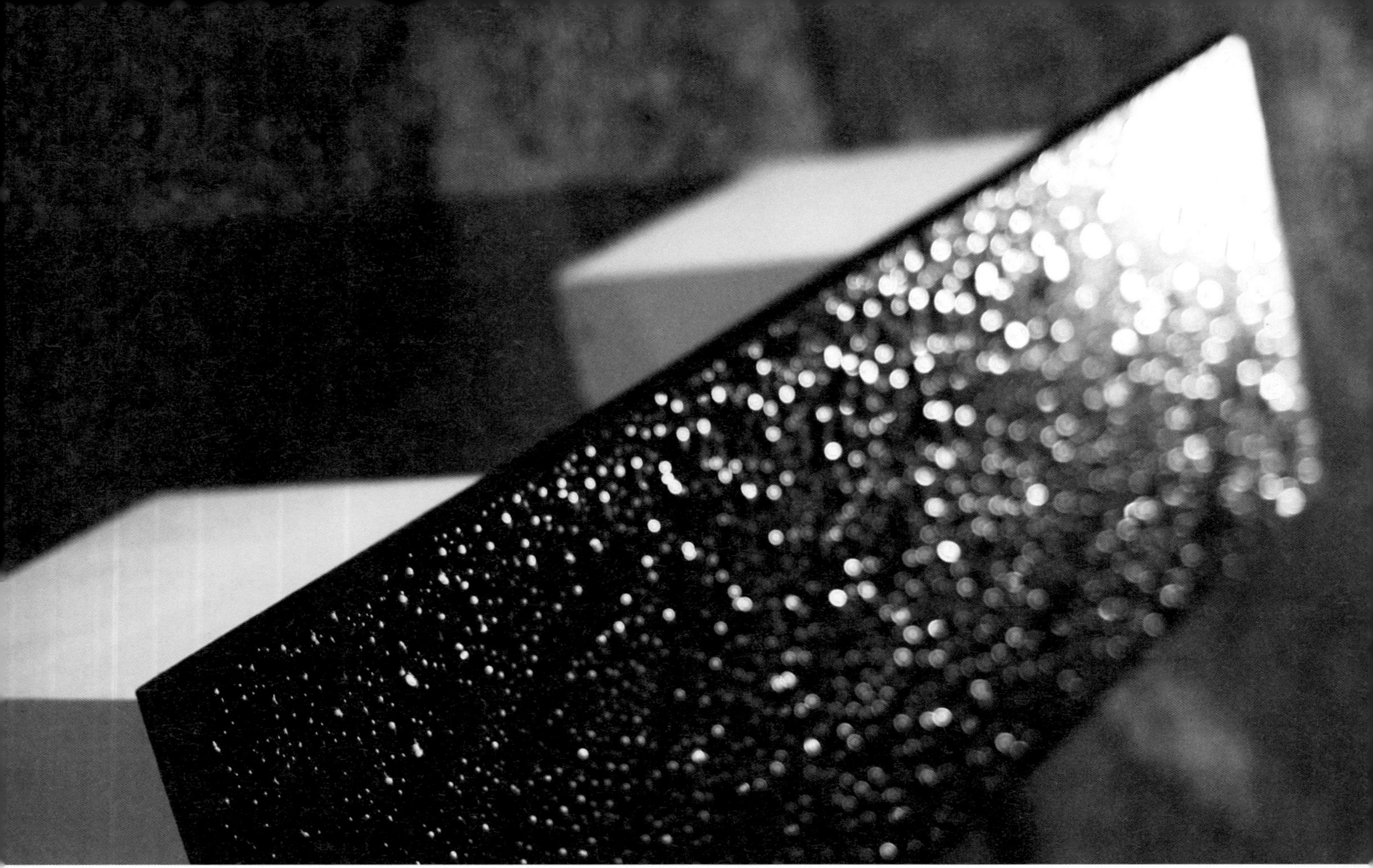

카스텔라마레 델 골포

마지막 새벽

여린 빗소리에 잠을 깬다. 달착지근한 와인 두 잔에 곯아떨어진 후 깨어난 시간은 새벽 4시. 새벽 비를 맞고 싶다는 강렬한 유혹이 가슴 저 바닥에서 솟구쳐 오른다. 밖은 아직은 캄캄하다. 이럴 땐 표준 단 렌즈 f 1.4 밝기 렌즈가 대단한 위력을 발휘한다. 시칠리아의 모든 흑백사진은 시그마 f 1.4 표준렌즈로 찍혀진 것이다. 빌려 간 렌즈였는데 새벽과 심야촬영에 위력을 발휘한다. 상당한 어둠에도 감도 400, f.1.4 완전 개방에 놓고 찍으면 흔들림 없이 환상적인 흑백사진을 준다. 새벽 4시. 비를 맞으면서 아무도 없는, 텅 빈 거리를 누빈다. 새벽촬영만큼 황홀한 시간은 없다. 카메라에 사물들이 온몸으로 소스라치게 일어나거나 보드랍게 달려든다. 최적 대화의 시간이다.

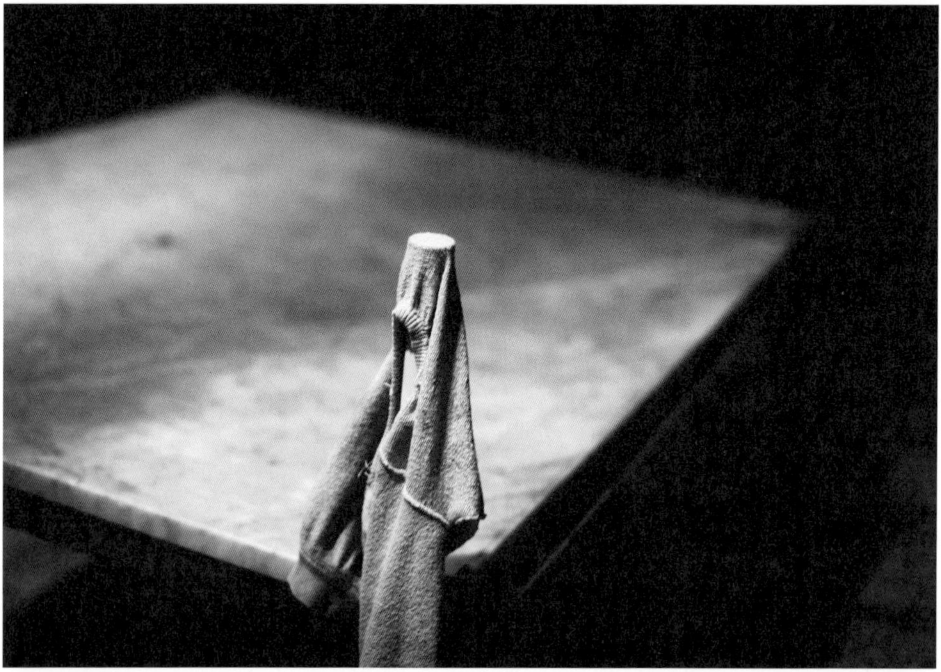

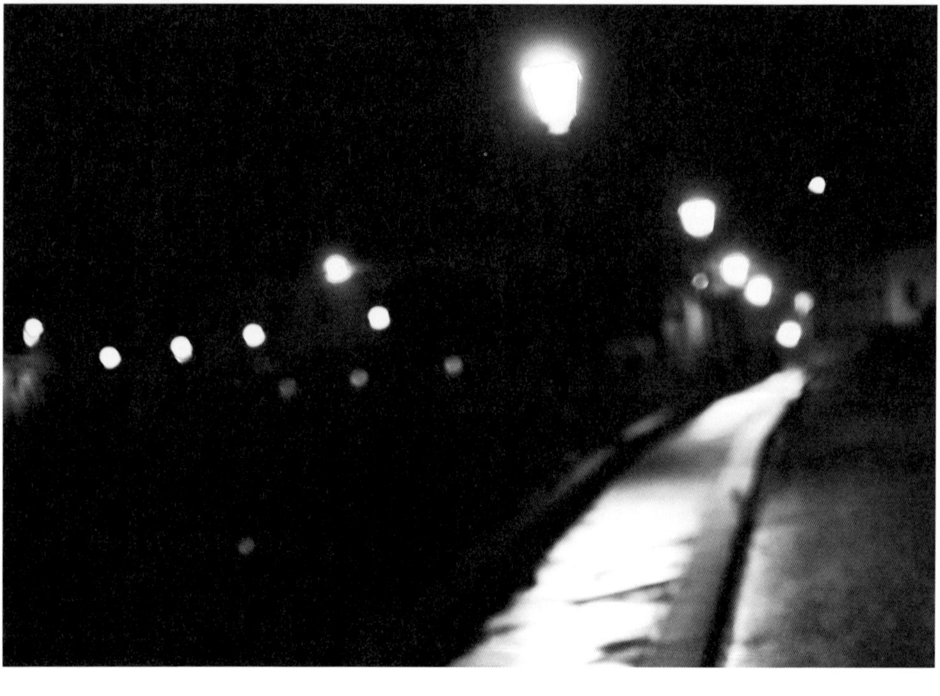

카스텔라마레 델 골포

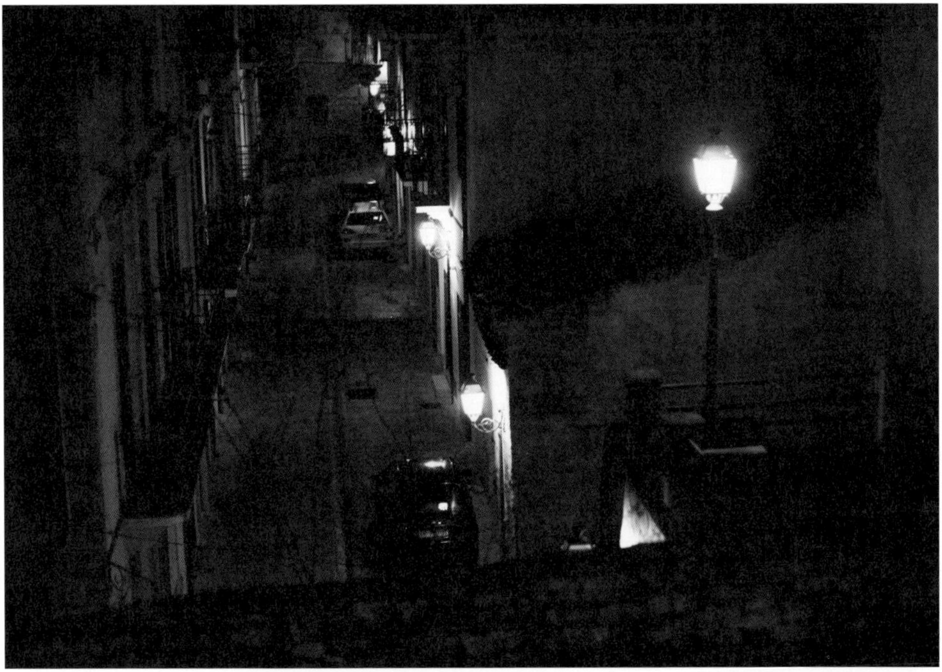

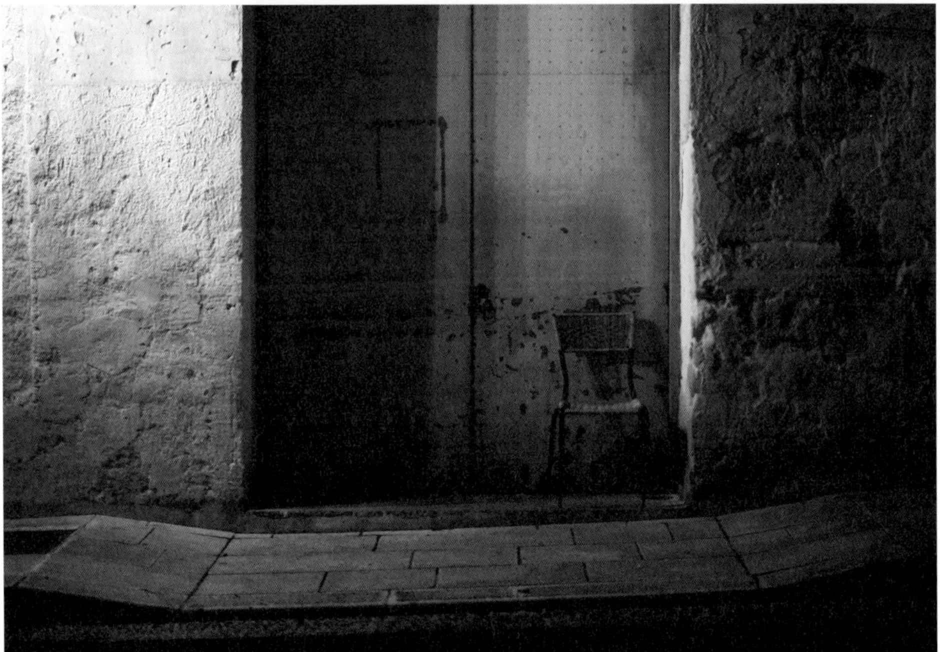

마지막 아침

간간이 뿌리던 비가 동이 틀 무렵에는 자취를 감추고 순식간에 맑은 날씨를 보인다. 흑백에서 컬러로 바꾸고 렌즈도 색이 좋은 칼자이스 f2.8, 24~70mm 줌렌즈로 바꾼다. 포구로 나가 아침 빛에 한껏 아름다움을 자랑하는 선창가 풍경, 요트마리나, 그리고 몇 사람 나오지 않았지만 어부들이 일하는 모습을 카메라에 담는다. 그러고는 아직 가보지 못한 방파제 너머까지 가서 동서남북 아침 햇살에 빛나는 포구의 아침을 본다. 참으로 평화롭고 잔잔하고 여유로운 풍경이다. 세상 사는 일이 이런 풍경이었으면 좋겠다.

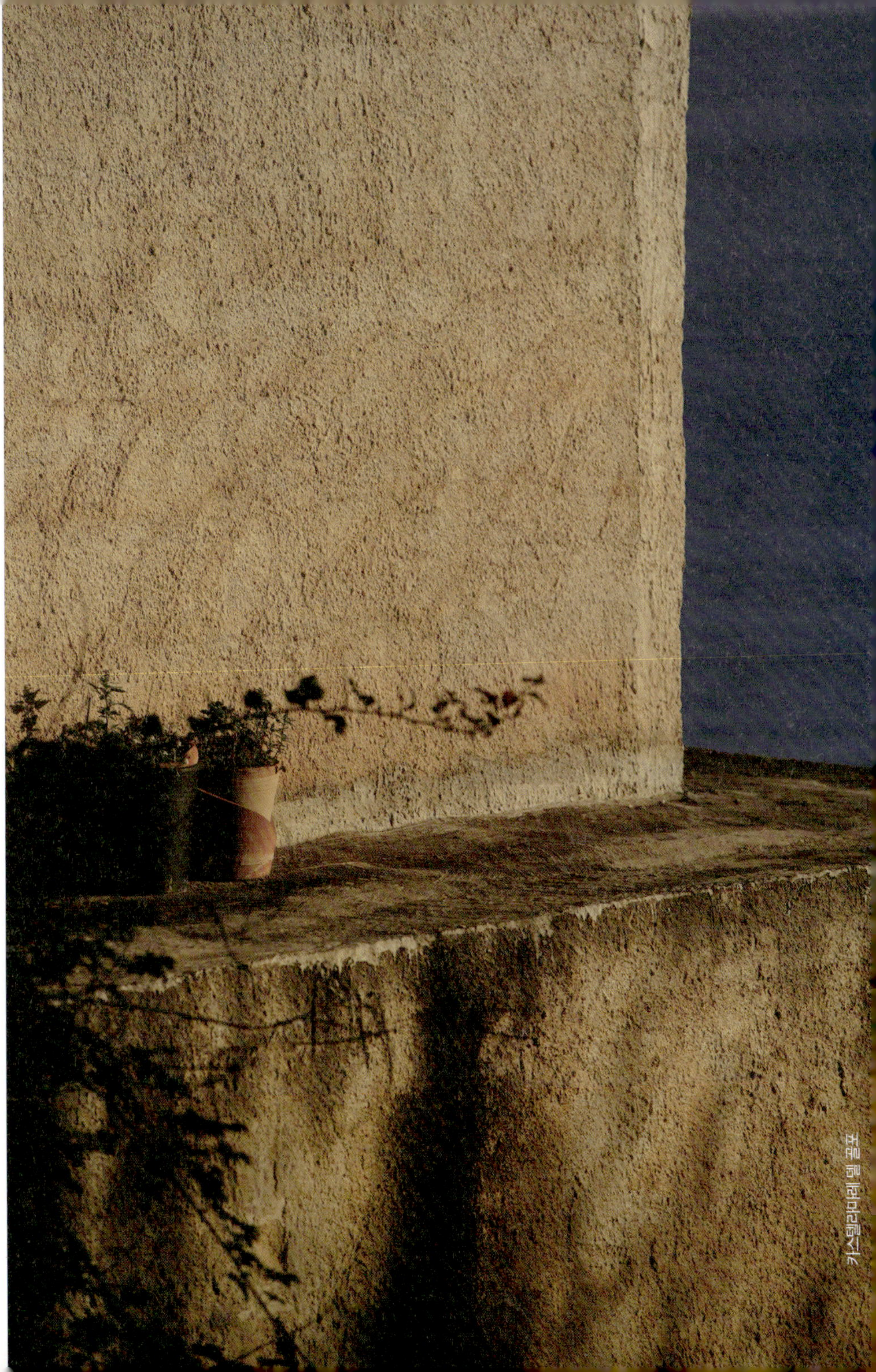

카스텔라마레 델 골포

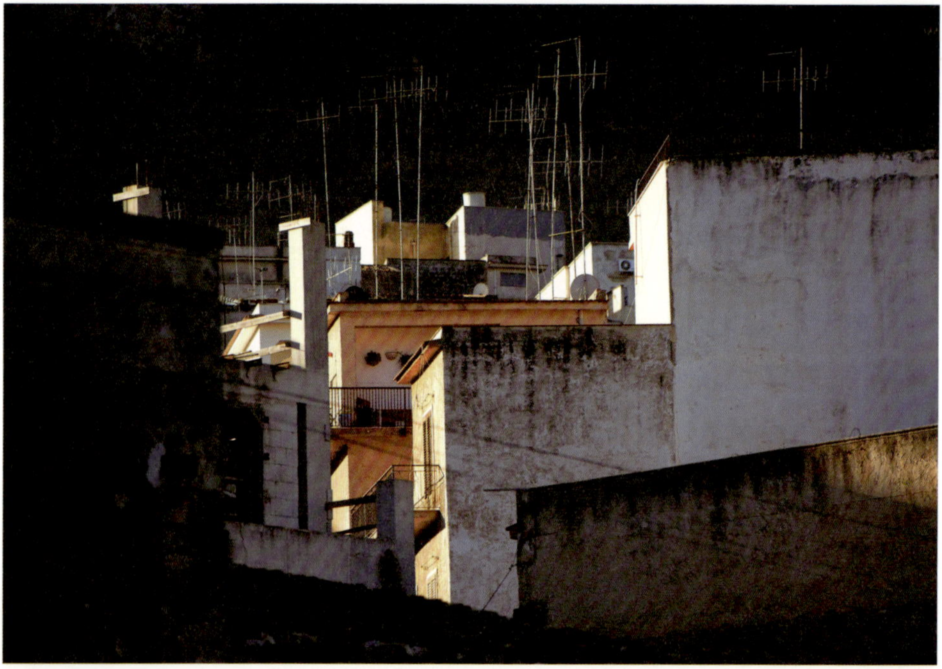

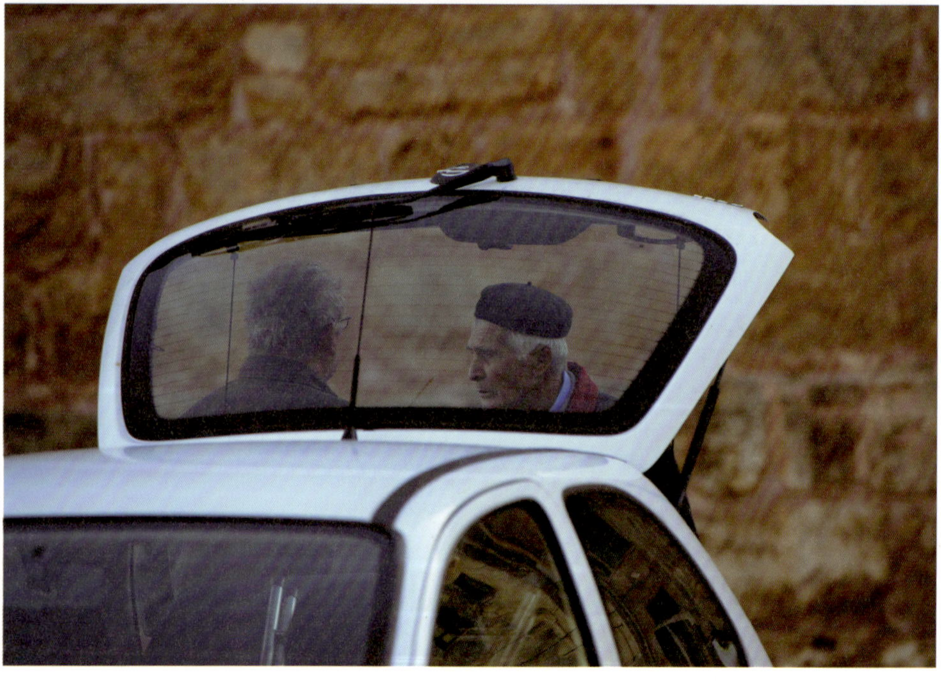

카스텔라마레 델 골포

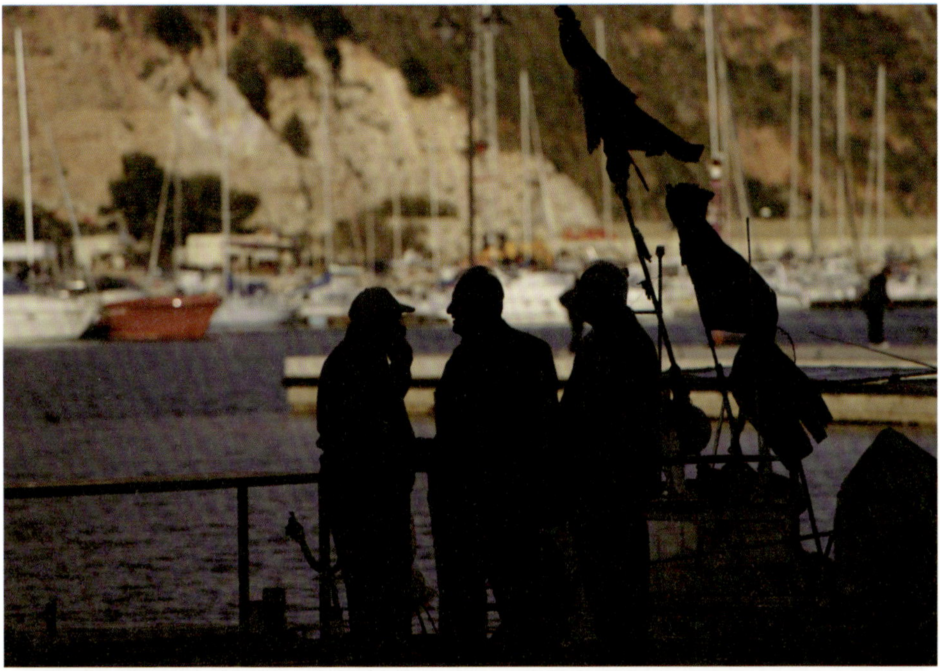

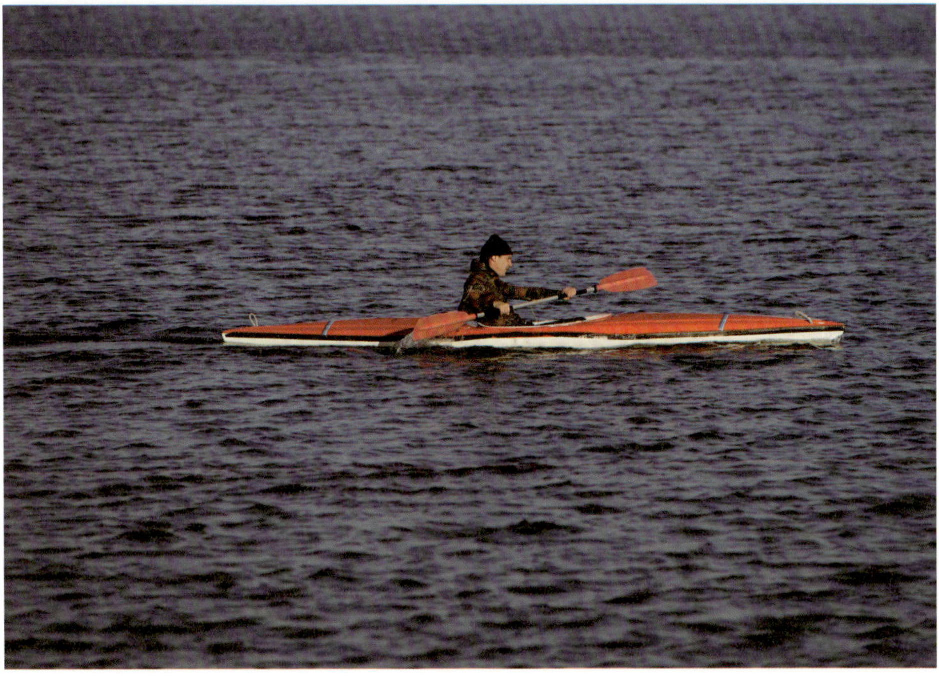

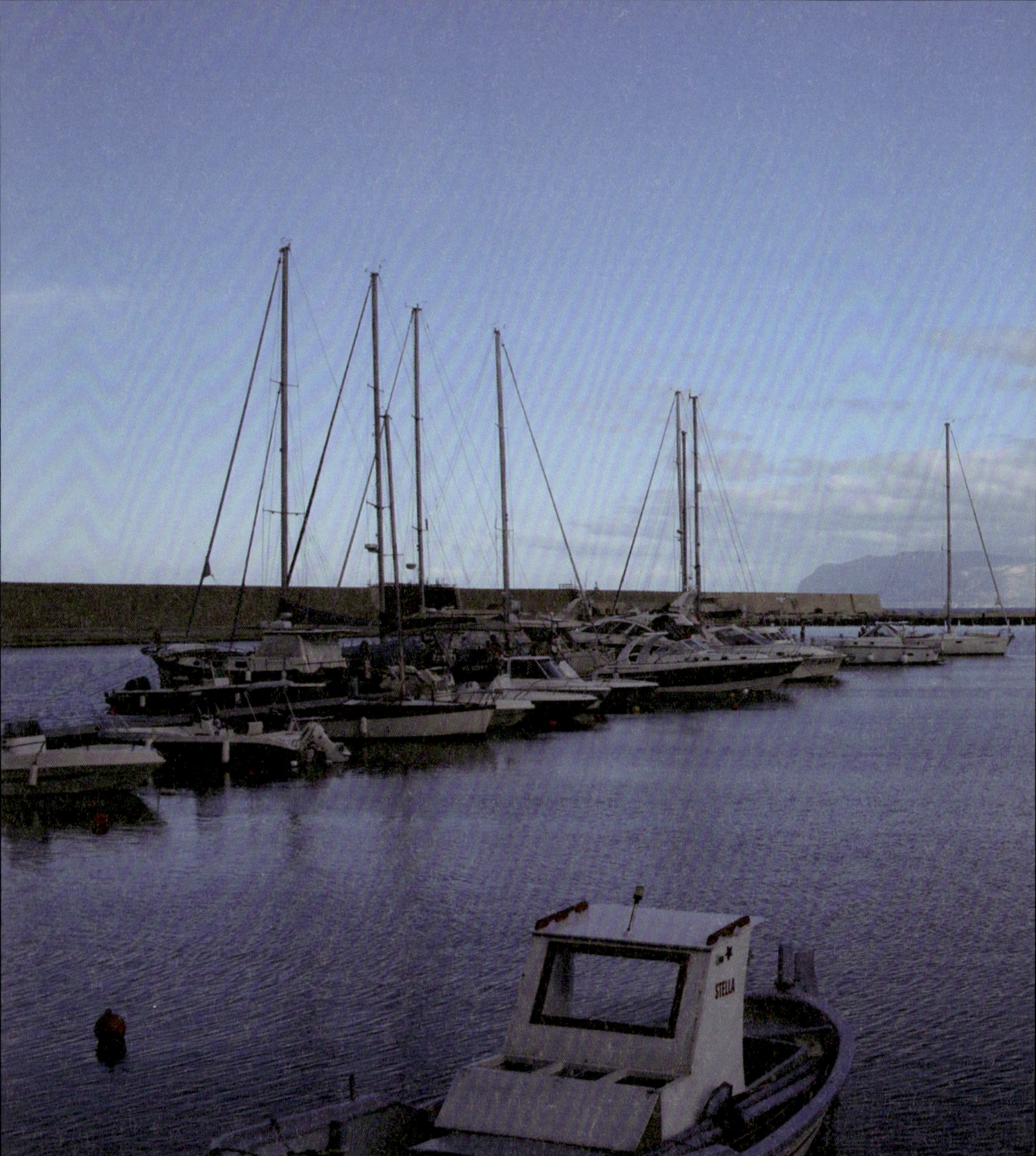
STELLA

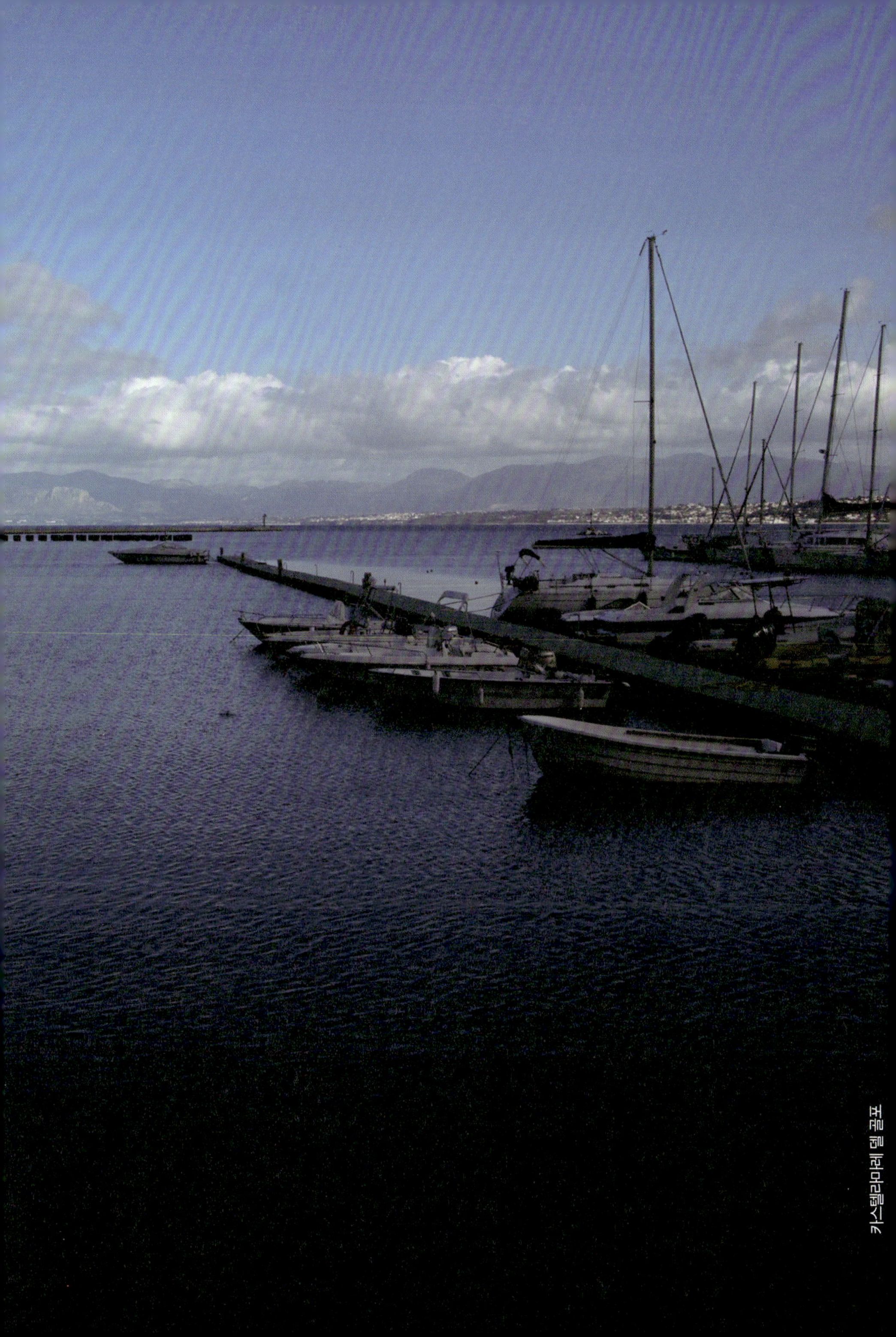

카스텔라마레 델 골포

시칠리아 마지막 이야기

나의 경우, 사진여행에서 항상 어떤 사람과 만난다. 개인이거나 가족이거나, 집단일 수도 있었다. 운명 같은. 분명히 우연처럼 보이지만 알고 보면 필연 같은 연분들이다. 시칠리아 여행 마지막 날 만난 주세페 형이 그런 분이다. 마을 뒷산 높은데 올라가면 좀 더 널찍이 내려다보겠다 싶어 올라가는데 거의 산꼭대기 집 한두 채 있는 곳에서 짠! 하고 나타나 말을 걸어온다. 자신도 사진가라면서...

어쨌거나 주세페 형은 우리를 언덕꼭대기로 안내했고 덕분에 우리는 아주 높은 곳에서 도시를 조망하는 멋진 파노라마 풍경을 보고 찍고 즐기면서 한때를 보냈다. 내려오는 길에 주세페 형이 자기 집에서 차 한잔하잔다. 그래서 길 안내에 고맙기도 하고 호의를 거절할 수 없어 그의 뒤를 졸졸 따라 들어가 집에 성큼 들어섰다. 독신 삶. 혼자 집을 짓고 가꾸고 생활하고 마지막 삶을 보낸 은퇴자. 나이는 이제 막 60줄에 들어섰는데 여전히 정정하다. 은퇴 직전까지 보도사진도 찍고 결혼사진도 찍고 했다면서 사진첩을 한 무더기 가져온다. 조수석 남자가 뭐라 뻥을 쳤는지, 아니 내가 자기의 마이스터라고 한 거 같고, 유명한 뭐라 했는데 그 말에 주세페 형이 급, 관심을 보이면서 사진 봐주기를 간청한다. 네다섯 권 사진첩을 보았는데 잘 찍었다 했지만 수준은 그저 그랬다. 그런데 사진첩 중에 자신의 직계가족, 그의 어린 시절, 청년기의 흑백사진이 멋진 작품이었다. 손에 들고 찍었는데 저 사진들이다. 귤도 얻어먹고, 커피도 얻어 마시고 금세 친해졌는데 나이가 위라, 형이라 부르겠다고 하여 의형제가 되고 기념사진도 찍었다. 함께 한 시간이라야 고작 한 시간 남짓 된 것 같은데 어느새 정들어 우리가 떠나갈 때 아쉬워 어쩔 줄을 몰라 했다. 사진의 동질감 때문인지, 아니면 혼자 사는 독신자의 외로움 때문인지, 아니면 시칠리아 사람의 끈끈한 가족애, 형제애일지도 모르겠다. 발길이 떨어지지 않았다. 이메일이 없어 연락을 주고받지 못하고 있는데 하여튼 시칠리아에 가면, 이곳을 안 찾을 수가 없게 되었다. 아름다운 마을, 아름다운 인정들을. 느릿한 마음으로 돌아와 가방을 싼다. 이른 아침 비행기라 서두른다.

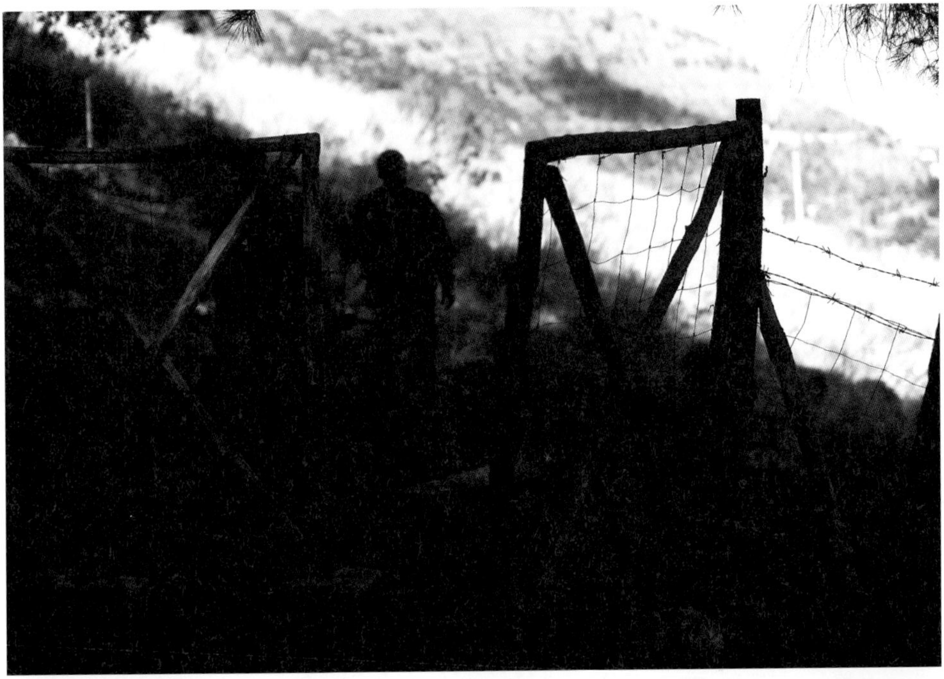

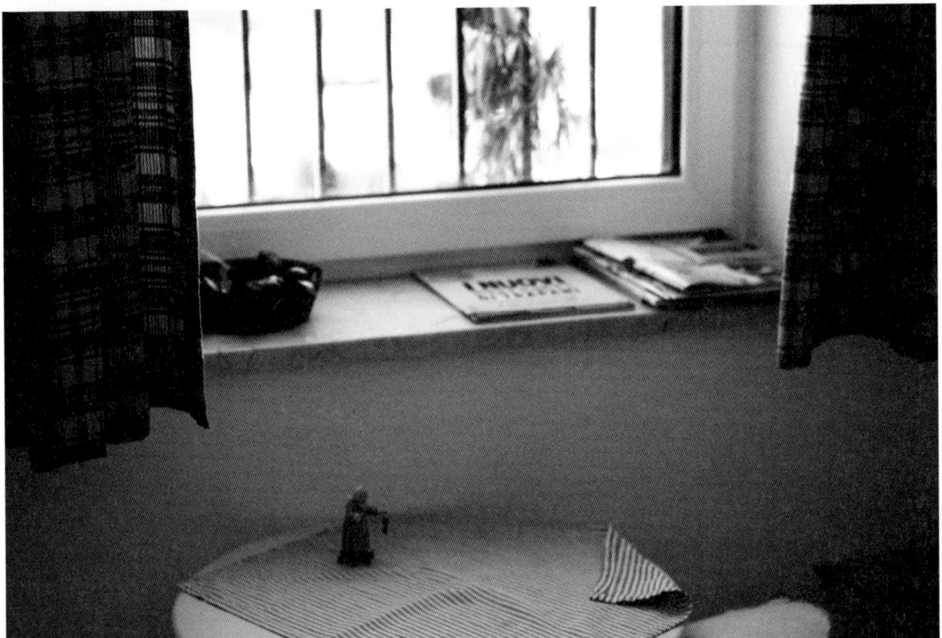

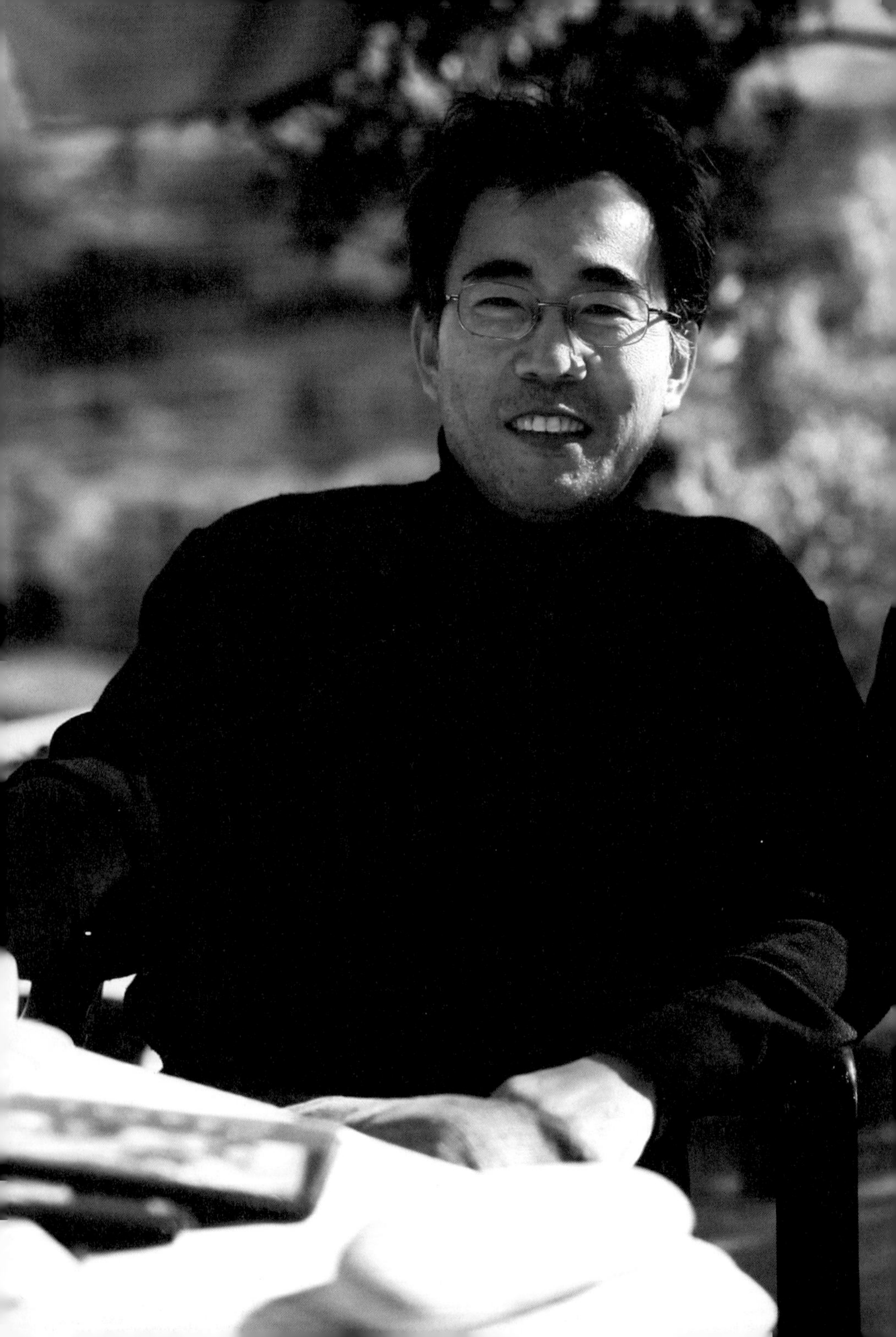

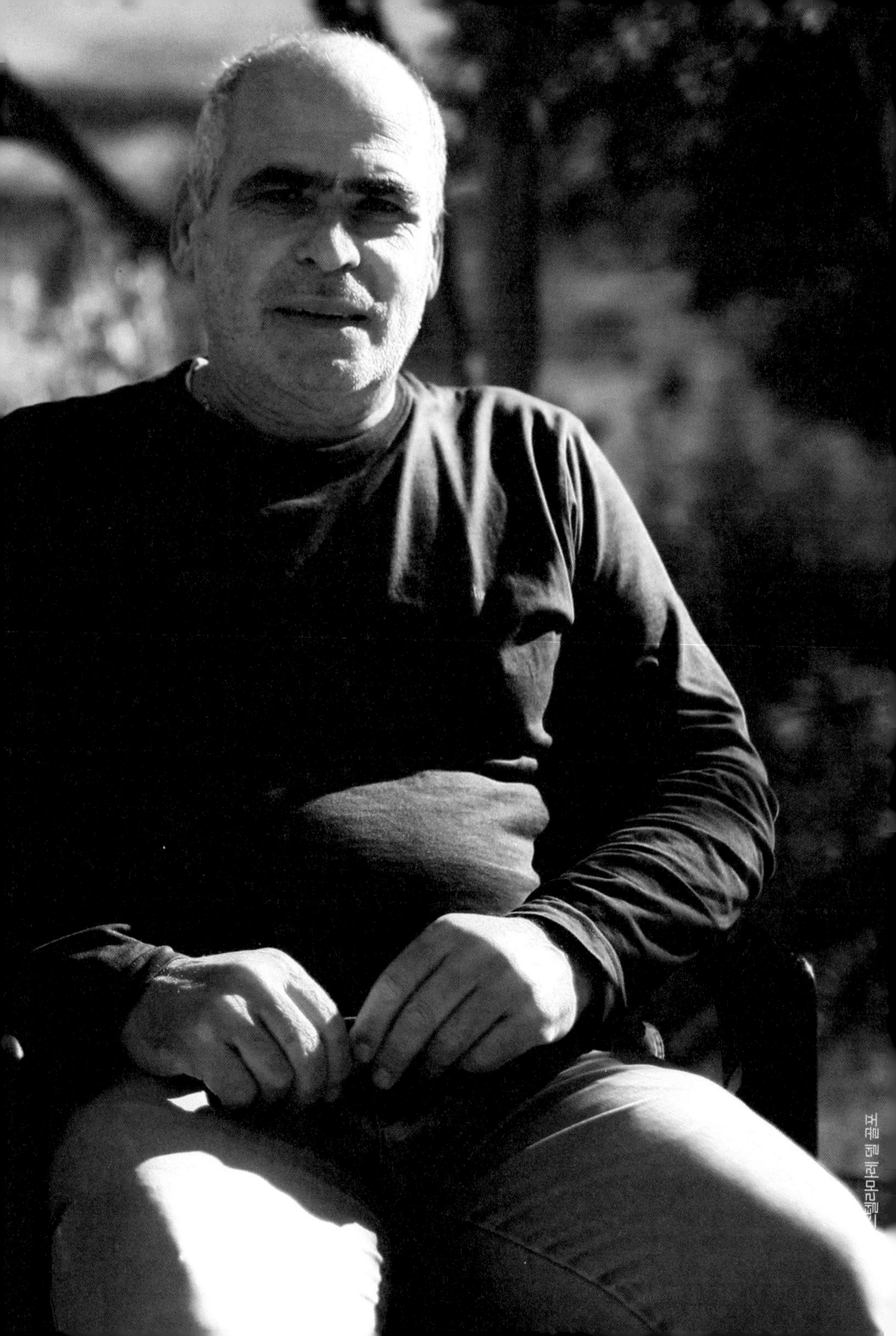

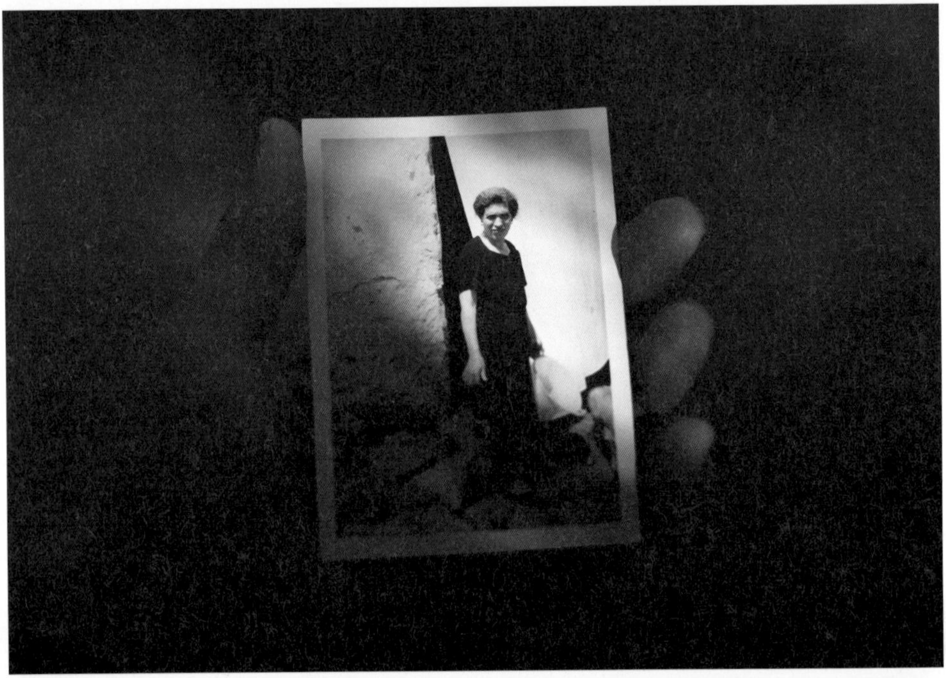

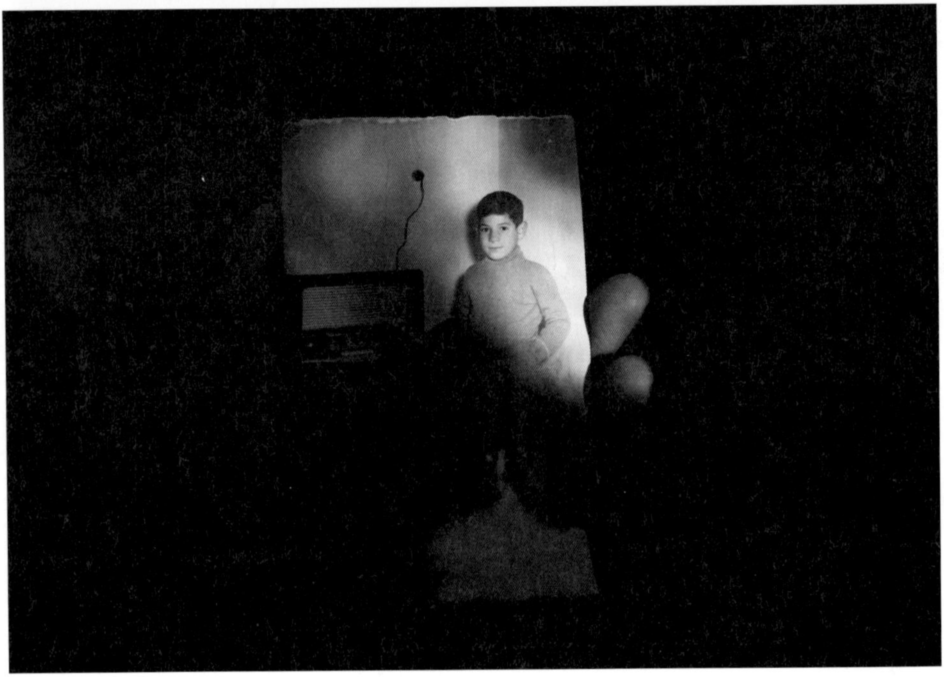

카스텔라마레 델 골포

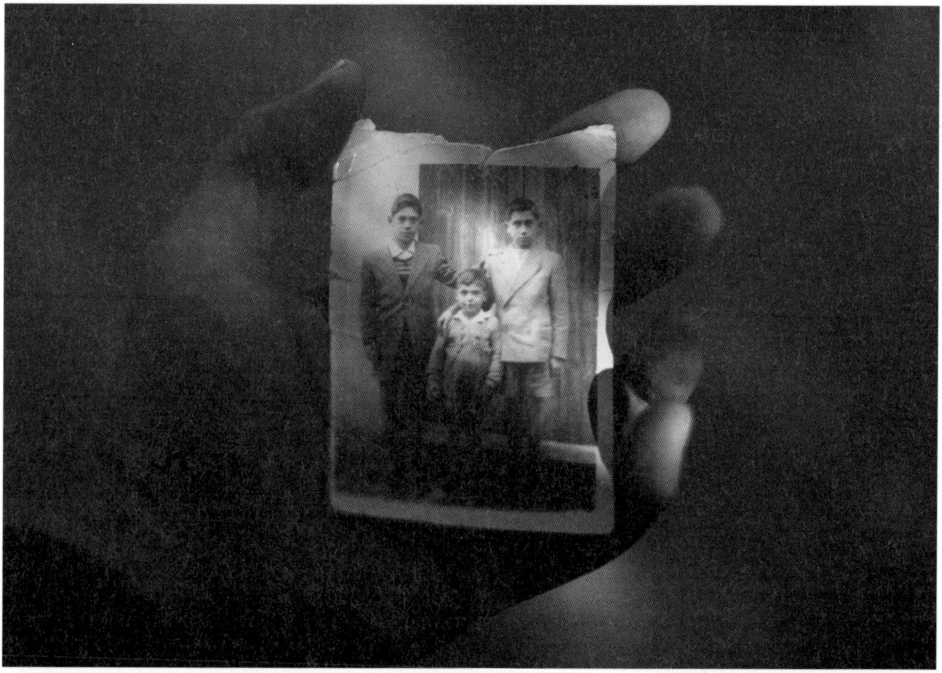

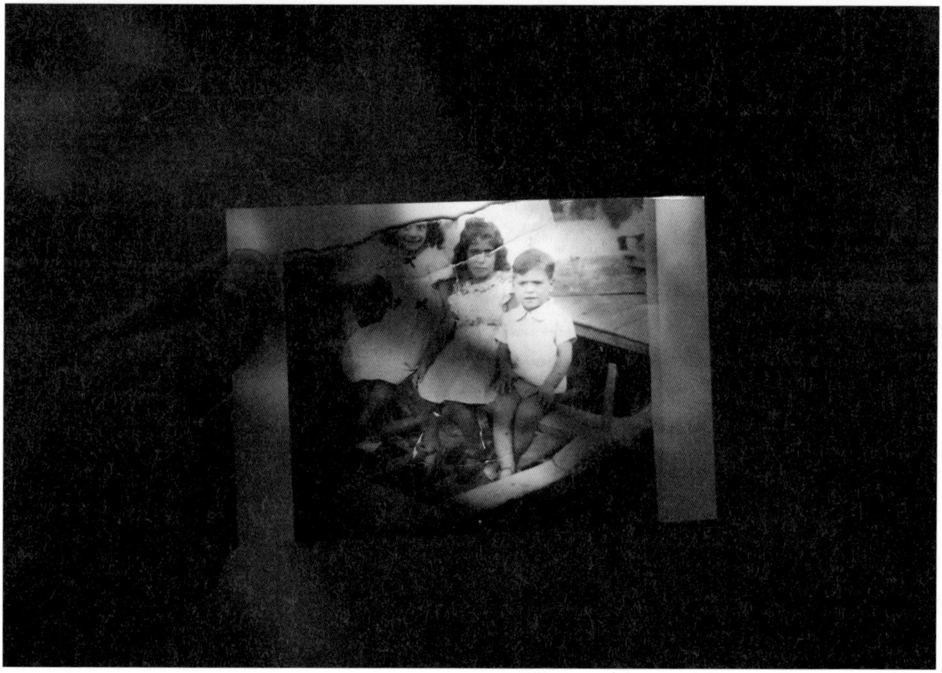

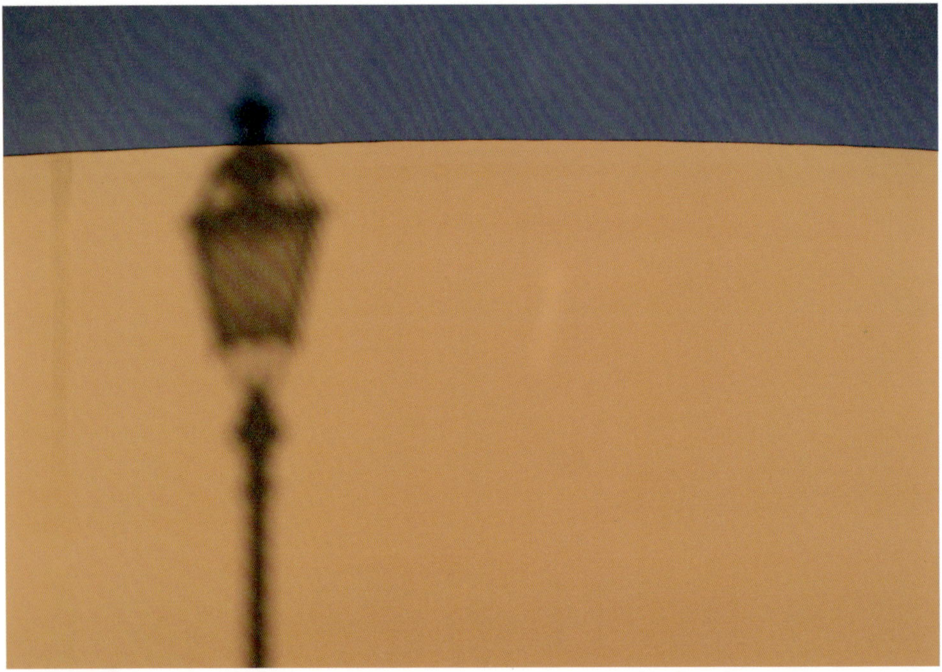

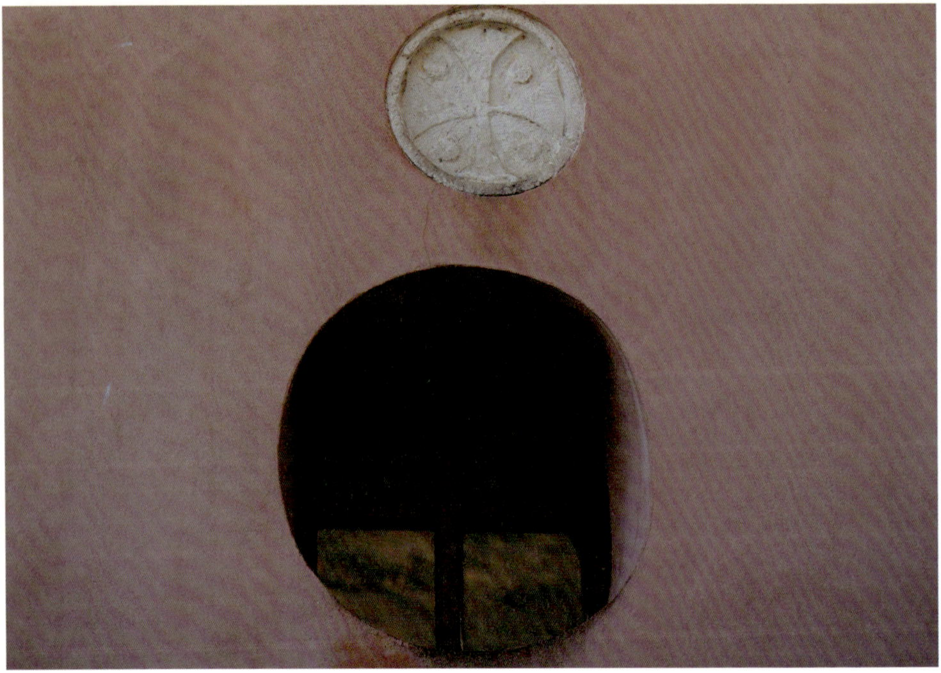

카스텔라마레 델 골포

adieu sicilia

천국과 지옥은 삶 가까이 있다.

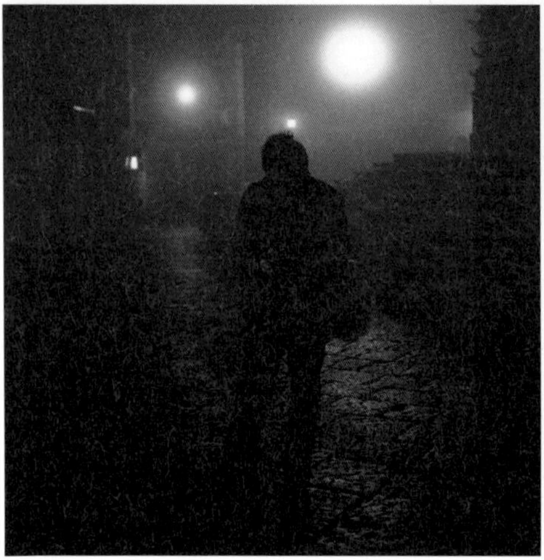 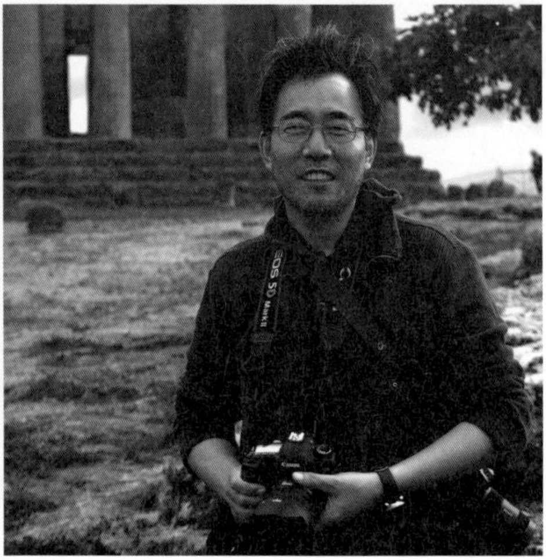

시칠리아 여행 후기

시칠리아 여행은 2006년 겨울에 마음을 먹고 2011년 12월 3일부터 2011년 12월 16일까지 13일 약 2주간 다녀왔다. 에어프랑스 항공사를 이용하여 파리 - 로마 - 팔레르모로 들어갔고(in), 나올 때(out)도 역순으로 그대로 밟아 나왔다. 처음부터 자동차 여행을 생각했기에 호텔은 예약하지 않고 팔레르모 공항에서 렌터카를 픽업하여 팔레르모에서 1박, 시네마천국의 무대 팔라초 아드리아노에서 둘째 밤, 신들의 계곡 아그리젠토에서 셋째 밤, 그리고서 원래는 라구사에서 하룻밤을 보내려 했으나 예기치 않게 아르키메데스의 고향 시라쿠사에서 넷째 밤을 보내게 되었다. 이후 시칠리아에서 가장 아름답고 매력적이라는 에트나 화산의 도시 카타니아에서 다섯째 밤을, 역시 에트나 화산의 그리스 유적 도시 타오르미나에서 여섯째 밤을 보내고 이후 시칠리아 교통의 중심이자 안개로 아름다운 안개도시 엔나에서 일곱째 밤을, 다시 서쪽 바닷가로 달려 서쪽 해안도시 시아카에서 여덟째 밤을 보내고 북서쪽 해안으로 전진, 트라파니에서 아홉 번째

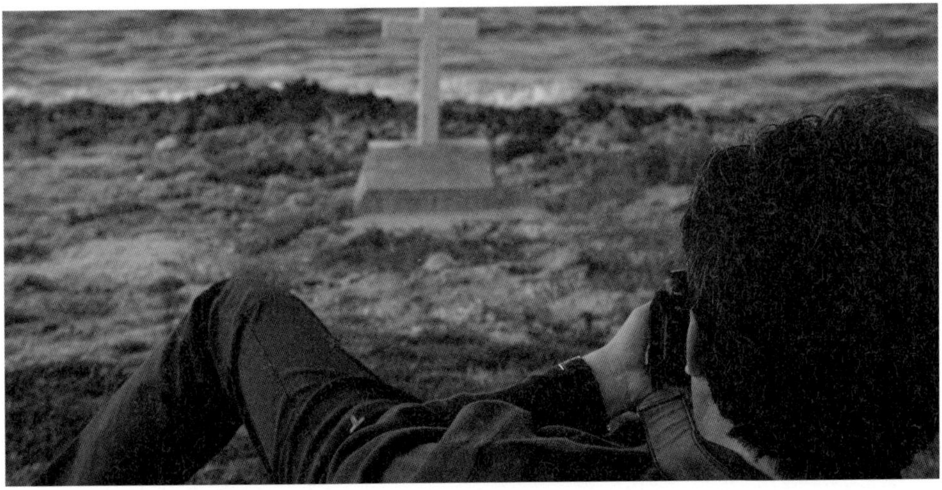

밤을, 그리고 아름다운 리조트 도시 카스텔라마레 델 골포에서 열 번째, 열한 번째 밤을 보내고, 아침 비행기에 맞춰 공항 근처 카리니에서 열두 번째 밤을 보내고 비행기를 타고 돌아왔다. 제주도 세배 정도 큰 시칠리아이긴 하지만 열 시간 정도면 고속도로를 이용 섬 전체를 한 바퀴 돌 수 있는 거리지만 최대한 산길로, 지방도로로, 해안도로로, 시골 국도를 이용했기 때문에 총 달린 거리는 약 3000킬로미터는 되었다. 중간 중간 사진을 찍고, 예측불허의 코스 이동으로 하루에 약 300킬로미터가 된 것이다.

목적이 사진여행이었기 때문에 유명 관광지나 여행지보다는 사진소재가 많고 사진에 적합한 도시, 풍경, 마을을 택했고 또한 미리 도시, 코스, 방향은 정했지만 순간순간 바꾸고 변경하고 재설정했기 때문에 우연성과 현장성이 강하게 작용했다. 여행에서 가장 힘들고 어려웠던 점은 좁은 도로였다. 사람과 자동차가 길에 맞춰야 할 정도로 도로폭이 좁고 또 가로등이 부족해 겨울철 오후 4시만 되면 금세 어두워지는 상황에서 현지 도로사정과 교통상황에 기민하게 대처하기란

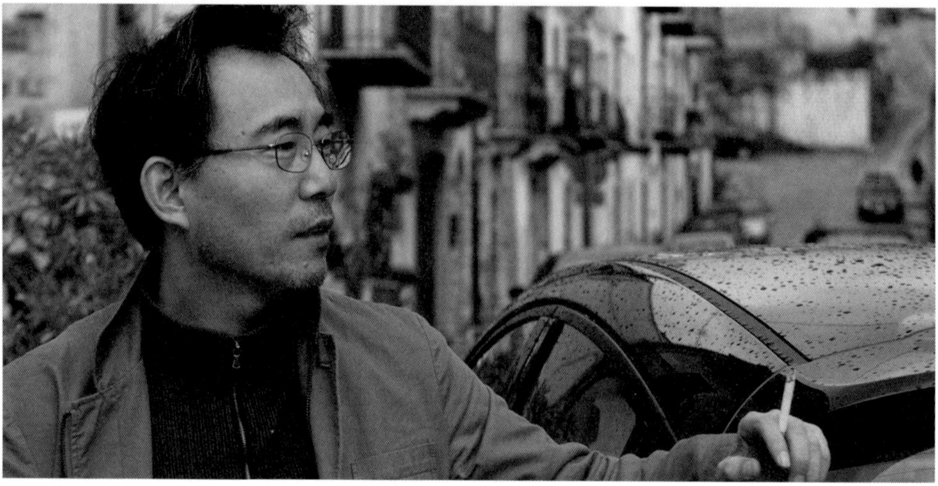

그리 쉽지 않았다. 두 번째는 12월이라는 비수기 관광철로 말미암아 상당수 숙박시설과 여흥 시설이 문을 닫아서 어려움이 컸다. 날씨는 15도 내외로 쾌적한 조건이었고 오히려 12월에도 선크림을 발라야 할 정도 햇살이 강했다. 문이 닫힌 숙박시설이 많기 때문에 종합적으로 보면 시칠리아 여행은 여름휴가가 끝났지만 아직 관광객들이 조금은 찾아드는 10월이 가장 이상적이지 않나 생각해본다. 10월 이전은 넘치는 관광객으로 물가도 비싸고 숙박료도 비싸고 촬영도 어려워지고, 10월 이후에는 한적하고 좋지만 비수기로서 이런저런 시설들이 문 닫는 곳이 많아 방을 찾고 구하는데 어려움이 따른다. 10월이 가장 좋은 사진여행 기간이 아닐까 생각한다.

시칠리아 여행의 가장 큰 강점은 그리스문화, 로마문화, 아랍문화, 바이킹문화, 여기에 근동문화까지 섬 하나가 문화정거장 혹은 문화 접선지처럼 인류역사의 문화적 변천 과정에 상호침투 과정을 볼 수 있는 매력적인 곳이다. 지리, 지형학적 위치 때문이다. 다음으로는 〈대부〉, 〈시네마 천국〉, 〈일 포스티노〉, 〈그랑

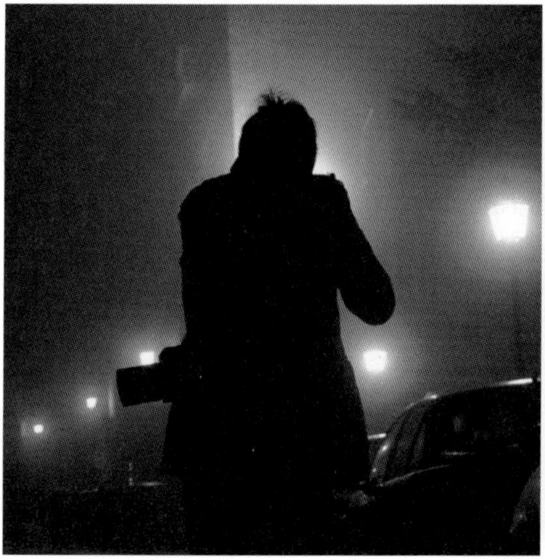

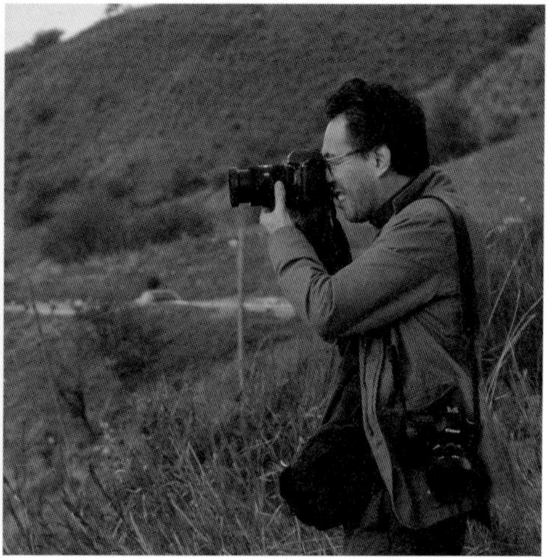

블루〉 등 영화의 무대 혹은 영화의 여러 문화적 지형을 살필 수 있어 좋다. 다음으로는 3000미터급 내륙 산악의 풍광과 해안 포구의 풍광 여기에 너른 들판의 목가적 풍광까지 다양한 풍광을 볼 수 있다는 것도 시칠리아 여행의 백미다. 마피아의 대명사로 알려진 도시지만 치안은 너무도 안전하고, 사람들도 친절하고 인심도 좋아 편안하다. 도로표지도 아주 잘되어 있고, 시골로 접어들면 차량이 동이 없어 마치 전세 낸 길처럼 너무도 여유롭게 휘파람 불며 달릴 수 있다. 전체적인 물가는 이태리 본토에 비해 싸고 유럽 평균 물가에 비춰서도 비교적 저렴한 편이다. 마트에 가보면 시칠리아 와인이 우리 돈으로 5~6천원하는 질 좋은 와인들로 가득하고 싱싱한 넘치는 해산물, 여기에 스파게티, 특히 피자는 너무도 싸고 맛있다. 한 판에 3~4천원하는 시칠리아 피자 맛은 환상이다. 그밖에도 시칠리아에서 뭐가 맛있는지는 미각에 약해서 잘 모르겠다. 하여튼 새벽시장에 나가보면 온갖 해산물, 과일, 채소, 육류, 치즈, 먹거리들이 산더미처럼 쌓여 있고 가격도 싸다는 느낌을 받았다.

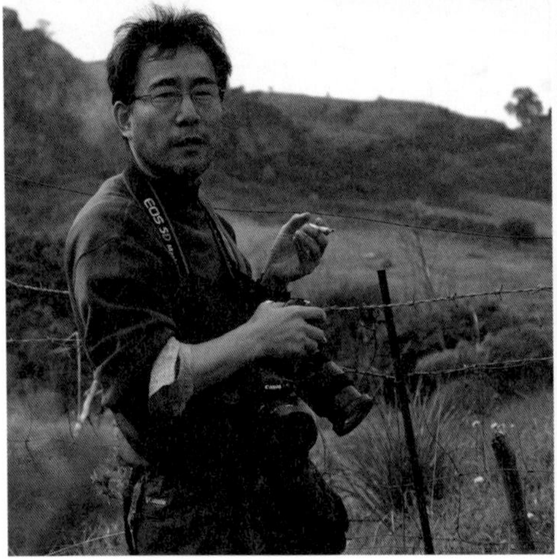

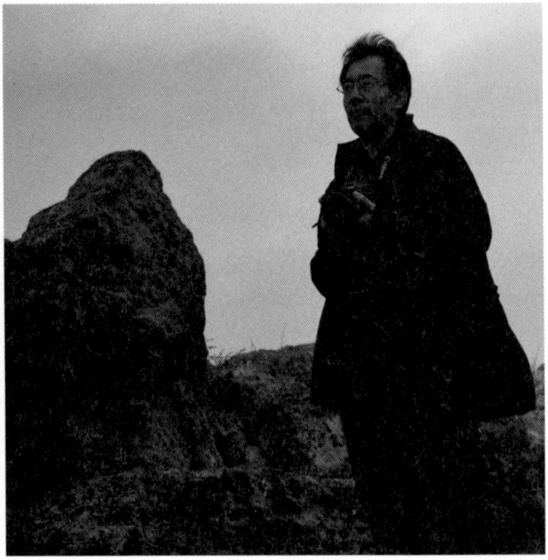

결론적으로, 나폴리에서 차를 갖고 들어갈 수도 있고 로마나 유럽 도시에서 비행기로 1~3시간 거리에 있는 시칠리아를 왜 사람들이 잘 모르거나 가지 않는지 다녀와보니 이해가 되지 않는다. 로마에서 그 고생을 하면서 관광하느라 애쓴 것에 비한다면... 이태리 사람들이 "시칠리아를 보지 않고 이태리를 말하지 마라."라고 말하는 것처럼 시간 되면 꼭 시칠리아를 찾아보길 바란다. 이상 시칠리아 여행기를 마친다.

PS: 위의 사진들의 특징은 담배 피우는 나의 모습이 많다는 것인데 사실 나는 담배를 피우지 않는다. 조수석 남자가 담배를 피우는데 쉴 때마다 그가 담배를 피우므로 나도 기분 삼아 한 대 피우는데 그때마다 날 찍어서 사진을 보면 나는 담배 피우는 사람이 되고, 나는 그를 사진 찍을 때 찍어줌으로 그는 담배 안 피우는 사람이 된다. 조수석 남자가 찍은 내 모습 10장 중에 8장이 담배 피우는 모습이다.

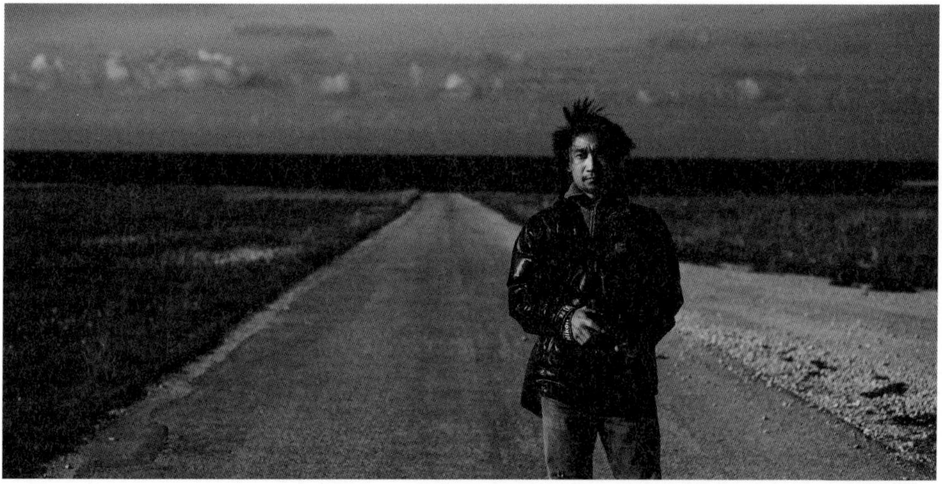

융통성 없는 조수석 남자! 그러나 고생 많았다. 덕분에 행복했다.

all photographs by Lee, Jong Gu(조수석 남자)

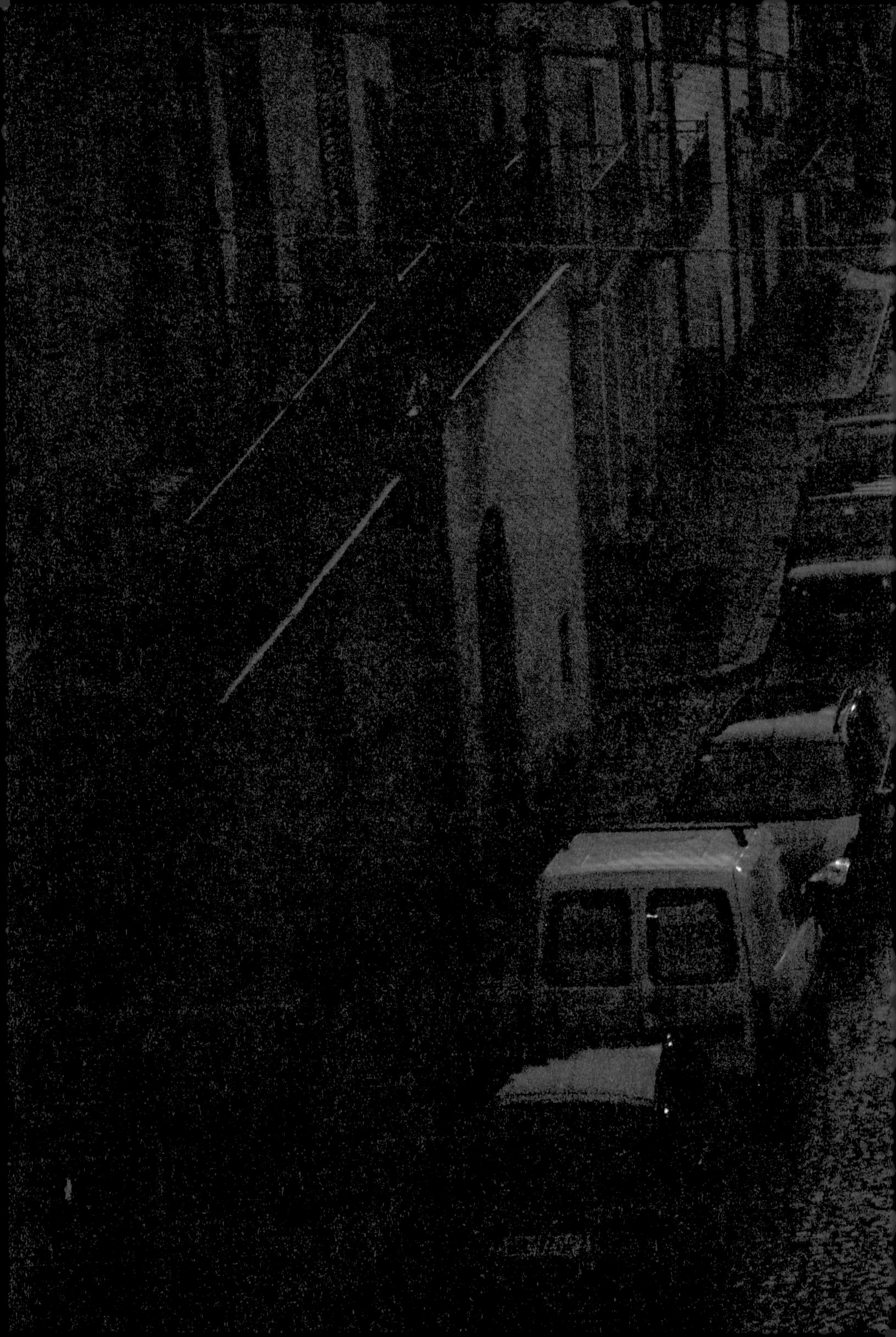

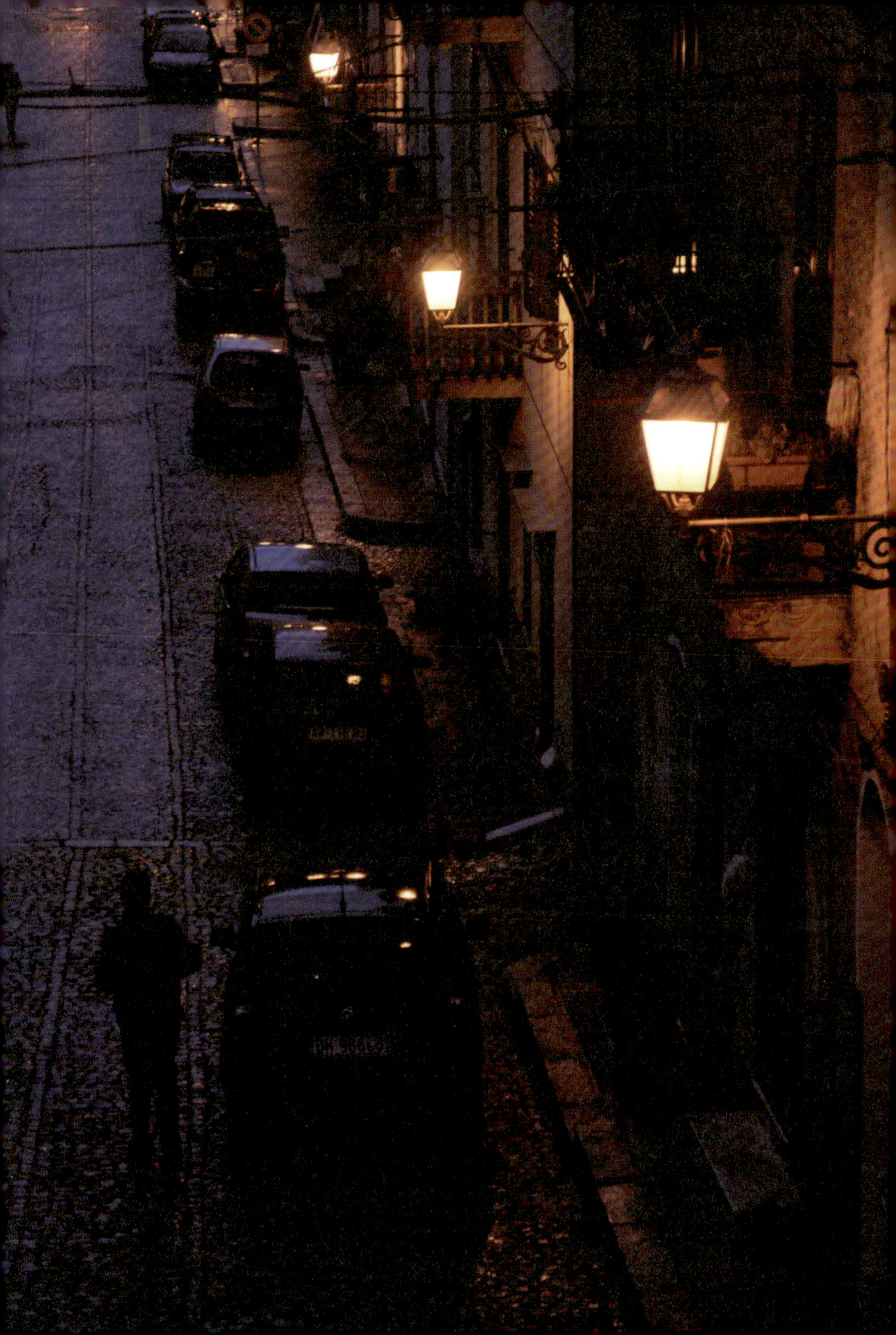

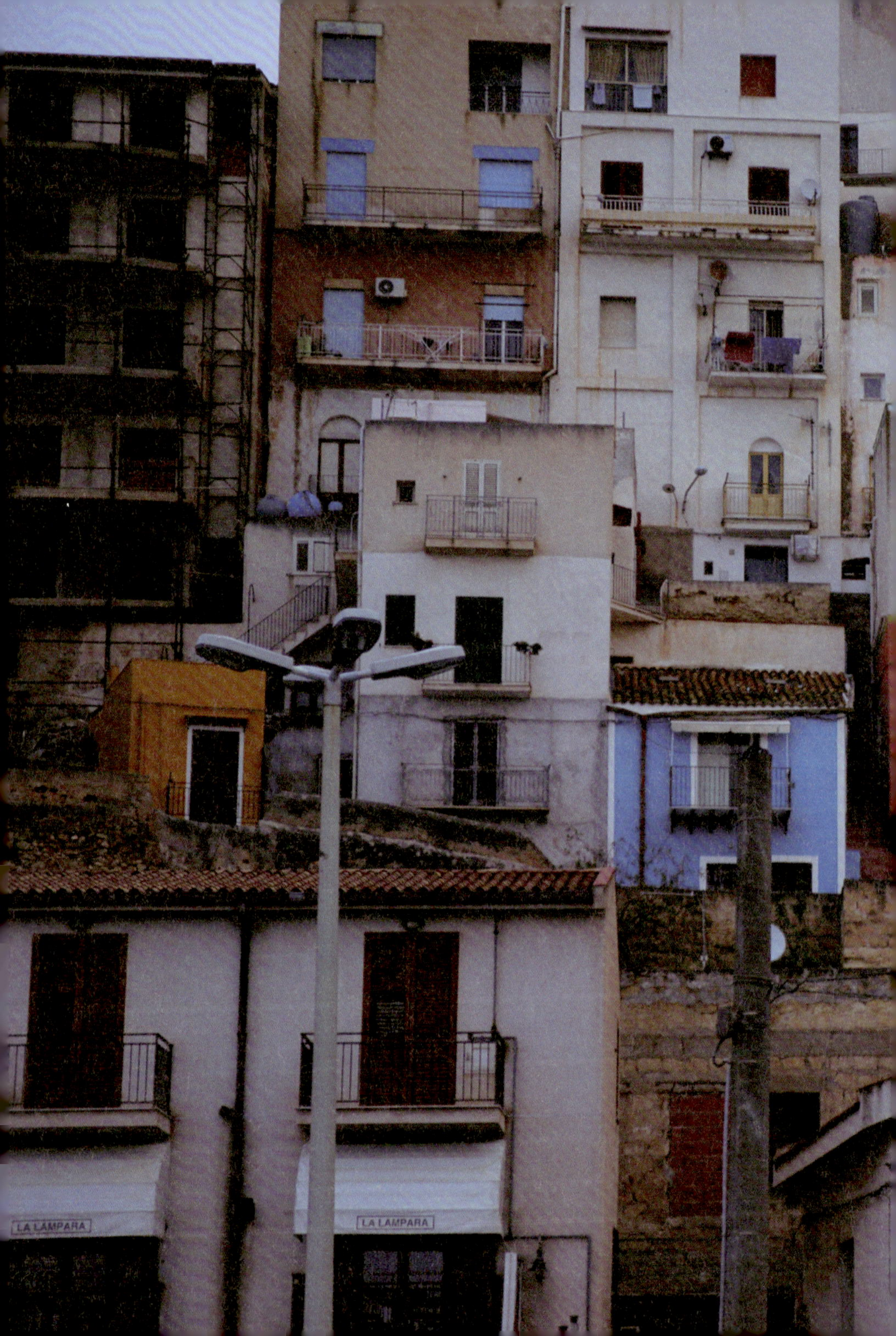
LA LAMPARA
LA LAMPARA

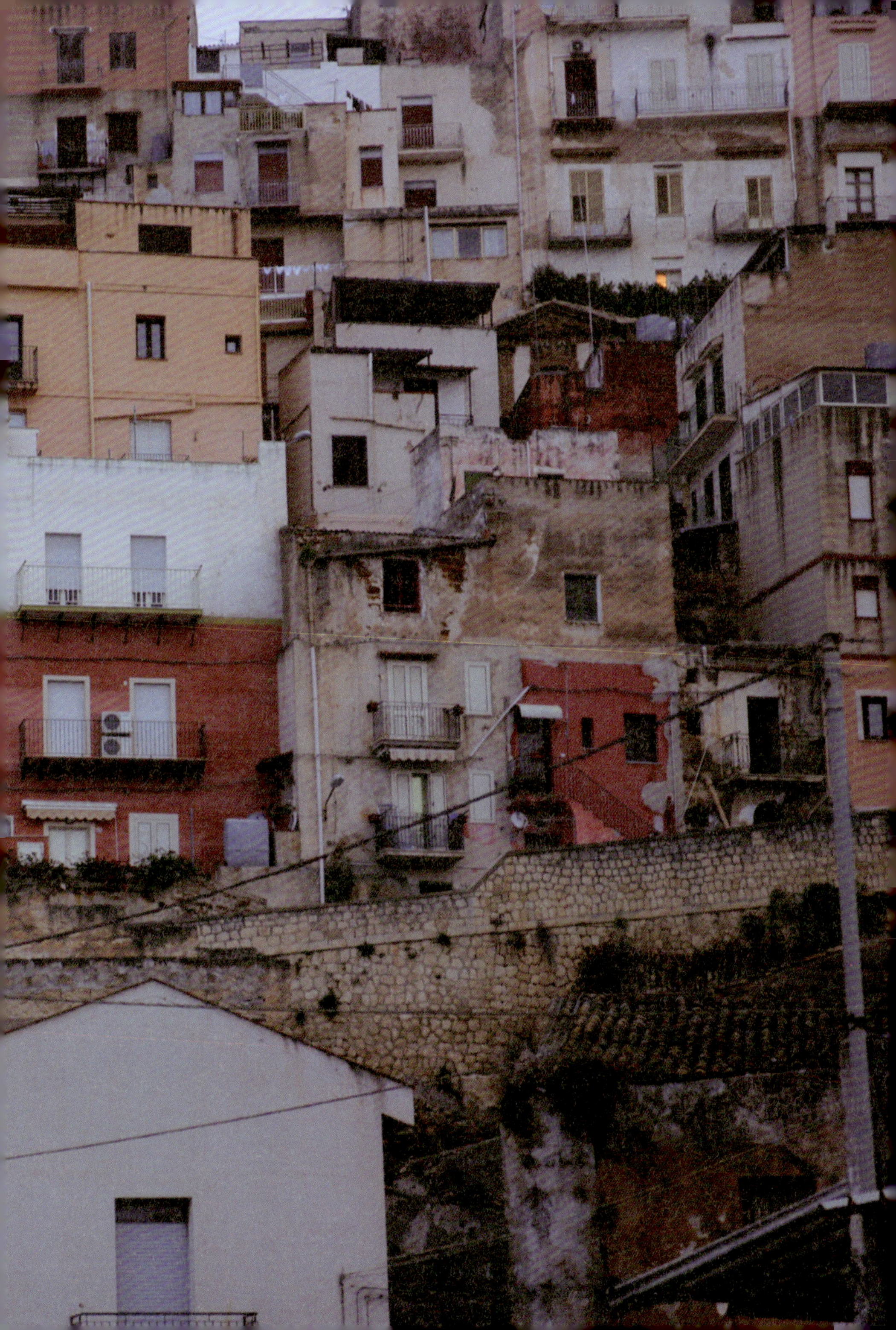

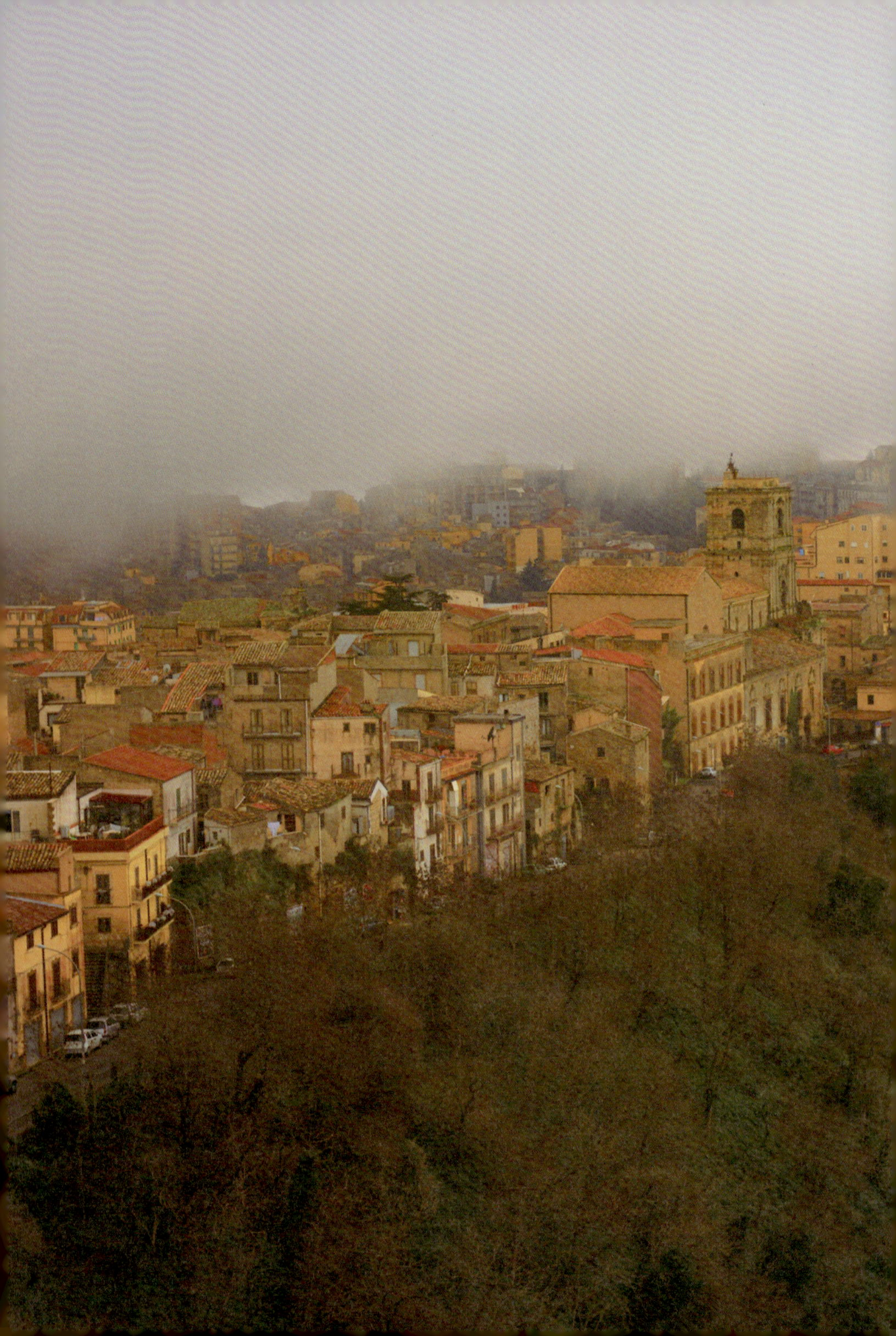

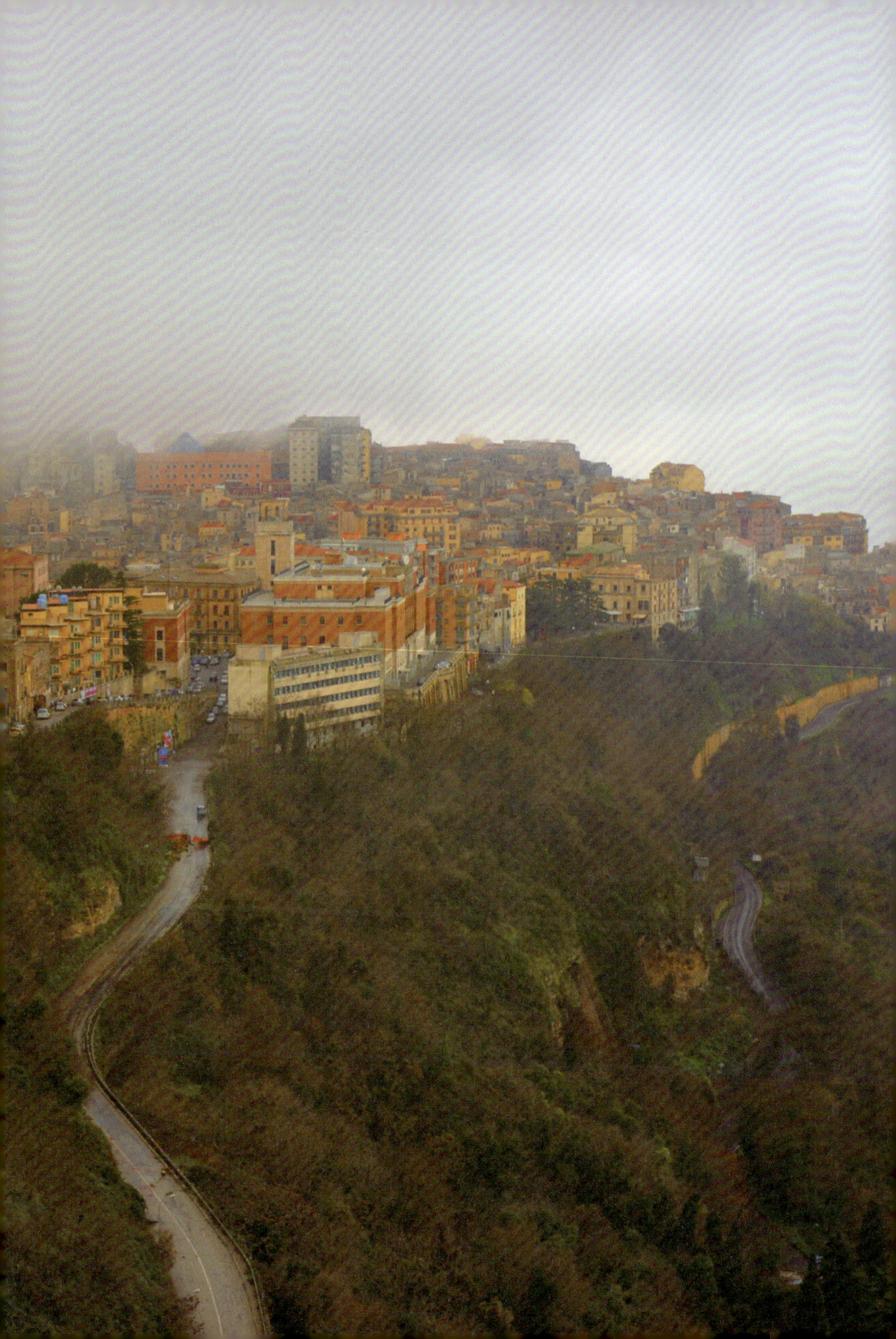

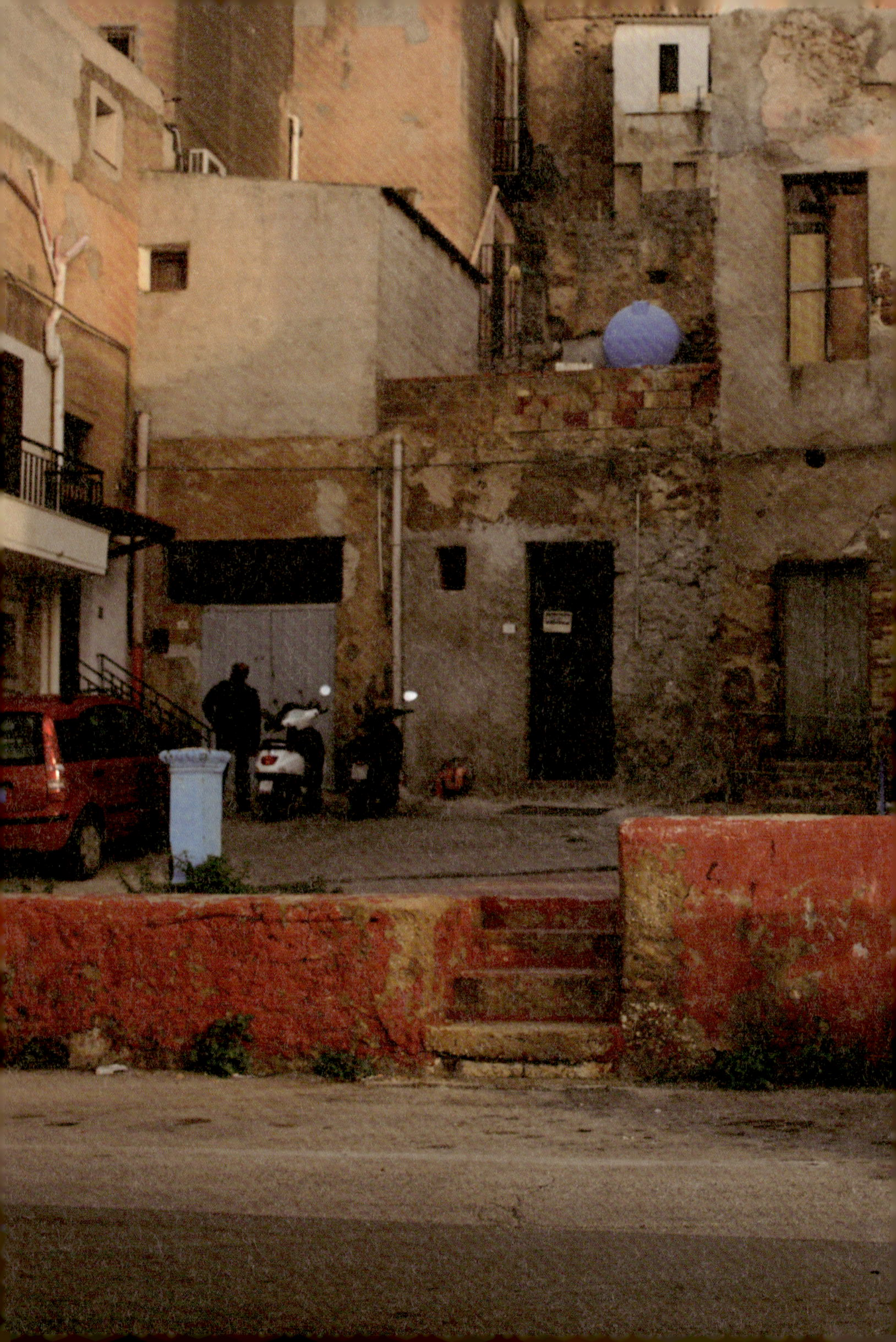

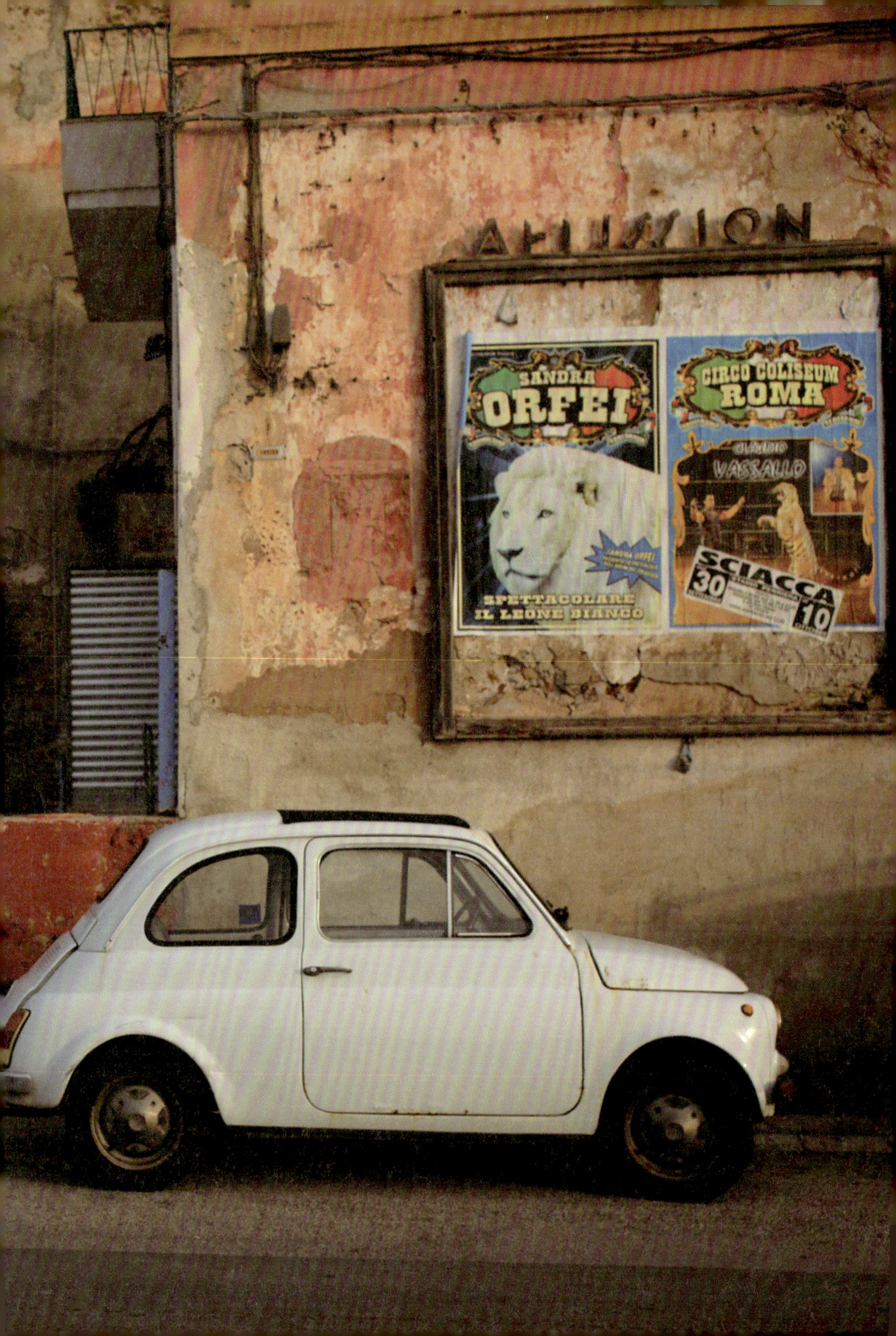
SANDRA
ORFEI
SPETTACOLARE
IL LEONE BIANCO
CIRCO COLISEUM
ROMA
VASSALLO
SCIACCA
30
10

siciliano
G minor